S'IL VOUS PLAÎT, SAUVEZ-MOI !

HELEN CALLAGHAN

Traduit de l'anglais
par Maryline Beury

City
Poche

Publié en Grande-Bretagne sous le titre *Dear Amy*
par Michael Joseph, une division de Penguin Random House UK.

Couverture : © Shutterstock/ Studio City
ISBN : 978-2-8246-1225-6
Code Hachette : 27 8811 9

Collection dirigée par Christian English & Frédéric Thibaud.
Catalogue et manuscrits : city-editions.com

Dépôt légal : Mai 2018
Achevé d'imprimer en Italie par Grafica Veneta SpA

Prologue

Katie Browne prend ses cliques et ses claques. Elle fouille sous son lit, attrape son sac à dos bleu aux bordures en faux cuir et commence à y fourrer vêtements et affaires de toilette avec une énergie frénétique, des larmes plein les yeux.

Il y a peu de logique dans sa façon de faire son sac, mais peu importe ; c'est l'acte en lui-même qui compte, et non les objets qu'elle prend – les leggings gris et vert, la trousse de maquillage au drapeau de l'Angleterre bourrée de sa collection de rouges à lèvres, le haut en jersey bordeaux à coutures dorées qui lui donne une allure mature et sophistiquée.

Cette fois, Katie part pour de bon. Elle ne reviendra pas. Elle en a *assez*. Elle se laisse tomber sur le lit et enfile les bottines vernies grenat que son père lui a achetées le mois dernier.

La pluie frappe avec de plus en plus d'insistance sur la fenêtre de sa petite chambre, comme pour l'inciter à reconsidérer sa décision. Manquant de trébucher sur son sac de sport avec ses affaires encore humides à l'intérieur, Katie balance le sac à dos sur son épaule ; elle entend toujours l'odieux murmure de la télévision en bas, dans le salon, et son refrain de rires sur mesure. Ils ont monté le son, mais elle est sûre de les entendre chuchoter. Sa mère doit parler d'elle à ce bon à rien de Brian. Comme si ce type avait le droit à une opinion.

Comme s'il était son père.

Elle ne restera pas ici un jour de plus. C'est clair et net. Il est hors de question qu'elle soit traitée de la sorte dans sa propre maison, qui est désormais devenue celle de Brian.

Brian, ce gros flemmard, toujours vautré sur le canapé, avec ses pistolets tatoués et ses jeans trop larges, comme une espèce de Bouddha prolo de l'Essex, un bras vaguement posé sur les épaules de sa mère, toujours à accaparer la télécommande. Brian, qui estime avoir son mot à dire sur la façon dont elle s'habille, les endroits où elle va, l'heure à laquelle elle rentre.

Et sa mère qui reste plantée là, à le laisser faire comme il veut.

– Il travaille tellement dur, ma chérie. Tu ne peux pas lui témoigner un peu plus de respect ?

Brian peut bien aller se faire foutre.

Elle va aller chez son père. Son *vrai* père.

Katie dévale l'escalier tout en enfonçant les écouteurs dans ses oreilles, mais pas assez vite pour éviter d'entendre sa mère s'écrier « Où tu vas comme ça ? » de derrière la porte du salon. Elle sort en claquant la porte et part dans la rue en marchant d'un pas vif.

Il fait un temps horrible. C'est le mois d'octobre, et le timide été de Cambridge a cédé le champ à des soirées noires comme l'encre et à des pluies continuelles portées par un vent glacial qui lui fouette les cheveux et lui mord le bout des doigts. Katie remonte sa capuche, pianote sur son téléphone, et Taylor Swift commence à chanter dans ses oreilles ; un son léger, mais lumineux dans cette grisaille déchaînée.

Elle presse le pas, se mettant presque à courir sur la route bordée d'arbres sombres, puis elle tourne à l'angle pour prendre Elizabeth Way, avec sa circulation toujours intense.

Dans sa poche, la voix de Taylor Swift est soudain couverte par une sonnerie personnalisée, un homme s'écriant : « ALERTE, ALERTE, UN APPEL DE TA MÈRE ! »

D'un geste prompt, elle balaie l'écran pour refuser l'appel et accélère encore. La route monte en enjambant les eaux noires de la Cam qui serpente sous elle. Katie frémit en s'imaginant nager au milieu de ses poissons, ses herbes visqueuses et ses fonds vaseux jonchés de bouteilles brisées et de vélos rouillés. Elle se tourmente avec l'idée de son pied blanc pris dans les rayons des roues, de minces filets de sang partant de ses blessures pour remonter à la surface, où elle ne peut les suivre.

Elle secoue la tête pour repousser cette rêverie sinistre et revenir à la réalité, au bruit de ses talons claquant sur le trottoir trempé, aux allées et venues des phares des voitures qui la dépassent en grondant et en projetant des gerbes d'eau. Elle a des pensées terriblement glauques et morbides parfois, et elle ne comprend pas d'où elles viennent.

Ce n'était pas comme ça quand j'étais petite, se dit-elle. Cela ne la dérangeait pas que Brian lui donne des ordres ; et jamais elle ne se disputait avec sa mère comme cela arrive si souvent maintenant. À l'époque, elle était seulement Katie, une petite fille qui aimait nager, faire la course, gagner.

Cela lui suffisait alors. Mais plus maintenant. Maintenant, tout était compliqué, et elle avait l'impression d'être constamment en colère, constamment stressée par la moindre petite chose…

– C'est de ton âge, ma belle, avait dit Brian un jour où

elle avait commis l'erreur de lui en parler. Tu ne peux rien y faire. Il faut attendre que ça passe, c'est tout.

Le téléphone vibre une nouvelle fois sous ses doigts dans sa poche. Au moment où elle le sort pour rejeter encore l'appel, elle se rend compte qu'une voiture s'est arrêtée à côté d'elle ; ses feux stop luisent tels des charbons ardents rougeoyant sous la pluie.

La portière s'ouvre sur un homme avec une casquette de base-ball enfoncée sur la tête. Il se penche vers elle, son avant-bras sec et musclé tenant la poignée. Il lui sourit, montrant toutes ses dents, grimaçant presque.

Elle n'a jamais vu cet homme et lui lance donc un regard outré avant de reculer pour poursuivre son chemin.

– Katie Browne ? C'est toi ?

L'homme doit parler fort pour se faire entendre, car la pluie a redoublé d'intensité.

Elle plisse les yeux et retire ses écouteurs qui se prennent dans ses cheveux mouillés.

– Oui. Comment vous connaissez mon nom ?

Sa réponse n'est pas très aimable, et elle le voit tiquer un peu, comme s'il s'en offusquait.

– Tu allais au centre de loisirs de Hartington Grove. C'est moi qui conduisais le bus, tu ne te rappelles pas ?

Non, elle ne se rappelle pas. En outre, elle n'est pas allée à ce centre depuis environ deux ans, depuis qu'elle est entrée à St-Hilda et a commencé à nager sérieusement, n'ayant plus de temps pour ça.

Elle secoue la tête.

– Non ? Bon, eh bien, moi, je me souviens de toi.

Il rit, d'un rire aigu, presque sifflant.

– Tu es trempée, reprend-il. Tu veux que je te dépose quelque part ?

Katie prend le temps de réfléchir. L'homme sait visiblement qui elle est, et ce doit être un adulte responsable s'il travaille avec le centre de loisirs. Il pleut vraiment des cordes, maintenant ; chaque nouvelle goutte provoque sa petite couronne d'eau autour d'elle en s'écrasant sur le capot, l'asphalte et les rambardes du pont. Le bruit de la pluie écrase tous les autres. Sa voiture a l'air chaude et accueillante.

Seulement, elle se dit aussi qu'il est impossible que cet homme l'ait reconnue alors qu'elle avait la tête enfouie sous sa capuche en marchant ; il a dû passer devant elle et faire demi-tour exprès. Elle réfléchit au fait que son visage ne lui évoque absolument rien, alors que lui a pu la reconnaître sous une capuche, tête baissée sous une pluie diluvienne, de nuit.

L'écart entre ces considérations est trop important, trop inquiétant, et Katie se dit que, même si son refus risque d'être mal pris, il n'est pas question qu'elle monte dans cette voiture.

– Merci beaucoup, dit-elle en s'efforçant d'être polie, mais je vais juste à côté. Je n'en ai que pour quelques secondes.

Elle désigne l'autre bout du pont, du côté du rond-point.

– Mon père m'attend, ajoute-t-elle, et ce bref ajout la surprend en sortant de sa bouche – pas seulement les mots, mais le léger accent de peur qui vibre dans sa voix quand elle prononce « m'attend », un accent très malvenu qu'ils perçoivent tous les deux. Je mettrais de l'eau dans votre voiture pour rien.

Le visage de l'homme frémit de nouveau, mais le sourire revient vite.

– OK, si tu en es sûre. Va vite te mettre à l'abri, alors !

Sur ce, il lui fait un signe de la main et referme la portière. Quelques secondes plus tard, il est parti sans se retourner. Un immense soulagement envahit Katie. Elle songe un ins-tant à renoncer à sa fugue, à rentrer chez elle, à remonter discrètement jusque dans sa chambre et à affronter la tempête familiale quand l'heure aura sonné.

Elle appelle son père. Elle voudrait qu'il vienne la chercher. Au bout de deux sonneries, elle bascule sur son répondeur, avec son message chaleureux mais impersonnel.

Elle tente de repousser l'idée qu'il a volontairement rejeté son appel, de la même manière qu'elle vient de refuser ceux de sa mère. Si elle était honnête, elle serait bien forcée d'admettre que la raison pour laquelle elle ne l'a pas appelé avant de partir, c'est qu'il l'aurait très probablement dissuadée de venir.

Son père lui dit tout le temps qu'il sera « toujours là pour elle, quoi qu'il arrive ». Pourtant, chaque fois qu'elle a réellement besoin de quelque chose, qu'il vienne la voir nager à un gala, par exemple, ou s'opposer à Brian, ou encore venir la chercher sous la pluie après une rencontre avec un type flippant, son appel tombe systématiquement sur le répondeur.

Elle sent ses joues rougir et l'oublie aussi vite.

Maintenant qu'elle est arrivée en bas des marches au bout du pont, elle réfléchit plus posément à sa situation. Elle se trouve devant un labyrinthe de rues résidentielles au bord de la rivière, en face d'un institut de beauté fermé.

Katie s'arrête sous l'auvent de la boutique, se demandant si elle doit réessayer ou simplement renoncer à l'aventure, quand elle entend des pas. Quelqu'un marche sur Abbey Road, d'un pas vif et assuré, avec de grosses chaussures. Une personne cachée par le mur d'à côté.

Elle remet le téléphone dans sa poche et attend que cette personne passe, mais les pas s'interrompent soudain, et nul n'est en vue lorsqu'elle finit par abandonner son abri devant l'institut de beauté pour repartir dans la rue. Le passant a dû entrer dans l'une des maisons voisines.

Bon, eh bien, s'il y avait quelqu'un, il n'y a plus personne maintenant, et elle doit bouger. Elle a une idée.

Il y a une passerelle sous Elizabeth Way, le long de la berge, à quelques minutes de marche d'ici. Elle peut retraverser le pont et rentrer chez elle en passant par les rues qu'elle connaît bien. Aucune voiture ne peut la suivre par là, et n'importe quelle solution serait préférable au fait d'attendre ici.

Katie a beau être jeune, elle sait que s'enfuir chez son père en cas de crise à la maison revient à jeter de l'huile sur le feu de l'insécurité de sa mère. Raison pour laquelle l'initiative était excellente quand Katie était furieuse contre elle et voulait la blesser, mais moins bonne lorsque, comme maintenant, elle est épuisée, un peu effrayée et trempée jusqu'aux os.

Si elle parvient à se faufiler dans sa chambre avant qu'ils ne voient le sac à dos, elle pourra dire qu'elle n'est que sortie prendre l'air, pour se remettre les idées en place.

Elle remet son sac sur son épaule. Tout doit être trempé, à l'intérieur. *Quelle soirée absurde !* se dit-elle. *Ce maudit Brian, il ne vit que pour me taper sur les nerfs.* Elle s'engage sur la passerelle, la rivière gargouillant sur sa droite, les énormes piliers de béton sur sa gauche. Au-dessus de sa tête, le rugissement des voitures.

Le tracé bien éclairé de la passerelle est visible devant elle, et elle sourit doucement. Elle va rentrer chez elle, se sécher, et, quand ils auront fini de lui crier après, elle ira se mettre au lit et regardera une émission quelconque sur son portable. Si ça se trouve, sa mère n'aura même pas envie de poursuivre la dispute et elle aura peut-être pitié d'elle en la voyant trempée ; elle lui fera un chocolat chaud et un toast à savourer devant la télé. Cela s'est déjà produit, par le passé. Katie sait que leurs querelles laissent à sa mère un affreux sentiment de culpabilité, mais elle ne comprend jamais pourquoi.

Cette idée la réconforte alors qu'elle avance péniblement sur la passerelle ; il lui faut une seconde ou deux pour se rendre compte que quelqu'un marche derrière elle, quelqu'un avec de grosses chaussures, qui marche vite, trop vite.

Elle fait volte-face, mais trop tard. La voilà prise dans l'intimité violente de bras puissants, noueux, qui l'enserrent par la taille, le cou, forçant sa tête en arrière tandis qu'une grosse main se presse sur sa bouche.

– Ah ! Katie, chuchote-t-il en projetant son haleine chaude contre sa joue froide pendant qu'elle tente de crier et de se débattre. Je crois qu'on avait pris un mauvais départ.

1

J'ai toujours aimé les pies. On dit qu'elles portent malheur quand on n'en voit qu'une seule, mais moi, elles me procurent toujours une sorte de bouffée d'optimisme dès que j'en aperçois une dans l'herbe ou perchée sur une rambarde rouillée, dans son smoking de plumes, faisant tourner sa tête dans tous les sens. J'admire l'assurance dans le monde animal.

Une pie me regardait justement depuis la branche d'un châtaignier comme je quittais ma propre zone de monde animal, à savoir l'Académie de St-Hilda, où l'assurance est une vertu moins recherchée que la retenue. J'étais sur le parking de l'école, sous sa canopée de feuillus, en train de charger mon gros sac dans ma petite Audi A3 rouge décapotable. La vue de mon sac débordant de copies de dissertations à corriger me stressait bien plus qu'à l'accoutumée.

J'aurais de quoi m'occuper ce week-end.

Je montai dans la voiture à côté de ce maudit sac et fermai la portière.

Sur le tableau de bord, il y avait un exemplaire du *Cambridge Examiner*, que je n'avais pas encore eu le temps de lire. Je le feuilletai machinalement. *L'ENQUÊTE D'UTILITÉ PUBLIQUE SE TERMINE PRESQUE EN ÉMEUTE*, annonçait la première page, à côté de *LES HABITANTS PROTESTENT CONTRE UN PROJET INIQUE*. Dans les pages intérieures, on trouvait les petites colonnes mentionnant le nom des gredins surpris en train de voler une boîte de conserve ou une paire de collants au supermarché local, ou décrivant les actes de petite délinquance ou de vandalisme, à côté d'une photo montrant un homme âgé visiblement écœuré par la folie de la jeunesse et du monde en général.

Mais rien sur Katie Browne. Rien depuis une semaine.

Cela commençait à me donner un très mauvais pressentiment.

Quelque part entre les lettres se plaignant de l'incapacité des parents à contrôler leurs enfants dans les restaurants, et la rubrique sur le Cambridge d'il y a cinquante ans (qui semblait être une ville aussi agitée qu'aujourd'hui et ne possédant qu'un seul cheval, le cheval en question étant pris en photo sur Magdalena Bridge, muni d'un collier de fleurs et arborant un air morose), se trouvait la colonne *Chère Amy*, la rubrique que j'écris. Dans cette rubrique, je suis censée conseiller les malheureux en amour et désespérés de toutes sortes.

C'est par l'intermédiaire de son fils Conor (quinze ans), que j'ai rencontré le rédacteur en chef de l'*Examiner*. Conor était dans ma classe d'anglais, mais il avait des difficultés à se concentrer sur mes cours – sur tous les cours, à vrai dire. Il faisait le zouave, distrayait les autres et commença à afficher une agressivité peu habituelle qui allait croissante. Le rédacteur en chef, Iain, recevait de plus en plus d'appels à ce sujet du directeur d'établissement, qu'il venait voir avec sa nouvelle femme, une petite brune pâlotte au visage triangulaire qui avait une bonne dizaine d'années de moins que lui. Chaque fois que je la croisais, son expression était clairement celle d'une femme complètement dépassée par cette histoire de famille recomposée, et la rumeur disait, même parmi les élèves, que c'était là la raison des nouveaux caprices de son beau-fils.

Pourtant, sans trop savoir pourquoi, j'avais une autre impression concernant Conor.

Après deux heures de cours particulièrement pénibles où il me lança un stylo et renversa sa chaise (dans l'atmosphère paisible de St-Hilda, ce dernier acte était vécu comme l'incendie du Reichstag – les élèves en avaient été littéralement pétrifiés), je finis par l'interpeller dans mon petit bureau ; pas au sujet de sa nouvelle belle-mère, mais pour parler de son meilleur copain, Sammy, qui était assis à côté de lui et n'avait pas cessé de ricaner de ses singeries.

Et après quelques encouragements, tout était sorti tel un bouchon de champagne sautant du goulot : il éprouvait des sentiments pour Sammy, des sentiments qu'il ne pourrait pas avouer, jamais, et il ne savait pas quoi faire, et il fallait que je comprenne que personne ne devait le savoir. Sinon, Sammy ne lui adresserait plus jamais la parole. Et il serait détruit.

Je faillis pleurer devant sa panique et son désarroi.

– Je garderai ça pour moi, promis, lui dis-je. Mais si tu ne veux pas parler à Sammy de ce que tu ressens pour lui…

– Non, jamais.

– … et je comprends que tu n'en aies pas envie, mais tu vas devoir trouver une manière de vivre avec ça. Tu ne peux quand même pas te faire renvoyer juste à cause d'une tension sexuelle mal vécue.

Il me regarda d'un air abattu en passant les mains dans ses cheveux roux en bataille, véritable incarnation de l'angoisse, pendant que je lui parlais des lieux d'accueil où il pourrait aller en parler en dehors de l'école.

– Appelle-les. Ils comprennent ce que tu vis. Tu es

encore très jeune et ces choses-là sont très perturbantes, mais plus tu en parleras, moins tu en auras peur. En attendant, je vais te demander d'être plus attentif en cours, et on oublie l'histoire du stylo pour l'instant. Et on ne dit rien à tes parents. D'accord ?

– Oui.

Son père, Iain, ne tarda pas à s'émerveiller du changement chez son fils. Il m'appela un soir, tard, après avoir eu mon numéro par l'école, et lança l'idée de me confier une rubrique dans son journal, pour essayer. C'était l'année dernière, et *Chère Amy* continue de gagner des lecteurs.

Quant à Conor, il ne fréquente plus beaucoup Sammy ; quand nous nous croisons dans les couloirs ou dans la cour, ses yeux s'illuminent chaque fois et il m'adresse un hochement de tête joyeux et approbateur, comme si c'était moi qui avais réussi à surmonter l'épreuve et non lui. Quoi qu'il se passe dans sa vie, je ne m'inquiète plus pour lui.

J'avais fait exprès de poser le journal ici afin de me rappeler que je devais passer aux bureaux et prendre le reste du courrier de la semaine pour *Chère Amy*. Il existe une adresse mail pour la rubrique, mais beaucoup de gens croient encore que leur anonymat est moins bien gardé par Internet que par un bon vieux courrier postal. Cela m'agace un peu parfois, mais en vérité, j'adore ce travail, qui me paraît utile et me force chaque semaine à revoir mes préjugés.

Alors que je conduisais vers les bureaux de l'*Examiner*, je faillis renverser plusieurs de mes élèves. Ils chahutaient en dehors du trottoir sans faire attention à la circulation. Je fis une embardée, mes freins crissèrent sur la route. Les trois garçons, savamment décoiffés de la même manière, sursautèrent et m'adressèrent des gestes obscènes avant de me reconnaître et de surjouer le choc avec humour. Je passai devant eux en klaxonnant ; je savais que j'aurais dû m'arrêter et leur dire ma façon de penser, mais je savais aussi que personne ne me remercierait dans la file d'attente qui se créait sur la route. La justice devrait attendre.

– Bande de petits guignols, marmonnai-je en me penchant sur le siège passager pour redresser mon sac, qui avait répandu une bonne partie de son contenu par terre pendant ma manœuvre d'urgence.

Je jetai un œil dans mon rétroviseur.

– Vous avez failli périr sur la route, monsieur Aaron Jones.

Ma main tremblait sur le volant. Je la regardai avec étonnement, comme si elle appartenait à quelqu'un d'autre. L'incident m'avait secouée plus que je ne l'avais cru.

J'ai une attitude ambivalente avec les enfants. Ils me rendent folle, mais je ne peux pas me passer d'eux et ils me manquent terriblement quand je n'en ai pas dans ma vie. Peu de temps après notre mariage, j'ai appris que je ne pourrais jamais en avoir, et mon mari Eddy a suggéré que je quitte l'enseignement et que je suive des cours de latin ou de grec pour adultes, par exemple. J'ai essayé. Deux mois plus tard, j'ai pris le poste à St-Hilda ; c'était ça ou casser toute notre vaisselle et me jeter du premier pont.

C'est le seul travail que je sache bien faire.

Et comme Eddy s'était fait la malle avec sa chef depuis, il n'était pas plus mal que j'aie quelque chose qui m'occupe à plein temps et me permette de faire bouillir la marmite.

Les employés partaient quand je suis arrivée aux bureaux de l'*Examiner*. C'est toujours comme ça, que j'arrive de bonne heure ou à huit heures du soir. Wendy débarrassait son bureau et rangeait dans son sac son téléphone miniature ainsi qu'une tasse avec une photo de ses trois enfants. Elle m'adressa un sourire un peu forcé.

– Salut, Margot.

Wendy tendit le bras vers l'un des casiers derrière elle.

– Il n'y en pas beaucoup cette semaine.

Elle me tendit un petit paquet de lettres retenues par un élastique bleu.

Elle dit toujours ça. Je ne peux pas m'empêcher de penser qu'elle attend que je dise « C'est vrai. Je devrais arrêter », puis que je parte et ne revienne jamais.

Je ne sais pas pourquoi, mais j'ai l'impression que ça lui ferait plaisir.

Je retirai l'élastique bleu et jetai un œil aux lettres. L'une en particulier retint mon attention. Elle était rédigée de manière simpliste, en lettres majuscules : *CHÈRE AMY, LE CAMBRIDGE EXAMINER, CAMBRIDGE.*

L'adresse était écrite d'une main affirmée, mais enfantine. Les « ronds » étaient très ronds, et les boucles, régulières, presque trop méticuleuses.

Sans réfléchir, j'ouvris l'enveloppe immédiatement. Un bout de papier sale et froissé était plié à l'intérieur. Wendy enfila son manteau, faisant semblant de ne rien remarquer. Elle attendait, avec une certaine impatience, que je donne un indice sur ce qu'on venait de m'envoyer. Ce que je ne fis pas, évidemment. Je ne le fais jamais.

Un mauvais pressentiment m'étreignit en dépliant la lettre. Sans que je les aie lus, les mots *Vite !* et *Panique !* me sautèrent aux yeux. Wendy s'approcha de moi, prête à partir, et je m'empressai de replier la feuille, n'y ayant lu que *Chère Amy*, avant de la glisser dans la poche de ma veste.

– Quelque chose d'intéressant ? demanda-t-elle.

– Non, non. C'est à peine lisible, en fait, dis-je.

Je décidai d'inverser le sens de l'interrogatoire en changeant de sujet.

– Au fait, je vois qu'il n'y a plus rien sur Katie depuis un moment, dans le journal.

– Qui ça ?

De toute évidence, elle ne voyait même pas de qui je parlais.

– Katie Browne, dis-je en essayant de garder un ton neutre. La jeune fille qui a disparu.

Sa bouche s'arrondit exagérément.

– Ah ! Oh ! Oui, oui, oui, bien sûr, pardon. Tu la connaissais, c'est ça ?

– Elle était dans ma classe il y a deux ans.

Wendy soupira.

– On se fait du mouron, hein, quand ils fuguent, comme ça ?

– *Si* elle a fugué. Ça reste à prouver.

– Eh bien, fit Wendy en regardant vers la porte, la police a parlé à Iain, et on semble croire qu'elle a fait une fugue. On a interrogé la famille et les amis de la petite. Je suis sûre qu'ils savent mieux que nous.

Elle me tapota doucement le bras. Je devais lui paraître un peu trop touchée par cette histoire.

– Enfin, tu vois bien, avec tes lettres. Tu dois bien savoir que tout n'est pas toujours ce qu'on croit, dans la vie des gens.

Je ne pris pas la peine de répondre à cette lapalissade. J'étais parfaitement au courant de ce que pensait la police et de ce que pensait Wendy. Une équipe de l'enquête était venue à l'école avant-hier et nous avait dit que Katie était malheureuse chez elle depuis un moment – ce que j'avais soupçonné.

Seulement, je ne pouvais m'empêcher de penser que, malheureuse ou non, il y avait quelque chose de pas net dans sa disparition.

Je me souvenais de ses yeux noirs, arrogants et circonspects en même temps, me jaugeant depuis le fond de la classe ; de ses longs cheveux bruns noués en une queue de cheval.

– Je ferme, annonça Wendy en agitant ses clés.

– J'y vais.

Je me sentais un peu étourdie. Peut-être que l'accident évité de justesse avec ces trois petits délinquants me travaillait encore. Ils allaient sûrement passer la soirée à s'inquiéter d'entendre leur nom cité en réunion demain, et ça ne leur ferait pas de mal.

Nous avançâmes jusqu'au parking sans parler. Mes pieds étaient engourdis par le froid sous le cuir trop fin de mes bottines. Il soufflait un vent glacial, qui me piquait les joues comme une nuée d'aiguilles. C'était l'hiver, encore, mais bizarrement, cette saison ne me dérange pas. Je préfère l'hiver à l'été.

Nous nous dîmes au revoir et chacune partit de son côté. Wendy et moi devions faire des efforts pour rester polies l'une envers l'autre ; nous étions toutes deux conscientes que, sans cet effort, notre absence d'affinités tournerait rapidement à la mésentente. Wendy est chicaneuse, contente d'elle et indiscrète, et moi... Eh bien, moi, je suis comme je suis. Je n'envie pas ses enfants, quand ils seront un peu plus grands. J'étais contente de la voir partir.

Le soir tombait déjà, à ma grande surprise (il était si tôt). Je suis toujours prise de court à cette période de l'année ; mon étonnement reste perpétuel malgré sa récurrence annuelle. Parfois, j'ai l'impression d'être un poisson rouge dont les parois du bocal constituent une nouvelle source d'étonnement chaque fois que je nage en les regardant.

Une fois dans ma voiture, je sortis la lettre de ma poche et en repris la lecture.

Chère Amy,

S'il vous plaît, S'IL VOUS PLAÎT, aidez-moi ! J'ai été enlevée par un homme bizarre qui me retient prisonnière dans sa cave. Il dit que je ne rentrerai jamais chez moi. Je ne sais pas où je suis ni quoi faire, et personne ne sait que je suis ici.
Je ne sais même pas depuis combien de temps j'ai disparu, mais j'ai l'impression que ça fait une éternité. J'ai peur que les gens arrêtent de me chercher.
J'ai peur qu'il me tue.
Aidez-moi vite, je vous en supplie,

Bethan Avery

Il n'y avait rien d'autre que cette écriture paniquée et enfantine. Pas d'adresse d'expéditeur ou d'autres indices. Sur l'enveloppe, la marque oblitérée sur le timbre indiquait que la lettre avait été postée hier à Cambridge, mais je ne disposais d'aucune autre information.

– C'est un canular, dis-je à voix haute.

Mais ma voix vacilla, parce que je n'y croyais pas vraiment. De temps en temps, il m'arrive de recevoir des lettres très choquantes. En général, il s'agit seulement de fantasmes sexuels assez désagréables cherchant une issue du subconscient où leur auteur les tient emprisonnés. Je préfère qu'ils s'expriment par la poste plutôt que d'une autre manière, mais il y avait quelque chose qui me touchait dans cette lettre-ci.

D'autres pensées se mêlaient à l'histoire. Des pensées concernant Katie Browne, la jeune fille portée disparue qui s'était évaporée en n'emportant qu'un petit sac de vêtements. C'était une lycéenne, nageuse confirmée de l'équipe municipale de Cambridge, qui n'avait jamais été très épanouie dans l'atmosphère étouffante de St-Hilda. Je pouvais comprendre ça.

À vrai dire, j'étais très inquiète pour Katie Browne.

Quant à ma lettre, c'était assez facile à vérifier. Je démarrai ma voiture et me dirigeai vers le poste de police. Si aucune Bethan Avery n'était portée disparue, l'imbécile qui avait écrit cette lettre se serait juste payé une bonne tranche de rire à mes dépens.

– Qu'est-ce que tu fais ici ? demandai-je, surprise.

Mon presque ex-mari était planté sur le seuil, appuyé contre la porte lorsque j'arrivai à la maison dans la brume du début de soirée. Avec son costume sombre ajusté et son petit col bien net, il avait l'air d'un missionnaire particulièrement stylé ou d'un vampire urbain surgi du brouillard. Il y avait un je-ne-sais-quoi d'étudié dans son attitude, comme s'il posait un peu pour moi.

Je le regardai en plissant les yeux.

Les lèvres charnues d'Eddy se pincèrent.

– Tu disais que tu voulais discuter de nos affaires.

Je poussai un soupir, épuisée, et passai devant lui pour mettre la clé dans la serrure.

– Tu n'aurais pas pu appeler avant ?

– Ton téléphone était éteint.

Voilà des semaines que je disais à Eddy que nous devions discuter de la division de nos biens, de tout ce que nous avions en commun. Chaque matin, en descendant l'escalier, j'avais pu remarquer qu'il n'avait toujours pas effectué son changement d'adresse, ni suivi postal.

Le fait qu'il vienne de son plein gré pour discuter des dispositions à prendre était bon signe, même s'il n'avait pas pris la peine de me le demander. Apparemment, par principe, il considérait encore cette maison comme la sienne.

De mon côté, j'avais une autre vision des choses. Je possédais déjà la maison quand nous nous sommes mariés ; c'était pratiquement une ruine quand je l'avais achetée en emménageant à Cambridge, et, pendant sept ans, je l'avais peu à peu rénovée. Chaque amélioration, chaque embellissement constituait un reflet de ma propre rénovation intérieure, de mon rétablissement personnel. Je m'étais installée dans ce salon nu et crasseux, sur le canapé miteux que les précédents propriétaires avaient laissé, et j'avais pris le temps d'imaginer comment améliorer les lieux. J'avais choisi toutes les peintures – des violets vifs, des jaunes subtils, des gris chauds – et les avais appliquées moi-même sur les murs et les huisseries, avec cette espèce de concentration passionnée qu'on prête habituellement aux grands maîtres dans leurs ateliers. Chaque soir, quand je lançais un regard vers la pendule par-dessus mon épaule, je me rendais soudain compte qu'il était déjà trois ou quatre heures du matin, que j'avais mal aux bras et que je devais être au travail cinq heures plus tard. J'avais aussi choisi la robinetterie sans prétention de la baignoire où je passais des heures, les luminaires en étain bosselé, les moquettes aux teintes contrastées. C'est encore moi qui avais poncé et rénové les meubles d'occasion, et j'avais passé des heures assise dans l'herbe de mon minuscule jardin, en bleu de travail, avec ma tasse de thé, à en contempler les morceaux démontés en train de sécher sur leurs feuilles de papier journal.

C'était en partie mon indépendance affirmée dans cette démarche, et dans d'autres choses, qui avait séduit Eddy, au début. Même s'il n'est pas un grand fan de bricolage lui-même ; il préfère se servir de ses mains pour faire d'autres choses.

– Entre ! lançai-je par-dessus mon épaule, histoire de lui rappeler qui était le maître des lieux.

Une petite pointe de superstition me rappela qu'on ne devait pas inviter les vampires à franchir le seuil d'une maison – trop tard.

Je repoussai vite cette pensée fantasque. Oui, nous étions des étrangers désormais ; peut-être l'avions-nous toujours été, d'ailleurs, malgré tous nos efforts, et cette idée me faisait très mal, comme si les émotions, à l'instar des parties du corps, pouvaient être fracturées ou déboîtées. En même temps, cela devrait au moins nous permettre d'avoir une discussion courtoise sur les aspects matériels sans nous déchirer davantage.

Nous nous rendîmes dans la cuisine, où les néons du plafond nous firent cligner des paupières en s'allumant. Dehors, le vent martelait les fenêtres sans répit. Je me frottai les yeux et m'étirai. J'entendis mes os craquer.

– Café ? proposai-je.

Il acquiesça d'un hochement de tête et j'allumai la bouilloire avant de balancer mon manteau sur le dossier d'une chaise.

– Mauvaise journée ? demanda-t-il.

– Hein ? fis-je en sortant deux tasses du placard.

– Tu as eu une mauvaise journée ?

– Toujours pareil à l'école. Et j'ai failli écraser des élèves en allant à l'*Examiner*.

– Tu en as eu un, au moins ?

– Euh, non.

– Je plaisantais.

Il me coula un regard en biais.

– Et sinon, tu vas bien ?

– Oui, ça va.

– Je veux dire, le moral.

– J'ai très bien compris ce que tu voulais dire, répondis-je sèchement pour clore le sujet.

Je mis du café moulu dans ma vieille cafetière, consciente que, de nous deux, c'était moi qui compliquais les choses. Je ne lui avais même pas retourné la politesse en lui demandant comment s'était passée sa journée de travail, et je ne comptais pas le faire, considérant les raisons pour lesquelles nous divorcions.

Je pouvais cependant faire un effort en alimentant la conversation :

– Je me suis bien ridiculisée en allant à la police, aussi, maugréai-je.

– Quoi, tu es allée au poste de police pour ça ? Est-ce que leurs parents ont… ?

– Non, non, rien à voir avec les gamins, dis-je. J'ai reçu une lettre aujourd'hui, au journal.

Je me rendis compte qu'en fait, je n'avais aucune envie de parler de ça à Eddy (j'allais me faire prendre de haut), mais il était trop tard, maintenant. Je me levai et me dirigeai vers la fenêtre.

– Quel genre de lettre ?

Derrière moi, je l'entendis chercher du lait dans le réfrigérateur (il en mettait toujours dans son café). Dehors, le brouillard enveloppait les haies et dissimulait les maisons voisines.

– Je ne voudrais pas me retrouver coincée dehors par une nuit pareille, dis-je à voix basse au bout d'un moment.

– Tu ne veux pas me dire de quel genre de lettre il s'agissait ?

– D'un canular, dis-je. Quelqu'un qui se faisait passer pour Bethan Avery.

– Qui ça ?

– Bethan Avery. Une ado qui a été kidnappée et probablement assassinée dans les années 1990.

Eddy cligna des paupières et plissa les yeux, comme s'il sondait le fin fond de sa mémoire.

– Bethan Avery… Ce nom me dit quelque chose. Elle était du coin, je crois.

Il s'interrompit quelques instants avant de reprendre :

– Oui, je me souviens d'avoir vu ça dans la presse locale. Du coup, tu as cru que cette lettre était vraie, c'est ça ?

Je haussai vaguement les épaules.

– On ne sait jamais.

– Oh ! C'est glauque. Pourquoi l'as-tu apportée à la police ? Je n'aurais pas eu l'idée qu'ils puissent y faire quoi que ce soit.

Je me postai près de la bouilloire, qui envoyait maintenant joyeusement sa vapeur dans les airs.

– Je voulais vérifier si c'était bien une personne portée disparue, dis-je une seconde avant de le regretter.

Eddie rit doucement.

– Ils ont dû trouver ça assez marrant, non ?

– En effet, répondis-je froidement.

Eddy cessa de rire.

– Quoique je ne voie absolument pas ce qu'il y a de drôle là-dedans, en ce qui me concerne, ajoutai-je.

– Oh ! Margot, arrête.

– Franchement. S'ils trouvaient ce genre de cas moins marrant, peut-être qu'ils auraient découvert ce qui est arrivé à Katie Browne.

Par prudence, Eddy s'abstint de répondre. Mais je savais que lui aussi pensait que Katie avait simplement fui sa petite vie routinière pour les feux de la rampe de la route M25.

– Tu ne pouvais pas t'en rappeler, de toute façon, dit-il au bout d'un moment, essayant d'être diplomate. Tu vivais à Londres, à l'époque.

Malgré tout, pendant quelques instants glaçants, j'eus le sentiment de le détester. J'avais lu et relu la lettre sous la lumière déclinante du jour, longtemps après en avoir perçu le cri de détresse. J'avais imaginé ce que cela faisait d'être arrachée à ses amis, à son foyer, parquée dans une petite prison obscure, violée, battue, assassinée, puis jetée démembrée dans le courant d'une rivière – d'abord l'éclaboussure, puis l'ondulation de l'eau, puis plus rien, à tout jamais. À moins que l'assassin ne se soit dressé au-dessus de la fosse qu'il avait creusée au clair de lune, fosse où il avait jeté vos pauvres restes blêmes avant de les recouvrir de pelletées de terre humide et pleine de vers. Des mois, peut-être des années plus tard, ces ossements pourraient être retrouvés et manipulés par des mains gantées de plastique blanc ; ils seraient assemblés tels des morceaux de puzzle par des scientifiques respirant dans des masques tandis qu'ils retireraient la terre incrustée dans les fissures des tibias et du crâne, avant de les envelopper dans des feuilles de cellophane et de leur attribuer un matricule.

Que le ciel nous préserve du viol et du meurtre ainsi que de l'anonymat des tombes sans nom que les vents battent avec indifférence.

Même si rien de tout cela n'était la faute d'Eddy.

Je posai la tasse sur la table devant lui avec un petit sourire de concession. Un souvenir me revint soudain, et je revis Eddy me renversant sur cette table. Nous n'avions pas parlé, il n'y avait eu que des tâtonnements, des respirations précipitées, de la peau chaude et moite, et rien d'autre que nous deux. Après coup, nous nous étions rendu compte que nous avions laissé les stores ouverts. N'importe qui aurait pu nous voir, et nous avions ri, exaltés par notre audace.

– Quand je pense que tu as été éduquée par les sœurs, avait-il murmuré au creux de mon oreille. Espèce de débauchée.

Certes, il y a une haie et un muret qui séparent la maison de la rue ; personne ne pouvait donc nous voir à moins de nous épier depuis notre pelouse et de regarder volontairement par la fenêtre. On a déjà de la chance quand on capte le réseau mobile dans cette partie du village ; alors, avoir ce genre de public… Mais nous avions aimé nous prendre pour des libertins sans complexes. Du moins, cette fois-là.

– Il y avait une de tes pies dans le jardin quand je suis arrivé, dit-il quelques instants plus tard. Elle devait t'attendre.

Je me radoucis légèrement et lui accordai un sourire.

– Oui. Elle est souvent là.

Nous passâmes au salon, ce qui ne faisait pas vraiment partie de mon plan ; cette pièce douillette, avec son canapé confortable et sa ribambelle de coussins aux couleurs vives, était un endroit où Eddy m'avait toujours donné le sentiment d'être heureuse, en sécurité. Je ne pouvais pas compter les fois où je m'étais lovée contre sa poitrine ici, pendant que nous regardions la télévision ensemble. Ce souvenir me noua la gorge et je sentis mon cœur se serrer. Ce n'était pas un endroit pour ce nouvel Eddy, qui rendait maintenant heureuse une autre femme. Pourtant, quand il accepta la tasse et partit dans le couloir ainsi que nous l'avions fait tant de fois, je ne sus trouver le moyen de l'en empêcher, comme si l'habitude était une lame de fond nous entraînant tous deux ; s'y opposer à cet instant aurait paru mesquin, voire un peu méchant.

Je faisais de mon mieux pour être polie, après tout.

Le canapé se creusa pour nous accueillir. Eddy but son café en se livrant avec brio à une conversation de salon qui ne concernait ni sa nouvelle *innamorata*, ni son travail, ni nos arrangements à venir. C'était comme si rien de spécial ou de tendu ne se passait. Il avait l'air parfaitement à l'aise. On aurait dit une danse, et c'était lui qui menait. Je ne voyais pas comment remettre le sujet sur la table et décidai d'attendre une ouverture dans la discussion en prenant mon mal en patience. Qui sait quand j'aurais l'occasion de le revoir ici, et de si bonne humeur ?

Je serrai ma tasse vide contre ma poitrine.

– Tu as mangé ? demanda-t-il.

– Moi ? Non.

– On pourrait se faire livrer un truc, dit-il en retirant ses chaussures.

L'espace d'un instant, ce fut comme ç'avait toujours été : moi assise sur le canapé, à le regarder effectuer ce rituel chaque fois qu'il rentrait du travail.

– Le Mai Thai livre à domicile, le vendredi. Ça te dit, un petit filet de bar à la vapeur ?

Finalement, c'était un peu différent.

– Arabella ne va pas t'attendre ? demandai-je.

Il haussa les épaules, comme si cela importait peu.

– De toute façon, comme tu as dit, il faut qu'on discute.

Je jetai un œil à la vieille horloge murale, cadeau de mariage de mon amie Lily. Il était huit heures moins le quart.

Lily n'avait jamais aimé Eddy.

– Très bien, répondis-je.

– Brave fille, dit-il avec un soupçon de suffisance dans

son humour tout en me décochant son sourire de publicité. Et j'ai une bouteille de sancerre dans mon sac pour aller avec.

Il y eut donc du bar à la citronnelle avec du sancerre, et nous pûmes effectivement parler des dispositions financières, même si je restai sur l'impression légèrement inquiétante qu'il n'avait finalement pas dit grand-chose. De toute évidence, le plus juste était que chacun conserve ce qu'il possédait avant notre mariage : moi, la maison ; lui, son loft branché de Hills Road, qui lui servait de garçonnière avant notre rencontre. Chacun ses affaires – sa voiture, ses meubles. Nous trouverions un arrangement concernant ce que nous avions acheté ensemble, ce qui ne représentait pas grand-chose.

Il me regardait avec ses grands yeux gris, hochant la tête, et son absence d'objections m'encouragea à continuer (là encore, pourquoi aurait-il dû avoir des objections ?), mais en y repensant, je ne trouvai pas pour autant de véritable accord explicite dans son attitude.

– Alors, qu'est-ce que tu en penses ? lui demandai-je.

J'avais l'impression d'être rouge et curieusement détendue. On va boucler le sujet, me disais-je. On va négocier ça comme des adultes et peut-être, peut-être qu'avec le temps…

– J'en pense qu'on boirait bien un coup de plus.

– C'est un fait, dis-je sèchement. Mais que penses-tu de ce projet de médiation ?

Il regarda le fond de son verre, eut un petit sourire et le posa sur la table.

– J'en pense que je me demande pourquoi on parle de ça maintenant, dit-il en tournant ce sourire vers moi. Je croyais que la règle était de ne plus parler business après dix heures.

La pendule de Lily affichait dix heures pile.

– Cette règle concernait le travail, pas toutes les sortes de business, murmurai-je en rougissant malgré moi. Et elle était valable quand nous étions mariés.

Je me repliai dans mon coin de canapé.

Mais il se pencha en avant et tendit un bras vers moi sur les coussins.

– Margot, dit-il de sa voix profonde et sensuelle. Nous som-mes *encore* mariés.

J'ouvris la bouche pour protester, prête à reculer, mais ses lèvres étaient déjà sur les miennes et sa bouche était si bonne, si douce, et je me sentais si seule. Je m'ouvris à lui et laissai ses bras m'enlacer ; je sentis son buste ferme contre moi et me sentis trembler. J'avais tellement envie de lui, je…

Je…

Mais qu'est-ce que je faisais ?

Je le repoussai brusquement.

– Non.

Il recula, visiblement surpris, tandis que je m'écartais de lui pour me lever.

– Il vaut mieux que tu y ailles.

Je croisai les bras fermement sur ma poitrine.

– Margot…

Il écarta ses cheveux blonds de ses yeux, l'air stupéfait de ce revirement de situation.

– Qu'est-ce qu'il y a ?

Je tremblais tellement que je sentais le sol vibrer sous mes pieds.

– Tu m'as quittée pour une autre femme et maintenant tu débarques pour un plan cul, voilà ce qu'il y a.

Je me frottai le visage ; mes mains étaient maintenant froides et moites, comme tout le reste de ma personne épuisée et humiliée.

– Comment oses-tu ? Comment oses-tu faire ça, putain !

– Tu n'avais pas l'air d'être contre…

– Alors, écoute-moi bien, Eddy. Là, je suis contre, tu vois ? Je suis contre *en ce moment même*.

Je tendis un bras en direction de la porte.

– Espèce de salaud. Maintenant, enfile tes chaussures et dégage.

Il y eut un frémissement sur son visage, un mélange d'émotions tiraillées par son désir. Devait-il se montrer conciliant, présenter des excuses ? Feindre l'ignorance de ce qui avait pu me blesser ? Être encore plus audacieux, séducteur ? Mais avant toute chose, il voulait exprimer sa colère d'avoir été rejeté, et c'est ce qui l'emporta.

– Tu es dingue, Margot. Complètement tarée.

– Dégage ! hurlai-je.

Je n'éprouvais plus la moindre honte maintenant ; seule la colère m'animait, une colère profonde et furieuse.

– Sors de chez moi et ne remets plus les pieds ici !

2

– Je ne sais pas pourquoi tu me fais faire ces choses-là, dit Chris.

Sa voix est cassée, comme s'il était au bord des larmes.

– Pourquoi ne peut-on pas être heureux, tout simplement ? Pourquoi n'as-tu aucune reconnaissance ?

Katie ne répond pas ; il ne semble pas attendre de réponse, même s'il a retiré le bâillon. De toute façon, il ne la regarde même pas. Elle a mal à la poitrine et à tout le côté droit, de l'épaule à la hanche ; elle le sent en se recroquevillant sur la couverture crasseuse à motifs écossais.

Elle a essayé de le frapper avec la tasse et son contenu brûlant pour courir vers la porte, mais elle n'a gagné que quelques secondes avant qu'il la rattrape, et il est alors entré dans une rage folle, pire que tout ce qu'elle aurait pu imaginer. Elle était sûre de mourir, à ce moment-là, et a été surprise de se retrouver vivante en se réveillant contusionnée sur toutes les côtes.

Il l'a jetée en bas des marches, l'a enfermée dans sa prison en sous-sol et l'a laissée là, sans eau ni nourriture, pendant longtemps.

C'est la première fois qu'il revient depuis.

– Je me démène pour toi, tu sais.

Il frotte son visage jaunâtre avec une énergie compulsive ; elle sait que c'est mauvais signe.

– Vous êtes toutes les mêmes, de toute façon.

Katie ne dit rien. Elle est prisonnière dans cette cave

depuis… quatre, non, peut-être cinq semaines, maintenant. Elle aimerait graver les jours sur la pierre pour se faire un calendrier, seulement, elle n'a aucun moyen de savoir quand commence ou se termine un jour. En plus, son ravisseur pourrait se fâcher si elle marquait la pierre, et Katie est prête à tout, vraiment tout, pour éviter que cela ne se reproduise, même si, quoi qu'elle fasse, cela ne suffit jamais.

– À ton avis, qu'est-ce qui se passerait si je te livrais aux autres, hein ? Si je les laissais te prendre ? Tu ne peux même pas imaginer ce qu'ils te feraient.

Ses yeux sont écarquillés, presque comiques, mais elle n'a aucune envie de rire.

– Ils sont redoutables, vraiment sans pitié, crois-moi. Il ne resterait rien de toi, juste une flaque de sang par terre.

Elle a déjà entendu cette histoire maintes et maintes fois. Il la raconte encore et encore, presque mot pour mot, comme s'il s'agissait d'un script, d'un sermon, d'une prière. Il fait partie d'un gang qui capture et séquestre des jeunes filles pour le sexe. Il ne cesse de lui rappeler combien elle a de la chance qu'il l'ait protégée de leurs demandes bien plus violentes, jusqu'ici. Il pourrait suspendre cette protection à tout moment.

Tout ce que Katie sait, c'est qu'elle doit tenir bon jusqu'à ce que quelqu'un la retrouve, ou que Chris commette une erreur. Elle imagine des sauveurs débarquer ici et l'emmener dans leurs bras. Bizarrement, ce n'est pas son père qu'elle voit venir ici et passer Chris à tabac pendant que sa mère l'emmène en lieu sûr, mais Brian avec ses bras costauds et ses doux yeux bleus qui peuvent aussi devenir très durs si, comme il le dit, quelqu'un l'emmerde.

Chris se frotte les yeux.

– Pourquoi tu fais ça, Katie, pourquoi ?

Il semble attendre une réponse, cette fois.

Elle réfléchit quelques instants, puis, parce qu'elle est jeune et convaincue que le mal ne peut pas être absolu, parce que son désir de retrouver sa mère et Brian est une douleur physique aussi aiguë que celle de ses côtes cassées, elle dit la vérité :

– Je veux juste rentrer chez moi.

Elle éclate en sanglots.

Sa voix est ténue et vacille dans l'obscurité, mais il tressaille quand même, comme si elle l'avait giflé, et ses petits yeux rouges la scrutent avec leur rage habituelle et un soupçon de peur.

– Qu'est-ce que tu me racontes ? Je te l'ai déjà dit : tu ne peux pas rentrer chez toi. Si tu pars d'ici, tu es morte.

– Je sais que vous l'avez dit, mais…

Le poing de Chris la frappe violemment à la tempe, faisant claquer ses dents qui lui mordent la langue. Sa bouche s'emplit de sang.

– Tu crois que je mens ? C'est ça ? C'EST ÇA, HEIN, ESPÈCE DE PETITE TRAÎNÉE INGRATE !

Il se jette sur elle.

À un moment de cette terrible soirée, elle se retrouve allongée sur le ventre, la joue écrasée contre le sol de ciment. Sur le mur d'en face, sous la lumière crue de l'ampoule, elle voit alors de petits mots gravés sur les briques les plus proches du sol, telles des égratignures laissées par des poules. De là où elle est, elle lit : *1/12/1998 BETHAN AVERY.*

3

C'était samedi matin, à l'aube. Les répétitions pour la pièce de théâtre scolaire de St-Hilda commençaient à dix heures. Nous montions *La Duchesse d'Amalfi* pour Noël, et nous avions tous pris l'habitude de l'appeler l'« Antinativité » dans le dos du directeur. Estella, la prof de théâtre, dirigeait nos jeunes comédiens, et Lily, la prof d'arts plastiques et mon alliée personnelle pendant les interminables réunions du personnel qu'organisait le directeur, s'occupait des costumes et des décors. J'étais là davantage à titre de conseillère qu'autre chose, mais c'était amusant et, ensuite, Lily et moi sortions manger et bavarder en ville.

Et j'appréciais d'être bien occupée à cette période de ma vie.

J'avais une légère gueule de bois ; je me sentais un peu vaseuse, mais pas suffisamment pour justifier plus de temps au lit. J'écartai les couvertures pour me pousser à me lever et me rendis compte que je n'en avais aucune envie.

Je pensai à Eddy ; la culpabilité et le regret me tombèrent dessus.

Je me forçai à me lever malgré tout. Je me sentais épuisée. J'avais rêvé de Bethan Avery. Avant d'aller me coucher, j'avais entré son nom dans Google, puis passé des heures sur un article *Wikipédia* recensant quantité d'enfants enlevés et leurs assassins, chaque lien menant à une nouvelle page, avant de refermer tout cela, écœurée, pour rejoindre enfin mon lit.

Mais le mal était fait, et j'avais tourné et viré dans mon lit toute la nuit, faisant renaître dans mes rêves la jeune fille morte. Tout ce dont je me souvenais maintenant, c'était une personne m'offrant un fémur enveloppé dans de la soie. « Oh non ! avais-je répondu, pétrifiée de peur. C'est celui de Katie ? Non, non, c'est celui de Bethan. Oui, c'est bien celui de Bethan. »

Je me souvenais aussi d'Eddy en train de pleurer sur le canapé sans vouloir me dire pourquoi et se couvrant le visage avec ses mains. Cela m'avait choquée. Il m'était presque impossible d'imaginer Eddy pleurer pour quelque raison que ce soit.

Je me traînai en bas pour me faire une tasse de thé. Je rangeai nos verres de vin dans le lave-vaisselle en m'efforçant de ne pas me rappeler l'humiliation de la veille au soir. Je m'assis à la table de cuisine en chemise de nuit et frissonnai. La cuisine avait toujours été plus fraîche que les autres pièces.

Par la fenêtre, je voyais le rose doré d'une aurore splendide illuminant le ciel. La journée serait belle.

Je me forçai à aller courir et tentai de chasser mes fantômes à chaque nouvelle foulée. En rentrant, je me fis des tartines de pain au levain et du thé tout en consultant les journaux du matin. Après environ une heure à laisser mon thé refroidir, je décidai de ne pas gaspiller toute ma matinée. J'avais à répondre aux autres lettres de *Chère Amy.* Je vidai le contenu de mon sac et y remis immédiatement les copies de dissertation. Non, merci.

Les lettres étaient entassées devant moi. J'en pris une avec une belle enveloppe à filigrane, marquée d'une écriture légère et penchée. Elle contenait une brève missive m'admonestant pour avoir dit la semaine dernière que l'adoption ou l'avortement était une possibilité envisageable pour la jeune fille à qui je répondais (jeune fille de quinze ans qui s'était retrouvée enceinte après une nuit passionnée avec un membre du club de rugby local).

La suivante venait d'une femme qui m'avait déjà écrit au même sujet auparavant, j'en étais certaine : un mari qui la battait devant son enfant, après avoir dépensé toutes ses allocations au pub du village ; cette femme avait besoin d'un véritable échange, pas d'une simple réponse. Je relus sa lettre en me frottant les tempes et songeai un instant à transmettre ses coordonnées aux services sociaux avant de repousser cette idée. Ce serait une grosse entorse au principe de confiance et de confidentialité de ma rubrique. Au lieu de cela, je listai les associations pour femmes que je connaissais et y joignis le message que j'utilisais pour faire du bénévolat chez les sœurs qui tenaient un foyer pour femmes, et dont je pouvais me porter garante du travail.

La troisième était un vrai crève-cœur. Un vieil homme esseulé avait écrit une superbe élégie à la mémoire de sa femme défunte. Il se décrivait marchant seul dans sa maison sans son Edith ; touchant ses affaires, classant ses photos, jetant les fleurs qu'elle avait plantées, mortes dans leurs pots. Ses enfants essayaient de le convaincre d'aller vivre en maison de retraite, et, s'il ne leur en voulait pas pour cela, il ne pouvait cependant se résoudre à quitter la maison d'Edith. Il ne pourrait jamais le supporter. Malgré tout, il se sentait affreusement seul, et mal.

Je rédigeai la réponse standard en listant tous les groupes d'aide locaux et clubs pour personnes âgées, mais il était évident que ce monsieur n'avait pas envie de se rendre dans ce genre de clubs. Ce qu'il voulait, c'était Edith.

Je m'arrêtai là pour aujourd'hui.

Après la répétition, Lily m'invita à déjeuner au Oak Bistro. Malgré l'imminence de l'hiver, il faisait un temps magnifique, l'air était vif, presque chaud, comme s'il s'était trompé de saison. Nous décidâmes vaillamment de manger dans le jardin clos de murs, où nous étions parfaitement seules. Je commandai des tagliatelles aux crevettes ; Lily, en carnivore endurcie, choisit une entrecôte grillée sans le moindre commentaire ni remords.

C'est une des qualités que j'apprécie vraiment chez elle.

– Tu devrais demander un petit congé sabbatique au journal, me dit-elle tandis que nous attendions nos plats tout en croisant les jambes devant elle et faisant crisser le cuir de ses bottes à talons hauts.

– À l'*Examiner* ? Pourquoi ?

– Tu n'en as pas assez sur le dos comme ça ?

Je haussai les épaules et contemplai le contenu de mon verre de prosecco.

– Comme tout le monde, non ?

– C'est un divorce, Margot, pas juste une grosse facture de gaz à payer.

– Les deux sont très communs.

– Oh ! ne joue pas à ça, dit-elle en repoussant ses longs cheveux par-dessus son épaule.

Ce mois-ci, ils étaient blond platine avec des mèches lavande et des pointes vert menthe.

– Jouer à quoi ?

– À tout minimiser. Ce n'est rien, ce n'est rien, ce n'est rien. Ça ne sert qu'à énerver les gens, de dire ça, parce qu'on sait que ce n'est pas vrai et que ça va encore te rendre malade… Pas la peine de me regarder comme ça.

Je continuai cependant de la regarder de la manière dont je n'étais pas censée le faire.

– Margot, je te préviens…

– Je ne vois toujours pas en quoi le fait de pleurnicher sur mes malheurs pourra servir à quelque chose.

Je posai mon verre.

– En plus, il m'a larguée pour une femme plus riche et plus jolie…

– Et plus vieille.

J'eus un petit sourire contrit.

– C'est trop gênant pour en parler à tout le monde. Elle est plus cultivée, aussi… C'est peut-être ce qui passe le moins bien.

– Plus cultivée !

Lily pouffa, et ses lèvres rouges se tordirent en une moue dubitative.

– Elle est prof de *métallurgie.* En quoi cela fait-il d'elle une meilleure personne que toi ? Comment veux-tu entretenir une conversation captivante lors d'un dîner avec des anecdotes de fusion et de production de plomb à échelle industrielle ?

J'éclatai de rire.

– C'est de la production d'indium-étain, rectifiai-je. Ça sert pour fabriquer les écrans tactiles.

– Ah, tu vois ? C'était tellement fascinant, la première fois que tu m'en as parlé, que je ne l'ai pas oublié.

Elle remplit son verre et le mien.

– Franchement, Margot, tu vaux mille fois mieux qu'elle. Et mille fois mieux que lui, si tu veux mon avis. Il a eu beaucoup de bol, ce petit profiteur.

– Lily…

– Quoi ? C'est vrai…

Elle fouilla dans son sac, faisant cliqueter ses lourds bracelets.

– Bref, on s'en fout de lui, maintenant. J'ai un truc à te montrer, je l'ai fini ce matin, pendant la répète.

Elle sortit son bloc de croquis et me le tendit. C'était

un dessin de notre dernière réunion du personnel, en deux panneaux. Le premier s'appelait *Comment nous le voyons* et était une caricature de Ben, le directeur, penché sur son bureau, en train de nous crier après. Son visage était noir de rage. Il portait une perruque de juge, avec la robe académique assortie, et tenait une énorme pagaie. Lily, Estella et moi étions assises dans des chaises en face de lui, mais nous étions, visiblement terrifiées, de minuscules fillettes avec des nattes et des uniformes d'écolières.

Le panneau suivant s'intitulait *Comment il nous voit*. Cette fois, c'était Ben le petit garçon en uniforme d'écolier, tremblant face à nous. Toutes les trois, nous étions vautrées devant lui dans ce qui ressemblait à des trônes faits d'ossements. Elle nous avait dessinées en sortes de monstres féminins sortis de l'Antiquité. Estella la harpie arborait une paire d'ailes, et ses serres d'oiseau étaient croisées l'une sur l'autre au niveau des chevilles ; la longue chevelure de Lily était une nuée de serpents multicolores à la gueule ouverte ; quant à moi, j'avais de grandes ailes de chauve-souris dans le dos et des crocs saillants pressés contre ma lèvre inférieure tandis que je me penchais en avant tout en toisant Ben et en caressant le fouet que je tenais entre mes mains aux longues griffes.

De son coup de crayon vif et rapide, elle avait fait de moi l'une des Érinyes : une Furie, une ancienne déesse infernale grecque dont le but est de tourmenter les pécheurs jusqu'à la folie et la mort.

J'éclatai de rire une nouvelle fois.

– J'adore ! dis-je. C'est mon nouveau portrait préféré de moi. J'ai l'air beaucoup plus fréquentable que sur la photo du site Internet de l'école.

Elle sourit, heureuse et flattée.

– Je me disais bien que ça te plairait, dit-elle. Et tout ce truc chaotique…

– Chthonien…

– … cet univers souterrain de déesse de la vengeance et de la colère, ça te va carrément bien.

Elle me prit le bloc des mains et en retira la page.

– Si tu avais eu un look comme ça chez toi, Eddy n'aurait jamais osé se barrer.

Je poussai un petit rire horrifié.

– Mais quel chameau tu fais !

– Je sais, répondit-elle avec un faux air satisfait. Merci de le reconnaître. Tiens.

Elle écrivit quelque chose en bas du dessin.

– Garde-le. C'est pour toi que je l'ai fait.

Tout en bas de la page, elle avait noté : *Reste en colère ! Bisous, Lily.*

Je me sentis touchée et soudain très émue, au point que je crus que j'allais fondre en larmes. Parce qu'elle avait raison : ç'avait été dur, affreusement dur, humiliant, éprouvant, et tant de choses encore.

– Je ne sais pas quoi dire.

Je m'essuyai les yeux.

– Merci.

Elle sourit.

– Ne dis rien. Tiens, nos assiettes arrivent. À table !

Lily devait rentrer pour s'occuper de ses enfants. Plutôt que de rentrer dans ma maison vide, je pris le chemin plus long par Coe Fen, au bord de la rivière, pour revenir vers Corn Exchange.

Je déambulai sur le sentier traversant les marécages. J'adore cet endroit, surtout en automne, quand il n'y a plus de touristes et que le brouillard et les silhouettes penchées des saules sont au comble de leur magie. Je marchai parmi les feuilles mortes humides. Le sentier tournait en direction du pub Mill, et je le suivis, savourant l'odeur que la pluie avait donnée aux lieux, tandis que la rivière clapotait doucement à côté de moi avec ses flottilles de petites barques et ses canards qui se prenaient le bec. Quelque part dans le lointain brûlait un feu de camp ; son odeur me parvint brièvement. Ce serait bientôt Bonfire Night[1], ce dont je me réjouissais, moi qui adore les feux d'artifice. Cette année, nous inviterions… Non, me rappelai-je d'un coup avec une grande déception, nous n'inviterions personne pour Bonfire Night, cette année, parce qu'Eddy ne vivait plus à la maison et que nous étions en train de divorcer.

Il faudrait que je fasse les caramels de circonstance avant le jour J, me dis-je. Je suis assez douée pour les faire. À vrai dire, j'avais déjà envie d'en manger.

Il fallait que je passe devant les bureaux de l'*Examiner* pour me rendre à la confiserie. Après avoir vaguement hésité, je poussai la porte de la rédaction.

Il y avait une lettre pour moi.

Chère Amy,

Personne n'est venu. Je sais que ce n'est pas votre faute et que vous faites ce que vous pouvez. Ce qu'il y a, c'est je ne vous ai pas dit assez de choses pour que vous puissiez me retrouver. Mais c'est difficile, parce que je ne sais pas grand-chose. Non seulement ça, mais les choses qu'il m'a dites sont peut-être fausses. Et j'ai peur que vous ne me retrouviez jamais si je vous donne de mauvaises informations. C'est ce qui m'effraie le plus.

---

1 Aussi appelée *Guy Fawkes Night*, fête célébrée le 5 novembre au Royaume-Uni, où l'on allume des feux de joie et tire des feux d'artifice. (NDT)

Je ne sais pas où je suis, à part le fait que c'est un sous-sol dans une grande maison ancienne. Il y a une espèce de mousse isolante qui recouvre les murs pour que personne ne puisse m'entendre, mais si je colle mon oreille contre les tuyaux, je peux entendre des choses. Par exemple, il y a des chiens qui aboient parfois la nuit, mais ils ont l'air d'être assez loin.

J'ai essayé d'enlever la mousse dans un coin, juste un peu, en espérant qu'il ne le voie pas, mais il l'a remarqué et ça l'a rendu complètement fou. Il a remis la mousse en place et il a dit que, si je recommençais, il me clouerait au mur par la même occasion.

Je le crois.

Je ne peux pas vous dire d'autres choses sur la maison où je suis, parce qu'il a mis un sac sur ma tête quand j'étais dans sa voiture, et je n'ai jamais vu l'extérieur. Je ne sais rien d'autre sur cette maison.

Il y a plein de choses que je ne sais pas. Je ne sais même pas ce que vont devenir ces lettres, ou même si vous les lisez.

Tout ce que je veux, c'est sortir d'ici et rentrer chez moi. Je vous en prie, parlez-en à la police ou à ma grand-mère, parce que, s'ils continuent de chercher, ils finiront bien par me trouver.

Je vous embrasse,

Bethan Avery

P.-S. – S'il vous plaît, aidez-moi, vite !

Je restai devant les bureaux et essayai de respirer à fond. Je me sentais mal et glacée. Mes yeux se baissèrent vers le papier taché et la grosse écriture enfantine, si semblable aux écritures que je voyais tous les jours en classe.

– C'est une farce, rappelle-toi, dis-je à haute voix.

Cela n'eut pas l'effet apaisant escompté.

J'examinai la lettre une fois de plus, minutieusement. Comme la précédente, elle avait été postée la veille du jour où je l'avais reçue. Elle était écrite sur du papier blanc ordinaire, qui n'avait certainement pas dix-sept ans d'âge.

Elle ne pouvait pas venir de Bethan Avery.

Et pourtant, elle venait bien de quelqu'un.

Une idée me vint. Je rangeai la lettre dans mon sac et l'accrochai à mon épaule.

Il était inutile de m'attarder sur ces lettres tant que je n'en saurais pas davantage sur Bethan Avery, cette jeune fille morte qui m'écrivait aujourd'hui, et ce qui lui était arrivé. Je tapotai mon sac d'un geste paternel, me sentant un peu moins désemparée.

J'avais déjà écumé *Wikipédia* pour rassembler les informations disponibles sur Bethan Avery. Et je n'avais trouvé que des bribes d'éléments éparpillés sur d'obscurs sites Internet. Si je voulais en apprendre davantage, il fallait viser plus haut.

Je marchai jusqu'à la grande bibliothèque du centre-ville, nichée dans son immense complexe de magasins. Je m'arrêtai quelques instants devant les ascenseurs et regardai tout autour de moi, guettant quelque visage connu, mais il n'y avait que des étrangers.

Brusquement, j'eus le souffle coupé et je dus poser une main contre le mur pour tenter de me contrôler.

Non. Je refuse d'avoir une nouvelle crise d'angoisse. Pas question.

Pendant que l'ascenseur descendait, mon cœur était devenu glacé et lourd comme du marbre, et il y avait une sorte de conspiration en cours avec mes nerfs, lesquels ne voulaient pas que j'aille mettre mon nez plus loin dans cette histoire. Bien décidée à leur montrer qui était le chef, je pris plusieurs respirations profondes. Je relevai les yeux en me rappelant ce que m'avait dit mon thérapeute : procéder par petites étapes.

D'abord, respirer.

Les portes de l'ascenseur s'ouvrirent.

Je serrai les poings, mis volontairement un pied devant l'autre, entrai dans l'ascenseur et appuyai sur le bouton.

Pas question de laisser ces choses-là prendre le dessus.

La bibliothécaire, une petite blonde d'une vingtaine d'années en tee-shirt Rebel, leva les yeux de son comptoir et me sourit.

Ne croyez pas les gens qui vous disent que le critère pour se sentir vieux, c'est lorsque les policiers et les médecins paraissent plus jeunes que vous. Ce sont les bibliothécaires qui vous font le coup chaque fois.

– Je cherche un livre sur Bethan Avery, me lançai-je à dire au bout d'un moment.

– Qui ?

– C'est une jeune fille qui a disparu dans la région dans les années 1990. On a conclu à un meurtre, mais je ne pense pas que le corps ait été retrouvé. J'ai cherché sur Internet, mais je n'ai pas trouvé grand-chose de plus.

La fille fronça les sourcils, imprimant une ride sur son front blanc, et consulta son écran en tapant le mot-clé à toute vitesse.

– Jamais entendu parler d'elle. Hmm… Elle ne sort pas dans ma base de données. Ce serait en « histoire locale », peut-être ?

Je secouai la tête.

– Je ne pense pas.

Cette bibliothécaire devait être en primaire au

moment de l'affaire ; pas étonnant qu'elle n'en ait jamais entendu parler.

– J'essaierais plutôt « crimes réels », ajoutai-je.

– Je ne trouve rien, dit-elle, mais on a des archives des crimes réels. Elle figure peut-être là-dedans… Ah ! attendez, j'ai deux exemplaires de *Enlevés sous nos yeux – histoires vraies d'enfants disparus*, de Linda Moore. Et…

Elle eut un petit sourire de triomphe.

– Vous avez de la chance. Un des deux est dans cette section, et disponible. Vous n'avez qu'à aller le prendre.

– Merci.

Je regardai autour de moi.

– Pardon, mais où se trouve le rayon « crimes réels » ? Je n'ai pas l'habitude de le fréquenter.

– Bien caché au fond de cet étage. Suivez-moi.

Elle me guida entre les rayonnages qui me surplombaient de chaque côté, dégageant une douce odeur de papier et de poussière, mais bien plus vides que dans mon souvenir. Un parfum artificiel de pastilles contre la toux aromatisées à la cerise nous parvenait de l'autre côté d'une étagère, où quelqu'un chuchotait dans un portable (« Dis-lui qu'elle le mène en bateau »).

– Je ne cherche pas du sensationnel, expliquai-je en toute franchise, notre petite marche me laissant le temps de penser qu'on pouvait trouver ma demande un peu morbide. Je veux juste des faits.

Elle fit la moue en sortant d'un rayon un gros ouvrage cartonné à l'air moisi.

– Là, ce n'est peut-être pas gagné. Tenez, dit-elle.

L'illustration de la couverture était horripilante : une poupée ensanglantée et une photo à gros grain noir et blanc montrant une fillette brune en uniforme d'écolière.

Le titre chapeautait l'ensemble dans une police de caractères gouttant comme du sang sur le nom de l'auteur.

La bibliothécaire dut voir mon expression.

– Oui, la couverture est horrible, n'est-ce pas ?

Je la remerciai et pris le livre pour m'asseoir à une table. Mes mains s'étaient remises à trembler. J'avais un rendez-vous chez le médecin lundi soir, où, une fois de plus, nous reparlerions de bilan sanguin, de ma peur panique des aiguilles, et peut-être que lorsqu'il me réitérerait sa proposition de tranquillisants, j'accepterais son offre. Il serait scié.

Je parcourus l'ouvrage, cherchant un index. Il n'y en avait pas, mais il y avait en revanche pléthore de mauvaises reproductions de photos d'enfants souriants, ignorant tout de leur funeste avenir ; de portes de maisons en briques rouges rendues sinistres par leur simple présence ici ; de types louches et de femmes tristes portant la mode d'autrefois ; certains menottés et encadrés par la police.

J'ouvris le début du livre, songeant déjà à abandonner, quand quelque chose retint soudain mon regard dans le sommaire : *La chérie de Peggy – le cas tragique de Bethan Avery.*

Quand je relevai les yeux du livre, des heures s'étaient écoulées et la bibliothèque fermait. J'avais lu, certes, mais j'avais surtout scruté avec une incrédulité croissante les photos du journal intime de Bethan incluses à côté du texte.

4

Le lundi suivant, calée dans l'un des grands fauteuils en cuir de la salle des profs tout en boiseries de St-Hilda, j'étais encore en train de regarder certaines de ces photos pendant mon heure de déjeuner. J'avais fait des photocopies des lettres de Bethan le samedi, lesquelles étaient glissées entre les pages d'*Enlevés sous nos yeux*. Quelques collègues jetèrent des regards curieux sur la couverture du livre.

– Vous avez changé de registre, Margot ?

Je relevai les yeux et vis Ben, le directeur, qui était entré dans la salle sans que je le remarque. Il s'était arrêté à côté de mon fauteuil et me toisait. Dans son petit carré de barbe grise, sa bouche était pincée en une grimace de désapprobation ; ses yeux pâles se posèrent sur la couverture racoleuse, puis sur moi.

– Oui, enfin, non, bredouillai-je, prenant conscience de la situation. Enfin, c'est une amie qui me l'a conseillé.

– Je vois.

Le nombre de mes années s'effaça. D'un coup, je n'avais plus que sept ans.

Puis, le souvenir du dessin de Lily me revint subitement, là où j'étais une petite fille timide avec des tresses, alors que j'étais en réalité une Furie.

Je laissai mon regard revenir sur le livre avec détachement.

Il s'apprêtait à ajouter autre chose quand la sonnerie retentit. Sauvée par le gong.

Ryan Sipley, le chef des quatrièmes, bafouillait et transpirait à grosses gouttes. Il était en pleine guerre avec la langue anglaise, et le champ de bataille du jour était *Jane Eyre*.

– *Voilà ma femme, dit-il.*

Ryan me lança un regard désespéré, me suppliant de mettre fin à sa torture en confiant la lecture à haute voix à un autre malheureux.

– Continuez, dis-je.

Je me sentais coupable. Il détestait cela, je le savais. Seulement, l'exercice de la lecture à haute voix est excellent pour les enfants. Ils doivent entrer vraiment dans le texte ; même les passages les plus ennuyeux ou difficiles à interpréter nécessitent de choisir ce que l'on doit accentuer ou minimiser, ce qu'on veut montrer ou cacher. Pour cela, il faut structurer son langage, être fluide, au corps à corps avec ce que l'on dit, pour affronter le public. Mon seul espoir était qu'un jour, lors de je ne sais quelle situation sociale qui n'aurait sûrement rien à voir avec le fait de lire *Jane Eyre* à voix haute, cet entraînement pourrait être utile à Ryan.

Malgré tout, j'avais quand même l'impression d'être une sadique.

Au dernier rang, trois filles se passaient des messages en ricanant dans le dos de Sorcha Malone, qui était habituellement des leurs, mais avait dû se fâcher avec elles, puisqu'elle avait cette fois pris place trois rangs plus avant. Elle était très pâle et avait les yeux roses à force de retenir ses larmes.

La meneuse du petit groupe de filles était Amber McGowan, connue pour être une petite racaille aimant malmener les autres. Je la regardai ostensiblement, ayant choisi la prochaine candidate à cette épreuve.

– *C'est la seule étreinte... conjujale...*

– *Conjugale*, rectifiai-je gentiment. Ça veut dire : en tant que mari et femme.

Il rougit jusqu'aux oreilles. Je décidai de me montrer miséricordieuse.

– Merci, Ryan. Amber, vous voulez continuer, s'il vous plaît ?

Ryan poussa un soupir de soulagement très audible. La tête d'Amber McGowan sursauta de façon coupable en entendant son nom. Elle était penchée sur son iPhone ; son livre était sous son bras, oublié depuis un certain temps.

– Pardon, madame ?

– Le livre, dis-je froidement. Vous savez où nous en sommes ? Et l'usage des téléphones est interdit pendant mon cours, mademoiselle McGowan, comme vous le savez déjà. Si je revois cet appareil, il restera dans mon bureau jusqu'à la fin du trimestre, compris ?

Un peu gênée, elle se couvrit la bouche de sa main pour dissimuler son sourire.

– Je ne sais pas où on est, madame, avoua-t-elle.

Une de ses disciples avait suivi la lecture à côté d'elle, et plaça un doigt sur sa page, qu'Amber avisa adroitement.

– ... *qui a su rester grave et calme devant la porte de l'enfer et les gambades du démon...*

Elle écarta de ses yeux une mèche de cheveux longs.

Amber lisait mécaniquement, sans intégrer le moindre élément de sens, ne faisait que répéter les mots. Une perte totale de temps. Je regardai ma montre. Encore vingt minutes…

Si je ne faisais pas cela, me rappelai-je, il était presque sûr qu'au moins cinquante pour cent d'entre eux ne liraient jamais *Jane Eyre* ; ils trouveraient les réponses aux questions de dissertation auprès de parents ou de copains, ou même au petit bonheur la chance. J'avais demandé à Ben si je pouvais leur montrer un DVD du film, ce à quoi il m'avait sèchement répondu que nous n'en possédions pas. J'avais suggéré d'aller acheter moi-même ce DVD avec le budget de l'école, et la proposition faisait maintenant l'objet de délibérations aussi stériles que compliquées lors de chaque réunion autour du déjeuner du mardi. J'aurais aussi pu l'acheter sur mes propres deniers, mais alors, il m'aurait sûrement fallu me battre pour avoir le droit de le passer. Le directeur était très attentif à ce que la culture populaire moderne ne laisse rien passer de « pornographisant », et il ne manquerait pas de se saisir d'une telle occasion pour expliquer pourquoi il ne voulait pas « cautionniser » cela en laissant passer des supports non académiques.

Ce à quoi je répondrais sûrement quelque chose d'inopportun, faisant remarquer, en ma qualité de professeur d'anglais et de lettres, que les mots « pornographisant » et « cautionniser » n'existent pas et n'ont jamais existé, et que même dans le contraire, c'était totalement déplacé dans le contexte d'une adaptation récente du roman *Jane Eyre*.

Mes collègues se mettraient alors à tousser en regardant leur montre et trouveraient une excuse pour s'en aller. Voilà comment les choses ne bougent jamais ; c'est toujours pareil ici.

Je me demandai si Bethan Avery avait déjà lu *Jane Eyre*. Aurait-elle juste répété ces mots bêtement ou bien en aurait-elle saisi le sens ?

Je passai la main sur les bouts de papier blanc que je garde sur mon bureau pour prendre des notes. Le papier semblait plus chaud que mes doigts. Le haut du livre était visible, de là où j'étais assise, dépassant un peu de mon sac.

L'histoire était vraiment sordide.

Bethan Avery avait quatorze ans et était la fille de Melissa, toxicomane de son état, et de potentiellement pas mal de pères pendant un séjour sous les lumières de la capitale. Elle passa directement du ventre de sa mère aux mains de l'assistance publique. Sa mère se battit à quelques reprises pour essayer de la reprendre, dans de fréquents accès de détermination à « changer de vie » qui duraient neuf mois maximum ; mais ses démons, s'ils lui laissaient parfois un semblant de répit, finissaient toujours par la rattraper. Le bébé resta principalement avec sa grand-mère, Peggy, une âme simple mais joyeuse qui fit de son mieux pour l'élever.

Melissa finit par disparaître de la circulation : elle partit à Amsterdam pour un « contrat de mannequin », et l'on n'entendit plus jamais parler d'elle. Pendant ce temps-là, la vie suivit son cours dans la petite maison de Parkhurst Lane. Jusqu'à un soir glacial de janvier 1998, où l'un des voisins passa un coup de fil horrifié : Peggy avait glissé et venait de se fracasser le crâne sur son seuil verglacé. On alla chercher Bethan à l'école pour l'amener au chevet de Peggy. Laquelle reposait sur une civière, prête à être opérée. À un moment, quelqu'un remarqua que Bethan avait disparu.

Il fallait que je me ressaisisse. J'étais dans ma classe, en train de regarder le cuir chevelu blanc d'Amber McGowan sous ses cheveux blonds, alors qu'elle se penchait sur son livre. Ce pouvait être elle qui avait écrit les lettres.

Ce pouvait être n'importe qui.

Je considérai toutes les têtes penchées de ma classe, silencieuses tandis qu'Amber lisait, de plus en plus mécontente d'être ainsi piégée, et s'enhardissant à le faire sentir. Je savais que les gosses envoyaient parfois de fausses lettres à ma rubrique, espérant que je me ferais avoir. Il y a quelques mois seulement, deux idiots de terminale avaient tenté ce genre de coup par e-mail, sauf qu'ils avaient oublié que l'adresse IP de l'établissement était visible.

Toutefois, ils n'avaient pas tenté de se faire passer pour une lycéenne assassinée, et, vu l'état d'abattement et de choc dans lequel tous se trouvaient depuis la disparition de Katie, il semblait peu probable qu'ils jouent à ce genre de jeu.

Malheureusement, même si un tel canular eût été d'un mauvais goût total, cette possibilité n'était pas exclue.

Si les enfants n'ont pas le droit de voter ou de rester trop longtemps sans surveillance, c'est pour de bonnes raisons.

Des heures s'écoulèrent avant que quelqu'un ne remarque que Bethan n'était pas juste partie prendre l'air quelques instants. Elle avait disparu de l'hôpital, et personne ne savait comment, ni pour aller où.

Au milieu de ce chaos, environ une heure après la disparition de Bethan, Peggy mourut sur la table d'opération. Sous le scalpel, il devint évident que sa mort n'avait en fait rien d'accidentel : son crâne portait de nettes marques de marteau, et les taches de sang confirmèrent plus tard qu'elle avait été tuée chez elle et traînée jusqu'à la porte après avoir été vue dire au revoir à Bethan.

La police se rendit à l'école pour opiner sagement du chef devant le témoignage larmoyant du directeur. Des affiches du visage de Bethan apparurent dans les magasins du coin, furent clouées aux poteaux téléphoniques et scotchées aux lampadaires. Les journaux réclamaient une enquête d'utilité publique, que des gens soient virés, plus de sécurité dans les rues, voire le retour de la peine de mort. On passa au peigne fin les tourbières des Fens et la rivière.

On ne trouva rien.

Mais la vie continue pour les vivants, et bientôt, on oublia Bethan. Deux mois après sa disparition, une solide femme d'âge moyen nommée Angie Holloway promenait son chien à neuf heures du matin sur une piste équestre publique qui borde l'ouest de la zone des tourbières. Je connais bien cette piste : Eddy et moi allions souvent nous y balader en été, au début de notre relation, car elle passait devant un formidable pub de campagne, le Black Swan, qui servait une excellente tourte à la viande. Comme notre mariage, ce pub a changé de propriétaires et est maintenant fermé.

Le sentier de graviers traversait un ruisseau appelé Brin Brook, et c'est là qu'Angie vit un haillon blanc taché de rouge brun qui battait au vent tel un drapeau, pris dans les fils barbelés d'une clôture bordant le pont. Quelque chose dans ces taches retint l'attention d'Angie. Cela, et le fin tissu blanc. C'était une chemise de nuit en nylon avec des bords en dentelle, d'un genre pas vraiment à la mode, et copieusement imbibé de sang.

Angie put affirmer que ce tissu ne se trouvait pas sur le pont la veille. La chasse à l'homme reprit de plus belle, et l'on passa de nouveau forêts et collines au peigne fin, on interrogea les habitants et l'on fouilla en vain toutes les maisons, petites et grandes, sans aucun résultat. Peu à peu, la recherche pour disparition inquiétante se transformait en enquête pour meurtre.

Une équipe d'hommes-grenouilles arriva pour draguer le ruisseau. Trois semaines plus tard, ils avaient trouvé une vertèbre, qui s'avéra ensuite être celle d'une brebis. La police ne trouva rien d'autre, alors qu'elle fouilla scrupuleusement tous les espaces verts environnants. À toutes fins utiles, on déclara que la chemise de nuit appartenait bien à Bethan Avery. Ce n'était pas grand-chose, et, en outre, n'importe qui aurait pu le contester.

Moi, par exemple. Je le conteste. J'ai lu les lettres que quelqu'un m'a envoyées et qui prétend être Bethan Avery. Et si elle avait réussi à s'échapper des griffes de son ravisseur ; blessée, certes, mais pas morte ? Quelle femme serait-elle, dix-sept ans plus tard ? Elle serait complètement différente de la fille qui avait été enlevée. Et en même temps, elle serait toujours cette jeune fille piégée et terrifiée, vivant un vieux cauchemar. Quelque part dans cette femme, une enfant pleurait, réclamant réconfort, secours, assistance…

Cette idée me glaçait.

Là encore, il n'était pas impossible qu'un pervers m'ait écrit ces lettres, penché sur sa table en formica une fois que sa femme et ses enfants étaient au lit, les paumes moites et la langue tirée, se délectant du désarroi de son héroïne fictive.

Peut-être même s'agissait-il de quelqu'un qui savait ce qui était arrivé à Katie Browne.

Je ne parvins pas à parler de cela à qui que ce soit. Je me rendis tout de même à la police avec la seconde lettre, les suppliant de considérer les deux à la lumière de la disparition de Katie. Ils se montrèrent polis et attentifs, m'offrirent du café soluble dans un gobelet en carton pendant que je parlais, mais ne furent absolument pas convaincus. On me faisait une fleur, et je le savais. C'était encore pire que la première fois, quand on s'était moqué de moi ouvertement. Là, au moins, j'avais eu une réponse honnête.

J'essayai de les convaincre de prendre les lettres, ce qu'ils acceptèrent à contrecœur, mais quelque chose dans leur attitude me poussait à croire qu'ils me prenaient pour une détraquée et que les lettres finiraient à la poubelle dès l'instant où j'aurais quitté leurs bureaux. Je suppose que c'était un peu parano de ma part et que jamais ils n'auraient fait une chose aussi peu professionnelle, mais une fois que je l'eus en tête, je ne parvins plus à me débarrasser de cette idée. Finalement, ils prirent les photocopies et je repartis avec les originaux dans leur enveloppe brune, rangés dans mon sac.

J'avais pris l'habitude d'appeler à l'*Examiner* tous les jours où je n'y allais pas, même si Bethan, ou la personne qui se faisait passer pour elle, ne donnait plus de nouvelles.

Et puis, le 14 novembre, je reçus un e-mail.

Chère madame Lewis,

Veuillez m'excuser de vous contacter ainsi. J'ai eu vos coordonnées par la police de Cambridgeshire.
Si j'ai bien compris, vous avez reçu des lettres assez déconcertantes il y a quelques semaines, dont vous avez déposé des copies au poste de police de Cambridge. Je vous écris pour vous dire qu'après quelques fastidieux détours, ces lettres sont parvenues jusqu'à mon bureau.
Je m'appelle Martin Forrester et je suis le criminologue doyen du Service multidisciplinaire d'analyses historiques. En lisant cela, j'imagine que vous devez vous demander ce que nous faisons, question dont je débats fréquemment avec moi-même. Pour

faire simple, nous travaillons en partenariat avec plusieurs institutions et les forces de police pour analyser les données criminelles.
J'ignore qui vous écrit ces lettres. Ce que je sais, c'est que nous avons comparé l'écriture qui y figure avec les extraits du journal intime de Bethan Avery dont nous disposons, extraits qui sont reproduits dans le livre de Moore. Comme vous l'avez vous-même fait remarquer à la police, l'écriture est similaire.
Il y a toutefois d'autres raisons pour lesquelles ces lettres sont intéressantes. Avec votre permission, nous aimerions montrer les originaux à l'expert médico-légal qui a travaillé sur cette affaire à l'époque.
Si vous voulez bien nous aider dans ce sens, merci de me contacter par mail – mdf17@crim.cam.ac.uk – ou de m'appeler à l'Institut.
Dans l'attente de discuter de tout cela de vive voix avec vous,

Bien à vous,

Martin

P.-S. – Je suis un fan de votre rubrique.

Dr Martin Forrester
Directeur du Service multidisciplinaire d'analyses historiques
Institut de criminologie
Université de Cambridge
Cambridge
01223 335360 (poste 9873)

5

Ce soir-là, sur mon MacBook Air, j'écrivis une réponse à Martin Forrester alors que j'étais censée travailler sur ma rubrique pour le journal. J'avais déjà entré le nom de l'Institut dans Google, et, même si j'avais trouvé la page du SMAH et sa biographie, il y avait très peu d'informations disponibles. Je comptais creuser un peu plus, peut-être trouver une photo de lui, quand, quelques minutes après avoir cliqué sur Envoi, une réponse tomba dans ma boîte.

Vous êtes à St-Hilda, c'est bien ça ? Sur Trumpington Road ? M.

Comment savait-il cela ? Au commissariat, je m'étais présentée sous mon personnage de *Chère Amy*, ou plutôt de la Margot Lewis qui travaillait sous ce nom. Je n'avais pas évoqué mon travail d'enseignante.

C'était vraiment curieux.

En effet, répondis-je, puisqu'il n'aurait servi à rien de le nier. *Vous êtes bien renseigné.*

C'était censé être une ouverture l'invitant à me dire comment il avait appris cela, mais il ne mordit pas à l'hameçon. Impossible de savoir s'il avait simplement fait preuve de subtilité ou si c'était un effet de réseau. L'homme était un universitaire de Cambridge, songeai-je avec contrition. Pour en avoir épousé un moi-même, je savais que les deux options étaient envisageables.

Seriez-vous disponible pour prendre un café lundi ou mercredi ? M.

Je devais lui accorder qu'il était motivé, et assez direct. Je tapai une rapide réponse :

J'ai un moment de libre entre 11 h et 13 h lundi, si ça vous convient. J'apporterai les lettres.

Trente secondes plus tard, je recevais sa réponse :

Parfait. Je suis à l'université lundi matin ; alors, disons 11 h 15 au Copper Kettle. Je réserverai une table. En cas de problème, voici mon numéro de portable : 08978 345543. M.

J'accusai réception et confirmai le rendez-vous, mais sans lui donner mon numéro de téléphone en retour.

Il avait une dernière chose à ajouter :

Notre expert médico-légal demande que vous évitiez de toucher les lettres plus que nécessaire à partir de maintenant. Jusqu'à ce qu'il les ait. Merci. M.

Après cet échange, je n'avais plus aucune motivation pour travailler sur ma rubrique *Chère Amy*, ou mes copies, et encore moins sur les formulaires relatifs à la procédure du divorce. Je m'installai sur le canapé et bus une bouteille de vin dans l'obscurité croissante, me demandant dans quoi je m'étais embarquée et si j'étais prête à affronter ce vers quoi cela risquait de me mener.

Eddy me manquait cruellement.

À un moment de la nuit, j'avais fait une recherche sur Martin Forrester. Lorsque je m'éveillai, un homme avec de longs cheveux bruns ondulés attachés et des yeux intenses et pénétrants me regardait par l'écran de mon ordinateur.

Je me frottai les yeux et le dévisageai comme il se penchait en avant et se figeait au moment de serrer des mains et d'accepter un genre de récompense en plexiglas remise par le vice-président de l'université. Le sourire de Forrester était modeste bien qu'un peu artificiel, comme celui de ceux qui se livrent régulièrement à ce genre d'exercice. Il avait un physique plutôt brut de décoffrage, avec des airs de druide turbulent, et aurait pu avoir entre trente et cinquante ans. Il était en smoking et arborait ce détail rarissime dans une tenue d'homme, la cravate blanche, ce qui rendait le contraste avec sa coiffure encore plus saisissant. Derrière lui, je reconnaissais les boiseries du hall de l'Université de St-John.

Je me redressai tant bien que mal dans l'obscurité précédant l'aube ; j'avais beau avoir la gueule de bois, je ne me rappelais pas avoir jamais vu cette image auparavant. Il fallait vraiment que je lève le pied sur l'alcool, même si, quelque part, je ne pouvais m'empêcher de me rebeller et de penser qu'un divorce est tout de même une bonne période pour picoler, non ?

Je consultai mon téléphone : pas d'appels à Eddy sous alcool. Ouf, c'était déjà ça. J'essayai d'écarter toutes ces pensées, mais restai troublée malgré tout. Trouble qui monta d'un cran lorsque je me traînai en bas pour me faire un café et des toasts, et découvris une grande enveloppe blanche sur mon paillasson.

Je la regardai en fronçant les sourcils. Elle venait du cabinet Calwhit, Blank & Mettle. Ç'avait toujours été un véritable mystère pour moi : les avocats semblaient toujours avoir des noms de famille aussi dickensiens, qu'ils s'obstinaient en outre à réunir en des listes absurdes. Qui sait s'ils ne sont pas obligés de changer de nom quand ils passent l'examen du barreau, comme les nonnes quand elles prononcent leurs vœux ? Rien ne doit demeurer de leur ancienne faiblesse humaine.

L'enveloppe, elle, n'avait rien de dickensien. Elle arborait une grosse police de caractères argentée et en relief, qui annonçait la couleur. Je déchirai l'épais papier avec un mauvais pressentiment diffus.

Il n'y avait qu'une seule page à l'intérieur, d'un papier épais à en-tête en relief, comme l'enveloppe. Les avocats intervenaient sous instruction de leur client, le Dr Edward Lewis, dans le cadre de son divorce et de l'arrangement financier subséquent. Ils me priaient de bien vouloir passer par eux pour toute correspondance ultérieure avec leur client. Et me remerciaient de mon attention à ce sujet.

Je la lus attentivement, au moins trois fois, tandis que des vagues de chaud et de froid se succédaient en moi. Un véritable océan volcanique.

Tu savais qu'il allait te faire ce coup-là, tu le savais, tu le *savais*…

Je restai plantée là un long moment, à réfléchir à ma réponse, laquelle risquait de ne pas s'avérer très judicieuse stratégiquement parlant, puisqu'elle partait dans le sens de me mettre à courir dans les rues de Cambridge pour aller frapper comme une folle à la porte de son nid d'amour.

Il veut la maison, il veut *ta* maison…

Ce n'était pas encore une déclaration de guerre, mais les ambassadeurs avaient été virés, et une motion de non-action, mise sur la table de l'ONU. Les hostilités n'allaient pas tarder à être ouvertes.

Calme-toi, me dis-je. C'est ce que je disais à mes élèves tous les jours en classe, et cela semblait avoir un peu d'effet sur eux.

Il fallait que je me ressaisisse. Eddy avait emménagé avec sa chef, maintenant. Il avait un deuxième bien qu'il mettait en location. Aucun juge n'allait lui donner ma maison en plus, ce serait de la folie. Nous n'avions été mariés que trois ans. Et en plus, il gagnait beaucoup plus d'argent que moi.

Mais il était possible qu'on me force à vendre la maison. Elle valait plus que l'appartement, maintenant, beaucoup plus. Et s'il s'agissait vraiment de diviser le patrimoine en deux… Juste ciel, il veut ma maison.

Je mis les deux mains sur ma tête, tentant vainement de contenir le bouillonnement de mes pensées.

Oh ! merde, merde, merde !

Une chose au moins était claire : il allait falloir que je prenne un avocat.

Finalement, je suivis ma première impulsion et pris ma voiture jusqu'à la maison géorgienne du Pr Arabella Morino sur son petit bout de jardin fleuri de De Freville Avenue pour aller parler à Eddy. Je ne m'étais pas pointée à sa porte échevelée et en chemise de nuit froissée et tachée de vin, telle une bacchante furieuse et encore à moitié avinée ; j'avais pris le temps d'une douche et d'une tasse de café noir avant d'y aller.

Et ce serait tout ce que je ferais comme concessions pour aujourd'hui.

En frappant avec énergie au gros heurtoir de bronze, je m'attendais à patienter un peu, le temps que les coupables amants se décident à ouvrir de l'autre côté. Je fus donc désarçonnée et en oubliai tout mon beau discours en voyant la porte s'ouvrir immédiatement. De toute façon, mon discours n'était pas destiné à Evan ; et c'était lui qui venait d'ouvrir en m'entendant frapper.

Je me maîtrisai et nous nous regardâmes sans dire un mot, avec le respect prudent que s'accordent deux âmes blessées. Rasé de frais et toujours un peu rondouillet, Evan posa une main dans l'encadrement de la porte. J'aperçus la peau blanche de son poignet légèrement couvert de poils noirs, qui sortait de la manche de son peignoir.

Voilà qui était très curieux. Evan avait quitté cette maison six semaines plus tôt, plein de rage et de dégoût, et Eddy y avait emménagé derrière lui. Evan est, ou plutôt était, le compagnon d'Ara. Son ex et futur compagnon, à en juger par son attitude détendue.

Me voyant trop sidérée pour parler, il se lança :

– Margot, dit-il d'un ton poli mais formel. Il est tôt.

Oui, hein ? me dis-je. Il devait être environ huit heures et quart. La honte se mit à me chauffer les joues. Je ne me montrais certes pas très polie, mais ce n'était pas une visite de courtoisie non plus.

– Je sais, désolée. Je voulais passer avant d'aller au travail. Est-ce qu'Eddy est là ?

Je me rendis compte que cette question n'avait aucun sens. Il était strictement impossible qu'Eddy soit présent à ce moment.

Evan eut une drôle de grimace avant de se figer, et je me dis qu'il devait être assailli par une certaine quantité d'émotions, dont aucune ne devait être acceptable en public. Le souvenir de l'humiliation ; le stress d'être confronté à une femme éconduite et potentiellement instable ; mais aussi, et surtout, une subtile pointe de triomphe.

Je savais tout cela avant même qu'il n'ouvre la bouche.

– Eddy ne vit plus ici, Margot, dit-il.

Son regard s'aventura un instant derrière son épaule trapue, vers une silhouette sombre que je distinguai vaguement au pied de l'escalier, en robe de chambre.

– Il est parti.

Je mobilisai toutes mes forces pour résister à la tentation de suivre son regard. Quelque chose remuait avec une terrible énergie dans mon ventre, tel un animal blessé.

– Ah, fis-je.

Je n'avais pas la moindre idée de la prochaine chose à dire ou faire, et Evan parut le comprendre. Il attendit patiemment que je recouvre mes esprits. À l'intérieur, je voyais la silhouette sombre bouger d'un air impatient. Elle voulait que je dégage vite fait, c'était évident. Elle avait bousillé mon mariage avant d'être prise de remords, et ma présence ici menaçait son nouveau rapprochement avec son ex.

– Quand est-il parti ?

– Je ne sais pas.

Evan regarda derrière lui, et elle murmura quelque chose dans la pénombre de l'entrée. La voix d'Ara était grave, presque rauque. Eddy trouvait-il que cela faisait partie de son charme ?

– La semaine dernière, répondit Eddy.

La semaine dernière. Il était venu chez moi sans prévenir vendredi soir. Oui, c'était bien vendredi, puisque c'était le jour où j'étais rentrée tard du poste de police, le jour où j'avais reçu la première lettre de Bethan Avery. Sur son trente-et-un. Il était venu discuter de notre arrangement, avait essayé de coucher avec moi, et je l'avais jeté dehors. Pourquoi l'avais-je jeté comme ça ? J'avais souvent eu envie de le retrouver, durant mes heures de solitude. Du moins, je le croyais.

Sûrement parce que j'avais senti un truc bizarre en lui. J'avais dû me rendre compte qu'il voulait quelque chose.

– Est-ce que vous savez où il est parti ? demandai-je.

Evan secoua la tête.

Eddy ne pouvait pas revenir à l'appartement : il l'avait loué pour une bouchée de pain à un autre arnaqueur de Sensitall Labs, la nouvelle petite affaire qu'ils avaient tous montée en marge de l'université. Alors, bien sûr, le boulot n'allait pas être facile pour eux, maintenant. Si je me souvenais bien des commérages qui circulaient dans le département d'Eddy, Ara traînait depuis longtemps une réputation assez impitoyable. Je me frottai la tête en réfléchissant quelques instants.

Je ne suis pas fière de ce qui se passa ensuite.

J'entendis clairement cette voix grave murmurer qu'il était tôt et qu'Eddy n'était pas là ; alors, pourrais-je m'en aller et les laisser commencer leur journée tranquillement ?

Je relevai vivement les yeux vers la silhouette et perçut l'éclat de ses prunelles.

– Je t'interdis de m'adresser la parole, espèce de grosse pute.

Tout le monde se figea. Ç'aurait pu en être comique, mais j'étais soudain une autre Margot, et je crois que si Evan n'avait pas été dans le passage, je me serais jetée sur elle et lui aurais arraché les yeux avec mes ongles. Les frontières qui délimitent le normal de l'interdit sont extrêmement ténues, après tout. Cette femme avait ruiné ma vie, lui avait enlevé tout ce qu'elle avait de beau, tout ce travail, tous ces souvenirs, comme une tempête éparpille les ordures d'une poubelle, et maintenant, elle s'était lassée de son nouveau jouet et voulait que je m'en aille ?

Evan bomba le torse. Je réalisai soudain que j'avais fait un pas en avant.

– Je crois que vous devriez y aller, dit-il.

Toute trace de compassion entre âmes blessées avait maintenant disparu de son visage.

Je lui répondis avec un haussement de sourcils plein de mépris.

– Eh bien, bonne chance avec *tout ça*.

Il ne bougea pas d'un pouce.

– Complètement dingue, siffla Ara dans l'ombre. Je comprends mieux ce qu'il disait, maintenant.

C'était un coup bas, et facile. J'imagine qu'Eddy lui avait dit pas mal de choses sur mon compte pour l'attendrir. Lui avait-il dit que nous ne couchions plus ensemble, par exemple ? J'eus soudain très envie de lui poser la question. Les hommes mariés disent toujours ça, non ?

Je leur soufflai un baiser d'adieu juste avant que la porte ne me claque au nez, me laissant seule dans ce jardin chichiteux que quelqu'un devait être payé pour entretenir. Le temps que je regagne ma voiture, mon coup d'éclat avait pris l'allure sordide et navrante de la rencontre que je m'étais toujours promis d'éviter à tout prix avec cette femme. Seigneur, que lui avais-je dit ? Pourquoi étais-je comme ça ? Qu'est-ce que j'espérais en me conduisant de cette manière ? En outre, si égoïste et dure qu'elle fût, Arabella ne m'avait jamais fait de déclaration enflammée dans la pergola d'un hôtel cinq étoiles, me promettant de m'aimer jusqu'à la fin de ma vie. Je pouvais bien la traiter de tous les noms, ça ne changerait rien à rien. Au bout du compte, c'était la faute d'Eddy. C'était lui, le traître.

Je me pelotonnai sur le siège de l'Audi et éclatai en sanglots – pas de chagrin, mais sous le coup d'une sorte de rage amère, furieuse et honteuse. Au début, quand Eddy était parti, c'était plutôt les larmes d'un effet de choc, comme si, victime d'une erreur bizarre, j'étais dans un état limite qu'il serait facile d'inverser. Il allait revenir, c'était évident. Nous allions arranger cela.

Je me tamponnai le visage avec les mouchoirs en papier rangés dans la portière de la voiture, heureuse de ne pas m'être maquillée aujourd'hui. Il fallait que j'aille à l'école, mais j'avais juste envie de hurler à la mort.

Apparemment, l'amour faisait ça.

Je ferais mieux d'apprendre ces choses-là à mes élèves, plutôt que *Ne tirez pas sur l'oiseau moqueur*. Cela leur serait sûrement bien plus utile à l'avenir.

La nuit avant ma rencontre prévue avec Martin Forrester, alors que j'étais au lit, je fus soudain convaincue que je devais annuler mon rendez-vous avec lui. Pourquoi fallait-il que je parle de cela à quelqu'un ? Pourquoi ne pas me contenter de lui poster les lettres ? Durant les heures froides précédant l'aube, la perspective me parut de plus en plus morbide et infondée, et je n'avais aucune envie de parler des souffrances de Bethan Avery avec qui que ce fût.

Pourquoi ce type voulait-il me voir ? Et comment avait-il su où je travaillais ?

L'idée de m'engager plus avant dans cette affaire m'emplissait d'un malaise croissant. Je devais oublier Bethan Avery et tenter de sauver mon mariage, de surmonter mon humiliation et ma colère pour essayer de voir les choses du point de vue d'Eddy. Le réveil sur ma table de nuit indiquait trois heures du matin.

Où était Eddy en ce moment ?

Où était Bethan Avery en ce moment ?

Étais-je victime d'un canular, au-delà des attentes que son auteur avait pu imaginer ?

Une image d'elle me revenait sans cesse à l'esprit. C'était dans le livre de Moore, la toute première photo. Bethan y est assise sur un poney blanc, au bord de la mer. Sa grand-mère, Peggy, tient les rênes et regarde sa petite-fille avec un grand sourire plein de fierté. C'était une grande femme costaude à l'air jovial et aux dents tachées. Bethan regarde la caméra en biais en souriant timidement, la tête légèrement tournée. Ses yeux sont immenses et très foncés, et ses longs cheveux encadrent son petit visage. Ses mains s'agrippent fermement à la crinière de sa monture. Peut-être avait-elle peur de tomber. Mais ce n'est pas le plus intéressant dans cette photo. C'est Peggy. L'expression si authentique de son visage illuminait de joie toute la photo.

Et moi qui étais capable de me consumer de jalousie, je ne cessais de revenir vers cette photo pour la regarder inlassablement ; moi qui ne supportais pas un film même vaguement sentimental, voilà que je me délectais de ce festin d'amour, sans m'en lasser.

Peut-être parce que je savais que les choses allaient mal se finir pour cette pauvre enfant. Ce qui est assez typique de mon caractère, je l'avoue. Mais peut-être pas cette fois.

Peut-être… qu'elle n'était plus une enfant, mais encore en vie tout de même. Cette orpheline, cette enfant rêvée, cette Perséphone perdue m'appelait peut-être, à travers les décennies, à être une mère pour elle, à être une mère pour ma propre petite personne autocentrée. Et c'est pour cela que je devais en avoir le cœur net.

Je restai couchée quelques heures de plus à ressasser ces idées. Quand le réveil afficha cinq heures, je me levai sans faire de bruit et m'habillai pour aller courir. Puisque je ne parvenais pas à dormir, autant profiter de cette heure calme, froide et magique à la fois.

Je sortis dans l'obscurité du petit matin et laissai le vent et le chant des oiseaux chasser mes doutes à mesure que mes pas martelaient la route endormie. J'étais dans une quête visant à sauver mon âme froide et tourmentée, et, après cette nuit d'insomnie, je m'étais rendu compte qu'il était crucial que je relève le défi.

6

– Vous devez être Margot.

Il se leva et me tendit la main.

– Comment allez-vous ?

J'étais venue au travail en vélo aujourd'hui, le temps étant resté au beau fixe. Je me sentais toujours coupable de ne pas le faire assez souvent. C'était bon pour l'environnement. C'était bon pour moi. Et tout le monde vous dira que la culture cycliste est dans l'ADN de la ville de Cambridge.

Avant, je prenais le vélo pour aller partout – quand j'étais étudiante ici, bien sûr, car même ceux qui en avaient les moyens n'avaient pas le droit de venir en voiture jusqu'à l'université ; ensuite, pendant des années, j'avais eu des voitures que je n'utilisais que pour aller faire des courses ou lorsque le temps était vraiment trop exécrable.

Puis j'avais épousé Eddy, qui est beaucoup plus branché Porsche que vélo, et peu à peu je m'étais mise à suivre le mouvement : il me déposait et venait me chercher, ou l'inverse. Ce n'était pas si mal, car nous covoiturions, en quelque sorte, ce qui atténuait un peu le côté terroriste écologique de nos pratiques de transport.

Et puis, au bout d'un moment, quand je prenais la voiture pour aller le chercher au Département des sciences métallurgiques de West Cambridge ou au Sensitall Labs de Science Park, il annulait et me laissait rentrer seule à la maison en prétendant qu'il allait « travailler très tard ».

Travailler très tard, c'est ça… J'étouffai la petite bouffée de colère et de souffrance que ce souvenir réveillait. J'allais dépasser ça. C'était en cours.

Ce matin, après ma nuit sans sommeil, j'avais décidé qu'il était temps que je reprenne les rênes de ma vie, comme on dit, que je retrouve mes vieilles habitudes d'avant et que je referme l'espace béant laissé par l'absence d'Eddy. Ce serait une excellente discipline.

L'inconvénient, c'est qu'en arrivant au Copper Kettle après mon bref trajet depuis St-Hilda, j'étais donc échevelée, brillante de sueur et rouge comme une tomate.

Je reconnus immédiatement Martin Forrester. Il avait réservé une table près de la fenêtre et regardait à travers la vitre, perdu dans la contemplation des arches délicates de Kings College, jusqu'à ce qu'il m'aperçoive en train d'accrocher mon vélo au râtelier, dehors. Il m'adressa un geste de la main, signe de bienvenue et de reconnaissance en même temps, mais sans sourire.

J'eus l'impression d'être convoquée par mon directeur d'études.

C'est donc relativement stressée que j'entrai et me frayai un chemin entre les tables pleines d'étudiants bavards et de touristes joyeux. Il se leva à mon approche et me tendit une main chaude et ferme. La tenue stricte et académique de l'image sur mon ordinateur s'effaça au profit d'un visage légèrement mal rasé, un jean usé et étroit, et une belle chemise bleu foncé qui trahissait une musculature étonnamment saillante.

Pourtant, en dépit de cette allure décontractée, il y avait quelque chose de dur dans sa personne, presque un peu dangereux. Son trait le plus frappant, et qui n'apparaissait pas sur la photo, était son regard d'un vert de jade troublant, sous un front fort avec d'épais sourcils noirs.

Il attendit que je m'installe en face de lui et fit signe à une serveuse d'un gentil hochement de tête, qu'elle lui rendit aussitôt, comme s'il était un habitué des lieux.

– Vous m'avez reconnue, dis-je en essayant de dissimuler l'agacement que cela me procurait.

– Il y a une photo de vous sur le site de votre établissement.

Il haussa les épaules, mais son regard intense ne me quittait pas et il y avait un je-ne-sais-quoi d'extrêmement calculateur dans ses yeux.

– Espionnage électronique. Incontournable. Surtout dans mon métier.

Il sourit pour la première fois.

Évidemment, il avait mené sa petite enquête sur moi, me dis-je en essayant de me détendre. Comme le font tous les professionnels. Et le fait qu'il y ait une photo de moi sur le site de l'école n'était pas la même chose que s'il avait été dans mon dos quand j'avais traité Arabella Morino de pute sur le pas de sa porte.

Malgré tout, ma paranoïa persistait et j'avais du mal à lui rendre son regard franc. Je retirai mon manteau gris en essayant d'éviter de trop le regarder.

La serveuse, une petite blonde menue avec de l'eyeliner et un accent turc, vint prendre notre commande. Je choisis du thé et, pendant qu'il discutait café avec elle, j'en profitai pour l'observer du coin de l'œil. Il était plus grand et plus baraqué que je ne l'avais cru. Il portait une montre en or TAG Heuer, qui ressortait vivement et bizarrement sur son poignet ombré de poils bruns, comme s'il l'avait volée. Sans savoir pourquoi, ce détail m'intéressa particulièrement. Ce devait être un cadeau, car ce n'était pas le genre de montre que l'on s'achète soi-même. Je scrutai ses larges mains, dont le dos comportait un duvet brun, y cherchant une alliance et n'en vis pas.

Voilà qui était intrigant.

Je me mordis la lèvre et me ressaisis. J'étais là en mission. Pas pour me laisser distraire.

– Vous n'étiez pas loin ? demandai-je comme la serveuse s'éloignait tout en calant mon manteau sur le dossier de ma chaise.

L'atmosphère du café était chaleureuse ; le bruit des discussions et du cliquètement de vaisselle était assez élevé, mais ne m'obligeait pas pour autant à forcer ma voix pour me faire entendre. Je songeai que c'était un excellent choix de lieu pour nous retrouver : on ne risquait pas de nous entendre.

Il hocha vivement la tête.

– Pas loin du tout. Je travaille à Corpus.

Il fit un geste en direction de la rue vers Corpus Christi, une jolie petite faculté dans laquelle j'étais entrée une ou deux fois avec un ancien petit ami.

– Je suis en faculté le lundi. Je dirige un séminaire de troisième cycle l'après-midi.

– Et le reste du temps ?

– Je suis à l'Institut, près de la faculté de droit sur Sidgwick Avenue.

Il haussa les épaules.

– Sauf quand je suis en déplacement, bien sûr. Ce qui m'arrive assez souvent.

Je n'arrivais pas à identifier son accent. Il parlait d'une façon professionnelle et précise, mais avec une sorte de grasseyement du Nord en dessous. Newcastle ? Yorkshire ? Non, Lancashire. Manchester Nord ou Bolton, probablement.

– Je connais bien Sidgwick Avenue, dis-je. J'y ai fait lettres classiques.

Il sourit soudain, montrant des dents blanches et pointues. Ajouté à ses yeux perçants et à ses mains velues, je compris brusquement à quoi il me faisait penser : un genre de loup-garou civilisé.

– Ah ! Je passe devant tous les jours, répondit-il. Je me demande souvent ce que fabriquent les gens dans cet endroit.

Je ris en serrant mon sac posé sur mes genoux, avec les précieuses lettres à l'intérieur.

– À part quelques rituels secrets et des bacchanales débridées, rien de spécial.

– Quelle déception !

Il haussa un sourcil en me regardant.

– Mais pourquoi les lettres classiques ?

Je haussai les épaules, surprise par cette question. Je n'avais pas prévu de parler autant de moi avec un bel homme, et je me sentis rougir jusqu'aux oreilles et jusqu'au cou. Merde, merde et merde. Il le voyait, forcément.

– C'est ce qui m'interpellait le plus. Et j'ai eu de la chance : j'ai eu un très bon professeur particulier avant d'arriver là.

– Un professeur particulier ? Vos parents devaient être des passionnés.

Je secouai la tête.

– Non, ce n'est pas ça. J'ai été élevée par les bonnes sœurs. Mais l'une d'elles était très cultivée, et elle m'a donné l'envie de continuer. J'avais de très bonnes notes grâce à mes cours du soir.

Nos boissons arrivèrent, et l'on s'affaira entre tasses, cuillères, sucre et lait, le temps que la serveuse fasse deux tours à notre table. Nous restâmes silencieux pendant ce temps, comme sous un accord tacite convenant de ne pas évoquer les lettres avant qu'elle soit partie pour de bon.

– Donc ! lança-t-il directement dès que nous fûmes tranquilles (à la table derrière lui, une femme âgée en manteau vert attaquait à la fourchette une tranche de cheese-cake en tenant *L'Étranger* de Camus dans sa main libre, et, de l'autre côté de l'allée, trois étudiants en médecine de St-Catherine, une fille et deux garçons, discutaient vivement d'une fête à laquelle ils s'étaient rendus la veille en se passant un téléphone et en éclatant de rire à chaque nouvelle photo qu'ils regardaient). Je voulais vous rencontrer en personne et vous expliquer exactement pourquoi je…, pourquoi *nous* nous intéressons aux lettres que vous recevez de Bethany Avery.

– Je me posais la question, en effet.

– Je comprends.

Il porta la tasse de café à ses lèvres et y but de grandes gorgées, comme un homme toujours pressé.

– Et vous savez que je ne dispose pas de beaucoup de temps, alors, je serai bref.

J'attendis qu'il continue en sirotant mon thé.

– Comme vous l'avez certainement compris, notre travail au SMAH – le Service multidisciplinaire d'analyses historiques – consiste à analyser les données historiques de crimes.

Il posa sa tasse de café sur la table et agita ses grandes mains pour accentuer son propos.

– Nous avons un statisticien, trois criminologues, deux psychologues, des juristes, des liaisons avec la police et les services sociaux… L'idée est de mettre en commun notre expertise et d'arriver à quelque chose de plus grand que la somme de nos éléments.

– D'où la multidisciplinarité.

– Tout à fait.

Il acquiesça.

– Une grande partie des analyses que nous faisons au

quotidien concernent des tendances générales plutôt que des cas particuliers. Ça sert à alimenter les procédures d'enquête policière, et de temps en temps la politique publique. C'est plutôt de l'info à grande échelle, genre : la pauvreté est un indicateur dans la criminalité liée à la drogue, ou le nombre de cambriolages baisse quand on installe des réverbères.

De nouveau, ce sourire.

– Du bon sens, si vous voulez, sauf qu'ils doivent nous payer pour en être sûrs, puisque le seul bon sens, comme vous avez dû le remarquer, se révèle souvent complètement bidon.

Je réprimai un petit rire.

– C'est exact.

– Donc, on fait le boulot, on rédige un rapport, on l'envoie, et le gouvernement ou d'autres se servent de ce rapport pour justifier de dépenser du fric.

Il haussa les épaules.

– Ou de ne pas en dépenser, ce qui est plus fréquent.

J'attendis, perplexe.

– Je ne vois toujours pas…

Il inclina la tête avec moi dans un réflexe miroir, comme s'il comprenait ma perplexité.

– C'est comme ça. C'est ce qu'on fait, la plupart du temps. Mais on ne bosse pas tout le temps sur de gros projets. De temps en temps, on en a un petit – par exemple, ce qui arrive à un échantillon de jeunes filles connues des services sociaux de l'Est-Anglie entre 2001 et 2007. Là, c'est un petit projet pour une fondation caritative locale qu'on confie à une doctorante qui va bosser pour nous, puis notre étudiante revient avec un truc intéressant. Par exemple, elle a découvert que quelques-unes de ces jeunes filles ont été mal placées pendant ces années-là.

Il s'adossa dans sa chaise et son regard dériva vers la rue.

– Mal placées, de manières similaires.

J'eus soudain l'impression de comprendre.

– Vous avez découvert un pattern.

Il acquiesça subtilement.

– En fait, c'est mon étudiante qui a découvert une anomalie en premier lieu ; c'est donc à elle que revient le mérite. Puis l'équipe a défini le pattern.

Je réfléchis rapidement.

– En 2001, vous disiez ? Mais Bethan a disparu en 1998…

– C'est exact. Bethan Avery n'est pas la première fille à laquelle nous nous sommes intéressés.

– Je ne…

– Vous suivez l'actualité, Margot ?

Je haussai les épaules, un peu penaude.

– Pas autant que je devrais, j'imagine.

– Effectivement.

Quelque chose m'interpella dans son intonation.

– Quoi ? Qu'est-ce qu'il y a ?

– Croyez-le ou non, mais vous n'êtes pas la première à remettre le sujet de Bethan Avery sur le tapis, en ce moment.

– Je ne comprends pas.

– Eh bien, voilà : personne n'a jamais trouvé qui l'a tuée. On a trouvé des vêtements tachés de sang, mais pas de corps. Il y a eu une énorme chasse à l'homme, qui n'a rien donné.

Il se pencha en avant.

– Et maintenant, une autre jeune fille a aussi disparu…

– Vous parlez de Katie Browne, dis-je dans un souffle.

– Donc, vous la connaissiez ?

– Je l'ai eue comme élève.

– La plupart des gens pensent qu'elle a simplement fugué, dit-il. Que c'était une enfant à problèmes, et…

– Je suis au courant.

– Mais pas vous, dit-il d'un air surpris. Pourquoi donc ?

J'avais l'impression de vouloir dire quelque chose, mais je me rendis vite compte que je ne savais pas vraiment ce que c'était. Il y avait un je-ne-sais-quoi qui me travaillait dans l'histoire de Katie, dans la façon dont elle avait disparu, mais…

– Vous pensez qu'il s'agit du même homme.

Je cogitai aussi vite que possible.

– Voilà, c'est ça. Sauf qu'il y a presque vingt ans d'écart entre les deux.

Il grimaça légèrement.

– Nous avons identifié des similitudes. Et disons qu'on en sait bien plus sur ce genre de criminel aujourd'hui qu'à l'époque. Ils récidivent toujours.

– Et si c'est le même homme, dis-je précipitamment, ça aiderait à comprendre que Bethan écrive maintenant. Elle doit savoir que quelqu'un d'autre a été enlevé, peut-être pour la remplacer. Elle…

– Dans ce cas, pourquoi ne le dit-elle pas dans ses lettres ? demanda-t-il. Si c'est vraiment elle ?

– Je ne sais pas, pas encore, mais…

– Vous devez vous rendre compte que l'échelle n'est pas la même ici, Margot. Vous, vous pensez que c'est peut-être la seconde fois que ces événements se produisent.

Il interpella d'un geste la serveuse qui passait.

– Mais il y a de plus en plus de gens qui pensent que c'est arrivé au moins six fois depuis 1998.

– Quoi ?

Je me sentis blêmir.

– Au moins six. Dont nous ayons connaissance.

– Que voulez-vous dire ? Et de qui parlez-vous en disant « nous » ?

– Nous…

Il jeta un regard en biais à la femme lisant Camus. Si elle avait toujours les yeux baissés sur son livre, il était clair qu'elle avait cessé de lire.

– Dites, on devrait peut-être partir d'ici et aller à mon bureau. On sera plus tranquilles.

7

Corpus Christi est vraiment à deux minutes à pied du Copper Kettle. C'est une faculté minuscule mais ancienne, avec son carré de gazon vert émeraude bordé de toutes parts par un beau cloître qui fait de son mieux pour préserver les lieux du passage des importuns, en pleine route touristique de Cambridge. Franchir ses portes, c'est passer de King's Parade avec ses magasins de fudge, le bruissement des appareils photo et ses jeunes hommes impétueux cherchant à rabattre le touriste, et pénétrer dans un environnement au calme semi-monastique qui perdure dans cet endroit depuis presque cent ans.

Sauf quand il y a des fêtes ou que le bar est ouvert, naturellement. J'ai d'excellents souvenirs de Corpus, même s'ils sont un peu flous, avec Hans, l'étudiant en lettres classiques avec qui je sortais à l'époque, qui m'avait plaquée le soir de Noël et avait voulu revenir avec moi le jour de l'An. Je pense qu'il devait là aussi y avoir une autre femme dans l'histoire, mais je n'ai jamais voulu creuser et j'ai préféré cessé de répondre à ses coups de fil et ses e-mails.

Le soir de Noël, je vous jure !

Mais ce n'est pas à Hans que je pensais en suivant Martin Forrester dans ces lieux, trop choquée que j'étais pour avoir les idées en place.

Les gardiens hochèrent poliment la tête lorsque Martin Forrester me fit entrer avec lui ; nous traversâmes ensuite New Court et montâmes l'escalier de bois dont les marches craquaient sous nos pieds. Dans la cage d'escalier, l'air était froid et le temps semblait figé. J'entendis des voix éloignées dans la cour en contrebas : on convenait de se retrouver dans le hall à l'heure du déjeuner.

Alors que nous gravissions la dernière volée de marches donnant sur un palier avec quatre portes où étaient indiqués les noms des titulaires des bureaux, je vis deux chaises dans le petit couloir, dont l'une était occupée par un jeune garçon maigre aux cheveux bruns et frisés, qui ne m'était pas inconnu.

– Daniel ! m'écriai-je, surprise et ravie.

– Mademoiselle Bellamy !

Il se leva en souriant, un peu nerveux, et il y eut ce moment bizarre où l'un de vos anciens élèves se rend compte qu'il est désormais censé avoir un rapport d'adulte avec vous. Je décidai de lui faciliter la tâche et allais lui tendre la main quand, à ma grande surprise, je me retrouvai prise dans une accolade chaleureuse.

Décidément, cette journée n'était pas comme les autres.

– C'est génial de vous voir ! dit-il. Qu'est-ce que vous faites ici ?

– Je…

Je bredouillai quelques instants, ne voyant pas comment justifier facilement ma présence, et touchée par son enthousiasme.

– Je viens chercher quelques conseils pour un article que j'écris.

– Classe ! répondit-il en souriant.

Je me rendis compte que je ne l'avais pas revu depuis qu'il avait quitté St-Hilda trois ans auparavant et qu'il mesurait bien vingt centimètres de plus que moi maintenant.

– Ça te plaît, la fac ? m'enquis-je.

Un peu gêné, son regard passa du mien à celui de Martin Forrester.

– Oui, dit Forrester assez sèchement.

Il ne souriait pas.

– Monsieur Collier se plaît beaucoup à la faculté, peut-être même un peu trop. Seriez-vous ici au sujet de votre travail sur la théorie du Code pénal, par hasard ? Je ne l'ai toujours pas.

Daniel rougit.

– Il me faut juste un jour de plus. Vous l'aurez demain matin, à la première heure. Je vous le promets, Martin. Je ne vous referai pas le coup…

Forrester le toisa sévèrement, fronçant ses épais sourcils bruns, et, l'espace d'un instant, je m'inquiétai pour Daniel.

– Très bien. Estimez-vous heureux que j'aie des visiteurs plus intéressants aujourd'hui. Je veux ce travail dans ma boîte de réception dès que j'allumerai mon ordinateur demain, sinon je ne le lirai pas. Maintenant, fichez-moi le camp.

– Merci, Martin, vous êtes top. À plus, mademoiselle Bellamy !

Il détala dans l'escalier en agitant la main.

Je souris en le regardant partir, perplexe mais contente, tandis que Martin Forrester ouvrait la porte de son bureau. Lorsque je me retournai vers lui, je vis qu'il m'observait avec une expression de calcul dissimulée.

– Qu'y a-t-il ?

– Il a dit mademoiselle Bellamy. Et vous n'avez pas rectifié.

Je sentis le rouge me monter à nouveau aux joues.

– Ah. Oui. En effet. Peut-être parce que d'ici peu de temps, je serai redevenue mademoiselle Bellamy.

Ce fut à lui de rougir et d'avoir l'air soudain gêné.

– Oh. Je vois. Désolé.

Il ouvrit grand la porte ; de l'autre côté, quelque chose paraissait présenter une certaine résistance.

– Entrez.

Son bureau était clair et aéré après l'obscurité de la cage d'escalier, avec une fenêtre donnant sur les toits et les pignons d'Old School Lane. De temps à autre, des corneilles s'échappaient des arbres, tels des diables s'échappant d'une boîte. Une odeur de cuir et de cire pour meubles flottait dans la pièce. Si la porte avait résisté à l'ouverture, c'était à cause d'une pile de livres monumentale, partant du sol et appuyée contre une bibliothèque déjà remplie à craquer. La plupart de ces livres paraissaient neufs, comme s'ils n'avaient jamais été ouverts, et nombre d'entre eux portaient la mention du nom de Martin Forrester. En m'asseyant sur la chaise qu'il me proposait, je vis qu'ils portaient tous plus ou moins sur le même sujet : *L'Abus sexuel au sein de l'Assistance ; Nouvelles Perspectives sur l'Assistance pour les jeunes défavorisés ; Élevé par des loups – l'État comme famille d'accueil.* Sur les murs étaient épinglées des affiches de conférences, deux photocopies d'une bande dessinée de XKCD, et une grande reproduction de la nébuleuse de la Tête de cheval. Des cartes postales en provenance du monde entier constellaient un panneau en liège jouxtant l'énorme bibliothèque qui débordait de livres.

Je ne vis aucune photo de femme ou d'enfants sur son bureau, puis je me dis d'arrêter d'en chercher. Quelle curieuse je pouvais faire !

Il prit place dans le siège devant moi et soupira.

– Un thé ? Café ?

Je secouai la tête.

– Non, merci.

Je laissai mon sac à main contenant les lettres sur le tapis rouge à mes pieds.

– Alors, on en est où ? Je vous donne les lettres, je suppose ?

– Oui. Le type à qui nous comptons les confier s'appelle Mo Khan, dit-il. Il est basé à Londres. On a convenu de les lui montrer demain à dix heures.

J'opinai du chef.

– Vous les avez avec vous, n'est-ce pas ? demanda Forrester.

– Oh oui, bien sûr.

Je pris mon sac et lui tendis l'enveloppe à bulles contenant les lettres de Bethan. Il l'ouvrit et en fit délicatement sortir le contenu. Je notai qu'il prenait soin de ne pas les toucher. Dans la douce lumière du soleil qui baignait son bureau, elles avaient un air encore plus sordide.

– Intéressant, dit-il, plus à lui-même qu'à quiconque.

Il se pencha pour les examiner, presque assez près pour les renifler.

– Très intéressant. Elles n'ont pas été écrites dans une cave. Elles ont été écrites et postées récemment.

– Oui. C'est très étrange. Si ça remonte à plus de quinze ans, pourquoi utiliser le présent ? Elle aurait plus de trente ans, maintenant.

– Eh bien, cela présuppose qu'elle les a écrites. Je dois vous dire une chose, madame…, mademoiselle Bellamy.

– Écoutez, appelez-moi Margot, j'aime autant.

– Margot, dit-il en haussant un sourcil, et il y eut un éclat dans son regard qui me sidéra un instant, me donnant des picotements dans le ventre. Appelez-moi Martin, alors. Ce que je veux dire, c'est qu'en l'occurrence, il y a beaucoup plus de chances que ces lettres soient l'œuvre de notre assassin plutôt que d'une de ses victimes.

Ses lèvres se pincèrent en une expression triste et compatissante.

– Je pense que vous devriez vous préparer à envisager cette possibilité.

Je ne répondis pas. L'idée était répugnante ; mais j'en saisissais l'importance.

Il examina les lettres pendant quelques minutes de plus et se gratta le menton, l'air songeur.

– Mais quand même, tous ces nouveaux détails… Hmm. J'imagine qu'il ne servirait à rien de vous demander si vous avez une idée de la personne qui pourrait avoir écrit ça ?

– Je n'en ai aucune idée, dis-je en secouant la tête. Vraiment aucune.

– Cela dit, vous pourriez tout de même nous être utile sur ce point, dit Martin, l'air toujours aussi songeur.

– C'est-à-dire ?

– Vu votre rubrique dans le journal, dit-il, j'imagine que vous avez des contacts avec des professionnels de la psychiatrie, qui doivent vous conseiller sur certains sujets.

– En effet, confirmai-je prudemment.

– Vous pourriez faire circuler une copie de la lettre dans les hôpitaux psychiatriques de la région. Histoire de voir si ça dit quelque chose à un membre du personnel.

Je frottai mes yeux fatigués en prenant garde à ne pas étaler partout mon mascara.

– Je suppose que ça vaut le coup d'essayer, dis-je, mais je ne sais pas si ce sera possible. Vous oubliez peut-être la notion de secret médical.

– Hmm, fit Martin en intégrant ma remarque et en posant de nouveau sur moi son regard perçant.

– Quoique, dis-je, maintenant que vous en parlez… Ce que je pourrais faire, et que j'aurais sûrement déjà dû faire, c'est consulter les archives des lettres que je garde pour ma rubrique, pour voir si l'écriture ressemble à l'une d'entre elles. À mon avis, ça a peu de chances de marcher, mais ce serait bête de ne pas essayer. Parce qu'on peut tout de même présumer que c'est une femme du coin, si c'est une femme. Et l'*Examiner* n'est pas vraiment l'endroit le plus évident où envoyer une lettre de ce genre : il doit être tiré à vingt mille exemplaires, tout au plus.

– Oui, murmura Martin.

Il semblait perdu dans ses pensées et observait à nouveau les lettres.

– Je me demande ce que Mo va en dire, marmonna-t-il. De bien jolis faux…

– Vous êtes sûr que ce sont des faux ? demandai-je avant de regretter immédiatement ma question.

Bien sûr que ces courriers avaient toutes les chances d'être des faux. Je laissai mon imagination prendre le dessus une nouvelle fois : l'idée de la jeune fille enlevée, désormais femme, séquestrée quelque part et essayant de s'en sortir en m'écrivant me hantait littéralement.

Mais puisque j'avais posé la question, autant le laisser me répondre.

Il haussa un sourcil étonné.

– Eh bien, je comprendrais que vous aimeriez croire…

Je le coupai :

– Ce que j'ai compris, moi, c'est que la présomption de décès n'a jamais été autre chose que cela : une simple présomption.

Je dus lui décocher un regard un peu dingue en disant cela.

– Exact, ce n'est qu'une supposition, dit-il avec un vague geste de la main. Et il est vrai qu'il y a beaucoup de choses sur lesquelles on ne peut pas se baser, parce que, tout simplement, on ne sait pas ce qui lui est arrivé. Mais la grande majorité des éléments dont nous disposons suggère qu'elle a été retenue contre son gré, probablement par celui qui a tué Peggy, et qu'elle a subi une blessure grave, peut-être en tentant de s'échapper. Tout cela tend à suggérer que son agresseur a dû finir le boulot et l'enterrer quelque part. Avant de passer à la fille suivante.

– Mais vous ne pouvez pas en être absolument sûr, dis-je. Et si elle était encore retenue quelque part ? On sait qu'elle a été blessée, OK, mais si elle avait été recapturée… Et si son ravisseur l'avait soignée ? Il y a quantité de dossiers connus où des femmes ou des filles kidnappées ont été séquestrées pendant des dizaines d'années. C'est peut-être le cas ?

– Si c'est ça, comment envoie-t-elle ces lettres ? Est-ce que son ravisseur lui fournit des timbres ? Et surtout, principale question : pourquoi n'écrit-elle pas à la police ? Madame Lew… Margot, écoutez-moi. J'ignore si ces lettres sont authentiques ou non, et si Bethan Avery est morte ou vivante. C'est pour ça que nous allons les montrer à Mo. Ces lettres m'intéressent parce qu'elles sont étranges et très similaires au journal de Bethan, et je n'ai jamais vu ni entendu parler d'un tel cas de figure jusqu'ici. S'il s'agit d'un canular, il est très élaboré.

Il tendit les mains devant lui, m'invitant à entendre raison.

– Mais ça ne prouve pas qu'elle soit vivante. Loin de là. À ce stade, ça prouve seulement que quelqu'un veut que nous le pensions.

Je soupirai.

– Enfin, que *vous* le pensiez, précisa-t-il.

Son regard vert me cloua à mon siège une fois encore.

– Ces lettres auraient pu être envoyées à n'importe

quel journal local ou national, et obtenir une réponse. Or, c'est entre vos mains qu'elles ont atterri.

Je réfléchis plusieurs instants à cette question et haussai les épaules.

– Je ne vois absolument pas pourquoi.

Il s'adossa dans son fauteuil et poussa un soupir légèrement teinté de compassion et d'un agacement à peine masqué.

– Vous savez…

Son regard se leva quelques instants vers le plafond.

– Ce serait drôle d'imaginer que cette fille a réussi à survivre pendant dix-sept ans. Non que je sois…

Il prit le temps de choisir ses mots.

– … réfractaire à l'effort d'imagination que cela demande, dit-il. Mais tant que personne ne peut le prouver…

Nouveau haussement d'épaules de sa part. Soupir de mon côté.

– Bien sûr, vous avez raison.

Il me considéra avec un soupçon de doute pendant de longs instants, comme s'il essayait de comprendre si ma remarque était ironique ou non.

D'un coup, il se leva.

– Allons-y, vous allez être en retard. Je vous raccompagne.

Nous repassâmes par la cour, qui commençait à se remplir pendant qu'étudiants et enseignants se regroupaient pour aller déjeuner.

– Margot, je crois qu'il ne faut pas trop en attendre, de ces lettres. Même si nous découvrons qu'elles sont authentiques, à quoi cela nous servira-t-il de le savoir si cette femme ne nous dit pas comment elle s'appelle maintenant ? Ou l'endroit où elle vit ?

Je sentis une douleur dans ma poitrine et me rendis compte que c'était le battement de mon cœur contre mes côtes. Martin me parlait comme si j'étais une gamine surexcitée. L'espace d'un instant, il me donna l'impression d'être un des psys de la clinique. Je frémis. Peut-être la vie est-elle aussi simple que les gens de la clinique l'avaient suggéré. J'ai toujours du mal à y croire. Probablement parce que je sais que c'est faux.

– Si elle est séquestrée quelque part, il est possible qu'elle ne sache pas où elle vit. Elle ne sait pas que tout le monde l'a oubliée. Je suis désolée, dis-je alors que nous atteignions l'ombre de la guérite, mais je crois à ces lettres.

Je le regardai avec une petite moue d'excuse.

– C'est comme ça.

Nous nous étions arrêtés et nous regardions maintenant, face à face. Un air frais soufflait entre nous, et je me sentais ancrée au sol par le poids inébranlable de ma conviction.

– Cette femme, Bethan Avery, pourrait être encore vivante. Je ne prétends pas qu'elle est encore retenue prisonnière. Mais je le crois. Elle est toujours la jeune fille kidnappée il y a près de vingt ans. Et elle veut être libérée.

Martin se frotta le menton, sembla sur le point de parler, puis se tut finalement en secouant vivement la tête.

– J'apporterai les lettres à Mo demain. Inutile de spéculer davantage d'ici là.

Nous étions arrivés aux portes et, dans un geste galant presque désuet, il tendit la main pour serrer la mienne. Toujours cette poigne chaude et ferme, étonnamment douce en même temps pour un homme aussi costaud.

– J'ai vraiment été ravi de faire votre connaissance, Margot. Je vous tiens au courant dès que nous aurons du nouveau, dit-il. En attendant, si vous recevez d'autres lettres, n'hésitez pas à appeler.

– Très bien.

Il se tourna, mais avant qu'il parte…

– Martin, attendez.

Il s'arrêta et me regarda.

– Vous disiez qu'il y avait autre chose d'intéressant dans les lettres. Dans votre premier mail. Je voulais vous demander de quoi il s'agissait.

Son expression se tendit légèrement avant de prendre un air presque défensif.

– L'écriture ? réfléchit-il à haute voix.

Pour la première fois, j'eus la nette impression qu'il n'était pas tout à fait franc, parce qu'en réalité, il savait très bien ce que je voulais dire.

– Non, vous évoquiez autre chose. Qu'il y avait « d'autres raisons » pour lesquelles ces lettres étaient intéressantes.

Il se figea, puis, comme s'il se ravisait, regarda furtivement par-dessus ses deux épaules et vint me rejoindre à la porte. Il se pencha tout près de mon oreille, et il y eut un moment étrange, ambigu, où je me demandai s'il comptait m'embrasser. Je m'apprêtais à reculer quand il murmura :

– La deuxième lettre parlait d'isolation.

– Quoi ?

– D'isolation, répéta-t-il. On a trouvé des particules de matériau isolant sur la chemise de nuit de Bethan, et les experts pensent que cela vient d'un dispositif d'isolation phonique.

Il recula en haussant légèrement les épaules.

– Ça n'a jamais été rendu public, dit-il en fronçant les sourcils. Alors, gardez ça pour vous, d'accord ?

Quelques instants plus tard, je me retrouvai sur King's Parade, dans la foule des touristes, des universitaires pressés et des employés de commerce ou de bureau en quête d'un déjeuner. Comme prise dans un rêve bizarre et angoissant, je marchai jusqu'au Copper Kettle pour reprendre mon vélo. Un grand groupe de touristes avançait vers moi ; je m'écartai de leur chemin. Ma main se tendit dans un réflexe d'équilibre et toucha quelque chose en verre en même temps que je percevais un tic-tac sinistre quoique familier.

J'étais devant la Corpus Clock. Je regardai la pendule mythique, saisie. Derrière la vitre, un énorme disque en or au contour dentelé et illuminé d'un rose bleuté à l'arrière tournait par à-coups. Une énorme sauterelle était posée sur le disque : la bête chronophage, dévoreuse du temps. Elle marchait sur les dents comme celles-ci bougeaient sous son corps de chrome, chacune produisant un fort cliquètement métallique.

Il m'est arrivé de rester plantée devant cette œuvre pendant plus d'un quart d'heure autrefois, fascinée par son mouvement sinistre et légèrement irrégulier, qui n'est totalement régulier que toutes les cinq minutes. Lors d'un de nos premiers rendez-vous, Eddy m'avait appris à lire les marques sur le disque plaqué or pour pouvoir connaître l'heure. Je soupirai et avisai l'inscription gravée dans la pierre en dessous : *MUNDUS TRANSIT ET CONCUPISCENTIA EIUS.*

– « Le monde passe, et sa convoitise aussi », dis-je dans un murmure.

Je pensai à Martin Forrester, à ses yeux perçants, ses épais cheveux bruns, avant de secouer la tête pour essayer de penser à autre chose.

Il fallait que j'y aille.

La journée de travail passa dans le flou, puis j'avais le club de lettres classiques après les cours. Nous faisions la troisième édition de nos soirées discussion en grec ancien cette année, ce qui est habituellement très amusant ; mais cette fois, je me sentais un peu loin de tout cela, un peu perdue, et je dus déployer pas mal d'efforts pour ne pas le montrer aux élèves. Nous nous livrions à une improvisation où Déméter demandait dans plusieurs magasins et lieux publics si quelqu'un avait vu sa fille Perséphone. La déesse de l'agriculture cherche sa fille, déesse du retour de la végétation au printemps, qui a été enlevée par Hadès, seigneur des morts et du monde souterrain.

C'est le genre de situation que les enfants trouvent drôle, ce qui a pour effet de stimuler leurs compétences et leur pratique (dans leur version, Perséphone a menti à sa mère sur l'endroit où elle est allée ; en réalité, elle se cache sous terre avec son petit ami peu fréquentable), mais ce soir, tout me portait sur les nerfs, surtout les sous-entendus grivois qu'ils y mettaient.

Il était tard lorsque je rentrai chez moi. Heureusement, il n'y avait pas de lettre des avocats d'Eddy. La chambre était un peu froide, et, impatiente de me mettre au lit, je me hâtai dans la salle de bain. Je tirai sur le cordon de l'interrupteur, et la lumière s'alluma dans un clic.

Le miroir éclairé au néon me renvoya mon reflet. J'avais une mine affreuse. Ma peau était grasse un peu partout. Mes rides d'anxiété étaient revenues, même si elles ne disparaissaient jamais vraiment ; elles étaient juste plus prononcées. Quand elles s'accentuent, les muscles qu'elles relient commencent à sauter. Cela forme alors des barres entre mes joues et mon menton, encadrant mon nez, et j'ai l'air d'une vraie gargouille ou d'une âme damnée.

Je me lavai soigneusement le visage, puis fouillai dans ma trousse, y cherchant le bon flacon de comprimés. La fatigue ne m'aidait pas à trouver. Je vis enfin

Zoriclorone – suivre la posologie, puis mon nom. Je dévissai le bouchon et fis tomber un comprimé dans ma paume humide. Il était d'un blanc éclatant sur ma peau rosée.

Je le portai à ma bouche. La femme dans le miroir imita mes gestes, ma précipitation. Je m'arrêtai brusquement, et elle en même temps. Pourquoi diable faisais-je cela ? J'avais une mine de déterrée, d'accord, mais je me sentais…, je me sentais *bien.* Je pouvais tout à fait me mettre au lit, le cœur et l'esprit tranquilles, pour dormir comme un bébé. À vrai dire, je ne me rappelais pas m'être sentie aussi bien depuis très longtemps.

La femme stressée dans le miroir haussa un sourcil sardonique en me regardant, se demandant ce que j'allais faire. Elle avisa le comprimé au creux de sa main. Puis elle le remit soigneusement dans le flacon, le referma, et tira fermement sur le cordon suspendu, me plongeant dans le noir.

Je sortis de la salle de bain et me rendis à tâtons jusqu'à mon lit, me cognant le tibia contre la table de nuit au passage.

Ce qui ne m'empêcha pas de dormir comme un bébé.

8

Fil d'activité Facebook de Luisa Martinez

Luisa Martinez : *Pleuré toute la matinée... Ma cops Katie me manque trop, ça fait presque cinq semaines qu'elle a disparu ! J'espère que les anges du ciel veillent sur toi ma chérie et que tu vas bien, où que tu sois.*

Charlotte Finley : *Triste pour toi, moi aussi je fais que pleurer ! J'espère qu'on aura bientôt des nouvelles.* ☹

Amber McGowan : *Quelle faux-cul tu fais Luisa, tu la connaissais presque pas et en plus tout le monde sait qu'elle s'est barrée avec sa crevure de mec. Tu veux juste qu'on s'intéresse à toi, c pitoyable.*

Sorcha Malone : *Katie avait rompue avec Nathan avant de disparaitre et lui il est toujours là. Fait gaffe Amber parce que sa mère peut voir cette page.*

Amber McGowan : *C pas moi qui va faire du mal à sa mère, c Katie cette grosse égoïste et je vois pas pourquoi t'as d scrupules comme ça Sorcha vu que t'as jamais aimé Katie de toute manières.*

Sorcha Malone : *Sale menteuse ! J'ai JAMAIS dit ça ! Et Luisa a le droit de l'aimer et qu'elle lui manque alors* *occupes-toi plutôt de tes affaires et arrêtes de cracher sur tout le monde pour une fois.*

Luisa Martinez : *J'y crois pas comment vous êtes horribles avec moi. Je m'inquiète juste pour ma meilleure cops ! Je chiale depuis des semaines !!!*

Sorcha Malone : *Arrête Luisa tu t'enfonces là. Amber a raison tu la connaissais presque pas alors arrête.*

Amber McGowan : *Faut toujours que tu parles de TOI TOI TOI Luisa hein, et arrête donc de faire l'hypocritte Sorcha. C évident que Katie Browne elle est partie se faire avortée ou alors son beau-père l'a enterrée sous la terrasse ou un truc du genre dans ce milieu de beauf LOL !*

Brian Morris : *C'est ça qu'on vous apprend dans cette école de bourges comment ose-tu parler comme ça de notre petite katie alors que ma femme peux tout lire espèce de petite conne sans cervelle et sans cœur !!! on se voient à l'école amber mcgowan j'ai fais une capture d'écran avant que t'efface tout ça et je te garantie que ce bahut de riche va entendre parler de toi !!!!!!!*

Fidèle à sa parole virtuelle, Brian avait fait ce qu'il avait promis, et c'est ainsi nous étions tous là.

– Mon compte a été piraté, déclara Amber avec un mouvement fier de sa tête blonde, alors que le rouge de ses deux joues trahissait son mensonge.

Ben, notre directeur, avait la page Facebook de Luisa Martinez ouverte sur l'ordinateur portable de son bureau. S'il est toujours heureux de bousculer Lily, Estella ou moi, les jeunes filles de l'école, en revanche, surtout les plus jolies, semblent toujours le réduire à un marmonnement pusillanime.

Mais aujourd'hui, il avait un problème. Brian, le beau-père de Katie, était dans son bureau depuis plus d'une heure, et Estella, qui enseignait dans la classe en dessous, avait eu beaucoup de mal à empêcher ses élèves de chuchoter et de rigoler en entendant tonner la voix grave de M. Morris qui en « mettait une autre à Ben », comme ils disaient.

Ben décida de résoudre ce problème en me demandant de les rejoindre. Il avait dû croire que je serais une alliée de poids.

– Il est clair que c'est toi, dis-je froidement à Amber.

On n'enseigne pas pendant des années sans apprendre quelques pirouettes de base sur les réseaux sociaux.

– Je sais que c'est bien toi. Dès que tu as eu fini de diffamer Katie et son père, tu es allée « liker » les photos de la fête de Tabitha et poster les résultats de ta dernière partie de Bejeweled.

La rage ténébreuse qui s'était emparée de moi sur le pas de la porte d'Arabella grondait maintenant aux portes de mes oreilles. Quand je pensais à ce que ce pauvre homme avait dû lire au sujet de Katie… Et à sa mère. Cette idée me rendait folle.

Voilà tout ce que je parvenais à dire pour rester calme :

– C'était toi, sans aucun doute.

Mon visage dut trahir quelque chose, car, quelques instants plus tard, Amber pâlit et son expression de défiance disparut.

Elle fit un pas en arrière.

– N'EST-CE PAS ?

Ben tressaillit, comme si je lui faisais peur, à lui aussi.

Elle hocha la tête, une fois, et baissa les yeux à terre.

– Je…

Elle déglutit avec peine et cligna des paupières, essayant de contenir ses larmes.

– J'étais juste en colère contre Luisa, parce que…, parce que Luisa, elle ne connaissait pas du tout Katie, et là, elle était juste en train d'essayer d'attirer l'attention, pour que tout le monde ait pitié d'elle ; alors, j'ai commencé à le dire et puis Sorcha, qui est ma copine, normalement, elle m'a enfoncée devant cette idiote en me faisant passer pour une menteuse et tout, et je…, je sais pas, je voulais juste leur rabattre le caquet, à toutes les deux.

Elle devint rouge cramoisi.

– Enfin, je suis pas si bête. Je sais que ça craint.

– Son père pouvait lire ce que tu écrivais, dis-je en croisant les bras. Ça ne t'est pas venu à l'esprit ?

– Son beau-père…

– Son père, pour ainsi dire. N'essaie pas de te trouver des excuses en jouant sur ce terrain-là.

Elle releva les yeux, des yeux rouges mais secs au prix de ses efforts, et j'avoue que d'une certaine manière je la compris, même si son comportement était inexcusable. De la même manière que Luisa était prête à tout pour attirer l'attention, Amber était prête à tout pour préserver son statut. Sorcha l'avait défiée alors qu'elle dénigrait Luisa, et Amber avait dû prouver qu'elle ne craignait rien ni personne et qu'elle ne se laisserait pas dicter sa conduite par de simples femelles bêta, ce qui impliquait d'avoir l'air insouciante de ses paroles.

Ni elle ni Luisa ne se souciaient de Katie. Katie était un code, un alibi, une chose dont elles pouvaient jouer dans leurs rapports de forces personnels.

La personne concernée elle-même restait absente, une note de bas de page dans leurs vies, tout comme elle deviendrait une note de bas de page dans un livre horrible comme *Enlevés sous nos yeux*.

De la même manière que Bethan Avery.

Je me sentis soudain très fatiguée.

– Nous allons devoir discuter de votre cas, mademoiselle McGowan.

Ben se leva.

– Et contacter vos parents.

Pour la première fois, les yeux d'Amber s'écarquillèrent et s'inondèrent de véritables larmes.

– Non ! Ne le dites pas à mes parents… Vous ne comprenez pas. Ils sont très…, très stressés, en ce moment…

Je ressentis un soupçon de compassion. Amber ne sortait pas tout cela de nulle part, après tout.

– Allons, dis-je en la guidant vers la porte. Il est trop tard pour pleurer. Qu'est-ce qu'on vous apprend en Soin pastoral ? Au sujet d'Internet ?

Elle pinça les lèvres.

– Ne postez jamais rien que vous n'aimeriez pas répéter devant tout le monde ou à la télé.

– Hmm. Donc, il t'arrive de m'écouter quelquefois.

Ce jour-là, après l'école, je décidai de suivre le conseil de Martin : je pris la première lettre et, une demi-heure plus tard, je me garais devant l'hôpital de Narrowbourne.

L'hôpital était un endroit qui me donnait toujours envie de rentrer sous terre. J'avais passé deux semaines dans une institution de ce genre pendant ma dépression après l'université. Je me rappelais encore très bien ce que cela faisait, de se sentir totalement déshumanisée, réduite à mon plus infime dénominateur commun. J'avais encore sur la langue le goût des crises de panique qui ne cessaient de m'assaillir en cette période maudite.

Si quelqu'un d'ici reconnaissait les lettres, peut-être qu'il en sortirait quelque chose de positif ; c'est sur cette pensée que je sortis de ma voiture.

J'étais venue dans cet hôpital en soins de jour il y a trois ans, après une série de malentendus qui auraient pu être comiques dans d'autres circonstances. J'avais pris trop de médicaments par accident. C'est une chose de prendre trop d'aspirine, mais c'en est une autre quand il s'agit de Zoriclorone. Personne n'en avait jamais rien su à l'école – de mon passage comme patiente à Narrowbourne, je veux dire.

– Bonjour. L'infirmière Lisa Marriott est-elle présente, aujourd'hui ?

La fille à l'accueil releva les yeux. Je me souvenais d'elle.

– C'est à quel sujet ?

Je sortis la carte de presse qu'Iain m'avait fournie peu de temps après mes débuts à l'*Examiner*.

– Je ne veux que lui demander conseil sur quelque chose pour le journal.

– Vous savez dans quel service elle travaille ?

– Chamberlain, répondis-je.

J'attendis qu'elle compose le numéro. Je perdais mon temps et je le savais. Il était impossible que Lisa reconnaisse instantanément l'auteur de ces lettres, même s'il s'agissait d'un de ses patients. Mais que pouvais-je faire d'autre ? Même si les lettres étaient authentiques, retrouver Bethan représentait une tâche monumentale. Je voulais surtout pouvoir dire à Martin que j'avais accompli la mission qu'il m'avait confiée.

Je ne sais pourquoi, mais je voulais qu'il ait une bonne opinion de moi.

Je réfléchissais à une nouvelle approche du problème quand Lisa apparut.

– Margot, ça alors ! Ça fait longtemps ! Comment allez-vous ?

– Bien, répondis-je en toute sincérité.

Je ne m'étais jamais sentie mieux.

– En fait, je suis là pour le travail. Vous saviez que je travaillais pour le journal local, n'est-ce pas ?

Lisa opina du chef.

– Je me disais bien qu'il y avait une raison à tous ces appels secrets pour avoir de la documentation sur ci ou ça. Ça m'intriguait, aussi !

Je ris doucement.

– Oui, j'ai dû vous surprendre plus d'une fois. Stérilisation un jour, alcoolisme un autre…

– Celui qui m'a vraiment interpellée, c'était sur la drépanocytose, se souvint Lisa.

Je souris.

– Voilà, je me demandais si vous connaissiez quelqu'un d'ici qui aurait pu écrire ça, dis-je en sortant une copie de la première lettre. Nous en avons reçu quelques-unes, au journal.

De petites rides se creusèrent aux coins de ses yeux pendant qu'elle lisait la lettre.

– Aucune idée, dit-elle après quelques instants. C'est horrible, dites donc.

Je repris la lettre.

– Vous pourriez demander au reste du service, proposa-t-elle. Si ces courriers vous tracassent vraiment. Mais pour être franche, je ne pense pas que ça vienne d'ici.

– C'est ce que je pense aussi.

– C'est l'heure de ma pause, dit-elle. Vous prendrez un thé avec moi ?

Cet endroit me donnait la chair de poule ; même le visage aimable de Lisa me rappelait des souvenirs désagréables.

– Avec plaisir, répondis-je en souriant à ma peur.

De façon un peu perverse, je passai à l'*Examiner* avant de rentrer chez moi. En glissant ma clé dans la serrure du bureau, je fus surprise d'y trouver Wendy, alors qu'il était plus de dix-neuf heures un mardi soir. Elle était penchée sur une feuille de papier.

– Dis donc, Margot, ça bosse dur en ce moment. C'est tous les jours depuis une semaine.

– Je passais à côté, dis-je avec un haussement d'épaules. Je me suis dit : autant m'arrêter prendre mon courrier.

Elle me coula un regard curieux avant de se retourner vers les casiers à courrier. Je songeai qu'elle ne me laissait jamais y aller moi-même quand elle était dans le bureau.

– Tiens.

Je feuilletai les lettres, convaincue de perdre mon temps. Et puis, soudain, l'écriture enfantine et hésitante, désormais familière, me sauta aux yeux.

Je faillis demander à Wendy quand cette lettre était arrivée, mais me ravisai au dernier instant. Je glissai la liasse de courriers dans mon sac. Je sentais son regard sur moi dans mon dos. Elle aussi devait me trouver plutôt bizarre. Mais que fabriquait-elle ici à cette heure-ci ?

Elle détourna le regard quand je me retournai.

– On fait des heures supp' ? demandai-je en hissant mon sac sur mon épaule.

Elle hocha la tête d'un air contrarié.

– Bon, eh bien, à demain sûrement, alors.

– Salut.

Son regard me suivit par la fenêtre du bureau lorsque je descendis les marches du bâtiment. Peut-être avait-elle senti qu'il se passait quelque chose d'intéressant dans ma correspondance.

Chère Amy,

J'espère que ces lettres vous parviennent. Je n'ose pas imaginer que vous ne les lisiez pas. Si c'était le cas, je crois que je me laisserais mourir. Il ne reste plus beaucoup de temps. Je suis sûre qu'il ne va pas tarder à me tuer. Il est de plus en plus en colère chaque jour.
Je me rends compte que je ne l'ai pas décrit physiquement. Il est blond, avec des yeux bleus. Je ne sais pas son âge, mais il doit être un peu vieux, plus de trente ans sûrement.
Quand il est venu nous voir, il nous a dit, à grand-mère et moi, qu'il s'appelait Alex Penycote et qu'il était mon assistant social, mais je crois qu'il mentait. Il dit qu'il fait partie d'une bande. Je n'ai jamais vu personne d'autre, mais je le crois, parce qu'il sait des choses sur moi, et sur ma mère et ma grand-mère. Quand je rendais visite à ma grand-mère à l'hôpital après son accident, il a dit que je devais venir avec lui. Maintenant, il dit qu'il est très riche et puissant et qu'il pourra me retrouver n'importe où dans le monde si je m'en vais, parce qu'il peut payer des gens pour me tuer et qu'ils le feront.
Hier, j'ai encore essayé de m'enfuir. Je suis allée jusqu'aux marches, mais il m'a rattrapée. J'étais sûre qu'il allait me tuer, mais en fait il m'a juste donné une énorme raclée à coups de pied et maintenant j'arrive à peine à bouger tellement j'ai mal.
Il dit tout le temps que je devrais le remercier pour ce qu'il fait pour moi, mais moi je voudrais le voir brûler dans les flammes de l'enfer.
S'il vous plaît, cherchez mieux. Ne croyez pas que je ne suis pas reconnaissante pour tout ce que

vous faites, mais il faut vraiment venir me secourir très vite.

Affectueusement,

Bethan Avery

P.-S. – Faites attention parce qu'il est très sournois et, à mon avis, il n'aurait aucun problème à frapper quelqu'un d'autre que moi. Ne laissez aucun inconnu entrer chez vous.

P.-P.-S. – Je ne plaisante pas.

Le lendemain, mes recherches ne donnèrent absolument rien. J'avais épluché mes archives et, comme prévu, il ne s'y trouvait aucune lettre comparable à celles de Bethan. Les autres services psychiatriques des environs ne me furent pas plus utiles que celui de Narrowbourne.

Aucune nouvelle lettre ne m'était parvenue les jours suivants.

Peut-être n'y en aurait-il plus du tout… Peut-être que c'était la fin.

Je songeais à cette possibilité quand on sonna à ma porte.

J'étais en train de couper des légumes pour me faire une poêlée aux cacahuètes bien épicée, et me disais que même les blessures émotionnelles les plus profondes peuvent présenter des avantages : Eddy n'avait jamais supporté ce plat, que j'adorais.

– Bonjour, madame Lewis ?

Il y avait deux personnes sur le pas de ma porte, un homme et une femme éclairés seulement par l'ampoule en haut du seuil ; il me fallut donc quelques instants pour les distinguer. L'homme portait un costume ordinaire et un imperméable ; il faisait jeune, avait d'épais cheveux pleins de gel et une bouche fraîche d'un rose vif. La femme était vêtue d'une robe sombre et d'une veste pied-de-poule. Ses cheveux étaient courts et d'un blond presque blanc faisant ressortir son bronzage artificiel, et elle avait les joues rondes et de grands yeux gris.

Le post-scriptum de la lettre de Bethan me revint brusquement à l'esprit : *Ne laissez aucun inconnu entrer chez vous*.

– Désolés de vous déranger. Je suis le lieutenant Hayers, et voici l'inspecteur Watson. Pouvons-nous discuter un peu ?

– Je…

Il brandit sous mes yeux sa carte de police.

Ses yeux se posèrent sur le couteau de cuisine que j'avais à la main, et mon regard suivit le sien.

– Apparemment, vous êtes en pleine préparation de votre repas. Je vous promets que ce ne sera pas long.

Le couteau. Perdue dans mes pensées comme je l'étais, je l'avais gardé dans ma main sans m'en rendre compte. Je me mis à rougir.

– Oh, pardon ! En effet, je cuisinais. Entrez, entrez.

Je me hâtai de rejoindre le salon, les deux policiers sur mes talons, et me rappelai de poser le couteau sur le comptoir de la cuisine au passage. J'en profitai pour éteindre le feu sous ma poêle. (« Ça sent bon, dit la femme avec un fort accent de l'Essex. J'adore la cuisine thaïe. »)

Ils s'assirent sur le canapé en cuir tandis que je me perchais sur l'accoudoir du fauteuil et essayais de ne pas avoir l'air a) coupable ou b) nerveuse, ce qui m'arrivait chaque fois que j'étais confrontée à la police.

– Ne vous inquiétez pas, dit l'homme dont j'avais déjà oublié le nom, directement écrasé par le côté impressionnant de sa fonction. Nous avons juste appris que vous avez reçu des lettres qui ont depuis lors été enregistrées comme pièces à conviction dans une affaire de meurtre.

Mes yeux s'écarquillèrent. Vraiment ?

– J'ai parlé avec un homme, un universitaire, qui les a prises pour les faire analyser…

– Oui, le docteur Forrester, nous savons cela, dit-il en ayant un sourire purement professionnel destiné à rassurer les inquiets. Sans vouloir vous alarmer, c'est une affaire qui redevient sérieuse. Nous savons qu'il y a une limite à l'aide que vous pouvez nous fournir et que vous avez déjà parlé plusieurs fois à nos collègues du commissariat, mais nous aimerions recueillir votre déclaration sur ces lettres.

La femme opina du chef en me regardant.

– Et il y a des choses que nous aimerions que vous fassiez si vous en recevez d'autres.

– Quoi ? Oh oui, bien sûr, ce que vous voudrez. Que voulez-vous savoir ?

L'homme, le lieutenant, mena l'entretien. Il me demanda de lui répéter comment j'avais reçu les lettres, quel était mon travail au journal, à qui j'en avais parlé, si j'avais une idée d'où elles venaient et pourquoi on me les avait adressées. Comme il l'avait dit, toutes ces informations étaient déjà connues de leurs services, mais je n'avais pas bénéficié de la même attention au poste de police que celle que l'on m'accordait maintenant. Le stylo de l'homme glissait rapidement sur son carnet tandis que tous deux hochaient la tête pour m'encourager à continuer.

– Du coup, dis-je une fois qu'ils parurent satisfaits de mes réponses, je suppose que les lettres se sont révélées être authentiques ?

Ils échangèrent un bref regard.

– Malheureusement, je n'ai pas le droit de vous en parler, madame Lewis, répondit-il.

– Le dossier de Bethan Avery va-t-il être rouvert ?

– Désolé…, fit-il. Je ne peux pas…

Il s'arrêta, l'air de réfléchir.

– L'enquête dont vous parlez n'a jamais été refermée, en raison de la nature grave du crime.

Je fronçai les sourcils.

– Mais si Bethan Avery est vivante, comment pouvez… ?

– Peggy Avery est morte, elle, intervint gentiment la femme. Et nous pensons que ce crime pourrait être lié aux autres.

L'homme confirma d'un hochement de tête.

Bien sûr. Bien sûr. Il y avait d'autres jeunes filles.

Peut-être même Katie Browne. Katie qui était portée disparue depuis cinq semaines, maintenant.

– Madame Lewis, ça va ? Vous êtes un peu pâle, dit l'homme. Voulez-vous que j'aille vous chercher un verre d'eau ?

La femme me regardait d'un air inquiet, comme si je risquais de m'évanouir.

– Moi ? Non, non, ça va, merci. Je suis juste… un peu choquée par la façon dont les choses s'accélèrent.

Je me rendis compte que je tremblais.

– Alors, qu'est-ce que je dois faire si j'en reçois d'autres ?

L'homme remit son stylo dans la poche de sa veste et le carnet dans celle de son imperméable.

– Si vous en recevez une autre du même genre, appelez-nous et nous viendrons la prendre. Même si vous n'êtes pas sûre, mais que vous vous dites qu'il pourrait s'agir de la même personne, prévenez-nous quand même. Nous préférons nous déplacer pour rien plutôt que risquer de passer à côté d'une pièce à conviction. Si vous en voyez une dans votre boîte, essayez de ne pas la toucher et appelez-nous.

J'acquiesçai.

– D'accord.

Wendy va être hors d'elle avec toute cette histoire, pensai-je. Je risque d'en entendre parler pendant un moment.

– Merci de nous avoir reçus, dit-il en se levant.

– Et bon appétit, ajouta la femme avec un petit sourire. Rien que l'odeur, ça me donne faim.

Je fermai la porte derrière eux et retournai à la cuisine.

J'hésitai à rallumer le feu sous la poêle pendant une bonne minute, mon couteau à la main.

Je pris le téléphone.

– Bonsoir, dis-je.

– Salut, Margot.

Martin Forrester avait l'air un peu essoufflé, comme s'il venait de rentrer.

– Je m'apprêtais à vous appeler.

– La police sort de chez moi.

– C'est vrai ? Qui ça ?

– Oh ! je ne me souviens pas de leurs noms, j'ai vraiment été prise de court par leur visite. Je ne m'y attendais pas du tout.

– Eh bien, c'est une forme d'urgence, on dirait, dit Forrester.

Il avait l'air un peu brusque, distrait, comme s'il me parlait tout en se concentrant sur autre chose.

– Vous êtes libre ce week-end ? demanda-t-il.

L'espace d'un instant, je crus bêtement qu'il me faisait une proposition d'ordre personnel. Je tirai une chaise en pin et me laissai tomber dessus.

– Pardon ?

– Écoutez, voilà ce que Mo Kahn m'a écrit : *Je pense*

que le journal de Bethan Avery et les lettres reçues par Margot Lewis ont été écrites par une seule et même personne.

– Une seule et même personne ? Vous êtes sûr ? Pas d'erreur possible ?

– Oh ! l'erreur est toujours possible… Au bout du compte, ce n'est que son opinion. Rien de tout cela n'est gravé dans le marbre. Mais c'est une opinion qui a davantage de poids que la mienne.

– Bon sang, soufflai-je. Où est-ce qu'on va ?

– Si vous pouvez vous absenter, je connais un sergent qui a bossé sur le dossier Avery à l'époque des faits. Il vit à Londres. C'est lui qui a décidé de classer le dossier non élucidé.

– Quoi ?

– Enfin, on peut dire qu'il est rouvert, à l'heure qu'il est. Il pourra vous parler des autres filles. Il pourrait même nous proposer son aide pour essayer de retrouver notre correspondant-mystère.

À ces mots, un frisson glacial me parcourut. Je sentis mes doigts, presque paralysés, se crisper sur le téléphone.

– Alors, vous pouvez venir, ce week-end ? relança-t-il.

– Je… Je ne sais pas. Peut-être, oui. J'ai des répétitions pour une pièce de théâtre à l'école, mais je dois pouvoir arranger ça.

Je coinçai le téléphone sous mon menton.

– Écoutez. J'envisage de lancer un appel à la personne qui m'écrit ces lettres dans l'*Examiner*, demain.

– Un appel ? Quel genre d'appel ? s'inquiéta-t-il.

Je voyais presque ses gros sourcils se froncer.

– Rien de bien méchant. Juste un mot pour inviter Bethan à garder le contact.

– Un mot ? C'est tout ?

– Oui, enfin, une phrase en bas de ma rubrique. En

majuscules. C'est ce que je fais quand je pense que quelqu'un est en danger. La dernière fois, quelqu'un m'a écrit en pleine organisation de son suicide et on a réussi à le convaincre de parler à SOS Amitié. Ça peut aussi être des fugitifs, parfois, qui veulent passer un message à leur famille…

J'abrégeai, un peu gênée d'aborder ce sujet.

– Bref, on fait ça quand on ne peut pas contacter quelqu'un de manière directe. On reste très vague sur leur problématique, pour préserver la confidentialité. Neuf fois sur dix, la réaction de leur entourage à leur problème est dix fois plus anxiogène pour eux que le problème en soi.

– Pourriez-vous donner un peu plus de place à cet appel ?

– Comment ça, « plus de place » ? demandai-je.

– Je… Enfin, je trouve que c'est une super idée, mais il faut que j'en parle à quelques personnes. Je peux vous rappeler ?

– OK, à bientôt.

– À bientôt.

Il raccrocha.

Le lendemain, à l'école, quand je sortis de la salle des profs en tenant une énorme pile de manuels de grammaire coincés sous mon menton, quelqu'un m'attendait.

Sorcha Malone était plantée dans le couloir ; son visage tavelé était pâle, et ses épais cheveux roux, attachés négligemment. Elle se rongeait les ongles, l'air anxieux. Le vernis pour les ongles est interdit à St-Hilda, mais les filles contournaient ce problème en soignant particulièrement leur aspect.

Si Sorcha se mettait à se les ronger, c'est donc qu'elle avait un sérieux problème.

Elle sursauta en me voyant et laissa tomber sa main, comme si elle avait lu dans mes pensées.

– Sorcha. Qu'est-ce que je peux faire pour vous ?

Je la regardai de derrière mon lourd et encombrant fardeau.

Elle me lança un bref coup d'œil avant de baisser les yeux vers le sol.

– Je peux vous parler, mademoiselle ?

– Bien sûr.

Cela ne me plaisait pas. Ce devait être au sujet de son rôle dans la débâcle avec Amber et la crise sur Facebook. À vrai dire, je m'attendais un peu à ce que Sorcha se manifeste à un moment ou à un autre.

– Allons dans mon bureau. Tenez, prenez-en quelques-uns.

Je lui passai la moitié de mon énorme pile de livres, au cas où certaines de ses amies, ou d'autres, la verraient. Ainsi, elle semblerait être en train de m'aider et non de solliciter mon conseil personnel. Elle les prit avec reconnaissance. Les apparences sont d'une importance capitale à cet âge (je pense par ailleurs que c'est une chose dont nous devrions nous émanciper et que peu de gens parviennent à le faire).

Nous nous fondîmes dans la mêlée générale et chaotique qui régnait dans le couloir à l'heure du déjeuner. Elle m'emboîta le pas comme je montais l'escalier en direction du bureau des lettres classiques, une pièce minuscule à peine plus grande qu'un placard avec une unique petite fenêtre ronde semblable à un hublot. Ce bureau me rendait claustrophobe ; j'essayais donc d'y passer aussi peu de temps que possible, mais c'était le seul endroit où je pouvais être sûre d'avoir un peu d'intimité pour parler à un élève.

– Posez-les là, sur le bureau, dis-je.

Sa pile de livres rejoignit la mienne. Je refermai doucement la porte derrière elle.

Sorcha, comme les autres, a un professeur de Soin pastoral, mais pour je ne sais quelle raison, c'est toujours moi que les élèves viennent voir quand ils en ont besoin. J'aimerais pouvoir dire qu'il y a une bonne raison à cela, que c'est parce que je suis super cool, abordable et proche des jeunes, mais pour être honnête, je ne sais absolument pas pourquoi, et ce n'est sûrement pas pour l'une des raisons ci-dessus.

– Asseyez-vous, lui dis-je.

Elle s'exécuta en hésitant légèrement. Je voyais bien qu'elle n'était pas sûre de sa démarche en venant me voir.

– Il s'agit d'Amber et compagnie, c'est ça ?

Elle acquiesça.

– Oui.

J'attendis, la laissant se ressaisir un peu.

– Je ne parle plus à Amber, déclara-t-elle.

– Je vois.

– Vous le saviez ?

– Eh bien, fis-je en haussant les épaules – l'humiliation d'Amber dans le bureau de Ben ne la regardait pas vraiment –, il est assez évident qu'il y avait de l'eau dans le gaz lors de mon dernier cours.

Ses joues commencèrent à s'empourprer et elle essuya ses paupières humides et rougies du revers de sa manche. Je sortis un mouchoir de la boîte que je gardais sur le bureau à cet effet et le lui tendis.

– On s'est brouillées à cause de Katie Browne, dit-elle en laissant échapper un petit sanglot.

– Oui. Amber a eu quelques ennuis avec ça, concédai-je.

– Vous savez, elle est vraiment gentille des fois, Amber, je veux dire, et, pour être franche, je ne fréquentais pas trop Katie ; elle était plutôt du genre à rester dans son coin, vous voyez ? Je veux dire, à part à la piscine, elle ne traînait pas trop avec nous.

– Oui, je sais.

– Mais Amber et moi…, dit-elle.

Sa détresse était si poignante que j'avais envie de la serrer dans mes bras pour la consoler.

– Amber et moi, on est les meilleures copines du monde, et on rigole bien, et tout irait bien s'il n'y avait pas Laura qui essaie tout le temps de l'influencer.

Je soupirai et croisai les jambes. Laura ne s'était pas fait remarquer pendant le fiasco d'Amber sur Facebook – elle avait réussi à le faire toute seule, comme une grande. Les filles comme Amber aiment dresser les Laura et les Sorcha les unes contre les autres pour faire ressortir le pire de chacune.

Voilà ce que j'avais envie de dire à cette gamine : « Sorcha, tu auras du mal à le croire aujourd'hui, mais même si tu penses qu'Amber est ta meilleure copine pour la vie et que tu ne peux pas vivre sans elle, je t'assure qu'à la minute où tu partiras pour l'université tu n'échangeras plus qu'une centaine de mots avec elle pour le restant de tes jours. Et qu'en plus, tu t'en trouveras immensément soulagée. »

Naturellement, je ne pouvais pas lui dire ça. L'un des meilleurs aspects de ma rubrique, c'est que je peux me permettre d'y être un peu plus directe.

– Je sais qu'Amber a dit ces trucs horribles, dit Sorcha en tortillant ses cheveux entre ses doigts, mais elle ne les pensait pas vraiment.

– Pourquoi a-t-elle dit ça, alors ? questionnai-je.

Sorcha eut un petit haussement d'épaules.

– Juste pour montrer qu'elle n'a pas peur… Sauf que ça *fait* vraiment peur, vous ne trouvez pas ?

Son regard sonda le mien.

– Oui. Ça fait peur.

– Parce que, bon, tout le monde dit que Katie a fugué, mais si…, si ce n'était pas ça ? S'il lui était arrivé quelque chose, et que personne ne la cherche ?

– Qui te dit que personne ne la cherche ? demandai-je en essayant de garder un air calme alors qu'un frisson me parcourait l'échine.

Il n'y avait que Ben et moi dans le bureau lorsque le policier était venu dire qu'ils envisageaient la possibilité que Katie soit partie de son plein gré en raison de problèmes à la maison, et que nous pouvions abaisser le niveau des mesures de sécurité mises en place par le conseil d'établissement.

Sorcha haussa les épaules.

– C'est évident, non ? Ils ne viennent plus poser de questions. Elle n'est même plus dans les journaux.

Elle s'essuya le visage.

– Mais… ça me terrifie qu'elle puisse être je ne sais où et que personne ne la cherche.

Elle leva vers moi des yeux emplis d'une gravité à fendre le cœur comme seuls les enfants en ont.

– Oui, dis-je avec la plus grande sincérité. Moi aussi, ça me terrifie.

J'écrivais une réponse à un e-mail d'une jeune fille qui était convaincue d'être enceinte après avoir porté le caleçon de son petit ami. C'était sidérant, le nombre de courriers de cette veine que je pouvais recevoir. Comme si Internet n'existait pas ; ou alors mes correspondants virtuels sont intelligents à leur manière : les recherches Internet laissent des traces. Puis-je tomber enceinte en m'asseyant sur des toilettes, à cause d'une serviette sale, si je n'ai pas d'orgasme, si c'est ma première fois ? Est-ce que je ne risque rien si je bois une bouteille de gin et prends un bain brûlant juste après ? Si je prends une pilule contraceptive avant ?

Y a-t-il un risque ?

Ces lettres me déprimaient profondément, pour de nom-breuses raisons évidentes.

Toutes ces ados ou préados et leur peur constante d'une grossesse... Mais je pense discerner le tableau qui fait peur : stigmates sociaux, parents en larmes, petits amis envolés, pour finir parquées en HLM avec un petit monstre hurlant sans cesse et sans raison, la frustration aggravée par le conflit d'intérêts avec le versement des allocations...

Peut-être que si tout le monde, y compris les hommes, s'occupait un peu des enfants des autres, je ne ressentirais pas ce que je ressens, et les gamins non plus – pensée un peu idéaliste, je le reconnais, mais qui me revenait souvent.

– La seule raison pour laquelle tu veux des enfants, me dis-je à moi-même et à haute voix, comme si cela allait avoir plus d'impact, c'est pour te consoler d'avoir eu une enfance aussi merdique. Et c'est égoïste.

Peut-être que oui. Ou pas. Enfin, il n'y a pas de peut-être, en fait. Ce n'est pas un instinct primaire. Juste une gratification psychologique, accentuée par le fait que je ne peux pas avoir d'enfants.

Je regardai la pendule. Trois heures du matin, déjà. Je cliquai sur ENVOI, avec mon adresse pro en copie. Puis je cryptai le fichier, éteignis et montai me coucher.

Je m'endormis immédiatement.

Je rêvai de Bethan Avery.

Dans mon rêve, j'étais perdue dans un labyrinthe, telle une Déméter angoissée cherchant sa Perséphone.

Il y avait des couloirs partout (dans un hôpital qui ressemblait furieusement à celui d'Addenbrooke, vaste, immense, un véritable dédale au sol de linoléum). Au milieu, un monstre. Dans la logique propre à mon rêve, je comprends que c'est un Minotaure qui n'a de cesse de me retrouver.

L'endroit était plein de silhouettes sans visage très affairées. Aucune ne semblait me remarquer, et je déambulais là sans être motivée par quelque quête impérieuse, éprouvant juste un sentiment confus d'appréhension. En regardant autour de moi, je voyais des choses bizarres par les fenêtres des différents services : des médecins et des infirmières entrant et sortant de leur tenue de travail comme s'ils changeaient de peau, et les portes ouvertes respiraient lentement et profondément, comme si des créatures inconnues dormaient derrière elles.

– Je ne sais pas où nous sommes, dis-je à une jeune femme qui se posta en face de moi dans un couloir, les bras croisés.

– Je sais.

– Je cherche Bethan Avery.

Elle me fixa. Ses yeux noirs étaient vifs sous une épaisse couche de mascara, ses cheveux blonds décolorés formaient un halo désordonné autour de sa tête, et, l'espace d'un instant cauchemardesque, je crus qu'elle allait me siffler dessus comme un serpent.

– Et le monde passe, et sa convoitise aussi, répondit-elle.

Elle laissa alors échapper un éclat de rire sans joie, presque un aboiement, qui m'évoqua quelque chose de familier.

Elle-même avait quelque chose qui me semblait familier.

– S'il vous plaît, dis-je.

Elle fronça les sourcils.

– Je ne sais pas où elle est, dit-elle en tapant ses dents pointues avec son stylo.

Je trouvai cela terriblement peu hygiénique, mais je me tins tranquille, appâtée par l'éventualité d'une information à venir.

– Mais au fait, pourquoi m'interroges-tu, *moi*, au sujet de Bethan Avery ? demanda-t-elle dans un brusque changement de ton où perçaient maintenant la peur et la malveillance. Qui es-tu ?

Alors même que je n'avais subi aucune violence, je m'éveillai brusquement en tremblant comme une feuille.

Je restai allongée sur le dos pendant un long moment, seule dans mon lit, à suivre du regard les ombres mouvantes des branches d'arbre que les réverbères projetaient sur mon plafond.

Maintenant que j'étais réveillée, je me rendis compte que je connaissais effectivement cette fille, même si je n'avais pas pensé à elle depuis des années.

Angelique.

Après ça, impossible de me rendormir.

9

Katie pense entendre le bruit d'une sonnette quelque part dans la maison, au-dessus d'elle. C'est un bruit très sonore qui retentit dans plusieurs pièces en même temps, par une sorte de système d'interphones. Elle colle son oreille meurtrie contre le tuyau d'évacuation, là où il sort de la pierre froide, et elle écoute. Les murs sont couverts d'un isolant phonique, mais les tuyaux à nu transportent les vibrations et les voix jusqu'à elle, dans sa prison.

En identifiant le bruit grêle et lointain de la sonnette de la porte, elle se trouve prise d'un sentiment d'alarme, de confusion et d'espoir, chacun succédant rapidement à l'autre.

Depuis qu'elle est ici, elle n'a jamais entendu personne sonner à la porte.

Elle écoute attentivement. Il va sûrement aller répondre ; elle sait qu'il est là-haut, parce qu'elle l'a entendu marcher sur la trappe quelques minutes plus tôt, avec son pas lourd étouffé par le tapis qui recouvre la trappe.

Une profonde vague de nausée mêlée d'épouvante lui serre la poitrine. Elle se trouve face à un choix, un choix qui pourrait avoir de terribles conséquences. Elle doit prendre un risque. Qui sait si elle vivra assez longtemps pour voir une telle opportunité se présenter à nouveau ?

La sonnette retentit encore ; le métal froid et rouillé égratigne son oreille endolorie.

Mais la seule réponse est un silence total, tel un souffle retenu.

Peut-être une minute plus tard, le téléphone sonne. C'est le téléphone fixe, avec une sonnerie bien plus forte que celle de n'importe quel portable, et, comme la sonnette de la porte, elle résonne dans plusieurs pièces et jusqu'à elle, par les tuyaux, tel le fantôme d'un coup de fil.

Elle n'a vu que deux pièces dans la maison à part le grand salon quand elle a été amenée ici, se débattant à coups de pied et mordant son bâillon, son legging mouillé là où la terreur lui avait fait perdre ses moyens, quand la capuche sur sa tête avait basculé. L'homme empestait la sueur et le graillon, la maison, le moisi et le renfermé. Les pièces étaient grandes, avec des boiseries aux murs, d'immenses cheminées en pierre et des décorations anciennes. Ces éléments, plus le système d'interphones, lui donnent à penser qu'il s'agit d'une grande maison, le genre d'endroit où il devrait y avoir des domestiques, mais malgré toutes les histoires de « bande organisée » racontées par l'homme, elle n'a jamais vu que lui ici.

Le téléphone sonne, sonne, puis s'arrête. Et recommence à sonner.

Katie a essayé de garder espoir, sans toujours y parvenir. Il faut de l'espoir pour survivre ; elle le sait, instinctivement, mais elle sait aussi que s'autoriser l'espoir, c'est ouvrir la porte à son jumeau, le désespoir. Par exemple, si elle se l'autorisait, elle pourrait croire que cet assaut déterminé en provenance de l'extérieur après tant de semaines de silence est le signe qu'on a retrouvé sa trace, qu'on vient la chercher. Que des policiers, des scientifiques et toutes sortes d'enquêteurs très malins en longs manteaux ont patrouillé, interrogé des suspects et regardé des tas d'images de vidéosurveillance jusqu'à ce qu'ils aient trouvé quelque chose qui les mène maintenant à la porte de cette maison.

Sa liberté est peut-être une question de minutes.

Ou alors, ce n'est rien et elle restera là. Ces spéculations sont insupportables.

Le téléphone cesse de sonner, laissant un écho silencieux dans son sillage.

Il ne se passe plus rien, mais elle ne peut s'empêcher de continuer à tendre l'oreille.

Et puis la sonnette retentit à nouveau, et parce que Katie est désormais attentive, concentrée, le bruit lui paraît plus fort qu'avant. Quelqu'un frappe à la porte en même temps, avec son poing. Cette personne a dû appeler de l'extérieur, avec un portable.

Décidément, elle veut *vraiment* entrer.

Au bout d'un moment qui semble interminable, elle entend le pas lourd de l'homme, le grincement d'une lourde porte qui s'ouvre, un murmure de voix. Elle ne distingue pas les mots, pas au début, mais après quelques minutes à presser son oreille sur le tuyau, elle se rend compte que les individus sont entrés, qu'ils sont maintenant dans le salon avec son tapis bleu et sa grande cheminée en pierre de taille.

– Oui, dit la voix de l'inconnu. Ça n'a pas été facile de vous voir.

Le nouveau venu est un homme, avec une façon de parler assez sèche et snob. Pas quelqu'un du coin.

– Si vous aviez pris rendez-vous…

– Je n'ai pas à prendre rendez-vous pour vous voir.

L'inconnu n'a pas l'air content.

– Vous êtes sous mes ordres, maintenant, comme je vous l'ai expliqué. Je vous avais dit que je venais de Londres aujourd'hui. J'ai eu la correction de vous proposer une date et une heure à votre convenance, mais vous n'avez fait que remettre ça à plus tard.

Katie retient son souffle. Est-ce un membre de la fameuse bande dont il parle si souvent ?

– J'étais très occupé, rétorque son ravisseur.

– Certainement, répond l'inconnu, et elle sent dans sa voix un mélange de pitié et d'agacement.

Le parquet craque sous ses pieds.

– Mais je crains que des changements soient inévitables, maintenant que monsieur Broeder est mort. Les membres de sa famille estiment que son capital n'est pas géré aussi efficacement qu'ils l'aimeraient. Et en tant que gestionnaires de leur patrimoine, nous sommes d'accord avec nos clients. Il est absurde que cette maison reste inoccupée dans le contexte financier actuel, vous devez sûrement le comprendre.

– Je ne…

– Les experts en immobilier viennent vendredi prochain, en matinée. Si vous pouviez avoir l'amabilité de les laisser entrer.

– Mais j'ai du travail dans le jardin…

– Ne vous inquiétez pas pour ça, monsieur Meeks. Nous pensons que les gros travaux vont commencer très bientôt.

L'intonation de l'homme est vive, presque brusque.

– En ce qui concerne votre poste, bien sûr, nous devrions avoir des nouvelles au cours de la semaine. Maintenant, vous voulez bien me faire visiter ?

Katie réalise avec stupeur que, qui que soit cette personne, elle n'a rien à voir avec ce qui lui arrive.

Sans avoir le temps de le décider consciemment, la menotte métallique qui enserre son poignet droit commence à frapper sur le tuyau, encore et encore, et elle hurle vainement derrière son bâillon, à travers la barrière d'adhésif humide de sueur. Elle n'arrête pas ; elle n'ose pas arrêter et écouter pour voir si ses efforts ont le moindre effet, ni penser à ce qui lui arrivera si sa tentative échoue. Elle martèle les tuyaux jusqu'à ce que son poignet meurtri s'ouvre et saigne sur l'anneau d'acier, mais il devient de plus en plus évident que personne ne vient, et, quand elle se décide enfin à remettre son oreille sur les tuyaux, elle entend le son étouffé de la grande porte d'entrée qui se referme.

Son épuisement et son désespoir sont immédiatement écrasés par la terreur. Et si Chris (« M. Meeks ») l'avait entendue faire tout ce raffut ? Elle n'ose même pas imaginer sa rage.

Elle attend dans le noir, mais il ne vient pas. Délaissant un moment sa déception et sa peur, elle s'accorde un semblant de détente et réfléchit à ce qu'elle a appris. Des experts qui viennent vendredi... Elle n'a aucun moyen de différencier les jours, à part une fois par semaine ; ce jour-là, la musique classique inonde toute la maison et, parfois, il la laisse sortir dans la pièce au-dessus. Elle se dit que c'est peut-être le dimanche. Et la dernière fois, c'était... Bon sang, elle ne s'en souvient pas. Ce n'était pas hier, ni le jour d'avant...

Beaucoup de temps semble s'écouler avant qu'il ne vienne avec son offrande quotidienne de nourriture. Ce soir, c'est de la soupe à la tomate, chauffée à bloc au four micro-ondes.

Il descend les marches en portant précautionneusement le bol entre ses mains. L'eau vient à la bouche de Katie malgré elle en sentant l'odeur. Il allume, et elle cligne des yeux sous le halo de l'ampoule accrochée au plafond.

– Tu as faim, hein ?

Elle hoche la tête.

Il sourit, puis, aussi précautionneusement qu'il l'a apportée, il verse la soupe dans la canalisation près de la porte. Le repas disparaît en laissant une éphémère volute de vapeur derrière lui.

– Tu crois que je n'ai pas entendu le boucan que tu as fait tout à l'heure ?

Quelques instants plus tard, il l'attrape par les cheveux, et les premiers coups tombent.

10

D'un geste nerveux, j'ajustai les revers du tailleur vert olive que j'avais acheté la veille dans une boutique minuscule, mais très cossue de Rose Crescent. Les larmes m'étaient montées aux yeux en tendant ma carte bancaire. Eddy étant parti, ce genre d'achat était désormais réservé aux situations d'urgence.

Cependant, une petite partie de moi était presque… Je ne sais pas… Soulagée. J'allais de nouveau être maître de moi-même. J'allais retrouver le moyen de redevenir Margot, Margot avant qu'elle soit abandonnée, avant d'être humiliée. Margot n'avait peut-être pas les moyens de se payer des tas de beaux vêtements, mais au moins, ce qu'elle avait était à elle.

Je m'étais bien habillée pour cette rencontre, et Martin me coula un regard oblique sous un sourcil haussé tout en sautant de son Range Rover marron pour aller m'ouvrir la portière.

Une mèche de ses longs cheveux bruns s'était échappée de l'élastique et effleurait son visage ; je me demandai un certain temps ce qui arriverait si je tendais la main pour la repousser derrière son oreille.

– Vous êtes en beauté, Margot, dit-il en me gratifiant d'un grand sourire séducteur tandis que je prenais place sur le siège en cuir.

J'étais en proie à un mélange d'émotions contrastées : nervosité, plaisir, et, au milieu de tout ça, une petite flamme de désir, totalement déplacée mais pas désagréable. Martin portait un tee-shirt Ted Baker et un jean. L'air de rien, j'en profitai pour admirer la musculature de ses bras tandis qu'il conduisait.

– C'est trop, peut-être, le tailleur ? demandai-je dans un soudain accès de gêne.

Agréable à regarder ou non, sa tenue décontractée m'alarmait.

– Non, non, pas du tout.

Il regarda dans le rétroviseur.

– Vous êtes… C'est très bien.

– Je me suis dit que j'allais faire un petit effort pour avoir l'air respectable.

Il secoua la tête et s'engagea sur Huntingdon Road en prenant soin d'éviter les oscillations des cyclistes.

– Ne vous en faites pas. Je voulais juste vous prévenir qu'il y avait un changement de programme. Ce sera la psychologue Greta que nous verrons, et O'Neill nous rejoindra peut-être après. Greta va vous donner un document pour votre rubrique. Il suffira que vous preniez ce papier pour le publier sous votre nom.

Il y avait un je-ne-sais-quoi de peu naturel dans son discours, comme s'il ne me disait pas tout.

– Ça me va, comme programme, dis-je en bougeant un peu sur mon siège.

Il prit Storey's Way, et nous roulâmes sans rien dire en passant devant les nouvelles facultés : Fitzwilliam, Murray Edwards (New Hall à mon époque) et Churchill, avec leur architecture des années 1960 et leurs sculptures modernes.

– Donc, c'est bien Bethan Avery qui écrit ces lettres, dis-je au bout d'un moment.

Il y eut un silence.

– Oui, finit-il par répondre. C'est bien elle.

– Qu'est-ce que ça signifie ? demandai-je.

Son regard vert et intense se posa brièvement sur moi avant de se perdre par la vitre en direction des arbres qui bordaient l'allée menant à l'Institut d'astronomie.

– Je ne sais pas.

Le silence se fit de nouveau.

– Gerry avait l'air de flipper un peu, hasardai-je au bout d'un moment.

Gerry était le directeur de la rédaction de l'*Examiner,* titre bien grandiloquent considérant que dix personnes seulement travaillaient là, y compris moi. Il m'avait considérée avec un étonnement poli et un soupçon de reproche quand je lui avais expliqué ce qui se passait, comme si je m'étais engagée dans quelque activité douteuse dans son dos.

Martin secoua la tête.

– Il n'y a pas de quoi ; tout est carré avec O'Neill. Et n'oubliez pas que, si ça donne quelque chose, il est possible que votre patron en ait l'exclusivité. Ce pourrait être un gros coup pour lui.

Je fis la moue.

– Charmant.

S'il perçut mon expression de reproche, il n'en fit rien.

– Si on retrouve Bethan et qu'elle peut nous aider à retrouver Katie, ce sera gagnant-gagnant pour tout le monde, y compris elle.

Je soupirai, peu convaincue. Je ne sais pas pourquoi j'étais surprise, ou même déçue. Bien sûr qu'il y avait un moteur d'intérêt personnel et d'opportunisme à l'œuvre dans l'affaire. Le monde est ainsi. Mais cette perspective rendait soudain Cambridge plus grise, plus plate.

– Je suppose, oui.

Il leva un sourcil vers moi, mais ne répondit rien.

Londres klaxonnait, grondait et martelait autour de nous. Il avait commencé à pleuvoir, une petite bruine soudaine, et des parapluies chics s'ouvraient sur les trottoirs, on sortait les capuches, les talons des passants claquaient un peu plus vite sur le bitume. Après ce long trajet, une bouffée d'énergie secrète semblait maintenant m'envahir et me stimuler. Il y a quelque chose à Londres qui me donne toujours l'impression d'être plus vivante qu'ailleurs. Chaque fois que je viens ici, je me demande pour quelle raison je n'y habite plus.

Puis, tout aussi brusquement, je me rappelle pourquoi, et une petite bouffée d'air froid me souffle sur le cœur.

Nous nous garâmes dans le parking souterrain situé sous un gros bâtiment gris, après qu'un gardien suspicieux eut ouvert la barrière pour laisser passer Martin. Ensuite, il y eut une cage d'escalier gris acier, puis un ascenseur gris acier, et enfin un hall d'accueil gris acier avec deux femmes d'âge moyen en uniforme de police. Semblant s'ennuyer, elles scrutèrent Martin de la tête aux pieds, puis moi.

– Je vais prévenir de votre présence, dit l'une d'une voix grave et rocailleuse de grosse fumeuse.

On nous laissa patienter dans le hall.

Après un temps qui me parut interminable, mais ne dut pas excéder deux minutes, durant lesquelles je tripotai mon sac tandis que Martin restait les bras croisés, une porte latérale s'ouvrit et une toute petite femme avec un carré roux impeccablement stylé apparut en faisant claquer ses talons sur le sol de marbre. Elle portait une jolie robe bleue et un cardigan rose, et son badge professionnel dansait au bout d'une lanière passée autour de son cou. Son visage était doux et juvénile, des yeux noisette pétillaient derrière des lunettes à monture d'écaille.

– Martin ! s'exclama-t-elle comme si sa présence était une délicieuse surprise, alors qu'elle devait nous attendre.

– Greta, dit-il en se penchant pour lui faire la bise. Content de te voir.

– Moi aussi, répondit-elle. Qui est-ce ? demanda-t-elle en se tournant vers moi.

Je ne sais pas pourquoi, mais il y avait quelque chose d'un peu faux à la fois dans sa question et dans l'intonation de sa voix, et cela m'irrita. Elle devait forcément savoir qui j'étais, et sa question avait seulement pour but d'aider Martin à faire les présentations. J'avais beau n'être guère plus qu'une messagère, je me sentis l'objet d'un intérêt intense mais dissimulé, et cela ne me plut pas du tout.

– Margot, dis-je vivement en serrant la main qu'elle me tendait. Margot Lewis.

– Margot, répéta-t-elle comme pour tester oralement la véracité de mon nom. Bien sûr. Veuillez me suivre.

Elle nous mena dans un escalier défraîchi, puis dans une série de couloirs bordés de bureaux dont on pouvait voir l'intérieur à travers les vitres. Dans ces pièces, d'immenses piles de dossiers en papier kraft s'élevaient partout sur les bureaux et les armoires de classement ; j'y remarquai des tas de détails intrigants : une carte couverte d'épingles, ou une poupée de chiffon sexuée.

– Par ici, indiqua Greta en poussant une porte déjà entrouverte pour nous faire entrer dans une pièce sentant le renfermé.

Son bureau (ce devait être le sien, car il y avait une photo d'elle plus jeune avec deux petites filles), était un peu plus grand que ceux que j'avais vus, et bien mieux rangé, même si elle dut enlever des livres posés sur une chaise pour que Martin puisse s'asseoir. Elle fit rouler sa chaise pour franchir l'obstacle de son bureau et se retrouver plus près de nous ; je reconnus là une stratégie destinée à me mettre à l'aise.

Étrangement, la démarche eut l'effet inverse sur moi. J'ai souvent eu affaire à des personnes travaillant en psychiatrie et je me targue de reconnaître toutes leurs stratégies en un clin d'œil.

– Donc, dit-elle avec l'accent enlevé des alentours huppés de Londres. Si je comprends bien, vous avez reçu des lettres assez pénibles, Margot.

Elle croisa ses mains potelées sur ses jambes, et je compris que c'était cela que je redoutais : qu'une fois de plus, on me donne du troisième degré.

J'acquiesçai.

– Comme ce doit être perturbant.

– Ç'a été un choc au début, mais ça ne me perturbe pas, répondis-je rapidement et peut-être avec un soupçon d'impatience. En tout cas, ça me perturbe moins que ça ne semble perturber la personne qui les envoie.

Elle me regarda en plissant les yeux, comme si je venais de dire quelque chose de très intéressant.

– Je comprends.

Le silence s'installa, et je luttai contre l'envie de déblatérer quelque chose rien que pour le rompre. À côté de moi, Martin bougea sur sa chaise, l'air un peu mal à l'aise.

– On peut se demander, dit-elle au bout d'une minute ou deux, pourquoi c'est vous qui recevez ces lettres.

Je haussai les épaules.

– Désolée, je n'en ai pas la moindre idée.

Je fis un geste vers Martin.

– J'ai épluché mes archives de l'*Examiner* et…

– L'*Examiner* ? me coupa-t-elle vivement.

– Oui.

J'étais consciente qu'elle devait déjà savoir cela, mais je décidai de me faciliter la tâche en racontant tout moi-même sans plus attendre. Je lui expliquai la fois où j'avais reçu la première lettre et les démarches que j'avais entreprises pour en trouver l'auteur. Martin restait assis les bras croisés, refusant de croiser le regard de l'une ou de l'autre. Quelque chose semblait le contrarier.

Quant à Greta, elle était penchée en avant et me regardait avec une grande attention tandis que je terminais mon témoignage. Elle arborait un léger sourire ; on aurait dit qu'elle attendait que je fasse un faux pas et avoue par inadvertance que c'était moi qui détenais Bethan Avery captive.

– Vous vous êtes donc renseignée auprès des services psychiatriques locaux ? demanda-t-elle. Vous avez des contacts, là-bas ?

Je lui coulai un bref regard.

– Oui. Ils sont toujours ouverts à me donner des conseils et des informations pour ma rubrique.

– Et comment les avez-vous rencontrés ?

Je marquai un temps d'arrêt et sentis frémir les petits cheveux de ma nuque. Martin regardait maintenant Greta en fronçant les sourcils.

– Je crois qu'une grande partie du personnel a envie d'aider quiconque vient avec une demande d'informations, dis-je prudemment, éludant sa question principale. Informer les gens sur les questions psychiatriques fait partie de leur travail.

– Mais les connaissez-vous personnellement ?

– Non, pas personnellement, dis-je, impatiente de sortir de cette discussion et de ce bureau miteux pour échapper à son regard scrutateur. Bref, ce que je comprends du plan, c'est que je dois publier quelque chose dans ma rubrique au journal, quelque chose qui pourrait inciter cette femme à en révéler davantage sur elle. Je crois que l'officier chargé du dossier a parlé de ça à mon patron hier et a tout mis au clair avec lui.

Je croisai les jambes, ayant un peu froid dans cette jupe inhabituellement courte.

– J'imagine donc que tout ce qu'il reste à faire, c'est de trouver ce que je dois écrire dans le journal et comment vous souhaitez que je gère une éventuelle réponse.

Elle me regarda pendant une bonne dizaine de secondes avant de pousser un petit soupir.

– Oui, à peu près.

Elle ouvrit un tiroir et en sortit un stylo et une feuille. À ma grande contrariété, la feuille était blanche. Martin avait eu l'air certain que l'appel que j'allais publier avait déjà été rédigé. Je me rappelai également que je m'attendais à ce que l'officier supervisant le dossier – O'Neill – soit aussi présent.

À ma droite, Martin avait une mine de plus en plus contrariée, mais il ne disait rien.

De mon côté, je commençais à avoir un sentiment assez désagréable.

– Avant que nous commencions, dit Greta, je voudrais juste vous poser quelques questions. Nous ne voulons pas que cela ait l'air factice, et ce serait bien plus convaincant si nous composions ce texte ensemble.

Elle sourit encore, comme si elle sentait que j'étais de moins en moins à l'aise avec elle.

– Absolument.

– Donc, vous vivez à Cambridge ?

– Oui.

Je tirai sur l'ourlet de ma jupe.

– Après mes études à l'université, j'ai trouvé du travail à Londres, puis je suis revenue vivre à Cambridge. Je suis entrée dans l'enseignement.

– Oh ! fit-elle. Un poste d'enseignante à Cambridge ? Vous avez eu beaucoup de chance.

J'avais obtenu une excellente mention en lettres classiques à l'Université de Cambridge, et je maîtrise le latin et l'essentiel du grec ancien. En me rappelant le stress de mes innombrables heures de révision, mes longues lectures et tout le travail acharné fourni, je fus tentée de lui rétorquer que ni la chance ni même le talent n'y étaient pour rien dans l'affaire. J'avais simplement travaillé comme une bête.

Bon sang, Margot, calme-toi. Elle essaie juste d'être polie.

– Dans quelle faculté étiez-vous ? demanda-t-elle ensuite.

– St-Margaret.

Une petite lueur s'alluma dans ses yeux, comme si elle m'avait surprise en flagrant délit de mensonge.

– St-Margaret… N'est-ce pas uniquement pour le troisième cycle ?

– Troisième cycle et deuxième cycle pour les plus âgés. J'avais vingt-deux ans quand j'y suis arrivée. J'ai passé mon bac en cours du soir.

Un de ses sourcils roux se haussa.

– Et de là, à Oxbridge…

Elle eut un petit rire.

– Quelle réussite ! Même si j'imagine que vous avez dû avoir du mal à vous faire une place parmi les profils habituels de Cambridge. Ç'a dû être assez difficile, par moments.

– Ça a été, répondis-je en essayant de conserver un ton neutre. Je m'y suis faite.

J'eus droit à un nouveau silence insupportable, le temps qu'elle réfléchisse à tout cela, comme si je venais de lui apprendre un fait compromettant. Mais ce n'était qu'un Rubicon à passer, et, au lieu de laisser le champ libre à mon impatience, je me livrai à une petite astuce que m'avait apprise mère Cecilia il y a des années, dans une autre vie, à mettre en pratique quand je me trouvais dans une situation délicate : je me concentrai sur ma respiration afin de l'amener à ralentir, marquant une pause avant d'inhaler. Il n'était pas question que j'endosse constamment le manteau de la Furie. J'aurais été bien inspirée de m'en rappeler lorsque je parlais à cette catin d'Ara, mais tant pis.

– Donc, vous êtes à Cambridge depuis, quoi, 2007 environ ?

– Oui.

– Et depuis tout ce temps, vous n'avez eu aucun contact avec quiconque lié à cette affaire ? Vraiment personne ?

– Pas à ma connaissance.

Elle m'adressa un sourire courtois.

– Et avez-vous déjà été contactée par d'autres personnes portées disparues, avant cela ?

Je clignai des paupières, décontenancée.

– Désolée, je ne comprends pas.

– Par votre travail au journal ?

Je pris un instant de réflexion.

– Ah, eh bien, si. Parfois, je reçois des lettres de personnes qui se sont enfuies de chez elles. Mais de quelqu'un ayant été victime d'enlèvement, non, ça n'est jamais arrivé.

– Je me demandais, dit-elle en serrant ses petites mains devant elle, pourquoi vous avez choisi ce genre de rubrique au journal. Avez-vous l'impression d'éprouver de l'empathie pour les personnes ayant des problèmes ?

Je la regardai en fronçant les sourcils.

– Oui. Comme beaucoup de gens, non ?

– Et vous aimez les aider ? Cela vous procure de la satisfaction ?

Mon expression de perplexité dut redoubler.

– Pourquoi, je ne devrais pas ?

Elle eut de nouveau ce petit sourire figé.

Et puis, merde. Ma Furie intérieure commençait à me suggérer de passer à l'offensive. Sans plus attendre.

– Quoi, à la fin ? Vous voulez parler de mon addiction ? Ou de ma dépression ? lançai-je un ton plus fort que je ne m'étais exprimée jusqu'ici.

– Je…

Surprise, elle regarda Martin et tenta de reprendre son sourire en même temps que le contrôle de la situation.

– Parce qu'on dirait *vraiment* que c'est là que vous voulez en venir, poursuivis-je. Et ça ne me pose pas de problème, vous savez. Je serais très heureuse de vous en parler…

– Je ne voulais pas…

– Donc, en gros, j'ai commencé un nouveau boulot de rédactrice de pub dans une start-up merdique de relations publiques à Londres, où je bossais jusqu'à dix-huit heures par jour. Résultat, je n'ai pas tardé à devenir moins agréable à fréquenter, dis-je comme si elle m'avait invitée à poursuivre. La boîte a coulé après que le directeur s'est fait la malle aux Caraïbes en me devant deux mois de salaire plus les primes, argent que j'avais déjà dépensé. Tout cela n'avait rien de reluisant, mais c'était encore gérable, du moins, c'est ce que je croyais, jusqu'à ce qu'au beau milieu de tout ça, mère Cecilia, qui m'avait sortie de la drogue quand j'étais ado et représentait à peu près tout ce que j'avais comme famille, se fasse poignarder et meure trois jours avant Noël dans le foyer pour femmes qu'elle dirigeait.

– Margot, je…

– Cela m'a effectivement affectée pendant un certain temps ; alors, je me suis couchée et j'ai refusé de sortir de mon lit jusqu'à ce que quelqu'un entre chez moi et casse ma porte pour voir ce que je devenais, et que j'agresse cette personne.

J'inspectai mes ongles vernis de rouge foncé un instant, puis m'adossai sur la chaise en soutenant ouvertement son regard.

– C'est ainsi que je me suis retrouvée dans la position inconfortable d'être internée en vertu de la Loi sur la santé mentale.

Greta avait cessé de sourire, ce qui me convenait très bien. Je n'osais pas regarder Martin.

– Il m'a fallu un petit moment pour m'en sortir avec des médicaments et une bonne thérapie, et j'ai compris que les célébrités, la pub et les feux de la rampe, ce n'était pas pour moi. Je voulais être prof et enseigner les lettres classiques, comme mère Cecilia, elle qui avait toujours été une vraie personne.

Je croisai de nouveau les jambes.

– Elle n'avait pas besoin de raison pour aider les gens. Elle le faisait, c'est tout.

– Écoutez, Margot…, commença Greta, un peu nerveuse.

– Le reste, vous le connaissez, puisque vous avez accès à mon dossier administratif et que vous ne vous êtes clairement pas privée de le consulter. Alors, la réponse à votre question sera brève et c'est le seul point pertinent à retenir : non, je ne sais pas du tout qui m'envoie ces lettres.

Je haussai les épaules dans le silence qui suivit.

Après ce déballage, le reste fut bien tiède. Greta rédigea les deux lignes de l'appel que je devais passer – *Chère*

Bethan, contactez-moi. Je ne peux pas vous aider si je n'ai pas plus d'infos – et je me rendis compte avec colère qu'on m'avait fait venir depuis Londres rien que pour ça.

Je modifiai le texte ainsi : *Bethan A. N'ayez pas peur. Pour vous aider, j'ai besoin d'en savoir plus sur vous.* Il y eut quelques ajustements à trouver (« Voulez-vous suggérer qu'elle a raison d'avoir peur ? » lançai-je sèchement à Greta après qu'elle eut contesté ce détail pendant dix minutes), mais au bout du compte, nous nous mîmes d'accord sur un texte qui nous convenait à toutes deux. Ils voulaient également publier ma photo ; comme Greta en parlait, je me dis que c'était là la seule bonne idée qu'elle ait eue depuis le début. Une photo permettrait à Bethan d'éprouver un sentiment de connexion avec moi. Ils me suggérèrent d'utiliser celle du site Internet de l'école, qui faisait affreusement ressortir mon nez un peu tordu, mais j'avais une meilleure idée : Lily était photographe amateur ; elle pourrait me tirer un portrait en noir et blanc spécialement pour cet usage. Je m'étais toujours trouvé un air de cadavre sur ma photo de l'école, et le sourire funèbre que j'y arborais n'était pas spécialement de nature à encourager la confiance.

– Elle n'est pas mal du tout, cette photo, commenta Martin avec une galanterie qui frisait carrément le mensonge. Moi, je l'aime bien.

Mon cœur fit un petit bond dans ma poitrine.

Mais à la fin de l'entretien, après mon agacement plein de fougue, j'avais plongé dans une sorte de peur confuse et je voulais en finir ; me retrouver loin d'elle, et loin de lui. Ce que j'avais pu être bête de croire que je pourrais échapper à l'ombre rampante de mon passé ! Dans toute situation où cela pouvait compter, on le prendrait forcément en compte. Et pourtant, alors que Greta envoyait l'e-mail validé et que Martin s'apprêtait à se lever de sa chaise miteuse, je me dis que je ne regrettais pas de m'être embarquée dans cette affaire. Où que soit Bethan Avery, son malheur était bien supérieur au mien.

Après les au revoir excessifs et hypocrites de Greta, j'emboîtai le pas à Martin pour repasser devant les Gorgones de l'accueil et monter dans l'ascenseur. Il était muet et songeur, et je sentis le rouge me monter aux joues et s'y installer.

On aurait pu croire que je serais au-delà de la honte à ce stade ; mais non.

Au moment de m'asseoir à côté de lui dans la voiture, je n'y tins plus. Je me tournai vers lui et ouvris la bouche pour parler.

– Margot, je suis vraiment, vraiment désolé de ce qui s'est passé, dit-il en croisant les bras sur le haut du volant pour y appuyer son front. Je pensais qu'elle allait vous aiguillonner un peu, mais honnêtement, je ne m'attendais pas du tout à…, enfin, à ce qui s'est passé.

Je le dévisageai.

– Vous *saviez* ? Vous saviez tout ça sur moi ?

Il hocha la tête d'un air las sans me regarder.

– Oui. Je vous avais dit que je m'étais renseigné sur vous avant de vous rencontrer…

– Vous m'avez dit que vous aviez regardé le site Internet de l'école.

Ses lèvres se pincèrent.

– Oui. Et un peu plus, aussi.

Ses doigts pianotèrent nerveusement sur le volant.

– Personnellement, je ne vois pas où est le problème. Vous avez vécu une période difficile et vous avez rebondi. Je ne suis pas sûr que cela justifie tout ce cirque, mais, vous savez, Robert et Greta sont de la police, et ils pensent comme des flics…

Il haussa les épaules, et ses mains retombèrent sur ses cuisses.

– Ils prennent leurs précautions, voilà tout.

Je détournai le regard.

– Vous savez, Martin… Il y a des choses que les gens ne savent pas à mon sujet, au travail. En ce qui concerne…

– Les tentatives de suicide ?

– Il n'y a pas eu de tentative de suicide, dis-je vivement, sou-dain inquiète. L'histoire de Narrowbourne était une overdose accidentelle des antidépresseurs que je prenais. Tout ce qu'ils savent, à mon travail, c'est que j'ai fait une dépression il y a des années, après mon diplôme, quand je vivais à Londres.

On ne peut pas licencier quelqu'un pour le simple fait qu'il ait eu une maladie psychique ; ce serait considéré comme de la discrimination et tomberait sous le coup de la loi. Par conséquent, cela ne figure pas dans votre rapport du CRB (Criminal Records Bureau), rapport qui doit être positif pour toute personne souhaitant travailler avec un public d'enfants ou d'adultes vulnérables.

Il haussa un sourcil.

– Je croyais que vous aviez été hospitalisée deux fois… Une fois à Londres et une fois ici, à l'hôpital de Narrowbourne.

– La deuxième fois, c'était pour presque rien, dis-je en sentant mes joues s'empourprer à nouveau. Ils ont pris les devants en termes de précaution. En fait, j'allais bien. Même si ça ne change rien, parce que, si l'école apprend que j'ai été internée une seconde fois à Narrowbourne, c'en sera fini pour moi.

– Mais ce serait de la discrimination, s'ils vous licenciaient.

Je secouai la tête, embêtée par son intérêt.

– Vous ne comprenez pas. La première fois, c'était il y

a des années, dans un passé lointain. Mais la deuxième est relativement récente, et je travaillais déjà dans cet établissement. Ils n'en ont jamais pris la mesure. Alors, certes, ils ne pourraient pas me virer, mais s'ils l'apprenaient, ils pourraient tout faire pour me compliquer la tâche, jusqu'à ce que je démissionne.

– Ils feraient vraiment ça ?

Je m'arrêtai et pensai à Ben quelques instants.

– Je ne sais pas.

– Vous êtes sûre que c'est tout ?

– Comment ça ?

Il se frotta le visage.

– Je ne sais pas, j'ai l'impression qu'il y a autre chose. Normalement, on ne vire pas les gens pour la simple raison que vous venez de décrire.

Je posai les doigts sur mes tempes. Je tremblais.

– Margot ?

Mes mains retombèrent sur mes jambes comme je me tournais vers lui. Je n'avais pas le choix.

Il fallait que je lui fasse confiance.

– Je… Martin, avant que les sœurs ne m'accueillent, je m'étais enfuie de chez moi. J'ai fait pas mal de bêtises. Je suis devenue accro à l'héroïne – par injection, à la fin. Grâce aux sœurs, j'ai réussi à décrocher, mais je me suis aussi fait arrêter pour avoir provoqué une rixe quand j'étais mineure.

Je passai les deux mains dans mes cheveux, complètement stressée.

– Il ne faut surtout pas que mon école l'apprenne.

L'arrestation avait débouché sur une caution parce que j'avais moins de dix-sept ans à l'époque des faits, et je n'en avais plus jamais entendu parler. Je crois qu'ils ont assoupli les règles depuis et que cette histoire de caution risque encore moins qu'avant de réapparaître quelque part. Mais là encore, si le conseil d'établissement avait connaissance de mon passé scandaleux, cela importerait peu. Ils ne pourraient pas me licencier, mais on m'encouragerait fortement à me diriger vers la porte de sortie. Car bien sûr, il serait hors de question que tous les petits chéris de l'école soient exposés à mon influence dépravée. Et puisqu'ils n'auraient pas le droit de me virer, ils s'emploieraient à faire de ma vie un enfer jusqu'à ce que je parte « de mon plein gré ».

Non, non, non. Il fallait à tout prix éviter cela.

Lorsque je retirai les mains de mes yeux, Martin me regardait.

– Je ne sais pas pourquoi vous paniquez comme ça, Margot, dit-il. Qui va aller parler de ça à vos employeurs ? Vous n'avez rien fait de mal. Vous avez déjà passé l'inspection réglementaire ; vous ne risquez pas d'être recalée maintenant.

J'inspirai à fond. J'avais envie de le secouer.

– Je panique parce que l'information a toujours tendance à fuiter, soupirai-je. Le monde est ainsi fait. Mon passé, le destin de Bethan Avery…, tout ça a envie de sortir. C'est bien ce qui nous amène ici, non ?

En guise de réponse, il eut un petit sourire compatissant. Il savait que j'avais raison.

– C'est juste que…, si cette garce… Oh, pardon ! dis-je. C'est une amie à vous, je ne devrais pas…

– C'est une amie, en effet, dit-il posément. Mais vous avez raison : elle a été un peu garce, aujourd'hui.

– Si elle, ou je ne sais qui d'autre, commence à fouiner dans ma vie en posant des questions…

Je fermai les yeux et laissai ma tête basculer en arrière.

– Bon, il faut juste que je publie ce satané appel. Soit Bethan Avery sortira du bois, soit on n'entendra plus jamais parler d'elle. Vous ne croyez pas ?

– Oui.

Il bougea sur son siège pour mieux me regarder.

– À moins que vous n'ayez plus envie de continuer.

– Qu'est-ce que vous voulez dire ? Vous pensez que je devrais laisser tomber ?

– Vous avez fait de votre mieux, je suis sûr que personne ne vous en voudrait.

– Non.

Je respirai lentement et à fond pour me calmer un peu.

– Moi, je m'en voudrais.

Je croisai son regard.

– Katie est toujours portée disparue, non ? Je m'en voudrais trop.

Il ne répondit pas pendant un long moment.

– Allez, dit-il en tournant la clé dans le contact. Je crois qu'un petit verre ne vous ferait pas de mal.

11

Je ne me rappelle plus comment j'ai connu les sœurs. Tout ce que je sais, c'est que j'ai fini par tomber dans leur cercle excentrique. Elles envoyaient régulièrement une nonne en tenue civile ou l'une de leurs bénévoles pour distribuer des tracts dans les gares routières, afin de tenter de secourir la jeunesse perdue des provinces qui voulait tenter sa chance à Londres ; j'avais dû en récupérer un.

Je me souviens en revanche très bien de mon petit lit superposé à St-Felicity, avec ses draps fins mais rigoureusement propres, et le bruit des sirènes hurlantes et des bus de nuit qui passait par la vitre brisée de la fenêtre.

St-Felicity, ou Flicks, comme nous l'appelions souvent, était dirigé par les sœurs de Sainte-Marie de Bon Conseil. À l'époque, elles portaient l'habit traditionnel, une robe gris clair à hauteur de genou, avec une guimpe courte sous un voile, d'horribles bas taupe (j'ai posé la question à ce propos, et l'on m'a répondu que le noir était jugé trop osé), et de grosses chaussures marron. Elles sentaient la sueur fraîche et le savon de Marseille. Même après avoir vécu des années avec elles, à mes yeux elles n'ont jamais perdu cette aura d'altérité sacrée, chose que j'admirais sans jamais avoir eu le moindre désir de les imiter pour autant.

Elles étaient dirigées par une femme appelée mère Cecilia, qui était issue de Lochgelly, une petite ville de

Fife, et parlait avec un doux accent. Elle me paraissait vieille, toute de gris et d'ivoire, avec une peau parcheminée, et marchait toujours dans un frou-frou singulier (elle me faisait penser à du non-tissé ou à un tissu si usé que le soleil passait au travers). Ce qui n'impliquait nullement que cette femme fût faible ou infirme de quelque manière ; elle dirigeait St-Felicity et les nonnes avec une sorte d'énergie féroce bien affirmée, tel un Gandalf au féminin.

St-Felicity se divisait en deux parties. L'une comportait deux maisons jumelées de style victorien dont on avait abattu les cloisons ; on appelait les femmes par la porte à trois verrous du côté gauche du bâtiment. La porte d'entrée de l'autre côté, ravagée par le temps et les intempéries, ne servait jamais, et son verrou avait rouillé. (« C'est la Porte dorée, mon enfant, avait un jour répondu mère Cecilia à ma question. Comme celle de Jérusalem. Elle ne s'ouvrira que si le Messie y frappe. »)

La seconde partie de leur établissement était un bâtiment de plain-pied comportant six appartements sur Surrey Quays, dont l'adresse était tenue secrète. Je pus en découvrir davantage au bout d'un certain temps passé auprès des sœurs. Un haut mur entourait le complexe, mur percé d'un unique portail électronique et hérissé de fils barbelés sur toute sa hauteur, tel le poste de commande d'une guerre invisible. C'était un refuge pour les victimes de violences conjugales, particulièrement les femmes avec enfants, et les nonnes qui travaillaient là enfilaient des vêtements ordinaires avant d'en sortir, leur habit traditionnel risquant de les mettre en danger à l'extérieur. Le monde est un endroit périlleux pour les femmes ; c'est une des autres choses que les nonnes m'ont apprises.

Je me souviens d'y être allée pour une course avec mère Cecilia, qui ressemblait à une étrangère pour moi dans sa jupe de serge avec sa veste noire bon marché, ses cheveux courts et gris couverts d'un foulard à motifs floraux, comme si le fait de garder la tête découverte, même un bref moment, risquait de griller son cerveau si efficace et délicat.

Et l'on peut dire que c'était une femme efficace et délicate. À un moment de sa vie, elle avait reçu une éducation de haut niveau, et elle connaissait le grec, le latin et le français.

À mes yeux, ses talents en histoire et en langues n'étaient ni plus ni moins qu'une forme de sorcellerie d'alchimiste, le genre de chose qui lui aurait valu le bûcher des siècles plus tôt. Elle lisait des textes à haute voix en latin et en grec quand on le lui demandait, et j'écoutais, fascinée, baignée dans cette magie, dans la musique des noms de ces héros ou méchants perdus dans la nuit des temps, enfouis sous les eaux et la poussière.

Je ne me souviens pas comment je suis tombée sur cette facette cachée d'elle au beau milieu d'un foyer si bruyant, animé, chaotique. Mais je sais que c'est arrivé et que, pour une obscure raison, elle a décidé de me prendre sous son aile. C'est vrai, quand on dit qu'on n'oublie jamais un bon professeur. Je dévorais les livres qu'elle me prêtait, de simples manuels scolaires pour enfants d'abord, puis d'autres, dont beaucoup assez étonnants pour une nonne – la poésie de Catulle, par exemple.

C'est pour cette raison que je suis devenue enseignante à mon tour. Si je pouvais transmettre à une seule personne le cadeau qu'elle m'a fait, je considérerais ma dette envers la vie comme réglée.

Et je pense avoir contracté d'énormes dettes dans mon passé.

– La clé secrète de l'histoire du monde, disait-elle, c'est de connaître sa langue maternelle. Ainsi, mon enfant, tu toucheras toujours le cœur vivant des choses, les voix du passé parleront directement à ton âme. Ta vie et tes pensées ne devraient jamais avoir besoin de traducteur.

Je songeai à tout cela pendant tout le trajet tandis que Martin conduisait.

Et plus je pensais à ces années enfuies, aux personnes que j'avais rencontrées dans l'enceinte de ce refuge et dans les appartements fortifiés de Surrey Quays (ces endroits où échouaient les femmes perdues), plus je me demandais si, peut-être – qui sait ? –, je n'avais pas déjà croisé la route de Bethan Avery.

– Qui peut me dire qui est Némésis ?

J'étais de retour dans ma classe de lettres classiques du lundi matin ; les élèves de seconde avaient pour punition d'étudier la trilogie de *L'Orestie* d'Eschyle. Légèrement en avance, je les préparais avec un peu de cosmologie grecque ancienne avant qu'ils ne se mettent à lire. J'avais déjà effectué un petit tour des dieux de l'Olympe, et je m'apprêtais à entamer les parties les plus exotiques du panthéon.

J'appréciais vraiment ma classe de seconde, qui, par un heureux hasard, comportait beaucoup de jeunes dynamiques, intéressés, et le vrai talent qu'on rencontre une fois de temps en temps.

Je les aimais encore plus qu'à l'accoutumée ce matin, parce que mes aventures du samedi m'avaient démontré que j'étais plus près que jamais d'une possibilité de les perdre. Je n'avais pas réussi à fermer l'œil du week-end.

Des mains se levèrent.

– Némésis, c'est votre pire ennemie, madame, répondit Oliver Monto, un garçon très grand avec une imposante coiffure afro. C'est celle qui vous atteint par vos faiblesses personnelles.

Je hochai la tête, puis haussai les épaules.

– Oui et non.

Je m'efforçai de ne pas trop penser à l'écho que faisait ce résumé à ma propre situation.

– Enfin, vous avez raison, mais ça, c'est uniquement ce que signifie de nos jours l'expression « avoir sa Némésis ». Or, il n'en a pas toujours été ainsi. Le mot lui-même vient du grec ancien, et c'est le nom d'une déesse. Quelqu'un sait-il de quoi elle était la déesse ?

Silence dans la salle.

– La vengeance ? hasarda un élève du fond de la classe, n'osant pas lever la main et proposer ouvertement sa réponse.

– Oui, la vengeance. Mais un type de vengeance bien particulier.

Je me déplaçai et dessinai une grande croix au tableau. Dans le coin en haut à gauche, j'écrivis le mot « Némésis ».

– Les Grecs avaient deux catégories principales de crimes qui exigeaient d'être punis, dis-je en les comptant sur mes doigts sous le regard de mes élèves. Il y a les crimes que les mortels commettent contre les dieux – comme l'*hubris*, ou l'arrogance face à la volonté divine…

Je tapai sur le nom de Némésis.

– Et il y a les crimes commis par les mortels entre eux, en dépit de l'injonction des dieux.

Je tapai sur le quart en haut à gauche de ma croix.

– À votre avis, qui punit les mortels pour les crimes qu'ils commettent les uns contre les autres ?

Le silence régna tandis que tous les élèves fronçaient les sourcils. Dehors, un camion klaxonnait furieusement sur Trumpington Road.

– Bon, fis-je. Les déesses qui punissent les mortels s'appellent les Érinyes, dont vous avez peut-être entendu parler sous leur autre nom, les Furies. *Erinyes* signifie littéralement « celles en colère », même si on les appelle aussi parfois « les bienveillantes », par respect pour leurs pouvoirs.

Un marmonnement d'approbation monta, comme s'ils venaient de comprendre.

– Les Furies sont des déesses anciennes du monde souterrain – plus vieilles que les dieux de l'Olympe – et leur mission est de punir les péchés. Traditionnellement, il y en a trois, et chacune a un nom. La première est Alecto, dis-je en écrivant son nom dans le quart inférieur droit de mon diagramme. Son nom signifie « l'implacable ». Ensuite, il y a Mégère, « la haineuse » ou « la jalouse ». Et enfin, ajoutai-je en continuant d'écrire, il y a Tisiphone, dont le nom signifie « la revanche ». À elles trois, elles punissent les crimes les plus graves, comme le meurtre, le viol, surtout quand ceux-ci impliquent des membres d'une même famille. Maintenant, dis-je en posant ma craie, comment pensez-vous que les Furies punissent les criminels ?

– Elles les poursuivent et elles les mettent en pièces, dit Charlotte, une petite brindille blondinette.

– En quelque sorte, mais c'est un peu plus cruel que cela. Eschyle nous dit qu'elles localisent leur proie à l'odeur, en sentant le sang de leurs victimes sur eux.

– Beurk, fit quelqu'un dans les premiers rangs.

– Ensuite, elles poursuivent leur cible jour et nuit avec des jurons, des hurlements stridents et en maniant des fouets de fer…

– Elles vous harcèlent à mort, quoi ! s'exclama Malek Singh du fond de la classe, provoquant des rires dans toute l'assemblée.

– Vous trouvez peut-être ça drôle, dis-je en souriant quand les ricanements eurent cessé, mais quand on y pense, ce que les Grecs anciens décrivent ici est l'effet psychologique d'une conscience coupable, et la peur de manquer à…

La sonnerie retentit soudain, et je les perdis en deux secondes.

– S'il vous plaît ! m'écriai-je pour me faire entendre dans le bruit des livres et des chaises remuées. Pour la semaine prochaine, je veux que vous avanciez sur les dieux de l'Olympe et les déesses chthoniennes ! Donc, il faudra déjà savoir ce que signifie « chthonien » !

12

Ils avaient placé la ligne tout en bas de ma rubrique, que je lisais maintenant dans la salle des profs. Ma photo paraissait immense, déplacée et un peu nunuche. Je me demandai si cela n'avait pas plutôt fait peur à Bethan.

Tu es ridicule, me dis-je, comme souvent. Ce truc n'est dans le journal que depuis samedi soir. Laisse passer un peu de temps.

J'entendais les cris des enfants par les fenêtres de la salle des profs ; un vent vif faisait tomber les feuilles jaunes des marronniers, qui voletaient pour tomber sur le gazon en décrivant des tourbillons. Je regardai le message que j'avais mis dans le journal. J'essayais désespérément de garder le contrôle sur ma vie (mon travail, mon mari envolé et ma rubrique), mais je perdais les pédales. Les liens de ma vie de tous les jours se relâchaient, craquaient, et le monde ténébreux de Bethan Avery devenait peu à peu plus réel que le mien. Après tout, que valaient mes petits chagrins par rapport à l'irrésistible détresse de ses lettres ?

Je rêvais d'elle régulièrement. Parfois, je la voyais, mais la plupart du temps, elle n'était qu'une présence, une personne dont je savais qu'elle se trouvait dans la pièce, mais jamais ostensiblement, plutôt une ombre plaintive, un nuage, une vapeur.

Un fantôme.

Une fois de plus, je me rappelai à l'ordre pour ne pas me ronger les ongles.

Je ne me sentais pas bien, mais j'étais en forme. Je respirais facilement, mais bien trop vite, mon regard était vif, trop vif ; je m'étais débarrassée des comprimés qui ralentissaient mes pensées, et celles-ci s'emballaient, hors de tout contrôle.

Je vivais des jours étranges.

Tout ce que je sais sur la drogue, c'est Angelique qui me l'a appris.

Je l'ai rencontrée lorsque j'étais à St-Felicity. Elle occupait la partie haute de notre lit superposé dans le dortoir. C'était une ado frêle avec des cheveux d'un blond presque blanc, à peu près du même âge et de la même taille que moi. Sa peau était pâle et marquée par l'acné, ses lèvres, sèches, et elle ne cessait de les hydrater avec un tube de baume parfumé à la cerise. La nuit de son arrivée, elle ne dormit presque pas. Elle tourna et se retourna continuellement dans son lit au-dessus de moi, faisant craquer les vieilles planches. Je ne dormis pas beaucoup, moi non plus, comme d'habitude, mais je m'étonnai de son agitation qui me parut pathologique.

À huit heures le lendemain matin, dans la cafétéria du foyer, je mangeais mon petit-déjeuner frugal à base de pain, beurre et confiture. Je fus surprise de voir ma voisine du haut apporter son plateau et s'installer à côté de moi ; elle enjamba le banc et allongea ses longues jambes affreusement maigres sous la table en tréteaux. Avec ses grands yeux et son corps chétif, elle ressemblait à une gazelle affolée, et ses vêtements flottaient autour d'elle.

Je la regardai avec un peu de méfiance.

– Salut, dis-je.

Elle ne répondit pas, mais hocha la tête sans croiser mon regard. Nous mangeâmes en silence et, après avoir grignoté son petit pain à la façon d'un oiseau, en en prélevant des miettes, et mangé la confiture dans sa barquette, puis bu son thé, elle se leva et partit sans dire un mot.

– O'Neill veut faire une reconstitution, m'annonça Martin.

Nous étions de nouveau sur King's Parade, sauf que cette fois, nous n'allions pas que prendre un café mais déjeuner ensemble au Cambridge Chop House, un endroit devant lequel j'étais passée des dizaines de fois sans y avoir jamais mangé. Je portais un haut en jersey vert foncé, une jupe et des bottes rouille en essayant de me convaincre que je n'avais pas apporté un soin particulier à ma tenue pour ce rendez-vous. L'idée de me maquiller ne m'était également venue qu'après coup, m'étais-je dit en appliquant soigneusement un rose foncé et mat sur mes lèvres.

Ma fourchette s'arrêta en l'air au-dessus de mes croquettes de poisson au fromage.

– Quel genre de reconstitution ?

– Une reconstitution de crime, répondit Martin en découpant avec enthousiasme son foie de veau grillé. Filmée, pour diffuser à la télé.

– Pour Bethan ? demandai-je, surprise.

– Oui.

– Après tant de temps ? Je croyais avoir lu qu'il y en avait déjà eu une dans les années 1990. Pourquoi ne pas rediffuser celle-là ?

Il avait la bouche pleine et secoua d'abord la tête sans parler.

– Non. Ils en veulent une nouvelle, répondit-il au bout

de quelques secondes. Ils veulent y inclure des détails des lettres. Alex Penycote et sa description, pour commencer.

Je ne savais pas quoi en penser. D'un côté, c'était bien, mais de l'autre, Katie était portée disparue depuis six semaines, pendant lesquelles personne ne l'avait recherchée, et maintenant…, voilà qu'on partait dans une soudaine escalade pour retrouver, probablement, la mauvaise personne.

La faim me quitta subitement.

– Vous vous sentez bien ?

Je me contentai de hausser les épaules. Il parut comprendre.

– N'oubliez pas, Margot : on n'a toujours aucune preuve formelle que Katie ait été enlevée par le même homme.

Je fis claquer ma langue.

– Même endroit. Même genre de fille. Même milieu social. Et maintenant, Bethan Avery envoie des lettres.

– Mais tout cela n'est basé que sur des présomptions.

Je le savais. Je me retins de soupirer.

Soudain, à ma grande surprise, sa main se posa sur la mienne et il la pressa doucement.

– Margot.

Son regard vert était difficile à soutenir, mais je m'y efforçai.

– Vous avez déjà fait beaucoup avancer les choses. Vous avez amené de nouveaux éléments à l'ancien dossier, et cela a permis d'avoir une autre approche sur la disparition de Katie. Tout ce qui se passe en ce moment, c'est grâce à vous.

Je regardai sa main, charmée par son contact.

Il lâcha la mienne dans l'instant, comme s'il s'était brusquement rendu compte d'un geste coupable. Il y eut un instant de silence. Il prit alors son verre de vin et redressa les épaules, clairement décidé à refermer l'épisode de cette curieuse transgression intime.

– On va la retrouver, vous savez.

Je lui souris d'un air désabusé.

– Laquelle ?

– Une, ou les deux, répondit-il.

Il me regarda en inclinant la tête.

– Est-ce que vous pouvez me rejoindre samedi matin, sûrement affreusement tôt ?

– Pourquoi ?

– C'est le moment du tournage.

Il sourit.

– J'ai pensé que vous aimeriez le voir.

Je haussai les épaules comme si cela m'indifférait.

– Pourquoi pas ?

Pendant un long moment, j'hésitai à lui dire ce qui m'était venu à l'esprit dans sa voiture pendant le trajet retour de Londres : peut-être, dans mon passé trouble et lointain, avais-je croisé le chemin de Bethan Avery.

Mais je ne le fis pas, et nous passâmes à autre chose.

– Alors, comment ça se passe, ce genre de trucs ? demandai-je en frottant mes mains dans leurs mitaines.

Nos souffles créaient des nuages de vapeur dans l'air glacial devant nous.

Sept heures du matin. Nous étions devant l'hôpital d'Addenbrooke, cernés de toutes parts par d'énormes bâtiments, une véritable ville ultramoderne dans la ville, habitée principalement par des gens en uniformes clairs, quoique peu nombreux à cette heure matinale. L'aurore commençait à peine. De timides rayons de soleil perçaient dans les étroites allées entre les tours dédiées à la médecine, bien trop faibles pour réchauffer quoi que ce soit. Je levai la tête et regardai le ciel qui jaunissait, suivant des yeux un vol d'oiseaux dans le lointain. Non loin de nous, de jeunes gens branchés chargeaient du gros matériel noir et chromé dans des monte-charges en marmonnant entre eux qu'il faisait un froid de canard, et qu'il était trop tôt pour bosser, putain, et attention, attention à ce truc-là !

– Vous avez vu la reconstitution précédente ? Celle de 1998 ? demanda Martin, apparemment peu atteint par les conditions climatiques, l'air à l'aise dans son jean et sa veste polaire.

J'acquiesçai, le menton enfoui dans ma grosse écharpe en tricot.

– Oui. Elle était sur YouTube.

Je n'ajoutai pas que j'avais trouvé cette vidéo particulièrement dérangeante. Qui donc pouvait aller visionner sur Internet ce vieil enregistrement de la reconstitution d'un obscur enlèvement de gamine ?

En même temps, cela m'avait permis de la voir ; alors, j'aurais dû être contente. Le triste sort de Bethan n'avait pas été totalement oublié, semblait-il.

– Ce film-là va aller un peu plus en profondeur. On va essayer d'élargir la recherche pour y inclure le personnage de cet Alex Penycote.

Martin m'entraîna vers les élévateurs.

– Venez.

Nous suivîmes une femme et son mari, qui ne paraissaient pas être concernés par la reconstitution, et trois jeunes hommes costauds portant des câbles et des caméras. Nous entrâmes avec eux dans un ascenseur avant d'en ressortir quelques instants plus tard pour emprunter une longue passerelle glaciale.

– Ils vont tourner dans quatre endroits. Le service de Peggy, les couloirs voisins où l'on a vu Bethan pour la dernière fois, la salle où l'on servait le thé et le café, et un peu à l'extérieur.

Martin, ayant vu que je tremblais, me prit le bras.

– Margot, ça va ?

– Ça va, répondis-je. J'ai juste un peu froid.

Il eut une petite moue dubitative.

– Et je ne suis pas une grande fan des hôpitaux en général, si vous voulez tout savoir.

– Personne n'aime ça, dit-il. Mais, sérieusement, ça va ?

– Oui, ça va.

Je lui souris.

– En fait, je trouve ça assez excitant : l'ambiance du tournage, tout ça. Je n'ai aucune idée de la façon dont se font les films.

Il me rendit mon sourire, mais il y avait autre chose dans son expression.

– Bien, dit-il. Allons-y, il fera plus chaud quand on sera vraiment à l'intérieur du bâtiment. Je vais vous présenter à l'équipe de production.

Nous parcourûmes un dédale de couloirs avant de descendre à un niveau inférieur et plus ancien de l'hôpital, où les passerelles modernes et l'acier cédaient le champ à la brique victorienne. L'odeur entêtante du désinfectant et les fades effluves de la cuisine hospitalière nous suivaient partout tandis que le claquement de talons et le crissement des chariots nous accompagnaient tels des fantômes curieux.

Martin fit halte comme nous arrivions à un croisement d'où partaient une cage d'escalier et différentes salles de chaque côté.

– Ils sont trop occupés pour nous faire de la place, OK ? disait une fille avec une longue queue de cheval châtain clair à un petit groupe attroupé autour d'elle. Ils ne vont pas fermer les couloirs pour nous. Alors, on peut filmer, mais on ne doit voir les visages de personne. Si quelqu'un arrive ici, on arrête de filmer, OK ?

Grognement collectif.

– Ça vaut pour les infirmières, les patients ou les deux ? s'enquit un homme plus âgé qui montait un gros projecteur sur un trépied, à l'arrière du groupe.

– On doit être partis dans une heure, poursuivit la fille comme si elle n'avait pas entendu. Alors, au boulot !

Elle agita sa longue queue de cheval.

– Où sont passés Thea et Roddy ? Ils sont prêts ? Ah ! Docteur Forrester, bonjour ! Et vous devez être Margot, c'est ça ?

Elle lâcha son bloc-notes et avança pour nous serrer la main avec une vivacité détonnant complètement avec le ton plaintif qu'elle avait employé lors de son speech, comme si nous étions des soldats venus faire un rapport d'espionnage à leur commandant.

– Bonjour, Tara, dit Martin. Heureux de vous rencontrer en personne, enfin.

– Oui, oui, moi aussi.

Elle sourit et se tourna vers moi.

– Margot, vous voulez bien faire une petite interview avec nous ?

– Quoi ? fis-je, stupéfaite, mais doutant d'avoir bien entendu. Que voulez-vous que je dise ?

Elle agita les mains devant moi, comme pour chasser tout malentendu qui flotterait dans l'air.

– Non, non, pas en tant que témoin ni expert, bien sûr. On vous interrogera juste au sujet des lettres, et vous pourrez répondre à une ou deux questions pour dire que la personne qui les a écrites ne risque rien, d'accord ? Il faut juste parler un peu, puis répéter l'appel de votre rubrique dans les mêmes termes, OK ? Pete ou le docteur

Forrester pourront vous briefer si vous les avez oubliés. On n'utilisera peut-être pas l'enregistrement ; ça dépendra du temps qu'on aura, mais puisque vous êtes ici, ce serait dommage de passer à côté de l'occasion, pas vrai ?

– Tout à fait, si vous pensez que ça peut être utile, dis-je.

En vérité, j'étais plus abasourdie qu'autre chose. Je n'avais jamais eu l'ambition de passer à la télévision.

– Super. Je vais dire à Sophie de venir vous voir pour vous faire signer la décharge. Il faut que j'y retourne. Je dois discuter avec mon réalisateur. À plus.

Je levai le menton en direction de la fille qui s'éloignait.

– Elle est de la police, elle ? demandai-je avec un soupçon de scepticisme.

Martin secoua la tête.

– Non. C'est la productrice.

Il fit un geste vers une personne du groupe : un jeune homme petit et replet aux cheveux rasés et avec des yeux noirs et une bouche pâle, qui se frottait le menton en fixant un iPad. À côté de lui, un grand barbu échevelé pointait le doigt sur son écran.

– Le petit, là, c'est Pete Wilkins. C'est la liaison police ; il est là pour tout superviser. Mais il n'interviendra que si on se plante. Tout le brief est déjà écrit et a été donné à la boîte de production – les plans qu'on veut, où ils doivent avoir lieu, tout ça. Tout est écrit dans un bureau bien avant qu'on n'arrive ici.

Je réfléchis à cela tandis que les éclairagistes commençaient à se mettre en place ; gentiment mais fermement, ils nous invitèrent à nous pousser comme la lumière des projecteurs se répandait dans cet espace sinistre, lui conférant soudain des airs de studio. Nous nous écartâmes pour aller nous appuyer contre le mur blanc cassé, qui me refroidit le dos.

– Ça me paraît normal, hasardai-je. Toute cette préparation en amont. Un film comme ça doit être proche de la réalité, si on veut que ça marche.

– Oui et non.

– Comment ça ?

Il fit un geste vers l'espace éclairé devant nous.

– Il y a de nombreuses raisons pour lesquelles on peut filmer une reconstitution.

J'attendis qu'il développe.

– Stimuler les souvenirs n'est qu'une partie du plan, dit-il. Après tout ce temps, il y a peu de chances que quiconque se rappelle quelque chose de nouveau.

– Dans ce cas, pourquoi le font-ils ?

Les gens s'affairaient autour de moi, manipulant leur lourd matériel.

– Parce qu'on a toujours l'espoir que quelqu'un qui sait ce qui s'est passé – soit le ravisseur lui-même, ou une personne l'ayant soupçonné ou même couvert – ait un sursaut de conscience et se mette à parler.

Je réfléchis à cela une seconde ou deux.

– Quelqu'un qui fait une chose pareille pourrait-il vraiment avoir un cas de conscience ?

– Probablement pas. Mais ça vaut le coup d'essayer. Tout ça…

Il fit un geste vers le plateau, vers les hommes s'adressant des ordres monosyllabiques, les projecteurs.

– Dans ce genre de crime, ces choses-là vous invitent à faire partie de l'histoire. Quelqu'un qui a déjà un pied dedans peut alors être tenté de faire un pas de plus.

Il hocha la tête vers l'agent de liaison avec la police, Pete.

– C'est pour ça qu'ils le font. Une reconstitution est très puissante du point de vue psychologique. Ça met une pression incroyable sur les gens qui possèdent des informations, et ça motive les autres à interroger leurs propres expériences.

J'opinai du chef, comme si je comprenais.

Au bout du couloir, près des linteaux d'une série de portes coupe-feu, une infirmière accompagnait un vieil homme au teint cireux recroquevillé sur lui-même dans son fauteuil roulant. Ses cheveux fins et crépus s'élevaient sur son crâne telles des volutes de fumée grise. Du cou jusqu'aux pieds, une couverture orange vif le protégeait du froid. Une aide-soignante poussait son fauteuil tout en bavardant gaiement avec l'infirmière. Les deux femmes avaient l'air d'ignorer totalement ce qui se passait autour d'elle, mais elles ne tardèrent pas à se trahir : j'en entendis une chuchoter :

– C'est pour *Crimewatch*[1], je crois, à propos d'un vieux dossier de disparition.

Je vis que Martin avait quelque chose en tête.

L'équipe s'écarta du passage de mauvaise grâce comme le petit groupe approchait, et, alors qu'il passait devant moi en se rendant dans la salle de gauche, j'entendis le vieil homme murmurer d'une voix ténue craquelée par le mucus « Je suis prêt pour le gros plan » avant de m'adresser un clin d'œil coquin et un sourire avec une vitalité étonnante.

Charmée et amusée, je lui rendis son sourire.

– Eh bien, quel succès ! fit Martin d'un ton chaleureux. Venez, je veux vous présenter à quelqu'un.

Il me guida entre les techniciens installant le matériel et m'emmena vers une cage d'escalier, où l'une des plus jolies filles qu'il m'ait été donné de voir était en grande discussion avec un homme blond. La fille avait

---

1 *Crimewatch* est une émission de télévision britannique de la BBC qui met en scène des crimes non résolus dans l'espoir de recueillir de nouvelles informations des téléspectateurs. (NDT)

de longs cheveux bruns et un teint absolument splendide, lequel, maintenant que je voyais mieux, était le résultat de plusieurs couches de maquillage appliquées d'une main experte. Elle portait une chemise et une jupe d'écolière, un pull violet à col en V avec une bordure grise, des collants noirs et d'affreuses chaussures. On avait fait un peu baver son mascara brun, comme pour suggérer qu'elle avait pleuré.

– Voici Thea, qui joue le rôle de Bethan, annonça Martin comme nous approchions. Et ce monsieur est Roddy, qui jouera le rôle d'Alex.

Roddy portait une veste et un jean quelconques. Je me rappelai que, dans ses lettres, Bethan n'avait jamais donné d'informations sur la manière dont son ravisseur s'habillait.

Tous deux nous regardèrent brièvement avec de petits sourires distants, mais sans interrompre leur conversation qui semblait urgente et importante (au sujet des accents régionaux, apparemment).

– Ian me demande de faire neutre, dit Thea d'une voix d'actrice qui sentait clairement le milieu favorisé, mais à mon avis, puisque sa famille était plutôt du genre « téléréalité », je devrais plutôt le faire un tantinet prolo du Nord.

Tous deux éclatèrent d'un petit rire snob et moqueur. Ils me dégoûtèrent.

Martin pressa mon épaule.

– Ah ! ces jeunes comédiens…

Puis il murmura à mon oreille :

– On essaie de se trouver un endroit où s'asseoir en attendant que le spectacle commence ?

La matinée se déroula dans une sorte d'ennui constamment interrompu ; il ne se passait pas grand-chose, mais il fallait sans cesse tout interrompre dès que du personnel ou des patients vaquaient à leurs occupations dans le couloir. Je ne sais combien de fois les figurants habillés en infirmières, médecins ou visiteurs arpentèrent le couloir tandis que Thea et Roddy avançaient vers nous, précédés d'une caméra, Roddy marchant d'un pas vif un peu derrière Thea qui trébuchait et s'essuyait les yeux, bouleversée.

Il y eut ensuite quelques prises des deux comédiens en train de parler pendant que des gens passaient à côté d'eux. Dans quelques-unes de ces prises, ils se disputaient ; dans d'autres, il la retenait en l'attrapant par le bras d'un geste possessif ; dans la dernière, il l'agrippa et la serra contre lui, le sous-entendu étant clairement qu'il tenait une arme contre son ventre ou son dos, et il la forçait à sortir discrètement du bâtiment.

– Il faut que j'aille aux toilettes, murmurai-je à Martin. Je reviens tout de suite.

Il me fallut cinq minutes pour trouver les toilettes des dames. Je me sentais mal à l'aise à l'idée que quelqu'un puisse embarquer une jeune fille aussi facilement. Cela pouvait arriver à tout le monde. Seule dans les toilettes, je me sentis sur le point de céder à un accès de paranoïa et m'empressai de m'asperger le visage d'eau froide avant de vite rejoindre la sécurité de la troupe. Mon cœur battait trop fort sous ma veste.

Lorsque je poussai les portes battantes, Martin était là à m'attendre. Je sursautai en le voyant.

– Ça va ? Je vous trouve un peu pâle.

– Ça va, répondis-je. C'était juste un peu troublant, de regarder ça. Ça m'a fait un effet…

– Viscéral ? Les choses deviennent soudain beaucoup moins abstraites quand on les voit comme ça. On voit comment ça se passe. Ce qui arrive aux gens.

Je le regardai dans les yeux. Il se tenait très près de moi.

– Oui. Viscéral. C'est exactement ça.

Pendant quelques instants, je crus qu'il allait me prendre dans ses bras. J'en avais envie, affreusement envie. Je voulais qu'il m'enveloppe, poser ma tête contre cette poitrine musclée, lâcher ce fardeau. Je sentis mon corps commencer à se détendre, à s'assouplir, attendant son contact.

Mais cela ne vint pas.

Je lui décochai un bref regard, intriguée par la manière dont il s'était figé, comme s'il s'était retenu.

Nous baissâmes tous deux les yeux, faisant comme si nous n'avions pas remarqué la réaction de l'autre. Je devais cependant avoir nettement rougi – tout comme lui.

Bien sûr qu'il n'allait pas me serrer dans ses bras ou m'encourager dans ce sens, me rappelai-je sévèrement. Il savait beaucoup de choses sur moi. Je n'étais pas une femme pour lui.

– Allez, venez, dit-il en me prenant délicatement par le bras. C'est l'heure de votre gros plan, madame Lewis.

13

Aujourd'hui, ce doit être samedi, parce que Katie a eu le droit de sortir de la cave et de monter au salon pour la soirée – le salon avec le tapis bleu à motifs couvrant le plancher et les grands fauteuils démodés au coin de la cheminée, en bois noir avec des clous, et avec le canapé bas aux gros coussins moelleux. C'est l'heure des informations à la télévision ; un homme à l'air sérieux parle d'une société qui a soit perdu des millions de livres ou menti à ce sujet. Elle a les mains jointes sur une tasse ébréchée pleine de chocolat chaud. Elle en apprécie la chaleur encore plus que le goût.

Elle est assise à côté de lui sur le canapé, et la douce sensation des coussins lui paraît étrange après des jours d'incarcération. La soie à motifs imprimés est glissante sous ses cuisses.

Dehors, le vent mauvais de l'automne frappe aux fenêtres et pousse des gémissements sourds en se faufilant par les interstices des huisseries délabrées. Le courant d'air lui donne la chair de poule et agite dans un bruissement les feuilles mortes sur les arbres entourant la maison.

Il regarde la télévision, mais elle sent qu'il s'ennuie, et la main de l'homme se tend pour aller machinalement caresser la nuque de Katie. Elle se raidit, comme chaque fois.

– Quelque chose ne va pas ?

– Non, répond-elle prudemment.

Ses cuisses nues sont encore couvertes des bleus qu'il lui a occasionnés avant-hier, quand l'étranger est venu et qu'elle a essayé de l'alerter : d'énormes taches de marron, de vert et de violet bleuté.

– Tu sais, c'est censé te faire plaisir, dit-il d'un ton vexé. Si tu préfères retourner en bas…

– Pardon, s'empresse-t-elle de dire.

Au moment où ce mot sort, elle se rend compte qu'elle ne le pense pas un instant et surtout que cela s'entend. Il faudrait qu'elle rectifie le tir ; ce sont souvent de minuscules incidents comme celui-ci qui déclenchent sa rage. Cela commence par un regard blessé, quelques mots secs, des silences interminables et oppressants et un léger rosissement de ses joues, puis il finit par l'attraper par les cheveux et lui frapper la tête contre des objets solides en hurlant comme un possédé, la salive écumant aux coins de ses lèvres.

C'est le moment de lui dire « Non, je vous demande pardon » et peut-être de se prêter à ses caresses maudites ou même de lui dire combien elle lui est reconnaissante de l'avoir sauvée des autres. Alors, la main de l'homme retournera sur sa nuque avant de descendre dans son dos ou sur ses cuisses. Si effroyable que soit la suite, c'est tout de même mieux que lorsqu'il se montre violent. Tout mène toujours à la même conclusion, de toute façon. Elle ne peut rien y faire. Elle essaie par tous les moyens, mais chaque tentative ne fait que servir l'objectif de l'homme.

Aujourd'hui cependant, les mots gentils ne veulent pas sortir. Ils restent coincés dans sa gorge, juste en bas du cou.

L'homme s'est de nouveau concentré sur la télévision, qui affiche maintenant le bulletin météo (beau, mais plus froid, avec probablement de la neige très bientôt) et elle sent qu'il s'agace de plus en plus. Elle boit rapidement le chocolat bon marché, qui peut lui être retiré à tout instant. La tasse est décorée de motifs de fleurs bleues et tinte délicatement sous ses ongles abîmés. C'est la même que celle qu'elle lui a fracassée sur la tête.

Sur le manteau de pierre de la cheminée, deux chandeliers en argent lui font de l'œil. Quand elle est dans cette pièce, elle pense à ces chandeliers et à la façon dont elle pourrait s'en servir contre une personne ayant le dos tourné. Elle y pense très fort.

Ce sont les informations régionales, maintenant. La règle, c'est qu'elle n'a pas le droit de regarder ou de lire les nouvelles sans y être expressément invitée, généralement quand il lui montre le journal où il n'est fait nulle mention de son cas, ce qui prouve que ses « associés » ont étouffé l'affaire de sa disparition.

Elle réalise soudain qu'elle l'a déstabilisé ; il semble ne pas savoir s'il veut se mettre en colère et se battre avec elle (si l'on peut appeler cela se battre, puisque c'est toujours lui qui gagne) ou s'il préfère la laisser se soumettre un peu plus longtemps. Pendant qu'il réfléchit, les informations locales passent, et quelque chose d'extraordinaire se produit.

« Le tournage d'hier concernait la reconstitution d'un mystère vieux de presque vingt ans : le cas de la jeune écolière de Cambridge Bethan Avery, disparue sans laisser de traces en 1998. Sur place, notre envoyée spéciale Colette Samson. »

« Merci, Tim. Ici, à Addenbrooke, dès l'aube de ce samedi matin, l'hôpital rejoue l'une des scènes les plus sombres de son histoire récente… »

Il y a un long plan sur une silhouette de jeune fille dans un ancien uniforme scolaire, qui marche dans un couloir d'hôpital, talonnée par un homme au visage flou et aux cheveux blonds.

Près de Katie, son ravisseur s'est soudain immobilisé.

Un mélange de panique et d'espoir s'empare d'elle, et elle baisse les yeux vers le tapis, se demandant l'espace d'un instant si son visage ou son corps ont pu trahir ce qu'elle ressentait.

Bethan Avery. C'est le nom gravé dans la pierre du sous-sol, sous leurs pieds.

Elle attend, une seconde, deux, trois, que le coup tombe ou que des doigts durs se referment sur son épaule ; qu'il prenne conscience qu'elle regarde cela, elle aussi, et qu'il ne devrait absolument pas la laisser faire. Mais rien ne se passe.

Il ne manifeste aucune réaction.

« Le 5 janvier 1998, la ville fut chamboulée par l'agression terrible et apparemment gratuite de Peggy Avery, soixante et un ans, et la disparition inexpliquée de Bethan Avery, sa petite-fille, dont on présume qu'elle a été éloignée du chevet de sa grand-mère et enlevée, puis probablement assassinée considérant le vêtement taché de sang découvert plus tard non loin de chez elle.

« La police de Cambridgeshire a confirmé qu'elle venait de rouvrir le dossier après avoir collecté de nouveaux éléments. Une nouvelle reconstitution des tragiques événements de janvier 1998 a été ordonnée. »

Le film montre la même fille qu'à l'hôpital, sauf que maintenant, elle marche en discutant et en riant avec une autre fille dans une rue bordée de petites maisons neuves. Elles sont soudain remplacées par l'image d'un policier en uniforme portant une casquette à visière, signe d'un grade assez haut.

« Nous n'avons jamais perdu l'espoir de découvrir ce qui est arrivé à Bethan, et de trouver et punir le meurtrier de Peggy Avery », dit l'homme. Ses yeux clairs sont brillants, et sa peau, rougie, comme s'il venait de passer un certain temps dehors, dans le froid. « Nous pensons maintenant que quelqu'un possède des éléments susceptibles de nous aider. »

« Est-il exact qu'il y a potentiellement de nouvelles informations sur ce dossier ? »

Le policier acquiesce avec vigueur.

« Tout à fait. Le nom d'Alex Penycote nous a été donné comme étant en lien avec la disparition de Bethan ; il s'agirait d'un homme blond aux yeux bleus. Nous pensons que ce pourrait être un pseudonyme, mais nous aimerions parler à toute personne ayant rencontré cet individu ou ayant entendu ce nom dans quelque contexte que ce soit, peut-être par quelqu'un se présentant comme un employé du domaine de la santé ou des services sociaux. Bien sûr, si vous *êtes* Alex Penycote, nous serions ravis que vous preniez contact avec nous afin de pouvoir vous écarter de cette enquête dès que possible. »

Katie lance un regard oblique vers lui à travers ses cheveux détachés.

Et voilà que maintenant, c'est Mme Lewis qui passe à la télévision ; la prof qui enseigne l'anglais et les lettres classiques aux gosses de riches ; celle qui tient la rubrique du courrier du cœur dans le journal.

Mais que fabrique-t-elle à la télé ?

Katie connaît bien la rubrique dans le journal. L'année dernière, un de ses ex, Joshua Barrett, et un de ses meilleurs copains, avaient essayé d'écrire leurs faux problèmes à l'adresse mail indiquée dans le journal, mais Mme Lewis n'y avait jamais répondu. Elle avait dû deviner.

« Oui, je m'appelle Margot Lewis et je m'occupe de la rubrique des conseils personnels dans le *Cambridge*

Examiner. Je suis ici pour dire que si, parmi les gens qui nous regardent, quelqu'un sait quelque chose sur ce qui est arrivé à Bethan, il ne doit pas avoir peur. »

Katie pense que si quelqu'un semble avoir peur, c'est bien Mme Lewis elle-même : ses cheveux sont à moitié hérissés, et ses yeux, tout écarquillés.

« À cette personne, si vous m'entendez, sachez que j'attends de vos nouvelles. Vous pouvez vous manifester ; vous serez protégé si vous pensez être menacé. Si vous ne voulez pas parler à la police, vous n'y êtes pas obligé : il y a un numéro de soutien aux victimes que vous pouvez appeler, qui sera indiqué dans ce reportage ou, si vous préférez, vous pouvez aussi appeler anonymement le numéro de *Crimestoppers*. Même si c'était il y a bien longtemps, nous avons tous cruellement besoin d'avoir d'autres nouvelles de vous avant qu'une autre victime ne soit à déplorer. »

« Merci, Margot. Ce numéro s'affiche maintenant en bas de votre écran. À vous, Tim, en studio… »

Katie a oublié de respirer, oublié toute précaution, et, l'instant d'après, les mains de l'homme enserrent sa gorge et il la secoue comme une poupée de chiffon tandis qu'elle glapit de terreur.

– C'est toi ? Tu as parlé à quelqu'un ? C'est toi ? *C'est toi ?*

Ses yeux sont deux petites billes bleues de folie furieuse. Son visage semble se réduire à des dents jaunes serrées de rage. Les mains de Katie battent vainement en l'air, essayant de le repousser tandis qu'elle cherche à respirer et que tout devient gris. C'est comme si quelqu'un était en train de baisser le son et elle a mal, très mal. Il finit par la lâcher, et elle retombe sur le dos sur le canapé. Tous deux respirent bruyamment dans le silence qui suit.

Elle tressaille encore quand il tend la main pour lui tapoter le bras.

– Pardon, souffle-t-il, mais c'est avec la même absence de conviction que lorsqu'elle a prononcé ce mot, un peu avant.

Il ne pense pas du tout à elle.

– Pardon, répète-t-il.

Katie n'ose pas bouger.

Il a éteint la télévision avec la télécommande et regarde devant lui, tremblant légèrement ; sa lèvre inférieure tressaille. Elle ne sait pas du tout ce dont cela augure, mais…

12 janvier 1998 BETHAN AVERY.

Bon sang, réalise-t-elle soudain, ils pensent que Bethan Avery est vivante. Elle a dû écrire à la rubrique de madame Lewis. C'est pour ça qu'elle était à la télé.

Mais qu'est-ce que cela pouvait signifier pour Katie ?

– Pardon, marmonne-t-il encore.

Il se lève et la met debout en la regardant à peine. Elle a beau se sentir faible et avoir encore du mal à respirer, elle se lève prestement pour ne pas le contrarier. Il soulève un coin du tapis du bout du pied, révélant la trappe dans le plancher.

Il lui faut une seconde, peut-être deux, pour se pencher et soulever la trappe par le gros anneau de métal. Pendant ces deux secondes, le chandelier du côté droit de la cheminée semble cligner de l'œil à Katie au-dessus de la tête dégarnie penchée. Mais elle ne pourra jamais l'attraper à temps, et l'homme lui tient toujours le bras.

Tu ne peux pas y arriver *cette fois-ci*, tu veux dire.

Puis le moment est passé et il la pousse en bas, dans les marches étroites, par la porte ouverte de sa prison. La pierre est froide sous ses pieds, le noir complet quand la trappe se referme derrière elle. Pourtant, elle est presque contente.

Il ne l'a pas touchée. Depuis son arrivée, c'est la première fois qu'il la laisse tranquille dans ce genre de moment. Quelque chose en elle se reconnecte timidement, s'autorise à souffler, à penser, à habiter prudemment sa propre peau.

Une fois encore, couchée sur sa couverture dans le noir, elle se bat avec la dangereuse illusion de l'espoir. Au-dessus, elle entend l'homme qui ne cesse d'aller et venir. Il fait les cent pas pendant un long moment.

Il lui donne à manger tard, bien plus tard qu'à l'accoutumée, et lui apporte son « bon » repas du dimanche réchauffé au micro-ondes : une sorte de viande avec du riz. Dans le noir, il est impossible de voir de quoi il s'agit exactement. Il y a aussi un genre de boisson gazeuse et un petit gâteau, mais cela ne lui dit rien.

Quand elle s'endort enfin, la tête sur son bras plié, elle jurerait entendre quelque chose venant d'en haut. Est-ce lui ou le vent ? En tout cas, c'est une sorte de hurlement sourd qui monte en puissance, tel le cri d'un dangereux animal blessé.

14

– Ah, Margot.

La directrice adjointe, Jane, avait accouru vers moi et me lançait un regard bizarre, comme si elle venait de me surprendre en train de faire la sieste.

– Tout va bien ?

Je souris, un peu confuse.

– Oui, très bien. J'étais un peu ailleurs. Un problème ?

– Il y a eu un appel pour vous. Quelqu'un qui demandait Margot Lewis.

J'eus une petite moue d'excuse. J'étais assaillie de coups de fil, qui arrivaient principalement au *Cambridge Examiner.* Cela n'arrêtait pas, mais rien d'intéressant n'en était sorti jusqu'ici, m'avait dit Martin.

Cela dit, peu de temps s'était écoulé, et la reconstitution n'avait pas encore été diffusée.

– Désolée, Jane.

Elle poussa un soupir mi-compatissant, mi-agacé.

– En tout cas, celui-ci ne parlait pas de Bethan Avery. Il a dit qu'il avait quelque chose à vous, que vous aviez perdu.

Je fronçai les sourcils.

– Je ne crois pas avoir perdu quoi que ce soit. Ma tête, peut-être. A-t-il laissé un numéro de téléphone ?

Elle secoua ses boucles serrées.

– Non. Il a juste dit qu'il rappellerait. Il voulait votre

numéro personnel, mais je ne le lui ai pas donné. Je lui ai dit de vous en parler d'abord.

De plus en plus curieux…

– A-t-il dit quand il rappellerait ?

Elle haussa les épaules.

– Aucune idée. Je lui ai dit que ce n'était pas la peine pendant les horaires de classe.

– D'accord. Merci, Jane.

– Un journaliste, sûrement, dit-elle. Qui devait essayer de savoir quels sont les « nouveaux éléments ».

Elle me coula un regard interrogateur. Je soupirai.

– Eh bien, il perd son temps. Même si je le savais, la police m'interdit de parler de ces lettres.

C'était un sous-entendu subtil, qu'elle parut saisir.

– Au fait, Margot, pouvez-vous prendre le cours de biologie des secondes, au labo ? Rob doit partir à deux heures : il a un rendez-vous à l'hôpital.

J'acquiesçai d'un hochement de tête. Je n'avais pas vraiment le choix.

– Bien, dit-elle. À plus tard.

– Au revoir ! lançai-je, perdue dans mes pensées.

Ce mystérieux appelant ne pouvait pas être Martin : il avait déjà mon numéro de téléphone fixe. Était-ce Mo Khan ou la police ? L'un ou l'autre aurait sûrement contacté Martin avant de m'appeler, moi.

Et j'aurais perdu quelque chose ? Mais quoi donc ?

Je fouillai dans mon sac. Mon portefeuille, mes clés, mon téléphone, tout y était. La personne savait que j'étais enseignante, mais pas où j'habitais.

Pas *encore*, en tout cas, pensai-je avec un soupçon d'angoisse. Et cet homme voulait mon numéro de téléphone.

Je me rendis compte que j'avais été très naïve. Je m'étais inquiétée de ce que cette affaire puisse me suivre jusque dans l'école. Mais à aucun moment que cela puisse aussi me suivre chez moi.

Qui que fût cette personne, elle n'avait toujours pas rappelé lorsque je quittai l'établissement pour me rendre aux bureaux de l'*Examiner*. J'étais dans ma voiture, qui tournait au ralenti vers les grilles de fer de l'école. J'avais des courses à faire au supermarché. Je hais les supermarchés et planifie scrupuleusement chaque tour dans ces endroits pour qu'ils soient aussi rares que possible. Lily me dit tout le temps de me faire livrer mes courses à domicile, mais je trouve qu'il y a un je-ne-sais-quoi de décadent dans cette pratique.

J'attendais qu'un break beige s'écarte de mon chemin pour pouvoir passer. Une Mégane noire un peu miteuse attendait elle aussi au bord du trottoir. Derrière le volant se trouvait un homme habillé normalement, mais quelque chose dans son attitude me fit penser que je le verrais mieux dans un uniforme. Son dos était droit, ses épaules, carrées, et sa façon de ne strictement rien fixer attira mon attention. Quand mon regard revint se poser sur la route, le break avait disparu, remplacé par une autre voiture. Je tapai un petit coup sur mon volant, contrariée.

Des troupeaux d'enfants s'échappaient des grilles, compliquant encore plus la sortie des véhicules de l'école. Je me grattai la tête, appuyée sur le volant, quand quelqu'un passa juste devant moi et ouvrit grand sa portière, à quelques centimètres de mon pare-chocs avant. Les gens étaient cinglés : leurs enfants devaient courir au milieu de la route pour monter à bord. Alice Wright, qui faisait partie de ces enfants, se tourna pour me faire un signe de la main. Je lui rendis un sourire forcé.

Le cinglé avança, et je m'engageai juste derrière lui, réussissant à faire une queue de poisson au type dans la

Mégane, qui s'écartait du trottoir au même moment que moi. J'attendis le coup de klaxon exaspéré auquel j'avais droit, mais rien ne vint. Je levai les yeux vers mon rétroviseur et le vis : un visage totalement impavide caché derrière de grandes lunettes noires et une casquette de base-ball, ses gros bras croisés sur le volant.

Je devais m'attendre à une telle circulation, tant pis pour moi. D'habitude, je patiente un peu à l'école en corrigeant quelques copies, jusqu'à ce que la circulation s'atténue. Mais aujourd'hui, j'avais hâte d'être chez moi après mes courses. J'étais fatiguée, stressée, et j'avais envie d'un bon bain, puis de traîner en robe de chambre en buvant du thé et en regardant *Sherlock*. L'embouteillage se résorbait après le pont, là où la route se divisait en deux. Je me frottai les tempes. Je devais froncer les sourcils depuis un moment sans m'en rendre compte.

Ce n'est qu'en arrivant à l'*Examiner*, ou juste un peu avant, que je songeai que l'homme dans la Mégane avait quelque chose d'étrange. Il s'était garé devant la grille en laissant son moteur tourner, comme n'importe quel père venu chercher son enfant à l'école…, mais lorsqu'il m'avait suivie, j'avais bien vu qu'il était seul dans sa voiture.

Il n'y avait pas de lettres de Bethan, mais une douzaine de messages de braves gens qui avaient vu le reportage aux infos et, s'ils n'avaient aucune connaissance de faits particuliers, cela ne les empêchait pas d'avoir une opinion qu'ils tenaient à faire connaître. Certains déclaraient que Bethan avait assassiné Peggy pour l'héritage. D'autres que Bethan était avec un petit ami qui avait tué Peggy. Ou qu'elle était liée au milieu sataniste.

Wendy me regarda d'un œil encore plus circonspect que d'habitude.

Une fois rentrée chez moi, quand les courses furent déchargées et rangées, je me fis une salade épinards-halloumi que je mangeai au bar de ma cuisine avec un verre de merlot. Dans les profondeurs bordeaux du vin, je vis clairement le reflet de ma solitude. C'était le genre de bouteille qu'Eddy et moi buvions tout le temps ensemble.

Il était vingt heures maintenant, et la nuit était tombée. Sur la table, il y avait une pile de copies corrigées (je m'étais attelée à rattraper mon retard) afin qu'il ne me reste plus que les lettres de ma rubrique à lire – celles qui n'étaient pas de Bethan. J'avais hâte de m'y mettre. De me mettre dans une position d'objectivité que je semblais incapable de m'appliquer à moi-même.

Mais avant cela, il fallait que j'aille à l'épicerie du coin. J'avais acheté des tonnes de nourriture, mais oublié le lait. Je terminai ma salade et attrapai mon manteau, que j'avais posé négligemment sur le dossier d'une chaise. Je sortis un billet de dix livres de mon portefeuille et pris mes clés.

Il faisait glacial dehors. J'enfonçai les mains dans mes poches et partis à toute vitesse sur le trottoir. Je voyais déjà les lumières de l'épicerie de Marek, lueur réconfortante dans le noir et le froid.

– Salut ! lança-t-il en me voyant entrer dans le magasin.

Une sonnerie retentit, puis s'arrêta comme la porte se refermait derrière moi. Marek était assis derrière le comptoir. C'était un homme d'une quarantaine d'années assez costaud avec une silhouette étrangement triangulaire, une bouche constamment tirée vers le bas et des cheveux fins et plats. Dans un petit frisson inquiet, je vis que l'*Examiner* était ouvert devant lui, avec l'article qu'ils avaient fait pendant le tournage de la reconstitution. Une photo de moi, l'air un peu ahuri au beau milieu de mon interview, se trouvait sous sa main gauche.

– Salut, répondis-je en m'empressant d'aller chercher une bouteille de lait sur l'étagère. Ouh là là, quel froid de canard il fait ! ajoutai-je tandis qu'il tapait soigneusement le montant sur sa vieille caisse enregistreuse.

– Oh ! Ce n'est pas ça, le froid, dit-il en fronçant les sourcils sur les touches de la machine. J'ai connu le vrai froid. C'est autre chose que ça.

Derrière lui, son adolescent de fils, qui rangeait les paquets de cigarettes derrière le comptoir, leva les yeux au ciel dans le dos de son père en me souriant d'un air complice.

– Tu ne fumes toujours pas ? demanda Marek.

– Eh non.

Il poussa un soupir un peu déçu.

– J'ai arrêté il y a trois ans, Marek. Je crois que c'est définitif, maintenant.

Il soupira encore.

– Les gens se soucient trop de leur santé, dit-il d'un air réprobateur. Il faut profiter de la vie. Acheter plus de cigarettes.

Il tendit la main vers mon billet de dix, que je lui donnai.

– J'ai vu ta photo dans le journal, dit-il tout en comptant soigneusement ma monnaie. Jolie photo.

– Merci, Marek.

– Et ce mari, toujours pas revenu ?

Je sentis le rouge me monter aux joues.

– Euh, non.

– Il ne reviendra pas ? demanda Marek en vérifiant encore ma monnaie pendant que son fils me regardait d'un air peiné en haussant les épaules.

– Non, dis-je en éprouvant la véracité de mes mots. Je crois que c'est définitif, ça aussi.

Marek grommela un long « mmmh » qui pouvait être de l'approbation comme de la désapprobation.

– Une belle fille comme toi ne devrait pas rester seule bien longtemps.

– Oh ! je ne suis pas pressée, dis-je en lui souriant et en embarquant ma bouteille de lait. Bonne soirée.

– Bonne soirée, répondit-il en me suivant jusqu'à la porte pour fermer boutique.

À mesure que la lumière disparaissait derrière moi, la rue me parut de plus en plus menaçante. La nuit était glaciale et glaçante, du moins, pour moi. Qui donc avait bien pu inventer ces réverbères à lumière orange ? Cela donne une mine affreuse à tout le monde et une espèce de sale teinte violacée au ciel. C'est horrible.

Je songeais à cela et à d'autres sujets d'aussi grande importance en marchant dans ma rue quand je me rendis soudain compte, en passant devant, que quelqu'un était assis dans une voiture plongée dans l'obscurité, juste à côté de moi. Je pensais être totalement seule et voilà qu'il y avait quelqu'un, à moins de deux mètres, séparé de moi par une simple portière de voiture. Le moteur était éteint, les phares aussi, mais il y avait un homme, là, dans l'obscurité complète, qui ne faisait rien, qui regardait simplement droit devant lui, comme s'il attendait quelque chose. Je lui coulai un bref regard en biais en passant.

Il se détourna dès qu'il me vit le regarder, mais c'était l'homme qui avait attendu devant l'école, celui à qui j'avais fait une queue de poisson en voiture. Je le reconnus à ses épaules carrées, sa silhouette figée. Il avait toujours la casquette de base-ball. Au début, j'avais cru à un homme en uniforme. Mon bref coup d'œil avait perçu une précision militaire dans son maintien, alors que ses traits étaient dissimulés dans l'ombre. Je continuai de marcher sans modifier mon allure ni me retourner, essayant de ne pas laisser paraître que j'avais remarqué quoi que ce soit d'inhabituel.

Je scrutai les maisons en passant, calculant à quelle porte j'irais frapper si cet homme étrange sortait de sa voiture et se mettait à ma poursuite. Je guettais le bruit de son moteur ou d'une ouverture de portière. Je n'entendis rien, le rien qu'on entend quand on est convaincu que quelqu'un vous regarde dans votre dos.

J'étais arrivée devant ma maison. J'avais déjà les clés dans ma main, leurs pointes dépassant entre mes doigts pour en faire une arme plus redoutable qu'un coup-de-poing américain quand on s'en servait correctement. Je préférai ne pas spéculer sur le fait que cet homme sache ou non si j'étais seule dans la maison. Je mis la clé dans la porte et la tournai avec une telle force qu'à ma grande horreur, je crus un instant l'avoir cassée. Puis la porte s'ouvrit et je retrouvai la lumière et une sécurité relative. En me retournant pour la refermer derrière moi, je risquai un regard dans la rue. Il était toujours là, immobile. À attendre.

Je ne pense pas qu'il ait vu que je l'avais reconnu ou même remarqué. Je posai le lait près de la bouilloire et essayai de me calmer. Je respirais fort et mon cœur battait la chamade sous mon manteau. J'étais en état de panique.

Je courus en haut dans notre…, ou plutôt *ma* chambre, qui donne sur la rue. Je n'allumai pas et approchai doucement de la fenêtre. Là, très lentement, j'écartai un tout petit peu le rideau et jetai un œil par l'interstice.

Je pouvais tout juste l'apercevoir, à l'extrémité de la perspective que m'offrait la fenêtre. Il était toujours dans la Mégane noire, qui paraissait marron sous la lueur des réverbères. D'autres voitures garées près de lui me dissimulaient sa plaque d'immatriculation. Il attendait toujours.

Je ne sais combien de temps je l'observai regarder ma maison, tandis que mon souffle se condensait légèrement sur la vitre froide et que je commençais à avoir des crampes dans les jambes. Puis, avec une soudaineté déconcertante, le moteur démarra et les phares s'allumèrent, m'éblouissant.

Je retins mon souffle.

Il s'écarta du trottoir et prit de la vitesse pour passer devant chez moi et rallier la grande route. Il était parti.

Je respirai à fond. La rue était redevenue vide et sans danger. J'attendis un moment, mais il ne revint pas. Finalement, je décollai de ma fenêtre et descendis me faire une tasse de thé et téléphoner à Lily.

– Et donc, il te suit, dit Lily en s'adossant dans son vieux canapé.

Elle enleva un petit dinosaure en peluche de derrière son dos avant de s'installer à son aise. Des rides de fatigue plissaient le coin de ses yeux, et je réalisai avec culpabilité qu'il était tard, qu'elle avait un enfant malade à veiller et qu'il y avait école demain matin.

– Tu en es sûre ?

Lily avait trois jeunes enfants qu'elle élevait quasiment seule, avec l'aide occasionnelle de sa mère, personnage renfrogné et toujours débordé. C'est la spécialiste des relations brèves, troubles et passionnées avec des hommes peu recommandables. Le dernier en date était un homme marié, maître de conférences en université qui était sur le point de divorcer pour elle, et celui d'avant dut quitter le pays après avoir été pris à essayer de vendre de la cocaïne au groupe de jeunes filles de bonne famille dont il était le prof de taekwondo. Tout compte fait, il y a peut-être une bonne raison pour que la mère de Lily fasse plus vieille que son âge. Si la vie de mère isolée est une jungle, Lily y avance à coups de machette géante et ne se lance dans des aventures amoureuses qu'avec des jaguars affamés et des cannibales.

Je me passai la main dans les cheveux et soupirai.

– C'était le même type que celui que j'ai vu à la sortie de l'école aujourd'hui. J'en suis sûre et certaine. Et à mon avis, c'est aussi le même que celui qui a appelé à l'école pour avoir mon numéro, mais ça, je n'en suis pas sûre.

– Celui qui a appelé n'avait sûrement rien à voir avec ça, répondit-elle en agitant ses ongles vernis d'ocre rouge. Est-ce que le type de la voiture t'a suivie de l'école jusque chez toi ?

– Je ne suis pas rentrée directement. Je suis passée au journal d'abord. Puis au supermarché.

J'étais épuisée.

– Mais est-ce qu'il t'a suivie là-bas ?

– Je n'en sais rien ! m'écriai-je, agacée. Je ne passe pas mon temps à vérifier si des types sinistres me suivent !

Lily me regarda en fronçant les sourcils.

– Excuse-moi, Lils, dis-je, honteuse. Je pète les plombs, je sais. Je suis crevée et, si ça se trouve, je me fais des idées.

Elle se frotta le menton, l'air songeur.

– Peut-être. Mais, tu sais, tu devrais quand même être prudente. Les gens t'ont vue à la télé et…

– Qu'est-ce que tu veux dire ?

Elle ouvrit la bouche pour parler, mais la referma, semblant se raviser. Puis elle demanda :

– As-tu vu son visage ?

– La première fois, oui. Il faisait trop sombre, la deuxième. Mais c'était bien lui.

Je haussai les épaules.

– Et puis, il y a autre chose.

– Quoi ?

– Je ne suis pas sûre, dis-je, mais je commence à me demander si je n'ai pas déjà rencontré Bethan Avery.

Lily ne répondit pas et se contenta de me fixer. J'avais un mal fou à poursuivre cette discussion. Je n'aime pas du tout parler de mon passé, même à Lily, qui n'en connaît pas la moitié.

– C'est juste que… j'ai rencontré, enfin, j'ai croisé pas mal de gens très, très cabossés pendant mes années avec les sœurs, dis-je. Et maintenant, je me demande si elle n'était pas dans le lot.

– As-tu dit ça à la police ? Ou à ton pote, le criminologue ?

Je secouai la tête.

– Pas encore. Enfin, je ne peux pas… Qu'est-ce que je dirais, en fin de compte ? Je ne me souviens absolument pas de l'avoir rencontrée.

Lily fit une petite moue.

– Ça ne change rien au fait que c'est un homme qui te suit, et pas une femme. Tu sais, dit Lily, s'apprêtant à formuler la conclusion de son avis sur la question, je crois que tu devrais appeler les flics si tu revois ce type. Demande-leur de venir et de lui demander à quoi il joue.

Le trajet retour se passa comme dans un rêve assez étrange. Ce qui occupa mes pensées, ce n'était pas l'homme, mais le foyer d'autrefois et les filles que j'y avais rencontrées. J'essayai de me remémorer la moindre parcelle d'information qui pourrait m'être utile.

Mais je pensais surtout à Angelique, la reine de la nuit.

J'étais assise dans une église, la deuxième fois que je la vis.

Je m'étais réfugiée dans l'église après m'être fait mettre à la porte d'une bibliothèque et du hall bien chaud d'un grand magasin. J’étais pelotonnée sur un banc du fond, à contempler les vitraux derrière l’autel.

J’avais encore quatre heures à tuer. Pour bénéficier des largesses de St-Felicity, il fallait suivre des consignes très strictes. Avant tout, si vous n’étiez pas rentrée à neuf heures du soir, vous perdiez votre lit. Ce n’était pas négociable. Par ailleurs, aucune femme seule ne pouvait rester au foyer entre huit heures du matin et six heures du soir, pendant que les nonnes et les bénévoles astiquaient le linoléum des chambres et faisaient bouillir les draps, dans leur lutte constante et sans merci contre les poux et les punaises de lit.

Par conséquent, tout ce dont je me souviens de cette première semaine, avant que les sœurs ne me prennent de façon semi-permanente, c’est un nomadisme dans le froid et l’ennui où je passais d’un endroit à l’autre, essayant de faire passer le temps avant l’heure où je pourrais rentrer, manger, me laver, aller au lit, me lever, repartir, etc.

Je me retrouvai donc dans l’une de ces petites et sombres églises dont Londres regorge, des refuges médiévaux surplombés de toutes parts par des bâtiments industriels. Celle-ci était dédiée à sainte Eugénie, qui, d’après ce que je pouvais voir, avait été un genre de martyre, peut-être travestie, qui s’était déguisée en homme si je saisissais bien le sens des mosaïques.

Je n’ai jamais été spécialement religieuse, même si j’ai mes croyances à moi. Mais j’étais attirée par le refuge que représentait l’église, par son calme qui me protégeait du vent mauvais soufflant dehors. Au-dessus de ma tête, quelqu’un jouait sur le vieil orgue sifflant. Un morceau classique assez complexe ; une cascade de notes mélancoliques coulait de là-haut.

Je ne pensais à rien, comme toujours dans de tels moments, quand je fus surprise par quelqu’un se jetant sur le banc à côté de moi avec une telle force que le bois craqua et que je faillis être projetée dans les airs.

C'était ma voisine de lit, celle qui dormait au-dessus de moi. Elle me souriait, ses yeux sombres scintillant dans ce lieu éclairé à la bougie. Il lui manquait une dent à côté de sa canine droite, laissant un trou noir dans son visage.

– Eh, salut ! s'exclama-t-elle.

Sa voix et son rire brisèrent le calme. Elle semblait très amusée par son effet de surprise.

– Tu es folle ou quoi ? grognai-je, encore tremblante. Tu as failli me donner une attaque !

– Pardon. Pardon. Mais ça valait le coup… Tu aurais vu ta tête !

Elle eut un sourire satisfait, comme si elle contemplait un travail bien accompli. Elle parlait avec un accent étrangement raffiné, en contraste total avec son apparence. Je me demandai s'il était réel ou si c'était une autre façon de se moquer de moi.

Je croisai les bras sur ma poitrine.

– Qu'est-ce que tu fais ici ?

– J'évite les gens.

Elle me coula un regard en biais.

– Comme toi, j'imagine. Tu vas voler ce truc ?

– Quoi ? Qu'est-ce que tu racontes ?

Elle tendit le menton vers une boîte ancienne fixée au centre d'un support en fer forgé contenant des rangées d'étagères remplies de petites bougies.

– Tu croyais que… ? fis-je, horrifiée. Mon Dieu, non. Je regardais juste les vitraux…

– Ouais, ouais, c'est ça.

Elle se leva, dépliant ses longues jambes, et avança vers les bougies. Elle ne regarda même pas autour d'elle pour voir si le champ était libre. Elle tira sur le coin usé de la boîte en fer, qui cliqueta un peu, mais ne bougea pas.

– Merde.

– Arrête ! lui soufflai-je, outrée mais aussi un peu épatée par son audace hérétique. Il y a quelqu'un là-haut !

– Qui ça, *Dieu* ?

– Non, celui qui joue de l'orgue, imbécile !

– C'est un enregistrement…

Elle continua d'inspecter la façon dont la boîte était fixée.

– Pas du tout ! Il s'est arrêté au milieu d'un truc, tout à l'heure, et il a recommencé au moins deux fois.

Elle haussa les épaules et revint vers le banc quelques instants plus tard.

– Laisse tomber. Elle est super bien vissée, dit-elle comme pour prouver qu'elle ne renonçait pas à cause de moi et qu'elle ne craignait ni Dieu ni l'organiste.

Elle resta silencieuse quelques instants, et j'en profitai pour l'observer du coin de l'œil pendant que la musique continuait au-dessus de nos têtes. De profil, elle avait les traits fins, de grands yeux noirs, un petit nez parsemé de taches de rousseur, et des lèvres charnues et sensuelles. À vrai dire, elle aurait pu être belle, mais ce qui frappait avant toute chose en elle, c'était son apparence de profond délabrement. Ses cheveux blonds étaient décolorés au point de ne plus avoir de couleur. De vilains boutons rouges constellaient son front, et sa bouche était enlaidie par des boutons de fièvre. Ses lèvres étaient gercées, et son teint était pâle, trop pâle, presque verdâtre.

Ses bras, dénudés sous les coudes, étaient pleins de petits bleus laissés par des doigts trop durs, et, au creux de son coude droit, il y avait une horrible masse d'un rouge violacé, grêlé de petits points noirs.

– Si t'as froid, tu devrais aller au Southbank Centre, me dit-elle soudain.

Je lui lançai un regard surpris.

– Ils chauffent toute la journée. Et ils n'ont pas le droit de te jeter dehors, sauf s'ils te chopent à faire un truc pas autorisé, comme mendier.

Elle fit un geste ample et détendu, comme pour démontrer qu'elle n'avait aucun problème à me parler de ces choses.

– C'est un genre de lieu public, quoi.

J'y réfléchis quelques instants.

– Merci, lui dis-je.

Elle regardait toujours devant elle, mais elle hocha la tête, une fois.

– Qu'est-ce qui est arrivé à ton visage ? me demanda-t-elle.

Je me figeai.

J'étais consciente de l'effet que je produisais sur les gens en ce moment, et je soupçonnais que c'était la raison pour laquelle j'avais été sommée de quitter la bibliothèque et le grand magasin. Mon visage et le fait que je sois sans abri étaient étroitement liés.

– Je suis tombée, répondis-je froidement.

Elle tourna la tête pour me regarder, histoire de revoir mes deux yeux pochés et mon nez cassé et enflé.

– C'est ça, oui. Tu es « tombée ».

Elle ricana.

– Bien sûr.

– Quoi ? C'est vrai.

Elle semblait maintenant cogiter ; elle mit un doigt au coin de sa bouche et en mordilla l'ongle où il restait un peu de vernis pêche.

Ou peut-être était-elle simplement nerveuse.

– Tu veux venir à une fête ?

– Une fête ? Quoi, *maintenant* ?

– Il vaut mieux y aller maintenant parce qu'on doit

être rentrées chez Flicks à neuf heures, sinon on pioncera dehors.

Elle n'attendit pas ma réponse et se leva, faisant retomber sa manche sur son bras meurtri. Elle avait le dos droit, tendu, et je me rendis compte que, malgré sa façon de parler, ses manières décontractées et son audace, c'était parce qu'elle avait peur que je refuse et la rejette.

– Si tu veux venir, viens.

Je ne saurais dire comment se développa ma relation avec elle, comment je sus son nom, ou même si nous étions amies ou de simples connaissances se serrant les coudes pour assurer leur survie. À ce moment-là, je connaissais seulement son prénom, Angelique, qu'elle prononçait soigneusement, en détachant chaque syllabe comme si c'était de la musique, ce qui me laissait penser que ce n'était pas son véritable prénom, et il ne fallut pas longtemps pour que nous restions chaque soir dehors de plus en plus tard avant de rentrer au foyer. Elle était admirée de tous et me présenta à ses amis, un cercle d'individus maigres et crasseux que je n'appréciais pas particulièrement et qui ne m'aimaient pas non plus, ce qui était peut-être dû à mon attitude taciturne quand ils me posaient des questions. Ils me proposaient de tirer sur des joints quand Angelique disparaissait avec eux dans des salles reculées de leur squat avant de revenir, le regard vide, la démarche mal assurée. Elle cessa bientôt de me dissimuler ce qu'elle faisait et commença à se piquer devant moi.

Je ne sais plus à quel moment j'ai décidé de faire comme elle. Tout ce que je sais, c'est que je l'ai fait.

15

C'était mardi soir, et la reconstitution (dix minutes de jeu des comédiens plus mon appel) venait de passer à la télé. J'avais à peine réussi à la regarder, redoutant l'exposition que cela allait me donner. Lily avait voulu que je vienne chez elle pour que nous regardions l'émission ensemble, avec sa mère. J'avais gentiment décliné.

Il n'y avait pas eu de nouvelle lettre de Bethan Avery entre-temps. Pas plus que de messieurs Calwhit, Blank & Mettle. Ou d'Eddy. Ou de Martin.

Curieusement, c'est l'absence de manifestation de ce dernier qui me restait le plus en travers de la gorge. Je luttais contre l'idée absurde selon laquelle j'étais rejetée à cause de mon manque d'attractivité envers les victimes de kidnapping traumatisées.

Bien sûr, Margot, c'est ça, c'est ta faute, me disais-je tristement. Ressaisis-toi. Ça ne fait qu'un jour ou deux.

Je m'assis sur le canapé, devant la télévision éteinte, et regardai l'heure sur la box. Il était six heures et il faisait noir dehors, encore plus tôt que d'habitude en raison du brouillard. Je n'aime pas le brouillard. Outre le fait que ce soit dangereux et gênant, je n'aime pas ça par principe. Quand on marche dans le brouillard, on a la sensation de voiles qui se lèvent devant vous et retombent derrière, de fins voiles blancs, sauf qu'aucun n'est jamais levé pour de bon pour vous révéler enfin ce que vous cherchez.

Est-ce pour cette raison que je détestais le brouillard encore plus ce jour-là que d'habitude ?

Je fixai la télévision éteinte en me faisant croire que je réfléchissais.

Je retirai mes chaussures et ramenai les jambes sous moi sur le canapé. J'avais un sac plein de copies et quelques lettres auxquelles répondre pour ma rubrique ; j'y réfléchis donc quelques instants, sans me lever. Je ne pouvais quand même pas rester là sans rien faire en regardant le travail s'accumuler.

Je ne suis pas si minable.

– Je ne suis pas minable, dis-je à haute voix.

Le silence de la maison me nargua.

Finalement, jamais je ne m'étais sentie aussi minable.

J'avais reçu une mission, un impératif, un appel à l'aide… et je n'avais abouti à rien. J'avais appris que l'appel était authentique, juste avant qu'il ne soit étouffé par mon impulsivité insouciante, mon manque de discernement, ma bêtise. Je n'avais rien appris sur l'endroit où Bethan se trouvait maintenant, ni réussi à en savoir plus sur son état d'esprit. Le vide dans lequel elle avait disparu était encore un vide, n'ayant accouché de rien excepté trois lettres qui semblaient évoquer son passé. Je ne pouvais m'empêcher de penser que j'avais échoué à un certain niveau, avec la sensation qu'on doit éprouver quand on court en direction d'un cri entendu dans la nature et qu'on ne découvre qu'un vêtement plein de sang reniflé par des animaux sauvages, ou un bout de corde pendant au bord d'un précipice, son extrémité oscillant sous le vent de la montagne.

J'essayais de me dire que la reconstitution venait tout juste d'être diffusée, mais mon moral ne remontait pas pour autant.

Bethan était toujours avec moi, presque tangible. Mais en mon for intérieur, je savais qu'elle ne me fournirait plus d'aide concrète. La distance entre elle et moi crépitait de tension, celle de sa panique mal contrôlée comme elle attendait d'être sauvée, comme elle attendait que les yeux qui la cherchaient dans le noir s'allument sur elle, pour la première et dernière fois.

Je me rendis dans la cuisine et allumai. La bouilloire était sur le bar, vide ; je la pris et l'emportai à l'évier pour placer le bec rouge et chromé sous le robinet. Devant moi, il y avait la fenêtre de la cuisine, donnant sur le jardin. Je regardai par la vitre en essuyant la condensation sur la surface froide.

Il n'y avait rien de spécial. Juste la nuit et le brouillard.

À quoi m'attendais-je ?

Le téléphone fixe sonna soudain. Un brusque cri strident et électrique dans le silence qui régnait. Je sursautai et lâchai la bouilloire qui tomba dans l'évier en inox, projetant de l'eau partout. Je jurai et la ramassai, certaine qu'elle avait endommagé le métal. J'essuyai ensuite mes mains mouillées sur mon pantalon et courus vers le téléphone dans le couloir.

– Allô ?

Pas de réponse ; juste un lourd silence électronique.

– Allô, je peux vous aider ?

Rien. Quoique, pas tout à fait : il y avait une respiration. Pas une respiration forte, mais légère, discrète, contrôlée. En attente.

– Qui est à l'appareil ? demandai-je tout en sachant très bien que je n'obtiendrais pas de réponse.

En guise de réponse, j'entendis le cliquètement d'un combiné qu'on raccrochait. Lorsque je tapai la touche Rappel sur mon clavier, on me dit que le numéro de l'appelant était masqué.

Le lendemain matin, je traversai le cimetière de St-Andrews après mon jogging matinal pour me détendre ; les cloches de l'église sonnaient à toute volée. Aujourd'hui, je me sentais pleine d'entrain et d'optimisme.

Au-dessus de l'herbe ratatinée, le ciel était d'un gris perle compact et épais. Non loin de moi, un vieux couple emmitouflé dans de lourds vêtements d'hiver circulait entre les tombes cassées et à moitié enfouies. La femme tenait un bouquet de grosses fleurs toutes droites et raides, sans fioritures. Ils avançaient vers la partie plus récente du cimetière.

Deux pies descendirent en piqué du clocher de l'église pour aller se pavaner au-dessus des corps des morts d'un autre temps. Je souris en les regardant, et elles m'ignorèrent superbement.

Je m'arrêtai près de la porte de la vieille église et m'assis sur la marche, retardant le moment de commencer ma journée bien remplie ; je voulais juste respirer tranquillement dans le calme de cet environnement apaisant. Les cloches sonnaient gaiement dans le ciel blanc. Les pies s'arrêtèrent, elles aussi, comme pour écouter. Puis elles s'élancèrent dans l'air frisquet et, en quelques battements d'ailes, elles disparurent.

Il fallait que j'y aille, moi aussi.

J'aurais dû être terrorisée ou au moins anxieuse. Mais franchement, ce n'était pas le cas. Cette alternance d'accès d'espoir et de désespoir me paraissait normale. Je suppose qu'Eddy aurait dit que je n'avais pas toute ma tête. Peut-être que c'était vrai ; ou peut-être que cette façon d'être était vraiment moi, plus que toute autre. Je crois qu'avant toute chose, j'étais excitée, terriblement excitée. Il était possible que je sois terrifiée, mais j'aimais cette terreur. Est-ce une chose étrange ? J'étais menacée, mais pour une fois, ce n'étaient pas les fantômes de mon propre esprit qui me hantaient constamment et vainement, mais quelque chose d'actif, de malveillant, quelque chose de cruel et décadent, que je pouvais haïr avec la force de ma volonté.

J'étais assise sur les marches de l'église et, au lieu de me retrouver saisie d'angoisse, je me sentais dans un calme tendu et totalement assumé. Qu'il vienne, cet oiseau de malheur ! J'étais à la recherche de choses perdues et, si je parvenais à retrouver Bethan, je prouverais à mon cœur maussade et plein de doutes que rien n'était perdu pour toujours. Que la paix, la satisfaction, l'innocence et la justice n'étaient pas perdues pour toujours. Que *je* n'étais pas perdue pour toujours.

Je me levai, essuyai mes mains sur mon pantalon de jogging et rentrai chez moi pour me changer et partir au travail.

Quand je rentrai à la maison, Eddy était là.

J'avais eu un petit avertissement quelques instants avant de le voir. Je marchais dans notre rue sous le soleil du petit matin, appréciant la fraîcheur de l'air sur ma peau chaude et moite, et le spectacle des oiseaux qui voletaient de branche en branche, tout en enroulant le fil de mes écouteurs autour de mon iPhone.

Je me demandais s'il y aurait un moyen d'aller relever mon courrier de *Chère Amy* sans tomber sur Wendy, qui était passée en mode passif-agressif avec moi depuis ma première apparition à la télé. Elle m'avait clairement signifié son irritation face au supplément de travail et à toutes les complications dans lesquelles j'avais entraîné le personnel du journal.

Malgré tout, lorsque j'étais allée aux bureaux de l'*Examiner* hier soir après l'école, elle avait pratiquement couru depuis l'autre côté du bureau, bousculant le stagiaire qui se tenait juste devant les casiers et s'apprêtait à relever ma boîte, pour me tendre elle-même la liasse de courrier avec autant de mauvaise grâce que possible.

Bref, j'étais préoccupée, ce matin-là, et je ne remarquai pas la Porsche Carrera gris fumé d'Eddy garée sur ma droite avant d'avoir quasiment le nez dessus (il me suffisait de tendre le bras pour toucher le capot). Le siège du conducteur était vide.

J'eus un léger vertige, presque un malaise. Que me voulait-il encore ?

Je glissai mon téléphone dans la poche arrière de mon pantalon de jogging et sortis mes clés en réfléchissant à la stratégie que j'allais adopter.

En vérité, je n'en avais aucune. Et je n'avais aucune envie de me battre contre Eddy en ce moment. J'avais des choses à faire, des choses qui m'occupaient l'esprit. La simple idée de devoir me confronter à lui m'épuisa et réduisit à néant le fragile accord auquel j'étais venu avec moi-même sur les marches de l'église.

Pourquoi ne se contentait-il pas de signer l'arbitrage ? S'il signait ce document, nous pourrions discuter du reste. Je ne voulais rien qui soit injuste. Pourquoi se conduisait-il de la sorte ?

J'allais avoir cette conversation avec lui maintenant et lui poser la question. Comme une adulte. Il n'y aurait rien de semblable à la scène qui s'était déroulée chez Ara l'autre jour. Je me l'interdisais.

Je tournai dans l'allée et passai devant les haies de cyprès, persuadée qu'il m'attendait sur les marches.

– Tu cours toujours ? demanda-t-il.

Le soleil faisait scintiller ses cheveux blonds.

– Je n'arrête pas de te dire que c'est très mauvais pour tes articulations.

Sa voix était légèrement rauque.

Je vis immédiatement que quelque chose avait changé, et pas en bien. Quand il était venu ici, la dernière fois, il était habillé impeccablement, comme tous les jours où il travaillait.

Ce nouvel Eddy avait plutôt l'air d'avoir passé la nuit dehors. Sa chemise était froissée et déformée sous son manteau (sans veste), sa cravate était de travers, ses chaussures, sales. Je dois cependant avouer que toute autre personne que moi l'aurait trouvé présentable (il était rasé et coiffé), mais j'avais eu droit aux manies d'Eddy pendant quatre ans. Et je savais que quelque chose n'allait pas.

– Et pourtant, je persiste, tu vois, dis-je en m'arrêtant devant lui. Comme toi. Pourquoi es-tu là ?

– Quoi, on ne peut plus parler ? Je dois prendre rendez-vous avec toi, maintenant que tu es une star de la télé, c'est ça ?

– Je croyais que toute nouvelle discussion devait passer par nos avocats.

– On peut quand même parler en personnes raisonnables.

Je croisai les bras. Je tremblais un peu, et pas seulement parce que je me refroidissais.

– On pourrait, en effet, dis-je. Mais j'ai peur que tu me sortes encore un vilain tour de ton sac. Qu'est-ce que tu mijotes ?

Il me lança son petit sourire en coin.

– Tu es vraiment parano, Margot.

– Pas parano, non. Juste *directe*. C'est complètement différent.

J'inclinai la tête en le regardant.

– C'est toi qui m'as appelée hier soir ?

– Quoi ?

– Qui m'as appelée, répétai-je. Hier soir.

– Non, répondit-il, mais il avait une curieuse intonation qui ne me persuada pas de sa sincérité. Bon, je peux entrer ou pas ?

Je le considérai pendant une bonne minute.

– Ce n'est pas le bon moment. Il faut que je parte au boulot dans une demi-heure.

– Ce ne sera pas long.

Il enfouit ses mains dans les poches de son manteau.

– Et c'est urgent, Margot.

Je haussai les sourcils, mais ma clé était déjà dans la serrure.

– Ah bon ?

– Oui, dit-il avec un petit haussement d'épaules. J'ai besoin de ton aide.

Une fois de plus, il était donc dans ma cuisine, et je lui faisais du café. Il s'assit à la table en pin ; en regardant à la dérobée son reflet dans la vitre de la cuisine, je vis clairement qu'il semblait plus vieux, fatigué, et, quand il baissait la tête, des poches sombres se dessinaient sous ses yeux.

Malgré moi, je ressentis une forme de pitié. J'avais envie de m'approcher, de poser les mains sur les muscles tendus de ses épaules, de malaxer les nœuds de sa chair durcie, sentir sa chaleur sous mes paumes. En gros, de faire comme si rien n'avait changé entre nous.

C'était impossible, mais j'en avais tout de même envie.

– Tu disais que c'était urgent, fis-je avec douceur.

– Oui. J'ai besoin d'argent, annonça-t-il.

C'était si franc qu'il me fallut une seconde ou deux pour l'intégrer. Je posai la bouilloire.

– Tu veux que *moi*, je te prête de l'argent, à *toi* ?

Il secoua la tête.

– Oui. Non. En quelque sorte.

Il soupira, s'adossa dans la chaise et se frotta les yeux, ne pouvant plus dissimuler sa fatigue.

– Ara et Gareth essaient de me faire sortir de Sensitall.

Je le regardai, abasourdie. C'était une très mauvaise nouvelle pour Eddy. Tout le monde savait que la société marcherait très bien à un certain moment, mais pour l'heure, les choses étaient encore en chantier. Si on le forçait à partir, il aurait fourni une énorme quantité de travail pour rien.

– Gareth m'a fait une proposition de sortie qui vaut environ…

Il s'interrompit, l'air de réfléchir avant d'en révéler trop, et je vis passer une expression de ruse sur son visage, qui m'endurcit un peu le cœur.

– … environ un tiers de ma véritable part.

Gareth était le troisième partenaire de leur nouvelle affaire, qui contribuait au capital et leur avait trouvé les baux de location pour les bureaux. Je cogitai à toute vitesse. Évidemment, il était un « vieil ami » d'Ara, et elle l'avait fait entrer dans l'affaire.

Je l'avais rencontré deux ou trois fois à des dîners et à des événements professionnels dans des restaurants ou hôtels chics. Un homme trapu aux cheveux roux dégarnis et à la mâchoire fortement prognathe sous la moustache. Il s'était toujours montré extrêmement charmant et galant avec moi, pratiquant une forme de séduction badine qui flattait gentiment mon orgueil sans jamais frôler l'insolence.

Cela dit, charmant ou pas, il était toujours du côté d'Ara, au bout du compte. Aujourd'hui encore, il se pliait aux volontés de cette femme.

– Dis-leur que tu refuses, dis-je.

À première vue, le cas semblait assez simple à résoudre si l'on ne se montrait pas trop avide.

– S'ils ont vraiment envie de se débarrasser de toi, ils feront monter leur offre, ou alors ils liquideront l'affaire pour la remonter sans toi. Force-les à augmenter la part qui te revient, pour que tu voies la couleur des profits le moment venu.

Je haussai les épaules.

– En tout cas, je ne vois pas en quoi ça me concerne.

Je remis la théière sur son socle et l'allumai.

– Margot, tu n'as pas compris, dit-il avec le plus grand sérieux. Si je parviens à réunir l'acompte, il y a une avocate à Londres qui pense pouvoir me faire obtenir le double…

– Alors, remplis le formulaire d'arbitrage que je t'ai envoyé et hypothèque ton appartement, répondis-je tandis que la bouilloire s'éteignait sous un nuage de vapeur.

Il haussa le menton, et ses yeux croisèrent les miens ; j'y vis briller une lueur pleine de haine.

Il était devenu quelqu'un d'autre. Je ne le reconnaissais plus.

– Je ne me suis pas crevé le cul à bosser comme un taré pendant deux ans pour que ces deux connards me mettent sur la paille maintenant.

Sa voix était sourde, dure et très froide. Il me faisait un peu peur.

– Je comprends, dis-je en approchant la bouilloire des tasses pour ne pas avoir à le regarder. Mais comme je te l'ai dit, ça ne me concerne pas.

– Si on stoppait la procédure de divorce, on pourrait obtenir un prêt sur la valeur de cette maison, dit-il.

– Stopper la procédure ?

– Oui, oublier le divorce, quoi.

Je m'interrompis au moment de verser l'eau chaude dans les tasses.

– Comment ça, « oublier le divorce » ? demandai-je prudemment en continuant de lui tourner le dos.

– Tu comprends très bien ce que je veux dire. Arrête de faire l'idiote.

Je voulais être raisonnable. Je m'étais promis d'être raisonnable et calme. Et, pour tout dire, j'avoue que, quelque part, j'avais eu envie qu'il revienne pour que nous ayons cette discussion.

C'était dur de vivre ainsi, seule, de passer mes soirées dans le noir, poursuivie par de mystérieux harceleurs, des filles disparues et des coups de fil anonymes.

Je me rendis compte que si les choses avaient pris une autre tournure entre-temps, j'aurais sûrement repris Eddy.

Je me tournai vers lui.

– Je ne veux pas oublier ce divorce, Eddy.

Je croisai les bras.

– Margot, je sais que…

– Je ne veux plus être ta femme parce que je crois que tu ne m'aimes pas.

Au moment de le dire, malgré le tremblement qui m'agitait, je réalisai que c'était tout à fait vrai.

– En fait, si c'est le moment des aveux, j'ajouterai que je ne suis pas sûre que tu m'aies jamais aimée, mais ce qui est certain, c'est que tu ne m'aimes plus du tout aujourd'hui.

– Oh ! arrête, fit-il, l'air en colère, en repoussant sa chaise dans un crissement. J'ai fait une connerie, je le reconnais ! Je sais que je me suis conduit comme un salaud et que l'histoire avec Ara te met encore dans tous tes états, mais…

– Non, dis-je en sentant encore la vérité sortir de mes lèvres. Je ne suis pas dans tous mes états à cause d'Ara, plus maintenant. Tu ne l'aimais pas, elle non plus.

Je retirai le bandeau de mes cheveux humides pour laisser l'air frais m'aérer un peu mon crâne.

– Tu mens. Ce que tu veux vraiment, c'est la boîte, c'est tout.

– Quoi ?

Ma promesse de calme commençait à claquer et à vaciller comme une petite tente sous un vent de tempête.

– Tu as fréquenté cette femme pour son argent et maintenant tu t'en mords les doigts parce qu'elle était davantage qu'une maîtresse pour toi. Il est hors de question que je risque de perdre ma maison parce que ton coup d'État sexuel sur l'entreprise a capoté.

Il avait l'air sonné, comme si je venais de le gifler.

– Tout le monde commet des erreurs, Margot. Tu es bien placée pour le savoir. Et tu ferais peut-être bien d'y réfléchir à deux fois avant de me faire la morale. Que dirais-tu si ton école apprenait la vérité sur tes erreurs d'autrefois, par exemple ?

Je m'agrippai au plan de travail derrière moi, pétrifiée.

– C'est une menace ?

– Oh ! je te rappelais un fait parmi d'autres, c'est tout.

Il était devenu rouge de rage.

– Qu'est-ce que tu as ? On dirait que tu trembles de partout, m'aiguillonna-t-il. Tu as arrêté les médocs, encore ?

Je tressaillis intérieurement. J'avais oublié qu'il me connaissait aussi bien que je le connaissais.

Il pointa un doigt vers moi et arbora une expression triomphante.

– Je le savais ! Je m'en suis douté quand je t'ai vue à la télé !

– Je crois que tu devrais partir.

– Margot, tu ne t'en rends pas compte, mais tu as besoin de moi…

– Va-t'en. Va-t'en, *tout de suite*.

Il semblait sur le point d'ajouter quelque chose, mais se contenta de lever les mains en haussant les épaules.

– Comme tu veux.

Il se leva, attrapa son manteau et m'adressa un petit sourire amer.

– Mais si tu veux appeler quelqu'un la prochaine fois que tu seras au trente-sixième dessous, rappelle-toi cette conversation.

Je restai parfaitement immobile jusqu'à ce que j'entende la porte se refermer derrière lui. Lorsque je fus certaine qu'il était parti, je fondis en larmes.

16

Le mercredi soir, les magasins ferment plus tard à Cambridge, et c'est moi qui avais été élue par mes collègues pour aller acheter son cadeau de départ à Rosa Vidowski. Ce qui signifiait que j'avais encore ma voiture aujourd'hui, car je n'aime pas circuler en vélo quand il fait nuit ; je m'étais garée sous le centre commercial de Grand Arcade.

J'ignore pourquoi c'est moi plutôt qu'un autre qui avais été choisie pour cette mission. J'aurais pu me trouver une excuse, mais mes collègues m'avaient prise au dépourvu. Voilà pourquoi, après mon passage obligatoire et infructueux à l'*Examiner*, d'où je rapportais des lettres de gens qui n'étaient pas Bethan Avery, mais avaient des choses à dire sur le sujet, je me retrouvai en train de déambuler dans le rayon porcelaine et bibelots d'un grand magasin.

Je contemplais des kyrielles de figurines en porcelaine toutes plus nunuches les unes que les autres : de belles femmes en train de danser, flirter, lire ou s'éventer, parées de rubans et de fanfreluches d'un autre âge, étincelant sous les spots du magasin. Apparemment, c'était le genre d'objet dont Rosa raffolait. Malgré tous mes efforts, je ne parvenais pas à imaginer pourquoi. La vitrine de verre qui les abritait tournait lentement sur elle-même, révélant tous les aspects de chaque personnage.

Je jetai un œil vers le stand voisin, où quelques objets plus gros en céramique et en métal étaient exposés.

Quelques-uns représentaient des femmes, d'horribles femmes version Art déco, nues ou presque, ou portant un tissu drapé sous lequel pointaient leurs tétons, et qui s'ouvrait sur une longue jambe de bronze ou d'étain. Du porno chic dans un grand magasin tout à fait respectable : certaines étaient même penchées en avant, ou exagérément cambrées, pour tenir dans leurs bras fuselés des objets tels que des cendriers ou des douilles à ampoules.

La colère montait en moi. Une colère dure et froide. Je pensais au livre de Linda Moore, décrivant le « teint de porcelaine » de Bethan, et je me retournai vers les poupées en biscuit tournant lentement dans leur vitrine de verre. Elles étaient liées, ces vierges de porcelaine et ces filles de joie en étain, je le savais d'instinct. Elles étaient les deux faces de la même pièce de monnaie ; elles définissaient les femmes par des mensonges et des demi-vérités ; elles étaient toutes les femmes et, par conséquent, aucune femme.

Peut-être ai-je trop tendance à interpréter les choses. C'est ce que prétend Eddy. Mais comment se méprendre sur quelque chose d'aussi évident, qui sautait tellement aux yeux ? Je décidai d'aller voir plus loin et laissai ces bibelots à leurs poses ridicules.

Je finis par acheter une paire de bougeoirs en verre filé de rose et de bleu. Ils me plaisaient assez ; alors, Rosa avait intérêt à les aimer, elle aussi.

Je passai à la caisse et rejoignis la file des personnes descendant l'escalator tout en calant les bougeoirs dans mon grand sac noir. Je me dirigeais vers les portes quand le rayon parfumerie attira mon regard. Le flacon de mon parfum habituel était presque vide, et j'avais envie de changement. Comme Eddy n'allait pas m'offrir mon sempiternel Coco pour Noël cette année, c'était peut-être le moment de changer d'odeur en même temps que de nom de famille ?

Je ressentis une petite douleur sous mes côtes en pensant à tout cela.

Tu pourrais le retrouver, tu sais. Si tu l'appelais, il reviendrait.

Certes.

Mais aurais-tu envie de le reprendre dans ces conditions ?

Ce n'est peut-être pas ce que tu crois. Peut-être qu'il squatte le canapé de quelqu'un en ce moment en se lamentant de t'avoir perdue, de sa bêtise. Peut-être que tu lui manques. Si tu ne cèdes pas un peu de terrain, histoire de vérifier ça avec lui, comment veux-tu le savoir ?

Squatter le canapé de quelqu'un ? Un lit, plutôt ! Tu ne lui as jamais fait confiance. Et au bout du compte, tu avais raison.

Je poussai un soupir si profond que la femme devant moi dans l'escalator se retourna alors que je réprimais mes larmes.

J'ai toujours eu beaucoup de mal à aller m'acheter des choses comme du maquillage ou du parfum. Je ne supporte pas qu'on me force la main. Je marchai donc entre les stands d'un air distrait, humant rapidement quelques testeurs, puis détalant sans tarder avant de me faire harponner par un « Je peux vous aider ? » strident et joyeux. De toute évidence, les vendeuses ne peuvent pas s'en empêcher. Si je m'étais décidée, je n'aurais pas à tester leur marchandise, non ?

J'étais en train de humer un parfum dans un flacon excessivement sophistiqué quand un homme attira mon attention. Il détonnait dans le décor d'une parfumerie, mais je le remarquai parce qu'il me regardait avec beaucoup d'attention lorsque je relevai les yeux, et il détourna immédiatement le regard.

Hmm. Pas un as de la drague, celui-là, me dis-je en contournant le stand pour me rendre à un autre, où je testai un parfum qui sentait le pipi de chat et la violette. Beurk. Vraiment pas mon truc. À moins qu'il ne m'ait vue à la télé et ait eu envie d'entamer une conversation à ce sujet, ce qui serait plus embarrassant. On ne cessait de me questionner sur les « nouveaux éléments » dont il avait été question, et j'avais beau répéter que j'étais tenue au secret par la police, cela ne suffisait pas à décourager certaines personnes.

Je reculai en voyant la vendeuse derrière le comptoir poser quelque chose dans l'optique de me sauter dessus. Je me retournai et vis que l'homme qui m'avait regardée hésitait, ne sachant pas dans quelle direction j'allais me diriger.

Il portait un costume et un long manteau, et il avait des cheveux bruns et un visage doux. C'était maintenant clair : il me suivait.

La frayeur me coupa le souffle. Je m'arrêtai près du stand et me tins à son rebord, souhaitant maintenant que la vendeuse m'adresse la parole pour que je puisse lui murmurer d'appeler la police.

Je saisis le reflet de l'homme dans l'un des innombrables miroirs du stand.

Ce n'était pas le même homme.

Je ne saurais dire exactement à quoi je le vis, mais c'était sûr. La forme de son visage, sa carrure, la façon dont il se tenait… Ce n'était pas celui qui s'était garé devant chez moi. J'en aurais mis ma main au feu.

Je recommençai à respirer.

Je réalisai alors qu'il ne cherchait pas à m'approcher, juste à me suivre. Ce devait être un vigile du magasin qui me prenait pour une voleuse. J'eus soudain envie de rire de gêne et de soulagement à la fois. En même temps, je me sentais étrangement coupable sans savoir pourquoi. Peut-être y a-t-il une petite voleuse de cachée en moi qui réagit de cette manière quand elle est confrontée à l'autorité. Je remontai mon sac sur mon épaule tandis que le rouge me montait aux joues.

L'air frais du soir était doux après la chaleur artificielle du magasin. Je m'arrêtai non loin de la porte, un peu dépitée.

La semaine n'avait pas été très bonne jusqu'ici, et cette soirée ne faisait pas exception.

J'allais me faire plaisir, décidai-je en me dirigeant vers Market Street. Direction Heffers, où je m'achèterais un nouveau roman. J'en choisirais un plein d'aventures, d'érudition et de sexe, avec une belle couverture. Il serait agréablement lourd dans mon sac lorsque je regagnerais ma voiture, et, en arrivant chez moi, je me blottirais sur le canapé avec ce livre, un paquet de gâteaux et une bouteille de rouge, et je le lirais entièrement. Ce serait un plaisir sensuel. La joie que me procurait cette perspective commençait déjà à occulter mon malaise.

Je passai devant les vitrines vivement illuminées, les devantures des pubs et des cafés, la majesté tout en pierre des universités : Emmanuel, Pembroke, Peterhouse, St-Catherine, Corpus, King's, avec leurs gargouilles me toisant depuis leurs corniches, toutes magnifiquement agrémentées de rambardes cannelées et de pelouses impeccables. J'adore cet endroit ; si opulent, médiéval et étranger qu'il soit, il semble toujours me tendre les bras et m'accueillir malgré tout. C'est ici que j'ai commencé à apprendre à respirer librement, à exprimer mes pensées en confiance. Cambridge est ma véritable alma mater, et j'ai tendance à m'agripper à ses jupons, en dépit du dégoût d'Eddy.

– C'est une école, rien de plus, avait-il dit tandis que des universitaires en robe noire se hâtaient de rejoindre le hall de cérémonie et que des étudiants étrangers à vélo se jetaient presque sous ses roues sur Downing Street et King's Parade. Une école avec des prétentions.

– Oui et non, avais-je répondu. C'est un monde dans le monde.

Il avait soupiré, l'air agacé.

– Tu devrais essayer d'y bosser. Tes idéaux romantiques s'effondreraient en deux minutes.

Je n'avais pas répondu. Mère Cecilia avait été folle de joie quand je lui avais annoncé que j'y étais admise. Ce souvenir me faisait encore sourire.

C'est drôle qu'Eddy soit aussi cynique, alors que c'est lui qui n'est jamais parti ailleurs. Il est encore membre senior de son établissement, et il se rend environ trois fois par an dans la grande salle des cérémonies pour les repas qui y sont organisés. Il cherche depuis longtemps à se faire élire au titre de *fellow*, mais le désastre avec Ara n'a pas dû l'aider à progresser dans ce sens.

Je passai une heure à flâner dans la librairie, à contempler les couvertures pleines de baratin, à écouter les livres craquer en s'ouvrant sous mes doigts, à renifler l'odeur de l'encre fraîche et du papier coupé. J'oubliai ma gêne avec le vigile du magasin. Finalement, ce n'avait été que l'une de ces bizarreries momentanées dont la vie est pleine.

Quand le personnel de chez Heffers finit par me mettre dehors, à l'heure de la fermeture, j'avais un gros roman dans mon sac et un petit sourire sur les lèvres. De l'autre côté de l'étroite rue pavée se dressait Trinity College, plongé dans le noir sauf la lueur accueillante de sa porte d'entrée. Les gardiens, repérables à leur chapeau melon si typique, bougèrent à l'intérieur, hochant la tête à un étudiant qui se hâtait de franchir les grilles pour rejoindre l'extérieur. Je levai les yeux vers le ciel nocturne. Quelques étoiles ressortaient vivement dans l'air mordant. Quelle drôle de soirée !… Je me sentais désorientée, mais ce n'était pas désagréable. À vrai dire, je me sentais même assez insouciante. Comme si l'on m'avait ôté un énorme poids des épaules. Lorsque j'arrivai au parking souterrain sous Grand Arcade, je descendis les marches en sautillant presque.

Ma voiture se trouvait au deuxième niveau inférieur de l'énorme édifice. À mesure que j'en approchais, je me rendis compte combien mon choix de me garer ici avait été mauvais. La lumière était faible, les lieux, totalement déserts. Tous les clients étaient déjà rentrés chez eux. Si j'avais besoin d'aide, ce ne serait pas gagné.

Je serrai mes clés de voiture dans ma main et avançai vers l'Audi en essayant d'avoir l'air sûre de moi. Non, mais, quelle idée de se garer dans un endroit pareil !

Je me sentis alors en colère. Et pourquoi ne pourrais-je pas me garer où je voulais ? J'avais payé, non ? Devais-je vraiment m'imposer un genre de couvre-feu après le crépuscule, juste parce que j'étais une femme ?

J'arrivai à ma voiture et l'ouvris rapidement après avoir jeté un coup d'œil sur la banquette arrière. Personne n'y était caché. Une fois installée dans la voiture, avec son odeur rassurante de rembourrage et de désodorisant, je me sentis en sécurité. Je n'aurais qu'à me rappeler d'être un peu plus prudente, la prochaine fois. J'allumai le moteur, et son grondement résonna dans l'espace vide. Il était temps de rentrer.

Je levai les yeux vers le rétroviseur.

L'homme du grand magasin traversait le parking désert pour venir vers moi. Je me retournai pour le regarder.

Il vit que je le regardais et me sourit, d'un grand sourire plein de dents, puis il agita une main en l'air d'un air amical, comme pour me signifier de l'attendre. Son autre main était dans sa poche, et son ombre, exagérément longue, approchait de l'arrière de ma voiture.

Il voulait me dire quelque chose.

Je sus soudain, sans l'ombre d'un doute, que j'étais en danger de mort.

Je desserrai le frein à main et passai la marche arrière. Le minuscule reflet de l'homme dans mon rétroviseur commença à courir vers moi, son sourire disparaissant peu à peu. Je fis crisser mes freins en marche arrière, et il recula, articulant quelque chose que je ne compris pas, mais qui devait être un genre d'insulte.

Je fonçai alors en avant pour me ruer vers la rampe de sortie. Dans mon rétro, je vis l'homme détaler, devenant de plus en plus petit avant de disparaître dans une cage d'escalier, son long manteau flottant derrière lui.

En tout, l'incident avait dû durer environ trois secondes.

Je montai la pente du parking, mes mains tremblant sur le volant. Je vérifiai plusieurs fois mon rétroviseur. Il ne reflétait qu'un parking vide, bétonné et affreusement éclairé. L'homme avait disparu.

Je m'engageai sur la route à toute vitesse et pris le chemin du commissariat.

– Alors, qu'est-ce qu'ils ont dit ? demanda Lily.

Les enfants étaient couchés, et sa sinistre mère s'était retirée à l'étage en marmonnant un vague « Bonne nuit ».

Mes mains tremblaient sur la tasse de thé qu'elle m'avait faite.

– Ils m'ont juste demandé si je connaissais ces hommes. J'ai répondu que non, et ils ont dit que, s'ils ne me parlaient pas, il n'y avait rien à faire. Mais que celui-là pouvait être un agresseur potentiel.

– Donc, il y a bien deux types différents ?

– Oui. J'en suis sûre. Celui-ci était… Enfin, il avait l'air plus sympa, si on peut dire ça d'un type louche qui vous suit dans un parking souterrain. Et je…, je n'en suis pas certaine, mais je pense qu'il était plus jeune aussi.

Lily croisa les bras et poussa un grand soupir qui fit voleter les fins cheveux de sa frange. Je lui adressai un petit sourire de mon coin de canapé et haussai les épaules.

– Donc, il faut que tu te fasses violer ou assassiner avant qu'ils se bougent, quoi ?

– C'est ça, dis-je. En gros.

Je m'adossai contre les coussins et fermai les yeux.

Elle pianota nerveusement sur l'accoudoir tout en me regardant d'un air songeur ; le rythme rapide qu'elle battait ralentit bientôt, devenant plus méditatif.

– Tu veux autre chose, un truc plus fort qu'un thé ?

– Je suis en voiture, grommelai-je.

– Et les taxis, c'est pour les chiens ? dit-elle en se levant. Alors, rouge ou blanc ?

Elle partit dans sa cuisine. Je me frottai le visage. Je tremblais encore.

– Mais la question, lança-t-elle depuis la cuisine, c'est : pourquoi quelqu'un te suivrait-il ?

Je restai interdite quelques instants. Elle connaissait toute l'affaire avec Bethan Avery, naturellement.

– Ça doit avoir un rapport avec les lettres, répondis-je. À part ça, je ne vois pas ce que je pourrais avoir d'intéressant.

– Et tu as dit ça à la police ?

– Oui, bien sûr.

Elle réapparut à la porte de la cuisine avec une bouteille de sauvignon blanc, qu'elle débouchait tout en parlant.

– Margot, je peux te poser une question ? Sans que tu te fâches ?

Une petite moue tordait sa bouche.

J'eus un haussement d'épaules, ou peut-être un frisson.

– Vas-y.

– Quand as-tu vu ton médecin pour la dernière fois ?

Je clignai des paupières.

– Il y a une quinzaine de jours. Je ne sais pas. Quel rapport ?

Mais je savais déjà, avec une horrible certitude, où elle voulait en venir.

– Tu ne crois pas que tu devrais reprendre rendez-vous ?

Je me passai la langue sur les lèvres. Non, je ne le croyais pas.

– Je ne vois pas l'intérêt, dis-je en essayant d'avoir l'air calme, posée, raisonnable.

Elle hocha la tête, comme si l'une de ses théories personnelles venait d'être confirmée.

– Écoute, dis-je. Il n'y a pas que moi. Tiens, Martin Forrester, par exemple, il ne…

– Je ne plaisante pas, Margot. Vraiment pas. Simplement, parfois…

Elle soupira, comme si elle réfléchissait à une tâche désagréable.

– … les choses peuvent sembler tout à fait justes quand on est dedans, et puis…

Elle s'interrompit, cherchant ses mots.

– Mais en fait, il peut s'avérer que les choses sur lesquelles on se focalisait ne sont pas ce qu'on croyait.

– Je ne comprends pas, dis-je un peu froidement. Il y a d'autres gens qui…

Je m'apprêtais à dire « qui me croient », mais je perçus ce qu'il pouvait y avoir d'un peu pitoyable dans ces mots et préférai m'abstenir.

Elle soupira encore.

– Mais ce Martin Forrester, il ne sait pas tout sur toi, non ?

Salope, pensai-je, un peu prise au dépourvu. Je n'avais pas prévu ce coup-là.

– Il n'a pas à me connaître plus que ça, répondis-je avec hargne. Il ne s'agit pas de *moi*.

– Je ne sais pas si tu t'en rends compte, dit Lily en levant une main pour que je la laisse parler, mais le fait est que tu ne cesses de refaire la même chose. Tu commences à te sentir mieux, suffisamment pour arrêter ton traitement, et là, les choses commencent à se gâter.

– Ce ne sont que des comprimés pour dormir…

– Pas uniquement, non. Ce sont des antidépresseurs. On te les a prescrits pour que tu arrives à dormir, d'accord, et ils sont faiblement dosés, mais tu as voulu te convaincre que ce n'étaient que des somnifères.

Elle se mordit la lèvre.

– Tu fais souvent ça, Margot. Tu *minimises*. Tu ignores l'évidence et tu espères que tes problèmes vont s'évaporer rien qu'en les envoyant à Coventry.

– Peut-être que mes problèmes s'évaporeraient, dis-je en détachant mes mots d'un ton glacial, si les gens arrêtaient de me les rappeler chaque fois que je commence à les dépasser.

– Ce n'est pas juste.

Elle faisait un effort pour garder un ton calme, mais des couleurs commençaient à lui monter aux joues et ses yeux se plissaient. La bouteille de vin était comme figée entre ses mains.

– Je dis simplement que tu as arrêté ton traitement il y a trois semaines, et maintenant des filles mortes t'écrivent des lettres et des hommes armés se mettent à te suivre. Tu écris une rubrique de courrier du cœur, bon Dieu, alors, évidemment, tu reçois des lettres de tordus. Ça ne veut pas dire que tu doives ramener tout ça à toi.

Je restai bouche bée quelques instants.

– Tu crois que j'invente tout ça ?

Elle pinça les lèvres et je lus sur son visage la lutte entre diplomatie et détermination.

– Margot, je ne dis pas que tu imagines ces choses, en tout cas, pas toutes. Je te demande juste d'envisager la possibilité que l'arrêt de ton traitement et la survenue de tous ces événements soient reliés. Peut-être.

Elle tendit les paumes devant moi, comme pour me montrer qu'elle ne possédait plus d'armes cachées.

– C'est tout.

Mais elle n'avait plus besoin d'armes cachées. Elle m'avait déjà touchée, et assez fort pour faire couler le sang. Je me sentis battre en retraite et n'eus plus qu'une chose en tête : sortir de cette maison.

– Margot, non, ne pars pas comme ça…

J'avais déjà attrapé mon sac. Je passai devant elle pour prendre la porte et retrouver le ciel de la nuit avec son lot de prédateurs sinistres et peut-être imaginaires, ses souvenirs et son froid acide.

17

Je rentrai chez moi. Mon téléphone sonna. Je le débranchai. Je ne me souviens quasiment pas du trajet. La dernière chose que j'ai enregistrée, c'est que je suis assise à ma table de cuisine, avec la lampe du bureau allumée, et j'essuie les larmes de mon visage dans une espèce de fureur qui faisait rougir la peau sous mes doigts.

Je suis dingue.

Nous y revoilà.

Je ne sais pas qui je suis. Je ne l'ai jamais su, apparemment, mais le monde est plein d'opinions à ce sujet. J'ai fait une dépression. Enfin, une et demie, s'il faut tout dire. Quelques personnes le savent, parce qu'il est bon d'avoir des amis à qui se confier, n'est-ce pas ?

Seulement, se confier est toujours, toujours une erreur, comme une drogue, en quelque sorte. L'euphorie de la communication et de la confiance est toujours suivie du regret de la paranoïa et de la suspicion. Avouez que vous avez un jour hurlé en vous faisant embarquer dans des salles blanches sur un brancard avec des seringues plein les bras (d'horribles, horribles seringues), et une partie de la personne à qui vous le dites vous verra toujours ainsi.

Une fois qu'on les sait, les choses ne peuvent plus être ignorées.

Quels que soient les efforts que l'on déploie, si cela a le moindre sens.

Je songeai un moment à ouvrir une bouteille de vin, puis y renonçai.

Je m'assis dans le fauteuil et essayai de détendre mes épaules. Je tremblais encore sous le choc et, pendant un bon moment, je réfléchis sérieusement à sortir m'acheter un paquet de cigarettes, avant de me rappeler : On a déjà eu cette discussion, Margot, tu te souviens ? Tu as arrêté. Être un non-fumeur, c'est en grande partie ne pas fumer.

Oui, me dis-je, je me souviens. Je ne fume pas.

J'essayai de me calmer et de penser à Lily, si douloureux que ce fût, et je me rendis bientôt compte que, si ses paroles me faisaient mal, je n'étais malgré tout pas en colère contre elle. En tout cas, pas en colère comme je l'avais été, par exemple, contre cette garce d'Arabella.

Je n'aimais peut-être pas ce que Lily avait à dire, mais elle n'avait pas cherché à me faire mal. Ce qui rendait la situation encore pire, d'une certaine manière.

Je ne savais pas quoi faire. J'irais m'excuser auprès d'elle demain matin, pensai-je, mais avant cela, j'allais réfléchir à la possibilité qu'il y ait quelque chose de juste dans ce qu'elle m'avait dit.

Je pensai aux lettres. Je pensai à Martin Forrester et à cette horrible psy de la police. Les lettres sont vraies, me dis-je. D'autres gens croient que les lettres sont vraies. Tu n'imagines pas ces lettres.

Mais étais-je en train d'imaginer qu'on me suivait ?

Je me forçai à me rappeler les événements. L'homme dans la Mégane noire, et l'homme dans le parking, ce soir. J'avais un souvenir très clair de M. Mégane quittant le trottoir au même instant que moi, alors qu'il n'avait pas reçu de coup de fil ou récupéré quelqu'un, et, une fois de plus, son étrangeté me frappa : sa posture rigide, sa casquette et ses lunettes noires.

Non, je n'avais pas imaginé cela. Je n'avais pas davantage inventé M. Parking, mais maintenant que j'étais ici, dans ma maison, je me rendais compte que l'homme du parking ne représentait pas le même genre de menace. Il ne portait pas d'accoutrement bizarre.

Ce qui ne signifiait pas pour autant qu'il ne m'ait pas suivie.

Non, non, il y avait bien un problème, c'était indéniable.

Je n'avais plus envie de vin, et encore moins de cigarettes. J'avais envie d'un bon café noir, de plusieurs, même. Je me levai et remplis la bouilloire ; le robinet ouvert à fond fit un bruit de tous les diables dans le silence de la cuisine. Mon cerveau était en ébullition. On me montrait quelque chose, quelque chose d'important, et Lily et mes doutes personnels étaient complètement à côté de la plaque.

Bethan Avery était dehors, quelque part, aussi réelle que ses lettres. Pour vrai que ce fût, cela signifiait autre chose. Cela signifiait que la personne qui l'avait enlevée était capable d'imposer presque vingt ans de silence à une gamine de quatorze ans, un silence si lourd et absolu qu'il était sacré, même maintenant.

Le fin rideau pâle frémit sur la fenêtre de la cuisine, agité par quelque courant d'air dans la maison. Je fronçai les sourcils. Il ne devait pourtant y avoir aucune fenêtre d'ouverte. Je jetai un œil dans le jardin. Le noir absolu. Ce qui ne voulait pas dire que le jardin était vide.

Ce faisant, je compris subitement ce qui se passait.

Nous avions lancé un appel à Bethan Avery, Martin Forrester et moi, mais elle n'était pas la seule à l'avoir vu. Celui qui l'avait enlevée avait dû le voir, lui aussi.

Après tout, elle m'avait bien dit, dans ses lettres, qu'il s'agissait d'une bande. Que cela pourrait se produire.

Le ravisseur de Bethan pensait que je la connaissais. Et pas seulement par quelque chose d'aussi impersonnel que des lettres, mais que je la connaissais aujourd'hui, que je lui avais parlé, que je savais où elle pourrait être…

Voilà pourquoi on me suivait – l'homme garé devant l'école qui m'avait suivie chez moi, et celui du parking. Ils voulaient que je les mène à Bethan.

La femme elle-même leur avait échappé, mais il n'était pas bien compliqué de me retrouver à partir de ma rubrique dans l'*Examiner*. Tout ce qu'il leur restait à faire, c'était de retrouver Bethan par moi et de renouveler son silence de vingt ans…

Et peut-être qu'en effet, ils pouvaient la retrouver par mon intermédiaire.

Mes doutes se mirent à enfler, refusant de se taire ; ils envahirent toutes mes pensées, écrasant tout le reste, jusqu'à ce j'aie l'impression de ne plus rien avoir dans le crâne qu'un hurlement déchirant.

Tu as pu rencontrer Bethan dans ce foyer, il y a des années. C'est possible. Et maintenant, elle fait appel à toi.

Parce qu'elle te connaît.

Prise d'un soudain accès de panique, je me couvris la bouche de mes deux mains.

Il fallait que je le dise à quelqu'un ! Il fallait que je raconte tout, tout sur Angelique, le foyer, les drogues, l'ancienne vie que j'avais essayé d'enterrer et d'oublier définitivement. Et en plus, il fallait qu'on me croie quand je raconterais tout cela. Cela deviendrait vite une question de vie ou de mort.

Martin Forrester.

Je me rendis compte que je voulais parler à Martin Forrester immédiatement, plus qu'à n'importe quelle personne sur terre.

Je lançai un regard vers la pendule de la cuisine. Allais-je le déranger en appelant si tard ? J'en doutais, pas avec ce que j'avais à lui raconter. Je pourrais lui demander s'il pensait que nous devrions nous rendre au poste de police. Je pourrais parler à un être humain de tout cela et l'entendre me répondre.

Je me levai. J'avais mal aux épaules et mon dos était raide. Je devais être assise depuis des heures.

J'avançai vers le téléphone et décrochai.

Il y avait un problème. Il me fallut quelques instants pour comprendre de quoi il s'agissait, tandis que je cherchais en même temps le post-it avec le numéro de Martin. Il n'y avait aucune tonalité dans le combiné. Le téléphone était hors service.

Je suivis le fil pour voir s'il était branché (peut-être avais-je arraché la prise), mais non, tout était branché normalement. Je bougeai le fil dans la prise pour voir si cela changeait quelque chose. Rien. Je reposai le combiné, puis avançai dans le couloir pour essayer l'autre téléphone. Là non plus, rien. Quelque part, je m'en étais malheureusement doutée.

Je restai dans le couloir plongé dans l'obscurité, essayant de contrôler la terreur qui montait en moi. Le portable. Où avais-je mis mon portable, bon sang ? Ah oui, je m'en rappelais, maintenant. Je l'avais éteint et balancé sur la banquette arrière de ma voiture quand Lily avait essayé de m'appeler pendant que je rentrais chez moi. En même temps, mon portable ne me serait guère utile ici : je captais très peu de signal dans cette partie du village.

Je tendis l'oreille, mais je ne perçus que le faible craquement de la maison autour de moi et l'infime bruissement des feuilles mortes dehors. Peut-être que cette histoire de téléphone n'était qu'un problème technique de mon fournisseur. Ou peut-être que quelqu'un me guettait dehors, attendant que je me rende compte de la coupure de la ligne, que je panique et me jette droit dans la gueule du loup.

Pourquoi diable étais-je revenue chez moi ?

En fait, Lily avait peut-être raison : peut-être que j'étais folle.

Je décrochai de nouveau le combiné : toujours aucune tonalité. Ce courant d'air, ce courant d'air dans la cuisine quand j'avais rempli la bouilloire…, d'où provenait-il ?

– Je fais quoi, maintenant ? murmurai-je.

Il fallait que je sorte d'ici. Que je récupère mon téléphone portable.

Je retournai dans la cuisine et me sentis saisie d'une sorte de vertige me donnant un sentiment d'irréalité, avant d'être affreusement consciente de la façon dont ma silhouette devait se voir par la fenêtre de la cuisine, permettant à n'importe qui de tapi dans le jardin de m'observer à sa guise. Il y avait un couteau à steak dans l'évier, légèrement gras après l'usage que j'en avais fait hier. Je le pris et resserrai fermement ma main sur le manche en plastique.

– Calme-toi, me dis-je tout bas.

Cela n'empêchait pas le couteau de trembler.

Maintenant que j'étais revenue dans la cuisine, l'idée d'en sortir m'épouvantait. Le reste de la maison était plongé dans le silence et l'obscurité. Le seul bruit audible était le bourdonnement du réfrigérateur, qui ne cessait de me faire sursauter.

Je me dirigeai vers l'interrupteur qui allumait les néons de la cuisine afin de chasser le noir qui emplissait la zone des portes de l'arrière de la maison, mais finalement, je n'osai pas. Ma main resta posée sur l'interrupteur. Elle transpirait sur le plastique blanc et froid, y laissant une moiteur salée.

Il y eut un bruit soudain, un changement que je n'identifiai pas immédiatement. Je m'écartai du mur dans un bond, brandissant le couteau, sans même y penser, un coin de mon cerveau reptilien ayant agi pour moi, avant de me rendre compte que c'était seulement le moteur du réfrigérateur qui s'arrêtait.

Je me souvins de respirer. J'eus l'impression que c'était ma toute première respiration ; l'air emplit mes poumons rétrécis. Je poussai un soupir de soulagement, tout relatif.

C'est alors que l'ampoule de la lampe posée sur la table se mit à vaciller.

Cette ampoule ne pouvait pas me lâcher maintenant. Pas maintenant, par pitié ! Serrant le couteau, je me décidai à actionner l'interrupteur des néons. Il était hors de question que je me retrouve dans le noir. Il était hors de question que je…

La lampe de la table s'éteignit, et la pièce disparut autour de moi.

Je pense avoir crié, si l'on peut appeler cela un cri. C'était plutôt un bruit étranglé, un croassement aigu, comme celui d'un corbeau. Je m'étais de nouveau plaquée contre le mur de la cuisine, où je sentais le froid du plâtre dans mon dos.

Ma main chercha frénétiquement l'interrupteur, mais il avait disparu dans le noir. Mes doigts glissèrent sur la peinture dans un léger murmure. Puis l'un de mes doigts rencontra le bord de l'interrupteur. J'appuyai comme une folle sur le bouton, qui cliqueta plusieurs fois, en pure perte.

Je glissai le long du mur, les jambes coupées par l'effroi et le désespoir.

Je n'aime pas le noir, même en d'autres circonstances. Un soupçon de lumière en provenance des réverbères et des maisons voisines éclairait vaguement les plus gros objets de la cuisine, ou peut-être étaient-ce mes yeux qui s'adaptaient à l'obscurité.

Tu dois sortir d'ici. Sors. Sors.

La porte d'entrée était moins loin de moi que celle de l'arrière. En outre, ma voiture était garée devant, avec mon téléphone à l'intérieur. Je serais en sécurité dans ma voiture. Ou je pourrais aller chez un voisin. Le plus proche se trouvait derrière le mur du jardin, mais ce mur était trop haut pour être escaladé précipitamment, et je risquais fort de ne pas être entendue si je me mettais à crier.

Il fallait que je sorte par l'avant.

J'essayai de me relever ; pas moyen. Mon corps refusait catégoriquement. J'avais l'impression d'être clouée au mur. Le même instinct que celui qui m'avait fait bondir en brandissant le couteau me laissait maintenant figée sur place, les poings serrés.

Le mur se mit à trembler derrière mon dos, ou peut-être était-ce moi, cherchant désespérément à bouger sans y parvenir. Mes oreilles sondaient le silence au point que je percevais maintenant l'infime tic-tac de la pendule de la cuisine et le grondement des quelques voitures qui passaient sur la grande route, à plusieurs rues de là. Mes épaules étaient froides et dures, contractées de crampes.

J'essayai de déglutir ; non, ma gorge était trop sèche.

Ils avaient coupé le téléphone et l'électricité avant de pénétrer dans la maison pour venir me prendre. C'était évident. Alors, pourquoi ne pouvais-je pas bouger ?

Je brandis le couteau à steak devant moi de mes deux mains blanchies par l'effort.

Il y eut un bruit. Ma tête pivota dans sa direction. Il venait du fond de la maison. Quelqu'un actionnait la poignée de la porte arrière.

Cela rompit le sortilège. Je me levai d'un bond, tendant la pointe du couteau devant moi, et avançai vers le couloir en regardant dans tous les sens. Une légère lueur passait par le verre dépoli de la porte d'entrée, suffisamment pour que je distingue la forme de mes manteaux et vestes, bien suspendus à leurs patères, à l'endroit où les vêtements d'Eddy auraient eu plus d'impact que des bombes en cet instant. Ma veste de travail, qui contenait mes clés de voiture, était au milieu de la rangée ; j'en fouillai les poches sans faire de bruit, cherchant les clés. Derrière moi, le salon était un rectangle de noir opaque. De ce noir sortit soudain le grincement d'une fenêtre qu'on ouvrait ou refermait – le bois frottant contre le bois –, aussi clairement et distinctement que des notes de musique.

Ma main se referma sur mes clés.

Le bruit à la fenêtre cessa brusquement, suivi d'un silence trompeur.

Je clignai des paupières en regardant la porte d'entrée. Une de mes mains lâcha le couteau pour pouvoir la déverrouiller.

Il me sembla qu'une ombre venait de bouger de l'autre côté.

J'eus envie de pleurer. J'étais piégée.

Mais qu'est-ce qu'il veut ? hurlai-je intérieurement dans le silence assourdissant.

Brusquement, je me décidai. Il était impossible de m'attarder dans cette maison. Je devais affronter la porte, ombre ou pas. En étant assez rapide, je pourrais le prendre au dépourvu : il ne pourrait pas me voir à travers le verre dépoli, de l'extérieur.

Je pris mon couteau et mon courage à deux mains, et ouvris brusquement la porte.

Dehors, il n'y avait rien que ma pelouse, la barrière, et mon Audi rouge garée dans l'allée éclairée par les réverbères.

Je m'élançai en projetant la porte derrière moi, si bien que le verre se brisa quand la porte heurta violemment le mur intérieur. Je sus immédiatement que je n'étais pas seule. Quelque chose fendit l'air, un trait de feu glacial, descendant de mon épaule vers la clavicule, cherchant mon cœur, mon cœur battant à tout rompre… C'était un couteau, qui scintillait dans l'air, manié par un homme surgi de nulle part, un homme qui devait m'attendre embusqué, un homme petit et râblé avec un manteau noir et des yeux furibonds émergeant d'une cagoule en laine.

Je projetai mon propre couteau vers son abdomen sans protection et poussai un glapissement en sentant sa chair résister un instant, dure et caoutchouteuse comme les steaks sur lesquels j'employais habituellement le couteau. Je sursautai en arrière, horrifiée.

Il poussa un grognement animal, le souffle coupé. Puis se plia en deux tandis que son arme tombait à terre. Je lui décochai un coup de pied et sentis qu'un liquide chaud coulait sur ma poitrine.

– À l'aide ! hurlai-je, mais ce n'était qu'un son ténu, étranglé, pitoyable, que personne n'aurait pu entendre.

Mes cordes vocales étaient nouées par la peur. Sur le couteau que je tenais, le sang était noir et brillait d'une manière horrible sous la lumière orange.

– Salope…

C'était l'homme de la sortie de l'école, M. Mégane – du moins, je le croyais ; il portait la même veste en cuir. Il semblait sur le point de se ruer sur moi quand je repris conscience de ce que je tenais entre les mains.

– N'avancez pas, croassai-je en m'écartant de lui pour m'approcher de ma voiture.

Il me fixa depuis le pas de ma porte, réfléchissant sans aucun doute à la meilleure façon de me désarmer.

Le sang coulait abondamment de mon épaule blessée.

– Ne m'approchez pas.

Tenant le couteau à bout de bras devant moi, ma main droite glissa dans ma poche, où elle trouva un bout de papier chiffonné et une kyrielle de clés. J'allais devoir quitter l'homme des yeux pour reconnaître la clé que je cherchais. Ce qui ne me plaisait pas du tout.

Sur le seuil, l'homme fit un pas hésitant dans ma direction. Sa posture avait tout de celui qui cogite à la meilleure façon de saisir sa proie, et ses lèvres se retroussaient de façon animale dans cet effort.

– Tu m'as planté, petite pute, dit-il.

Il avait un accent prononcé qui me parut étrangement familier, sans que je puisse l'identifier. Je devais avoir d'autres chats à fouetter.

– Ne vous approchez pas de moi !

Il fit un autre pas en avant, comme pour tester ma détermination.

– N'approchez pas ! m'écriai-je en sentant la surface plate de ma clé de voiture dans ma main.

Je la serrai, et ma voiture émit un petit bip et un flash de phares en se déverrouillant.

C'est ce moment qu'il choisit pour se ruer vers moi.

Si j'avais essayé de fuir, il m'aurait sans aucun doute neutralisée. Seulement, je ne pouvais pas : la voiture était derrière moi. Je plongeai donc vers lui avec le couteau comme il avançait aussi. Un éclair de terreur parcourut le peu que je voyais de son visage, et il s'arrêta net en recommençant à me jauger.

Je posai une main sur la poignée et ouvris la portière.

– Pas la peine de s'énerver comme ça, dit l'homme.

– Reculez. *Tout de suite.*

– On peut discuter de tout ça en adultes calmes et raisonnables.

Cette voix. Elle m'était décidément familière.

– Maintenant, dégagez, sifflai-je. Ou je vous *tue.*

Et il parut me croire. Il recula d'un pas tandis que ses yeux regardaient à gauche, trahissant son intention de faire le tour de la voiture pour entrer par l'autre côté dès que je serais montée à bord. Dans mon total état de panique, et malgré la pénombre, je le vis parfaitement. Il passa une langue pâle sur ses lèvres qui brillèrent de salive.

J'entrai dans la voiture, refermai la portière et verrouillai tout juste à temps. Comme je passais les vitesses, mon épaule me brûlait, mais ma poitrine était glacée, refroidie par le liquide qui coulait toujours. L'homme avait disparu.

Je regardai dans tous les sens, mais il n'était plus là. Pas le temps de m'inquiéter de ça ; il fallait que je parte immédiatement. Je fis marche arrière dans un crissement de pneus et aperçus brièvement ma porte grande ouverte sur la maison plongée dans le noir avant d'appuyer sur l'accélérateur.

Mes mains étaient comme du coton sur le volant, et le couteau ensanglanté reposait près de moi sur le siège passager. Il ne dégoulinait pas de sang, mais en portait juste la trace et perlait sur la lame en acier. Du sang…

Tout l'avant de mon haut était une immense tache rouge qui ne cessait de s'étendre. Il fallait que je me rende à l'hôpital. Mais j'étais tellement fatiguée…, épuisée et faible. Plus effrayée du tout, maintenant, juste épuisée. Le liquide chaud commençait à coaguler sur ma peau.

Les irrégularités de la route me secouaient légèrement… Tellement fatiguée… Je ne pouvais pas continuer. J'allais m'écrouler sur le volant… Un coup de klaxon retentit soudain de nulle part, puis un homme dans une autre voiture me fit un geste obscène en me criant après. Il fallait que je quitte la route. Mes yeux se fermaient tout seuls. Au moins le saignement s'était-il arrêté. S'arrêter… Il fallait que je m'arrête. Le moteur ronronnait doucement à mes oreilles, telle une berceuse, et la route me berçait elle aussi comme un bébé. Il fallait que je m'arrête…

Lorsque je m'éveillai, j'étais dans un noir d'encre et un silence absolu.

17

Katie se réveille dans le noir, comme toujours, mais l'étrange brume qui flotte dans son cerveau lui indique que ce n'est pas l'heure à laquelle elle se réveille habituellement.

Il y a quelque chose de différent, sans qu'elle puisse dire quoi. Il fait froid, certes, mais pas plus qu'à l'accoutumée, et, de toute façon, maintenant que les nuits sont plus longues, son ravisseur a amélioré son couchage en ajoutant à sa fine couverture un couvre-lit sentant le moisi.

Elle s'assoit, étire ses membres meurtris et comprend soudain ce qui se passe.

La maison est dans le silence total.

Elle lève la tête en direction du plafond en s'efforçant de s'immobiliser complètement pour mieux se concentrer.

Normalement, à toute heure du jour ou de la nuit, elle repère Chris à sa consommation médiatique. La télé est allumée non-stop : des talk-shows en journée, de vieux films le soir, et elle le soupçonne de dormir devant le petit écran. Ce qui est clair, c'est que toutes les chambres où il l'emmène de temps en temps ont des airs de maison-témoin ou de musée. Même quand il travaille dans le jardin, sa radio le suit, et elle l'entend jusque dans sa cave par l'intermédiaire des tuyaux.

Parfois, elle l'entend jurer comme un diable face à ces voix électroniques. Une fois, il a lancé quelque chose violemment, et le son de la télé s'est éteint, occasionnant encore plus d'accès de colère jusqu'à ce que le problème soit résolu.

La musique qu'il passe parfois le dimanche est sa seule concession au calme, mais même alors, il ne l'écoute pas vraiment. C'est simplement du bruit, une envie d'atmosphère.

Katie pense à une chose que Brian dit toujours : les sages parlent quand ils ont quelque chose à dire ; les imbéciles parlent parce qu'ils doivent dire quelque chose. Chris ne supporte pas sa propre compagnie. Puisque que Katie ne supporte pas sa compagnie, elle non plus, elle le comprend parfaitement. Ce cocon de bavardage stérile à sens unique n'est là qu'afin de lui éviter de se retrouver seul avec lui-même, mais sans aucun danger de se retrouver remis en question par autrui.

Elle se demande avec angoisse si elle-même n'est pas une partie de cette stratégie.

Toujours est-il qu'en ce moment, il règne un silence absolu.

S'enveloppant du couvre-lit, elle avance vers la porte et, aussi prudemment que possible, consciente qu'il pourrait s'agir de quelque piège, elle manie la poignée. C'est verrouillé à double tour, comme d'habitude.

En un instant de panique, elle se demande s'il ne l'aurait pas abandonnée là. Le message à Bethan Avery l'aurait effrayé et il serait parti pour ne jamais revenir.

Elle va mourir de faim dans sa cave.

Non. Non. Elle refuse de croire cela. Elle va s'en sortir. Elle a enduré trop de choses pour capituler maintenant, et, en plus, elle s'est juré de revoir un jour sa mère et Brian. Sa mère et Brian, qui doivent être fous d'inquiétude, qui croient même peut-être à ces stupides mensonges prétendant qu'elle a simplement fugué.

Quand elle pense à la façon dont elle a parlé à Brian la dernière fois qu'elle l'a vu, avant de quitter la maison lors de ce soir funeste, la honte la prend aux tripes.

C'est Brian, et non son père, qui a toujours été là pour elle.

Il faut qu'elle sorte d'ici. Il faut qu'elle parvienne à le rejoindre, lui et sa pauvre maman, aussi.

Katie repousse ces pensées, devenues trop douloureuses. Elle parvient déjà à peine à gérer sa propre terreur ; alors, imaginer celle de sa mère, c'est trop. Elle lève le menton dans le noir et serre les dents. Elle va sortir d'ici. Elle va les rejoindre, tous les deux.

Soudain, elle entend les pas de Chris dans l'escalier. Ils ont moins de lourdeur que d'habitude, sont plus rapides, plus irréguliers. Quand il ouvre la trappe, elle entend son souffle rauque de là où elle est, et le bruit de l'interrupteur dans le passage. Elle retourne à son lit et s'allonge au moment où la porte de la cave s'ouvre, répandant une lumière aveuglante.

Elle cligne des paupières lentement, exprès, comme s'il venait de la réveiller. À son immense étonnement, elle se rend compte qu'elle est contente de le voir après avoir redouté de se faire enterrer vivante.

Ce sentiment dure à peine dix secondes et s'achève quand il se couche sur elle en écartant le couvre-lit avec précipitation. Son visage est dans l'ombre, la lumière derrière lui, mais ses joues et son cou brillent de sueur et, remarque-t-elle avec horreur, il sent le sang.

– Tout va bien, ma puce, tout va bien.

Ses mains sont glaciales.

– Je vais arranger ça. Ne t'en fais pas. Allez, viens.

19

J'ai d'abord cru que j'étais morte. J'étais recroquevillée en position fœtale sur le siège conducteur de ma voiture et je tremblais de froid, violemment. C'est d'ailleurs ce tremblement qui m'avait réveillée.

Je dépliai mes bras pour me redresser et sentis le plastique dur du volant. Il était couvert d'une fine couche visqueuse et collante qui dégageait une odeur familière. En levant mes bras, même de si peu, la douleur m'étreignit comme un serpent constricteur. Mon épaule gauche était comme de la gelée, une gelée infiniment douloureuse. Elle ne supportait aucun poids, pas même celui de mon bras. Je la touchai doucement avec mon autre bras ; elle était bouillante.

J'eus envie de pleurer. Je ne pouvais pas me lever. Je ne pouvais pas bouger. Je ne savais pas du tout où j'étais et il faisait noir. Ce noir honni me poursuivait. La dernière chose dont je me souvenais, c'était de vouloir me rendre à l'hôpital, avant de réaliser, avec l'objectivité vertigineuse d'un rêve, que je n'y arriverais jamais, qu'il faudrait que j'appelle les secours avec mon portable pour qu'ils viennent me chercher. C'est la dernière chose que je me rappelais avoir pensée : que je n'y arriverais jamais. La dernière chose que je me rappelais avoir *éprouvée*, c'était d'être poursuivie : même si j'avais laissé l'homme sur ma pelouse, j'étais encore dans la paranoïa de le croire juste derrière moi.

M'avait-il attrapée ?

Était-ce pour cette raison que j'étais ici ? Ici…, mais où ?

Après une ou deux minutes de complet désarroi, je me dis que je serais mieux inspirée d'essayer de faire quelque chose.

De ma main valide, je fis quelques vagues tentatives pour ouvrir la poignée de la portière à côté de moi, sans grand succès. Alors que je m'apprêtais à renoncer pour reposer mon bras, mes doigts se rappelèrent le mouvement permettant d'ouvrir la portière, qui céda dans un grincement strident.

Je me reposai quelques instants sous le faible rayonnement de la lune. La voiture était près d'un grand bâtiment, un entrepôt, non loin duquel étaient garés d'énormes camions. Leurs roues devaient m'arriver à hauteur de poitrine, du moins si j'avais eu la force de me tenir debout. Deux petites fenêtres perçaient les hauts murs du bâtiment ; voilà tout ce que je pouvais distinguer sous la lueur dérisoire des rayons de lune. J'étais garée devant une grande porte à volet roulant, fermée et verrouillée pour la nuit.

Je me tournai laborieusement sur mon siège jusqu'à ce que mes jambes se posent sur le sol à l'extérieur de la voiture. Mes clés se balançaient doucement sur le contact.

Je tournai la clé, histoire de voir. Je voulais allumer les phares. Rien ne se produisit, à part un pauvre bruit de toussotement. La batterie était morte. J'avais dû laisser les phares allumés, avant. Je marmonnai un juron en essayant et réessayant.

Peine perdue.

Je poussai un petit soupir de soulagement en voyant mon portable au pied de la banquette arrière. Je me penchai pour l'attraper et appuyai sur le bouton pour le rallumer. Rien. La batterie était à plat, elle aussi.

Je le gardai dans ma main, essayant de réfléchir malgré la brume qui persistait dans mon cerveau. Il avait été chargé ce matin. Je devais avoir parlé longuement avec quelqu'un pour vider ainsi la batterie ; sauf que je ne voyais pas du tout avec qui.

Bon Dieu !

Des douleurs me montèrent dans les jambes quand je sortis de la voiture, parvenant enfin à me mettre debout.

Un vertige me saisit. Je me tins à la voiture et écartai les cheveux de mon visage. J'avais le front brûlant.

Je regardai autour de moi, essayant de comprendre où je me trouvais. À côté du bâtiment, il y avait, bordée par une haie, une cour crasseuse pleine de machines désaffectées. De l'autre côté de la haie, rien que des champs à perte de vue.

J'avais besoin d'aide. Et pour appeler à l'aide, il fallait que je puisse dire où je me trouvais.

Marcher m'était aussi difficile que de rester simplement debout, peut-être un soupçon davantage. Je respirais bien trop vite.

Je regardai ma petite voiture, tout près des rideaux de fer. Je regardai vers les champs, puis examinai l'arrière d'un immense panneau dressé à côté d'une percée dans la haie, qui donnait sur un petit passage.

Je n'avais jamais vu cet endroit de ma vie.

Je claudiquai jusqu'au panneau, mon souffle me précédant dans un nuage de buée. Comme je le pensais, je me trouvais sur le parking d'un genre d'usine ou de site industriel. Le panneau indiquait que l'endroit s'appelait Farrell's Distribution Ltd. Je clignai des yeux en le regardant sans comprendre.

D'après le panneau, Farrell's Distribution Ltd se situait à Rainham, dans l'Essex. Je ne reconnaissais pas l'indicatif téléphonique.

Il n'y avait aucune habitation à proximité, que l'entrepôt, le parking et les champs. Si je pouvais faire démarrer la voiture, il y aurait sûrement une ferme à proximité, ou un village. Parce que là, j'étais coincée.

Mais comment étais-je arrivée ici ?

Eh bien, me dis-je, j'ai dû rouler jusqu'ici, voilà tout. Mais pourquoi ici ? La dernière chose dont je me souvenais était de vouloir me rendre dans un hôpital… Je touchai le tableau de bord d'une main hésitante pour m'assurer qu'il était réel. Le bois était glacé sous le bout de mes doigts engourdis.

La lune était ronde et blanche au milieu des étoiles. J'avais l'impression de tomber, alors même que j'étais debout. L'air froid de l'hiver cherchait ma blessure et griffait sa chaleur maladive.

En retournant dans la cour, je remarquai que les camions commençaient à rouiller et que certains de leurs éléments avaient été depuis longtemps volés par quelques pillards. En fait, j'étais dans un genre de cimetière. Je n'avais aucune idée de ce que Farrell's Distribution pouvait distribuer, et c'était bien le cadet de mes soucis en cet instant. Mon épaule me faisait souffrir le martyre, et ma vision devenait de plus en plus floue.

Je pris mon portable sans vie et soupirai. J'aurais pu le charger dans la voiture, sauf que, bien sûr, elle n'avait plus de batterie non plus.

Je me traînai péniblement pour faire le tour du bâtiment, espérant découvrir quelque chose d'utile. La récompense me vint presque immédiatement. Près des grands volets roulants, cachée par un angle de l'entrepôt, il y avait une petite extension en brique, avec une fenêtre occultée par un store vénitien tiré. Le bureau de l'entreprise, probablement.

J'allais essayer d'en ouvrir la porte pour voir si j'y trouverais un téléphone. Je ne pourrais pas marcher bien loin, dans l'état où j'étais.

Dans une soudaine lueur de malice, je songeai également que, si j'entrais par effraction, je déclencherais sûrement l'alarme. Je la voyais, avec sa petite lumière bleue clignotant au bord du toit-terrasse en tôle. La société de sécurité se déplacerait ou, mieux encore, la police. Le début de la discussion serait malaisé, mais ce serait toujours mieux que de mourir d'hémorragie ou de froid en m'aventurant dans les champs alentour.

Aucun bruit autre que celui du verre brisé ne retentit lorsque je brisai l'épaisse vitre avec un gros morceau d'acier. Peut-être s'agissait-il d'une alarme silencieuse ?

Je fis tomber les morceaux de verre restant et enjambai maladroitement le rebord de la fenêtre pour me retrouver dans l'obscurité de l'intérieur. Il y avait un fauteuil et un interrupteur. Je l'actionnai. J'entendis un bourdonnement assorti de petits clics aigus, et le néon du plafond s'alluma. Un soupir de soulagement jaillit de ma gorge.

Je portai la main sur mes yeux pour les protéger de l'éblouissement. Puis je m'assis sur le fauteuil couvert de poussière et profondément creusé par une succession de fessiers en bleu de travail. Un vieil ordinateur au cadre jauni était en face de moi. Le bureau servait encore à quelque chose, sans que je puisse imaginer à quoi. Il y avait un téléphone en bakélite sur le bureau, couvert de taches noires. Je soulevai le combiné, et, à mon grand étonnement, une tonalité claire et forte en sortit.

À côté du cadran se trouvait un bloc de papier sale, vert clair, avec FARRELL'S DISTRIBUTION LTD en en-tête, ainsi que l'adresse et le numéro de téléphone de l'endroit. Il dépassait d'une pile de magazines érotiques pour hommes, abondamment feuilletés. Des femmes à demi nues me souriaient pour m'encourager. Je sortis le bloc-notes et examinai l'adresse.

Je pianotai maladroitement sur le dur clavier du téléphone. J'essayai le numéro du travail d'Eddy tout en sachant que c'était fermé. La sonnerie retentit dans le vide. Encore. Et encore. Au bout de quelques minutes, il devint plus qu'évident que je perdais mon temps. J'avais beau savoir que personne ne décrocherait, j'étais déçue malgré tout. J'essayai de me rappeler le numéro de Lily, mais n'y parvins pas. Ou peut-être que, quelque part, je n'en avais pas envie.

J'avais la peur absurde d'être déjà morte et que cette situation était mon enfer à moi : être condamnée à passer l'éternité dans un cimetière de camions, à appeler des gens qui ne répondraient pas, sous la lueur impitoyable d'un néon qui donnait à mes mains et mes bras gonflés des airs de viande marbrée. Je secouai la tête, ce qui ne servit qu'à me provoquer une forte douleur à l'épaule.

Je portai une main à mon front brûlant. Il fallait que j'appelle la police. Je n'avais qu'à prendre ce téléphone, composer le 999 et raconter tout ce qui venait de m'arriver à un fonctionnaire impassible en uniforme bleu marine. Seulement, dans mon état de fièvre et de faiblesse, cette idée m'horripilait. Même chose pour l'hôpital. L'idée que des mains inconnues me touchent et que des visages étrangers se penchent sur moi pour m'interroger à qui mieux mieux, une myriade de voix bourdonnant à mes oreilles comme un essaim d'abeilles, me faisait horreur.

Bien entendu, c'était totalement stupide. Ma maison avait été mise à sac, j'avais été attaquée et failli être tuée. Je soulevai de nouveau le combiné.

Je le reposai. Je ne voulais pas me confier à la police. Cela n'avait jamais fonctionné. Je me rappelai les mots de Lily, « Mais il ne sait pas tout sur toi, n'est-ce pas ? », sur cet horrible ton plein de sous-entendus pendant notre dispute, ce ton arrogant qui sapait ma réalité à moi, au mépris des faits. La police ferait la même chose…

Eh bien, me dis-je dans un accès de détermination de mon cerveau embrumé, ils n'ont pas intérêt. On a pénétré dans ma maison, je suis blessée, je saigne, mon épaule est brûlante et gonflée, j'ai la tête qui tourne, et il faut que j'appelle quelqu'un.

Mais dans une minute.

Je fis une pause pour rassembler mon courage et préparer mes explications, ce qui ne s'annonçait pas simple. J'avais l'impression de divaguer, mais une dernière idée vint percer la brume qui flottait dans ma tête, tel un petit poisson d'argent surgissant d'une eau saumâtre.

– Quelle ville ? me demanda la voix ennuyée d'une opératrice.

Lorsque j'ouvris la bouche, je sentis que ma langue était sèche comme de la poussière.

– Cambridge.

– Quel nom ?

Sa voix était atone et méprisante. Elle devait probablement croire que j'étais ivre.

– Martin Forrester, dis-je.

Je précisai, inutilement :

– Docteur Forrester.

– OK, dit-elle.

J'eus envie de pleurer en pensant qu'au milieu de toute cette terreur, harassée de fatigue, de douleur et de solitude, la seule personne à qui j'aie pu faire appel était une femme qui me méprisait sans me voir.

Je pense que je dus effectivement me mettre à pleurer, car je me souviens que sa voix se fit soudain plus douce au moment où elle m'indiquait le numéro. Je l'écrivis sur le bloc-notes avec un crayon tout mâchouillé. Je sentais à peine ma main.

Il était chez lui.

Ma tête était brûlante, et les quatre murs semblaient se déformer autour de moi. Mes bandages me tranchaient la peau, et le fin vêtement que je portais me faisait l'impression d'une tente dont l'unique vocation était de concentrer la chaleur sur moi. De la chaleur, bien trop de chaleur, partout. Le drap était trempé. Je regardai le sol, avec son revêtement inconnu. Le sol serait plus frais. J'essayai de m'extraire du lit, mais c'était trop dur. La gravité elle-même s'était modifiée, un oreiller pesait une tonne, un drap, cent tonnes, une couverture, mille. Mon épaule m'élançait affreusement, sans répit. J'avais envie de la couper et d'en être débarrassée, une bonne fois pour toutes.

Je fermai les yeux et, lorsque je les rouvris, Bethan Avery était là, ce qui me paraissait parfaitement normal. Elle portait une petite parka à capuche et une jupe courte en tartan sur des collants de coton noir. De toute évidence, elle voulait poursuivre la conversation que nous avions entamée alors que j'attendais que Martin vienne me chercher à l'entrepôt.

– Quand viendras-tu me voir ? demanda-t-elle sur un ton exaspéré.

Je la trouvai un peu culottée, étant donné qu'elle était déjà devant moi.

– Bientôt, bientôt…

J'avais du mal à parler. L'horrible chaleur avait empli ma bouche toute desséchée.

– Bientôt, ma belle.

– Margot, tu ne peux rester tout le temps au lit comme ça.

– Je sais, je sais…

– Il va bientôt venir me chercher. Il faut faire quelque chose, sinon je vais mourir, Margot, on…

– Je sais ! hurlai-je.

Son visage s'adoucit. J'avais envie de la prendre dans mes bras. Sa lèvre inférieure était tendre comme celle d'une enfant. Ses yeux étaient si grands, si noirs. Mais je ne parvenais pas à lever les bras ; alors, elle resta loin de moi, vague et un peu floue.

Je crus qu'elle allait partir. Me sentant incapable de supporter seule la chaleur et ce sentiment d'être hors du temps, je tendis vers elle une main suppliante, qui retomba vite, inerte, sur le lit.

– Je te trouverai, Bethan. Promis. Je te ramènerai chez toi.

– Chez moi, dit-elle en songeant à ce que cela évoquait.

– Tout ira bien, tu verras.

– Non, ça n'ira jamais bien.

Elle se frotta une joue, l'air songeur.

– Je ne pourrai jamais rentrer chez moi. Mais je sais ce que je veux. Je veux un avenir. Donne-moi un avenir. Fais ça, et je te laisserai tranquille.

– Quel genre d'avenir ? demandai-je rêveusement, ne la sui-vant plus vraiment.

– N'importe quel avenir m'ira.

Je soupirai et fermai les paupières, puis Martin était là, tenant deux comprimés et un verre d'eau. Il avait l'air exténué, et des rides inquiètes plissaient le contour de ses yeux.

– Où est-elle ? demandai-je en repoussant sa main qui me tendait gentiment les comprimés. Où est-elle passée ?

– Il n'y a personne ici, Margot. Revenez à vous et arrêtez de me faire des frayeurs.

– Non, non, dis-je en résistant encore faiblement à son bras chaud. Vous ne nous avez pas entendues ?

– Je n'ai rien entendu, dit-il. Prenez ça. Ça vous fera du bien.

– Je n'aime pas les médicaments.

– Ce ne sont que des antidouleurs.

– On me dit tout le temps de prendre des médicaments. Que tout ira bien si je gobe des médicaments. Eh bien, je préfère que tout n'aille pas bien. Je préfère voir les choses telles qu'elles sont. Je ne prendrai pas ces putains de médocs.

– Vous en avez déjà pris avant. Et, vous voyez, vous allez déjà mieux. Vous savez qui je suis, c'est un bon début. Allez, prenez-les. Ils ne sont pas méchants.

Je cédai.

– Bon, d'accord.

J'ouvris la bouche, et il les déposa entre mes lèvres. Les comprimés collèrent à ma langue sèche. Il leva délicatement le verre à mes lèvres, et je bus quelques petites gorgées d'eau.

Il voulut écarter le verre, mais l'eau était maintenant un véritable nectar dans ma bouche. Patiemment, il maintint le verre en place jusqu'à ce que je l'aie entièrement vidé.

– Vous en voulez encore ?

J'acquiesçai. Ma tête semblait lourde sur mon cou.

Il s'éloigna et j'entendis un robinet s'ouvrir. Il revint avec le verre plein. Je le bus avidement.

– Vous savez où vous êtes ? finit-il par me demander.

– Non. Mais j'imagine que ce doit être chez vous, donc à Cambridge, non ?

– Décidément, vous allez mieux. Vous rappelez-vous être arrivée ici ?

Je poussai un soupir, me sentant brusquement épuisée à nouveau.

– Non. Attendez. Si. Il y avait un hôpital, et un médecin qui disait être de Tobago. Et la police est venue.

– C'est à peu près ça, dit-il.

Il écarta le verre.

– Arrêtez de boire quelques minutes. Point trop n'en faut.

Je réfléchis quelques instants. La brume semblait se dissiper. Bon Dieu, songeai-je dans un recoin absurde de ma tête, je suis vraiment dans la merde.

– Alors, comment suis-je arrivée ici ?

– La police est venue vous chercher à l'entrepôt, vous vous rappelez ?

Il avait l'air très gentil dans la lumière tamisée, ses longs cheveux détachés flottant autour de son visage.

– Ils vous ont emmenée à l'hôpital, à Londres.

– Non, je ne me souviens pas de ça.

Du moins, je ne me souvenais pas d'autre chose que ce que j'avais imaginé.

– Qu'est-ce que je vous ai dit ?

– Oh ! c'était assez confus. J'ai cru que vous étiez en train de mourir. J'ai essayé de vous convaincre d'appeler la police, mais vous étiez de plus en plus hystérique.

Il haussa les épaules.

– Du coup, je vous ai signalée aux services de secours pour faire venir une ambulance. Désolé. Puis, je me suis dit : Elle a l'air terrorisée. Je ferais mieux d'aller voir directement.

Je fronçai les sourcils.

– Vous avez fait toute la route jusqu'à Londres ?

– Non, pas à Londres. Dans l'Essex. Que vouliez-vous que je fasse ? J'ai cru que vous alliez me claquer entre les mains, juste au moment où notre relation devenait intéressante…

Il regarda le verre vide entre ses mains.

– Heureusement, ce n'est pas si grave que ça… Votre épaule, je veux dire. C'est juste une coupure, pas trop profonde. On vous a fait quelques points de suture.

Son regard vert et intense se posa sur moi.

– Ils disent que, si vous vous sentez un peu, euh…, bizarre en ce moment, c'est parce que vous avez arrêté votre traitement.

Je soupirai.

– Je sais.

Pour être honnête, j'avoue que j'avais soupçonné une cause d'origine chimique à mes soudains revirements entre optimisme et désespoir dans les jours suivant l'émission. Mais je n'avais pas voulu l'admettre.

Même si maintenant, ici, dans cette maison paisible auprès de cet homme, l'idée de reconnaître cette possibilité ne m'effrayait plus autant qu'auparavant.

– Ils disent aussi que ça va passer, ajouta-t-il.

Je hochai la tête.

– Vous ne vouliez pas rentrer chez vous ni contacter votre mari, ce qui se comprend tout à fait au vu des circonstances ; alors, je vous ai amenée ici.

– Oh ! fis-je. Il ne fallait pas.

Il posa le verre par terre et me sourit.

– Ce n'est pas ce que vous disiez, un peu plus tôt.

Je souris intérieurement et me passai la langue sur les lèvres.

– Désolée. Alors, qu'est-ce que ça vous fait d'être seul dans une pièce avec une folle dangereuse ?

– Ça va, je gère.

Il remonta le drap que j'avais repoussé avec mes jambes.

– Reposez-vous.

Je fermai les yeux.

– D'accord. Oh ! Martin ?

– Oui ?

– Merci, dis-je. Merci d'être venu à mon secours.

Il sourit et ouvrit la bouche comme pour ajouter quelque chose, mais se contenta finalement de secouer la tête.

– Bonne nuit, Margot.

J'avais beau être terriblement fatiguée, ma curiosité était piquée. Lorsqu'il fut parti, j'écartai le drap et me mis à cogiter. Mais les antidouleurs me ramollissaient déjà le cerveau et, quelques minutes plus tard, je dormais.

Je suivais Bethan Avery dans le couloir d'Addenbrooke ; de part et d'autre, le personnel du tournage rangeait son matériel en discutant. Martin était en grande conversation avec Thea, l'actrice qui jouait le rôle de Bethan, laquelle semblait lui faire du charme en riant joyeusement.

Bethan marchait vite, en titubant légèrement. Elle ne regardait ni à droite ni à gauche sous la capuche de sa parka couvrant ses cheveux bruns.

Je voulais crier à quelqu'un « Arrêtez-la, arrêtez-la, c'est elle ! », mais ma bouche était scellée et aucun son n'en sortait. Incapable de crier son nom, je ne pouvais que courir après elle.

Elle avait beau simplement marcher alors que je courais, je ne parvenais pas à la rattraper en dépit de tous mes efforts ; mes pieds étaient lourds et lents sur le sol carrelé de l'hôpital. Elle restait à une dizaine de mètres devant moi, tel un mirage dans le désert de mon subconscient.

Je voyais les murs d'Addenbrooke devenir plus sombres et se resserrer sur moi, la lumière se faire plus faible et plus orangée, et une odeur d'encens, de cigarette et de désinfectant planait dans l'air. Des voix venaient de plus loin, à une certaine distance devant Bethan, un genre de brouhaha fort et chaotique qui résonnait contre les briques rouges, et les fresques or et écarlates peintes au plafond montraient une femme sainte vêtue d'une toge masculine.

J'arrivai dans un endroit richement décoré rempli de bancs en bois sombre. Le vitrail de sainte Eugénie, avec sa femme travestie, répandait de multiples couleurs sur tout ce qui l'entourait.

Je restai au fond, ne sachant que faire. Il y avait quelqu'un en tenue de prêtre à l'autel, mais je ne voulais pas relever les yeux et croiser son regard. Je savais qu'il était crucial que cette personne ne me voie pas.

Les bougies vacillèrent de toutes parts, et l'orgue se mit à jouer tandis que je restais là, complètement perdue. Bethan semblait s'être évaporée. La congrégation présente me donnait un sentiment de familiarité, et j'eus l'impression que quelqu'un insistait pour que je le regarde, que je le remarque aussi, mais c'est alors que je vis l'arrière de la capuche de Bethan ; elle était avachie sur le banc de devant, les jambes croisées devant elle avec décontraction, les orteils pointés vers le ciel.

Je remontai l'allée pour rejoindre la nef, le menton baissé contre ma poitrine, prenant soin de ne pas lever les yeux et attirer l'attention de la créature qui menait l'office. Je m'assis presque brutalement à côté de Bethan, bien décidée à l'emmener loin de tout ce danger ou, tout au moins, à lui faire adopter une position plus respectable dans une église.

Je lui pris le coude, et elle se tourna pour croiser mon regard avec nonchalance. Sa capuche tomba, révélant des cheveux blonds décolorés, presque blancs.

– Salut, Amy, dit-elle en me regardant avec des yeux de morte. Tu veux venir à une fête ?

Je retrouvai ma voix et hurlai, hurlai si fort que la congrégation se figea et que le silence se fit, excepté le bruit de pas net et décidé de la personne descendant de l'autel pour venir lentement nous chercher.

20

Je me réveillai au son des cloches d'une église et des cris rauques des corneilles.

Mon épaule me faisait moins souffrir, mais mes membres étaient toujours aussi lourds. À vrai dire, il était très reposant de rester allongée là sans pouvoir rien faire de plus.

Puis, je me souvins.

– Martin ! criai-je ou essayai-je de crier.

Un ridicule filet de voix était sorti de ma gorge.

Ma voiture était toujours dans le cimetière de camions. Il fallait que j'aille à la police décrire mon agresseur. Il fallait que j'aille voir Wendy pour récupérer mon courrier et le faire suivre en lieu sûr. Il fallait que… je dise à Martin que je savais qui était Bethan Avery.

Mon téléphone portable n'était pas en vue.

Je touchai mon épaule. Elle était encore un peu chaude et sensible, mais les bandages me paraissaient moins serrés. Cela me donna une telle confiance que je sortis du lit et me levai en un seul mouvement. J'allais faire mon premier pas quand le vertige me saisit, et je m'effondrai à terre. Pendant quelques instants, je fus incapable de bouger.

J'étais tellement frustrée que je pleurai à chaudes larmes, mais sans un bruit sur la moquette pendant plusieurs secondes.

Allons, allons, Margot, tu as voulu aller un peu trop vite, c'est tout. Si tu te lèves lentement, tout ira bien.

Je m'assis lentement. Ce simple geste me redonna le tournis. Comment diable pouvais-je faire quoi que ce soit dans un état pareil ? Si ce malfrat débarquait ici maintenant, je serais entièrement à sa merci. Cette idée me redonna des forces. Je ne pouvais pas me payer le luxe de rester assise à pleurer sur mon sort.

Je tirai sur l'encolure de mon vêtement pour examiner ma blessure de mes propres yeux. Je décollai un coin de l'adhésif et soulevai délicatement le bandage. Le simple contact de l'air sur ma plaie provoqua un picotement. C'était une coupure de couteau, une longue entaille partant du haut de mon épaule et traversant ma poitrine jusqu'au niveau de l'aisselle. La ligne était parfaitement droite, large de quelques millimètres au plus, avec des bords légèrement relevés qui paraissaient blancs sur la peau rouge qui l'entourait. Sous les points de suture, le sang avait coagulé en un rouge foncé. Je contemplai ma blessure. Elle était vilaine, mais ce n'était pas la blessure mortelle que j'avais imaginée sur le coup. Je remis soigneusement le bandage en place et tentai de recoller l'adhésif, qui n'adhérait plus. Tant pis.

Je me relevai, lentement. Voilà qui était mieux. Je me sentais encore faible et étourdie, mais cela allait passer. Je tentai de remettre un peu d'ordre dans mes cheveux en bataille humides de sueur.

Maintenant que je la voyais à la lumière du jour, je trouvai que la pièce était petite mais jolie, avec des rideaux bleu clair et une commode en bois gris cérusé. Sur le meuble était posé un miroir ancien un peu voilé qui renvoya mon reflet sous un angle déformé assez amusant. Une conque était posée devant.

J'écartai les rideaux et découvris en contrebas un jardin minuscule mais bien entretenu, niché entre des haies verdoyantes. Des mésanges bleues et des pinsons allaient et venaient d'une mangeoire à oiseaux. Par-delà le jardin se trouvaient des champs dont l'herbe avait été fauchée, entourés d'un fin rideau d'arbres. Le paysage était plat, le ciel, ouvert. Nous devions être dans les Fens, songeai-je immédiatement. Mais où exactement, dans cette grande zone marécageuse du nord de Cambridge ?

C'était une belle journée froide et ensoleillée d'automne, juste avant qu'il ne tourne à l'hiver. J'ouvris la fenêtre de mon bras valide. Il y eut un grincement, puis un souffle froid vint me fouetter le visage.

Où étions-nous ?

Pas à pas, tout doucement, je parvins en haut de l'escalier. Sur le palier, je vis trois caisses en plastique pleines de papiers, de classeurs et autre bric-à-brac empilées les unes sur les autres, relief oublié d'un déménagement, semblait-il. La descente de l'escalier fut ardue et me prit un certain temps.

Je finis par me retrouver dans un petit salon bas de plafond et encombré d'étagères pleines de livres. Les livres en dépassaient de toutes parts, entassés par endroits en deux rangées de profondeur, le moindre recoin en étant rempli : des essais, des romans, toute une collection de polars et de thrillers aux titres en grosses majuscules. Il y avait beaucoup de biographies d'auteurs du vingtième : de Beauvoir, Sartre, Miller, Hemingway. Apparemment, Martin avait un certain penchant pour les écrivains de la rive gauche.

Près de la grande télévision, il y avait également une collection de disques, dont beaucoup de vinyles classés dans un compartiment à part avec les noms sur la tranche. En m'approchant, je vis les Sex Pistols, les Stranglers et les Clash, ce qui me fit sourire. Martin passait donc une partie de son temps libre dans la nostalgie du temps de la révolution punk rock. Comme c'était mignon !

Arrête ça, Margot, me dis-je fermement.

Tout avait l'air un peu serré, à l'étroit, comme s'il s'agissait de la concentration des contenus d'une maison bien plus grande.

Je n'avais jamais entendu Martin parler d'une Mme Forrester, mais, à mes yeux, cela ressemblait au repaire d'un divorcé plus que d'un célibataire, avec cet amas d'objets amoncelés dans un espace plus restreint que le précédent.

Une porte-fenêtre donnait sur le petit jardin et, au milieu de la pièce, une table basse était entourée d'un canapé et de fauteuils. Une télécommande actionnant la chaîne hi-fi de luxe était posée dessus, à côté d'un bol en verre rempli de petite monnaie. En dépit du désordre général, on ne décelait aucune poussière. Ne semblant pas être un maniaque de ce genre de chose lui-même, il devait employer quelqu'un pour faire le ménage.

Mon téléphone, en revanche, n'était toujours pas en vue.

Je poussai un soupir.

– Qu'est-ce que vous faites en bas ? demanda soudain Martin juste derrière moi.

Je sursautai. Il venait de surgir du couloir et, derrière lui, je vis une porte ouverte sur un gros iMac et une chaise ergonomique avec un dossier aéré. Son bureau, certainement.

Je rougis immédiatement, consciente de m'être montrée indiscrète.

– Euh, je suis où, là ?

Il fronça les sourcils, l'air incrédule.

– Eh bien…, vous êtes chez moi, dans ma maison. À Little Abraham. Pourquoi n'êtes-vous pas au lit ?

– Oh !

Je me mordis la lèvre.

– Il faut que je passe un coup de fil, marmonnai-je, me sentant soudain mal à l'aise, poisseuse, échevelée et d'une pâleur mortelle.

Il leva un doigt, l'air d'approuver, et partit dans son bureau avant de revenir deux secondes plus tard avec mon iPhone, complètement chargé.

– Le voici.

Je pris l'objet sans le regarder. J'étais gênée, très gênée, pour plusieurs raisons. Les circonstances de ma présence ici créaient une forme d'intimité singulière avec lui, que je n'avais pas spécialement désirée, mais qui ne me déplaisait pas.

– Martin, bredouillai-je.

– Oui ?

– Euh… Merci, quoi. Pour tout. Je suis désolée de…

Je haussai vaguement les épaules, ce qui me fit mal instantanément.

– Enfin, vous comprenez…

– Vous m'avez déjà remercié.

Il posa les mains sur ses hanches et baissa les yeux vers le sol.

– Ne vous en faites pas pour ça, ajouta-t-il.

Il releva brusquement la tête, comme saisi d'une inspiration soudaine.

– Mais vous avez peut-être faim ?

Avant de mettre Martin au parfum de ce dont j'avais pris conscience dans mon rêve, je voulais parler à Lily, à qui je devais des excuses. J'avais peut-être eu raison sur le fait que j'étais suivie par des types bizarres, mais je m'étais tout de même mal conduite. À la différence d'Ara, songeai-je avec un peu de honte, Lily ne méritait pas que je lui parle de cette manière.

Elle ne répondit pas. En y pensant, je me rappelai que, de toute façon, elle devait être en classe. À vrai dire, j'aurais moi aussi dû être en classe et non assise sur ce canapé, me rappelai-je brusquement dans un accès de culpabilité.

– Quoi ? fit Martin.

Il s'était arrêté près de mon épaule pour poser devant moi une tasse de café chaud. Dieu merci, il s'était souvenu que je le prenais noir. L'odeur du café me ragaillardit immédiatement.

– Il faut que j'appelle où je travaille. Quelle heure est-il ?

– Ne vous en faites pas pour ça. La police s'en est chargée.

Il balança une serviette à thé sur son épaule et repartit dans la cuisine.

– Vous voulez des tartines ? C'est tout ce que j'ai, malheureusement.

Je fronçai les sourcils au-dessus de mon café, puis en direction de la porte où il avait disparu.

– La police a appelé à l'école ?

Je perçus le ton suspicieux dans ma voix.

– Comme c'est gentil de sa part !

– Je vous ai dit que vous n'étiez pas en état de vous préoccuper de ces choses-là ! lança-t-il.

Je l'entendis couper du pain dans la pièce voisine et me rendis compte que je mourais de faim.

– En tout cas, vous ne l'étiez pas, sur le moment, ajouta-t-il.

– Je suis surprise qu'ils m'aient laissée partir avec vous.

Il eut un petit rire sec qui s'arrêta net.

– Quoi ? demandai-je en tournant la tête vers la cuisine.

Silence.

Je me levai et me traînai jusqu'à la porte ouverte, où il me rejoignit.

– Quoi ? répétai-je. Qu'est-ce qu'il y a de drôle ?

Visiblement gêné, Martin baissa les yeux.

– Je suis la seule personne avec qui vous avez *voulu* partir. Vous ne leur avez donné aucun nom de personne à prévenir.

Je croisai son regard quand il releva les yeux. Ils étaient très verts.

– Racontez-moi tout ça.

Il passa la langue sur ses lèvres.

– Vous étiez sous leur responsabilité, et, vu votre état, ils voulaient vous envoyer à Narrowbourne ; alors, je vous ai dit que vous pourriez passer un jour ou deux chez moi à Little Wilbraham. L'idée vous a plu. Après une brève discussion, après avoir tiré O'Neill de son lit et lui avoir soumis l'idée, ils ont fini par accepter. Voilà comment vous êtes arrivée ici.

– Je ne comprends pas. Pourquoi voulaient-ils me renvoyer à Narrowbourne ?

Une peur et une fureur froides commençaient à monter dans ma poitrine.

– Bon sang, c'est moi que ce dingue a agressée. Pourquoi ?…

– Non, dit-il. Ce n'est pas comme ça.

– Mais enfin, il est entré chez moi et a essayé de me tuer, continuai-je en sentant le contact allumer le moteur de ma rage. Je n'ai quand même pas imaginé tout ça, non ? Si ?

– Margot, arrêtez. Arrêtez de…

– Ou alors, j'ai rêvé, et tout ça, c'est…

Il leva une main autoritaire.

– *Arrêtez !*

Je me tus et attendis, le souffle court.

– C'est exactement ce que vous croyez, dit-il en me regardant droit dans les yeux. L'individu qui a kidnappé Bethan Avery a vu votre photo dans le journal, ou vous a vue à la télé, il a trouvé où vous travailliez, vous a suivie chez vous et vous a agressée à votre domicile.

J'en restai interdite. J'avais tellement perdu l'habitude que les gens approuvent mes propos, ces derniers temps, que je dus être médusée.

Il eut un petit haussement d'épaules.

– C'est exactement ainsi que les choses se sont passées. Et nous aurions dû l'anticiper, considérant tout ce que nous savons.

Je réfléchis à cela et soupirai. Ma colère commençait à redescendre.

– Mais…

J'inspirai à fond, essayant de ramener le calme jusque dans mes poumons.

– Pourquoi auriez-vous dû l'anticiper ? Pourquoi ces gens en ont-ils après moi ? Si je savais où se trouve Bethan Avery, on n'aurait pas besoin de payer des apprentis comédiens et une équipe de tournage pour faire des films sur elle, n'est-ce pas ?Quelque chose de bizarre passa dans son expression, puis autre chose. C'était à la fois compatissant et interrogateur.

Peu à peu, la globalité de l'incident et de son dénouement perdit toute logique à mes yeux. Si, comme je l'avais soupçonné avant l'agression, on me poursuivait parce que le ravisseur de Bethan pensait que je savais où elle était, pourquoi n'avait-il pas plutôt essayé de me questionner à ce sujet ? Et l'autre homme, celui du parking ? Existait-il réellement une bande organisée, finalement ? Et pourquoi la police avait-elle voulu m'envoyer à Narrowbourne ?

Il était évident que je ne pouvais pas rentrer chez moi. J'avais dû me montrer légèrement hystérique (ce qui était un peu normal), mais pourquoi ne pas me garder à l'hôpital pour la nuit ? Je sais que l'hôpital est un milieu très tendu, mais tout de même…

Je me sentis mal. Je ne me rappelais pas grand-chose de la nuit précédente. Tout ce qui concernait l'hôpital était dans le flou. Et ce n'est jamais bon signe quand je ne me rappelle pas ce qui s'est passé. Je ne me souvenais pas d'avoir bu ; je n'avais donc même pas cette excuse.

Juste ciel. Peut-être que je suis vraiment folle, finalement.

– Ces hommes…, commençai-je.

Martin eut un regard un peu embarrassé.

– Cet homme, rectifia-t-il.

– Il y en avait deux…

– Non. L'autre type, celui qui vous a suivie jusqu'au parking, était, euh…, un agent de police en civil.

– Quoi ? fis-je, stupéfaite.

Il eut une petite moue.

– Oui. Vous êtes sous surveillance policière depuis deux semaines, maintenant.

– Sous… surveillance ?

– Oui.

Il se frotta la nuque.

– Je ne… Ils croient que je sais qui écrit les lettres, c'est ça ?

J'inspirai brièvement.

– Martin, je crois qu'ils ont raison. Voilà, j'ai réfléchi à la période que j'ai passée auprès des sœurs, et il y avait une fille là-bas qui aurait pu être Bethan Avery. Quelqu'un que je connaissais au foyer. Elle s'appelait…

– Margot, je ne pense pas que ce soit quelqu'un que

vous avez connu au foyer. On a retrouvé Bethan Avery. Hier soir.

Je restai muette en entendant la nouvelle. J'étais totalement sidérée.

– C'est vrai ? Je ne comprends pas… Martin, expliquez-moi. Qu'est-ce qui se passe ? Qui est-ce ?

Il me regarda sans rien dire pendant un long moment avant de poser sa serviette à thé.

– Venez avec moi.

Je croisai les bras sur mon ventre en tremblant malgré la chaleur qui régnait dans la maison.

– Asseyez-vous, dit Martin en se penchant pour débarrasser les papiers qui encombraient la chaise de bureau au dossier aéré.

Je ne pouvais pas, pas si vite. J'étais pétrifiée. Sur le mur d'en face, une carte avait été affichée – une immense vue de l'Est-Anglie, constellée d'épingles. Au-dessus, il y avait un genre de collage. C'était un diagramme des jeunes filles portées disparues. Elles souriaient timidement sur leurs portraits d'écolières, arboraient un regard noir sur les photos d'identité policière, reposaient sur des brancards métalliques ou enveloppées de vieilles couvertures.

Je clignai des paupières, horrifiée. Puis je commençai à distinguer ce qu'il fallait voir dans ce sinistre tableau. Je comptai six foyers majeurs de photos, reliés par des flèches. Certaines pointaient vers les filles, d'autres dans des lieux aléatoires, et toutes étaient accompagnées de notes : le Cambridge Methodist Youth Club, St-Hilda's Academy… Choquée, je reconnus Katie Browne dans son uniforme de St-Hilda.

Bethan Avery était dans le coin en haut à gauche. Je fus soudain frappée par la ressemblance entre les deux filles, avec leurs cheveux bruns et leurs yeux sombres et soupçonneux.

– Qu'est-ce que c'est que ça ?

Martin se posta près de mon épaule. Je sentais sa chaleur sans cesser de trembler pour autant.

– Les autres victimes, dit-il avec douceur, je les avais déjà évoquées, vous vous souvenez ?

– Celles que vous pensez qu'il a tuées ?

– Celles qu'il a tuées – nous en sommes sûrs.

Il posa une main sur ma bonne épaule.

– Du moins, celles dont nous avons connaissance.

J'essayai d'analyser tout cela.

– Il y en a… Mon Dieu…

– Six, oui. Six dont nous sommes au courant. Et deux de plus que nous soupçonnons.

Je tremblais de tous mes membres.

– Mais…

J'écartai les cheveux de mon visage.

– Elles sont toutes si *jeunes*...

– Je vais vous expliquer, dit-il en lâchant mon épaule.

Son ton était toujours doux, mais avec autre chose en plus, comme une pointe de détermination.

– Voilà comment ça se passe. En 1998, il kidnappe Bethan Avery pendant qu'elle rend visite à sa grand-mère à l'hôpital. Il ne la garde pas plus de deux mois, car elle s'échappe.

Je hochai la tête.

– Il n'y a aucune preuve, poursuivit-il, et on laisse tomber le dossier. Pas de corps, même si tout le monde présume qu'elle est morte à cause du sang retrouvé sur la chemise de nuit qui a été découverte.

– Oui, je sais, dis-je en essayant de contenir mon impatience.

– Bien, on reviendra ensuite à Bethan. Parce que je

crois que c'est ce qui se passe dans ce dossier : on revient à Bethan. Le cas suivant est celui de Jennifer. Avec un long laps de temps dans l'intervalle – environ trois ans et demi – qui rend certains d'entre nous très nerveux, vu que quelqu'un comme ça, enfin, trois ans et demi, c'est très long quand un fou est dans la nature.

Il se gratta le menton, l'air songeur.

– Je pense que, quand nous l'attraperons, nous découvrirons qu'il y a eu une autre victime pendant cette période.

– Ou que la fuite de Bethan lui a fait peur pendant un bon moment.

Martin poussa un petit « hmm ».

– C'est possible. Mais revenons-en à Jennifer Walker.

Son doigt faillit se poser en plein milieu du visage d'une fille terriblement jeune en robe d'été rose, avant de se raviser pour toucher plutôt la marge en bas de l'image.

– Elle n'avait que douze ans. Comme toutes les autres, elle était connue des services sociaux, ceux de Norwich, en l'occurrence. Je vous préviens, les services sociaux, c'est un thème récurrent dans cette affaire. Elle a été placée en foyer après que sa mère a refusé de quitter son père, condamné pour lui avoir cassé la mâchoire. Le type sort de taule, revient à la maison, et Jenny est placée très rapidement. Donc, Jenny est le souffre-douleur du foyer et veut s'enfuir. Elle essaie une ou deux fois, on la ramène. Elle est du genre sensible, elle trouve tout ça très dur à vivre. Ce qui va aussi être un thème récurrent, soit dit en passant. La dernière fois qu'on la voit, c'est dans un McDonald's, avec un type bizarre, avant de disparaître. Les médias sont informés. Équipes de recherche, conférences de presse, tout le… Pardon, vous avez froid ?

– Je… Oui, un peu.

Mes dents commençaient à claquer.

– Mettez ça.

Il posa sur mes épaules une lourde veste matelassée et alla allumer un radiateur d'appoint près de la fenêtre.

– Ça ne devrait pas tarder à aller mieux.

– Merci.

– Donc, reprit-il, dix jours plus tard, une famille partie camper la trouve enterrée dans un trou peu profond près d'une aire de pique-nique de la forêt de Thetford. Elle a été étranglée et enterrée dans une chemise de nuit blanche qui n'est pas à elle. Là encore, pas vraiment de cheveux, poils ou fibres, car elle a été lavée après son décès, mais pas assez soigneusement pour retirer toute trace d'ADN, et on a quand même le profil génétique du type si jamais on lui met la main dessus. La chemise de nuit porte encore les plis de l'emballage dont elle sort. Tout le monde pense à Bethan Avery, on parle d'un tueur en série, mais même si Jennifer et Bethan ont leur propre numéro de *Crimewatch* et qu'un million de personnes appellent avec de soi-disant indices, rien de concluant n'en sort. Quelques années de plus passent, puis, en 2003, à l'été, encore, Lauren Jacks est portée disparue. Lauren vient de Newmarket, à une vingtaine de kilomètres de là, et elle aussi semble avoir échappé à la vigilance de l'assistance. On ne retrouve pas son corps, et on ne sait pas trop si elle n'a pas simplement fugué. Ensuite, deux ans après ça, quelque chose change. Sarah Holroyd, qui a vingt et un an et est enceinte de trois mois, est retrouvée morte au bord de la route A11, près de Mildenhall.

Il pointa du doigt l'emplacement sur la carte, mais je ne le vis pas. Je fixais la photo à côté de l'épingle et me trouvais incapable de respirer comme de parler.

– Pas de tentative de l'enterrer, elle était nue. Elle avait été battue à mort. Mais son corps parlait : il était clair qu'elle avait été maintenue en vie quelque part dans de mauvaises conditions pendant une assez longue période avant le meurtre et, surtout, elle ressemble aux autres physiquement. Enfin, pas là, évidemment, la pauvre… Excusez-moi, ça va ?

– Je…, je veux bien m'asseoir.

Je me sentais sur le point de m'évanouir. Ce qui ne m'était jamais arrivé.

Martin eut l'air si mortifié qu'il me fit pitié.

– Je suis vraiment navré, Margot… J'ai l'habitude de regarder ce genre de photos. J'ai oublié que pour les autres…

– Non, ça va.

Je déglutis et laissai la chaise de bureau se charger de mon poids. Je détournai les yeux de l'horrible photo de la jeune femme morte avec sa mâchoire de travers et ses yeux fixes injectés de sang.

– Ça va, répétai-je.

Il me regarda. Il y avait un peu d'inquiétude dans son regard, ainsi qu'autre chose : cet air interrogateur de nouveau, comme s'il me testait pour je ne sais quoi.

– Si vous en êtes sûre.

– Oui. Continuez.

– Eh bien, Greta, que vous avez rencontrée à Londres récemment…

Mon visage dut parler pour moi.

– Elle pense que Sarah, puis Becky, la victime d'après, ont dû le mettre en colère et que du coup leurs corps ont été traités avec beaucoup moins de respect – elles ont été littéralement jetées au bord de la route à côté des bennes à ordures – et qu'elles ont eu des morts plus violentes. Sarah était enceinte quand elle a été enlevée… On pense que, peut-être, cela lui a ôté de la valeur aux yeux du ravisseur, et Becky, de l'avis général, était un sacré tempérament. Elle a dû lui donner du fil à retordre jusqu'au bout.

Il inclina la tête sur le côté.

– Vous ne l'avez peut-être pas appréciée, ce qui se comprend, mais Greta a établi un profilage de notre homme, et il est très convaincant, pour qui s'y connaît dans ce genre de chose.

– Ce qui n'est pas mon cas. Je vous crois donc sur parole.

Je ne dis pas cela pour faire la maline. Je n'apprécie même pas de regarder les émissions sur ces sujets, à la télé. Cela me fiche trop la frousse.

Il acquiesça d'un hochement de tête et eut une petite moue.

– En tout cas, Greta pense que cet homme peut se montrer très affectueux avec ses victimes, au début. Il aurait tendance à croire qu'il vit une histoire d'amour avec elles.

Je le regardai en haussant les sourcils.

– C'est donc par la séduction qu'il les convainc de venir avec lui ?

– Non, absolument pas. Enfin, pas au bout du compte. D'après nous, il se débrouille d'abord pour sympathiser avec ces filles, ou bien il se fait passer pour ce qu'il n'est pas et, par ce moyen, il s'arrange pour qu'elles l'accompagnent dans un lieu où il va pouvoir les enlever. Toutes les filles qu'on a retrouvées avaient des blessures typiques d'une forme d'emprisonnement brutal : ongles cassés, marques aux poignets et aux chevilles, malnutrition. Si fou qu'il soit, ce type doit savoir qu'en fin de compte, elles ne veulent pas être avec lui. Et les blessures qu'on retrouve sont toujours aussi anciennes que la disparition des filles. La séquestration commence donc immédiatement. Greta estime que tout repose dans la séquestration.

Tout est dans le contrôle. Il veut avoir à sa disposition une personne qu'il domine totalement, qui ne soit pas en position de le rejeter ou de l'abandonner.

Je laissai échapper un soupir de dégoût.

– Je sais, répondit-il. Il est aussi probable qu'il ne gère pas du tout sa colère et soit quasiment incapable de tolérer la moindre forme de défiance ou de résistance de leur part. Voilà pourquoi il choisirait des filles si jeunes.

– Quand je pense que celle qui m'écrit a osé jouer la provoc', dis-je avec une ironie amère.

– C'est un psychopathe, Margot. Il est incapable d'envisager un autre point de vue que le sien. Il pense que c'est une histoire d'amour, c'est vraiment ça, à ses yeux. Mais le pire, c'est qu'il y a une escalade dans la violence chaque fois qu'il séquestre une fille, et, à chaque nouvelle, il lui faut un peu moins de temps pour perdre ses illusions.

Il soupira.

– C'est une mauvaise nouvelle pour Katie : elle risque d'arriver à son point de rupture.

Je ne voyais absolument pas quoi répondre à cela. Mon cœur battait comme un fou dans ma poitrine.

Plus loin encore, ma fureur bouillait et écumait au plus profond de moi. Comment oses-tu faire ça, qui que tu sois ? Comment oses-tu ?

– Ce n'est pas pour enfoncer le clou, reprit Martin, mais même si nous n'avons pas retrouvé d'autres corps, nous pensons qu'il y en a eu deux autres entre Becky et Katie. Hannah Murphy a disparu après une sortie en boîte en 2011, et Chloe Firth, en 2013. Aucune preuve, mais personne n'a eu aucune nouvelle d'elles depuis, et elles correspondent au profil des victimes : filles blanches, cheveux bruns, toutes deux de l'Est-Anglie.

Il haussa les épaules.

– Et puis, Katie Browne. Katie de Cambridge, où tout a com-mencé.

Il se frotta le menton en contemplant les filles sur le panneau.

– Avec Bethan Avery.

– Qui écrit maintenant des lettres, dis-je.

Je me sentais épuisée. La chaleur était devenue bien trop forte. Je laissai sa veste retomber de mes épaules sur le dossier de la chaise.

– Oui.

Il alla s'asseoir en face de moi, sur une vieille malle poussée contre la baie vitrée du bureau. À côté de nous, le mur et sa toile de malheur partant dans tous les sens.

– Bethan Avery qui écrit maintenant des lettres, dit-il. Mais pourquoi maintenant, après tant d'années ?

Je me sentis brusquement très triste.

– Vous pensez qu'elle est devenue complice, n'est-ce pas ? C'est peut-être ça…

Je laissai mon regard parcourir le bourbier de photos, les notes, la carte. J'étais au bord des larmes. C'était comme si Bethan m'avait trahie.

– Elle l'aide à faire ses trucs atroces et, au bout de vingt ans, elle a un sursaut de conscience. Elle écrit comme une enfant pour provoquer la compassion, peut-être, mais elle n'arrive pas à se décider à le quitter.

C'était la seule explication que je trouvais à peu près logique. J'avais juste refusé de l'admettre. Dans la situation qu'elle décrivait elle-même, il était impossible qu'elle parvienne à expédier des lettres à un journal. Cela ne pouvait signifier que deux choses : soit son ravisseur était dans le coup, soit elle mentait sur ses conditions de détention.

– Non, dit vivement Martin.

Son regard était très direct, trop direct, même.

– Personne ne pense qu'elle est une complice.

– Mais quoi, alors ? grommelai-je en me frottant les tempes.

Une migraine menaçait de se déclencher dans un coin de ma tête, hésitant encore à frapper.

– Greta et moi pensons, dit-il en semblant prendre soin de choisir des mots, qu'au sens strict, elle est exactement ce qu'elle prétend être. Une fille effrayée qui a survécu à une terrible épreuve et ne s'en est jamais remise.

– D'accord, rétorquai-je avec agressivité. Dans ce cas, pourquoi ne dit-elle pas simplement ce qui s'est passé pour qu'on attrape ce salaud ?

– Eh ! Calmez-vous, dit Martin en posant une main sur mon bras tremblant.

– Pardon.

Je me mordis la lèvre.

– Mais c'est un tel merdier, tellement énorme, Martin. Je ne pensais pas que le fait d'aider cette fille aurait un tel retentissement sur ma vie. Je me suis dit que j'allais parler de ces lettres à la police et que quelqu'un allait s'occuper de ça, et maintenant, je ne vis plus que dans le danger et tout se casse la figure. Ma maison est en ruine – cette maison que j'adore –, j'ai failli me faire tuer, et mon employeur va découvrir mon passé. Si ce n'est pas déjà fait, mon Dieu…

– Mais non, pas du tout, répondit-il avant de grimacer. Enfin, ce n'est pas *sûr*.

Je me laissai tomber dans le fond de la chaise avec un soupir atterré et me couvris les yeux avec mes mains.

– Désolée, dis-je, peut-être un peu tard. Vous devez me prendre pour une parfaite égoïste.

– Non, pas du tout, répondit-il. Je sais bien que lorsque tout cela a commencé, vous ne pouviez pas imaginer un instant que les choses allaient monter en puissance de cette manière.

Je baissai mes mains et laissai ma tête basculer sur le dossier.

– Je ne vois plus du tout la sortie, maintenant. Je suis perdue dans un labyrinthe.

– Je comprends, dit-il. Mais vous savez, dans un labyrinthe, c'est toujours quand on se croit le plus perdu qu'on est le plus près du centre.

Dans le calme qui nous entourait, j'entendis le doux tic-tac d'une horloge, quelque part dans la maison, avec, comme toujours, le murmure du vent en toile de fond ; et de temps à autre, les cris des corneilles.

– Qu'est-ce que vous voulez dire ? demandai-je.

Il ne me regardait plus. Ses yeux étaient rivés à la carte sur le mur. Il plissait les yeux, l'air de calculer.

– Une chose n'a pas changé, dit-il comme si je n'avais pas parlé. Il les garde toutes au même endroit.

– Mais où est-ce que ça peut bien être ?

– Eh bien, comme Bethan Avery était la première, ce doit être assez près de chez elle. Une cave ou un sous-sol, avec des murs en pierre, certainement. Certains types de moisissures qu'on a retrouvés sur le corps des filles n'existent que dans des conditions d'humidité et de froid. À l'autopsie, on a vu qu'elles avaient presque toutes une infection pulmonaire, selon le temps qu'elles ont passé là-bas. O'Neill pense qu'après le premier enlèvement en hiver, le tueur s'est mis à opérer en été, pour cette raison.

– Mais Katie a disparu en octobre.

– Oui. Et Katie n'était pas connue des services sociaux, non plus, ce qui rend son cas un peu différent. Quelque chose a changé. Peut-être que ses réserves se sont épuisées. Ou alors, il a eu des démêlés avec la loi, ou une condamnation dernièrement, ce qui veut dire qu'il n'a plus le même accès aux filles. La gendarmerie du comté et les services psychiatriques bossent comme des dingues pour analyser toutes les données dont on dispose. Il y a quelques pistes intéressantes de ce côté-là aussi. Et, croyez-le ou non, mais la reconstitution a permis de recueillir quelques nouveaux éléments précieux par le numéro vert qu'on a mis en place. Le témoignage qui les intéresse le plus est celui d'une auto-stoppeuse irlandaise.

– Quoi ?

– Oui. Elle dit avoir rencontré quelqu'un ressemblant à notre homme à une station-service de l'A12 près d'Ipswich en 2006. Il lui a proposé de l'emmener.

Je le regardai, abasourdie. À ma connaissance, la reconstitution n'avait rien donné.

– Une auto-stoppeuse ?

Martin acquiesça.

– Oui. La fille a accepté, mais quand il lui a ouvert la portière, elle a senti quelque chose qui ne lui plaisait pas et, finalement, elle a refusé son offre. Il a insisté et l'a suivie en essayant de la faire monter dans sa voiture. Elle a vu la reconstitution à Belfast et a appelé le numéro vert.

Martin se frotta la tête.

– Elle dit qu'il était très sympathique de prime abord, quand il a discuté avec elle en sortant de la station pour se rendre jusqu'à sa voiture, puis qu'il est passé brusquement à « une colère folle et pleine de rage » quand il a compris qu'elle retournait au magasin de la station et qu'il allait la perdre. Elle n'avait jamais vu quelqu'un réagir de la sorte, surtout un inconnu, quand elle l'a éconduit. Cela correspond au profil qu'on a établi : capable de faire bonne figure pour tromper quelqu'un un petit moment, mais pas beaucoup plus.

– Cette fille n'est pas allée voir la police ?

Il haussa les épaules.

– Elle avait l'intention de le signaler, mais ne l'a finalement pas fait. Elle était encore nerveuse rien qu'en en parlant au téléphone dix ans plus tard, d'après O'Neill. Elle n'avait que quinze ans, à l'époque.

– S'il s'en prenait à des auto-stoppeuses, il n'aurait pas besoin des accès privilégiés que vous évoquiez tout à l'heure, dis-je, pensive.

– Non, mais nous pensons que cette fille a simplement dû lui plaire et qu'il a agi sur une impulsion. D'après ce que nous savons, elle est tout à fait son genre.

Je jetai un coup d'œil vers le mur.

– Donc, clairement, le reste du temps, il les choisit. Ce sont principalement des filles vulnérables issues de l'assistance publique, et elles ont le même type physique. Il a donc accès à un vivier de ce genre de jeunes filles…

– Absolument.

– Donc, un travailleur social, peut-être, ou un policier.

– Non. La police a enquêté dans ce sens, mais personne n'a eu de contact officiel avec toutes les filles pendant ce laps de temps. Il est plus probable qu'il s'agisse d'un genre d'employé qui bouge et effectue de petits contrats, un chauffeur, peut-être, parce que les filles sont dans différents secteurs de recrutement. Il possède certainement plus d'une identité.

– Ça n'implique pas forcément qu'il s'agisse d'un chauffeur, objectai-je. Ce pourrait être un remplaçant dans bon nombre de secteurs.

– C'est possible, mais peu probable, répondit Martin avec l'assurance de celui qui a déjà entendu l'objection. Greta et moi pensons qu'il est intelligent, mais pas éduqué. Il doit être fondamentalement incapable d'exécuter des ordres, de supporter la critique ; il doit donc travailler seul, à son propre compte, peut-être comme taxi ou chauffeur de bus, ou alors dans la restauration ou comme concierge. À moins qu'il ne soit que bénévole dans une association. Tout cela lui permettrait d'entrer en contact avec les filles.

Je frémis en y pensant. On ne sait jamais qui peut se cacher derrière vous et vous observer mener votre petite vie quotidienne.

– Les gens qui travaillent avec des enfants vulnérables doivent être contrôlés, non ?

– Maintenant, oui, mais ça n'a pas toujours été le cas.

Il baissa le menton.

– Et n'oubliez pas que ces enquêtes de sécurité ne sont vraiment approfondies que si vous vous êtes fait prendre avant ou si vous avez encore des accusations en cours.

J'émis un petit rire désabusé.

– Ça, je vous le confirme.

Nous échangeâmes un petit sourire.

– Donc, vous avez retrouvé Bethan Avery ? demandai-je.

– Oh oui, dit-il sans détourner le regard. Je le crois, presque à cent pour cent. Margot, j'ai quelque chose à vous dire, et il se peut que ça ne vous plaise pas.

Je frémis en attendant sans rien dire, puis je lançai :

– Allez-y.

21

C'était impossible. C'était de la folie, de la folie pure. À côté de ça, mes délires d'adolescence étaient des peccadilles. Je restai figée dans sa chaise ergonomique tandis que Martin Forrester essayait de me raisonner.

– Margot, vous ne voyez donc pas ? Ça explique tout.

Il aurait aussi bien pu parler une langue étrangère. Il me disait qu'une fois que j'aurais tout compris, je me sentirais mieux que jamais. Que cela expliquait toutes les choses qui m'avaient perturbée.

– Vous êtes fou, répondis-je.

Je ne trouvai rien d'autre à dire. J'étais coincée ici, au milieu de nulle part, avec un dingue.

Il recommença son explication tandis que je restais là, incapable de parler ou de bouger, comme si j'étais un morceau de bois. Je me sentais sur le point d'exploser.

– Je comprends, dit Martin. Ça paraît fou, en effet. Mais ça ne signifie pas que ce n'est pas vrai.

Il me tendit la feuille de papier, celle qui portait l'en-tête de Farrell's Distribution.

Je pris la feuille et la relus.

Je la relus une fois encore, en observant chaque caractère, chaque boucle, chaque nuance.

– Margot, dit Martin. Parlez-moi.

Il eut soudain l'air d'avoir très peur pour moi. J'imagine que, pour une raison quelconque, je touchais quelque chose de sensible en lui. Je ne sais pas pourquoi. On ne sait jamais pourquoi.

Tout ce que je savais, c'est qu'après trente-cinq ans de vie, trente-cinq ans d'une existence variée et, je m'en rendais compte maintenant, d'une certaine envergure, cet homme que je ne connaissais que depuis deux semaines était tout ce que j'avais au monde.

Sauf que ça ne m'aidait pas beaucoup en cet instant.

– Et quand avez-vous compris tout ça ? lui demandai-je d'un ton probablement froid, voire un peu hostile.

Il soupira avant de me couler un long regard.

– Je m'en suis douté dès l'instant où j'ai vu votre photo sur le site de l'école.

Il tourna la tête vers le mur et son étalage de malheur.

– Vous savez, je n'exagérais pas quand je disais que je vivais toute la journée avec ces photos. Votre nez a été sévèrement cassé à un moment donné, et il s'est remis sans avoir été soigné, ce qui a changé votre apparence, mais le reste…

Il eut un petit sourire en haussant légèrement les épaules.

– Je n'ai pas été si étonné que ça quand les analyses graphologiques sont tombées.

J'examinai de nouveau la feuille sans parler.

– Quand ai-je écrit ça ? demandai-je sans relever les yeux.

– Vous étiez en train de l'écrire quand les secours sont arrivés à l'entrepôt, dit-il doucement. Vous étiez en plein délire… Vous ne vous en rappelez pas. Je l'ai trouvé dans la poche de votre veste quand je vous ai mise au lit…

Il s'interrompit.

Je regardai les rayons froids du soleil par la fenêtre. J'avais du mal à voir. Ma vue était brouillée. Je réussis à adresser un vague sourire cynique à Martin. Dans ma tête, j'entendais un tic-tac précis et urgent, comme celui d'une bombe. Je lui rendis la feuille de papier pour ne plus avoir cette horreur sous les yeux.

Cette horreur. Je ne pouvais même pas le nier.

Je fermai les yeux.

Ce n'était pas Martin qui était fou. C'était moi.

Ç'a toujours été moi.

Le papier était toujours devant moi, derrière mes paupières closes, avec ces mots que j'avais écrits pendant mon délire fébrile, pendant que mon épaule me faisait souffrir et que le monde se déformait et que j'attendais de l'aide, mais j'avais oublié cela. J'avais oublié Margot, et j'avais écrit la quatrième lettre à *Chère Amy*, de cette écriture ronde et enfantine que je connaissais si bien.

Les mots en jaillissaient comme des couteaux.

Chère Amy,

Je suis terrifiée maintenant, j'ai tellement peur, je suis très mal, et je sais qu'il veut me tuer très bientôt et que je ne peux rien faire. Je sais que personne ne sait où je suis et que personne ne va me sauver, et j'ai tellement peur, je ne sais pas quoi faire. S'il vous plaît, aidez-moi.

Affectueusement,

Bethan Avery

Le tic-tac dans ma tête s'arrêta soudain, et la bombe s'éteignit.

– Bien ! aboyai-je en me levant d'un bond, les poings serrés.

Je ne sentais plus la douleur à mon épaule.

– Bien. Donc, je suis une malade mentale. Et j'ai fait perdre son temps à tout le monde en me faisant passer pour Bethan Avery.

J'arrivais à peine à respirer sous l'effet de la terreur, de la honte et de la rage, la rage des Furies, cette rage dont je ne me débarrasse jamais vraiment.

– Mais était-il vraiment nécessaire de m'amener jusqu'ici ? De m'humilier ainsi ? J'ignorais totalement que j'écrivais ça, que j'étais… perturbée à ce point. Ce n'était pas une petite combine pour attirer l'attention, vous savez. J'ai réellement cru que…

– Mais vous ne vous faites pas passer pour Bethan Avery.

Il restait impassible face à ma colère et me regardait fixement, les mains posées sur ses genoux.

– Tout est là. Vous *êtes* Bethan Avery.

Un demi-sourire se dessina sur ses lèvres, mais ses yeux brillaient de compassion.

– Vous l'avez toujours été. Et vos tentatives de suicide, vos dépressions, vos médicaments, tout cela est dû à une seule chose : vous faites comme si vous étiez Margot Lewis.

Ma bouche s'ouvrit sans qu'aucun son n'en sorte.

– Arrêtez, dis-je.

Les larmes jaillirent soudain et inondèrent mon visage comme si elles venaient d'un endroit totalement séparé de moi et hors de mon contrôle.

– Je suis désolée. Désolée de vous avoir embarqué dans tout ça. Mais je ne suis absolument pas cette fille. C'est de la folie.

Il me considéra pendant un long moment.

– D'accord, dit-il soudain. Venez avec moi.

Il était maintenant debout et m'invitait à franchir la porte.

– Avez-vous tout ce qu'il faut dans votre sac ?

– Euh, oui, oui, je crois…

Il m'entraîna dehors, sous les vifs rayons du soleil. Son Range Rover était garé à l'extérieur ; des feuilles mortes étaient tombées sur le capot et le toit.

– Montez dans la voiture.

– Quoi ?

– OK, vous n'êtes pas Bethan Avery. Montez dans la voiture.

– Mais…

– J'ai quelque chose à vous montrer.

– Comment ça ?

Son brusque changement d'attitude, sa froideur soudaine m'inquiétèrent.

– Vous ne le faites peut-être pas exprès, dit-il, ce qui n'empêche que vos actes ont des conséquences. Montez dans la voiture. *Tout de suite.*

Je ne sais pas pourquoi, mais je m'exécutai. Peut-être était-ce dû à l'effondrement total de toute autorité morale que j'aurais pu revendiquer, mais je le laissai me pousser dans son Range Rover marron et me tins tranquille tandis qu'il s'éloignait de sa maison pour prendre les petites routes de campagne qui serpentaient dans le village, vers le sud.

J'étais totalement assommée.

J'avais écrit des lettres en prétendant être Bethan Avery, une victime présumée morte depuis longtemps. La chose était moralement répugnante et vraisemblablement illégale. Le plus terrible, maintenant que j'avais été confrontée à cela, était que je pouvais deviner exactement à quel moment je les avais écrites. La dernière, c'était dans l'entrepôt de Farrell's Distribution. Je ne pouvais même pas prendre l'alcool pour excuse. La deuxième, c'était après la visite d'Eddy, quand il avait vainement tenté de me séduire. Et la première…

La première remontait au moment où la police était venue enquêter à l'école pour la dernière fois. Katie Browne avait alors disparu depuis presque un mois. Ils avaient dit au directeur qu'ils ne trouvaient aucune preuve indiquant qu'elle avait été enlevée (elle avait fait son sac et emporté des effets personnels et de l'argent) ; ils arrêtaient donc les recherches. Elle avait seize ans, après tout. J'avais participé à la réunion et avais écouté avec une colère croissante. Seize ans, et alors ? Et si elle avait des problèmes ? Si elle avait été écartée de chez elle en en dissimulant les raisons et sans même laisser de mot, il était clair que quelque chose n'allait pas.

– Si elle s'est juste enfuie avec un petit ami, avais-je dit, consciente que le rouge à mes joues et le tremblement qui m'agitait devait effrayer les autres, pourquoi ne l'a-t-elle pas dit ?

Le policier, visiblement inquiet de mon manque de self-control, avait toussé et haussé les épaules, l'air offusqué, avant de finir par dire qu'il n'y avait rien d'illégal dans le fait de quitter son domicile quand on avait l'âge légal de le faire.

– Par contre, il est illégal de ne pas aller à l'école, avais-je répliqué. Et il est très étonnant, vu son caractère, que cette jeune fille se conduise de la sorte. Elle était très engagée dans son activité de natation, par exemple.

Nouveaux marmonnements et rouge aux joues du jeune officier. Avec le recul, j'imagine qu'il n'avait pas trouvé mon argument pertinent. D'autres informations leur étaient parvenues, qu'il ne pouvait pas divulguer, des histoires de famille, etc., qui les menaient à croire qu'elle était partie de son plein gré. L'affaire était pliée, et ils voulaient juste nous dire merci pour votre collaboration, recontactez-nous si vous avez d'autres nouvelles, point final.

Fini de chercher Katie Browne.

Martin conduisait en silence et, n'ayant rien à dire dans mon humiliation épique, je ne fis rien non plus pour le briser.

Nous roulâmes à grande vitesse sur l'A11 pendant une heure et passâmes devant la sortie pour Stansted avant de quitter l'autoroute pour prendre une série de petites routes de campagne de plus en plus étroites.

– Où est-ce qu'on va ? finis-je par demander.

Lorsqu'il m'avait dit de monter dans la voiture, j'avais cru que ce n'était que pour faire un tour. Mon épaule recommençait à me faire mal et je sentais une sueur froide couler sur la plaie à travers mon bandage mal collé.

– À Wastenley, dit-il.

Son ton était neutre ; impossible de dire à quoi il pensait.

– On est presque arrivés.

Ce nom me paraissait familier, comme si je devais le connaître, mais dans mon état de confusion, je ne parvenais pas à le situer.

– Et où est-ce, Wastenley ?

Il se tourna vers moi et plissa les yeux. Venais-je d'échouer à un genre de test ?

– Vous verrez.

Wastenley était un village de l'Essex soigneusement planté et entretenu ; sur la route, un panneau annonçait que la petite ville avait remporté le concours de la ville fleurie en 1989, 1993, 1997 et 2012. Quelle horreur ! Je ne me suis jamais sentie à l'aise dans ce genre d'endroits – des endroits où tout le monde se connaît, où les gens ont de profondes racines et où chacun doit contribuer à la vie locale, voire, en l'occurrence, entrer en compétition avec son voisin.

Le comité de jardinage du village a été dirigé de la même manière que le Kremlin pendant la guerre froide.

Qui avait dit cela ? Ces mots me disaient quelque chose.

Martin passa devant des cottages de carte postale aux jardins extrêmement raffinés, devant une pelouse municipale ressemblant à un green de golf qui commençait tout juste à souffrir des rudesses hivernales, et un petit bureau de poste maniéré avec une boîte à lettres de style victorien devant sa porte. Un panneau d'affichage faisait la promotion d'une reprise de Gilbert et Sullivan par le Wastenley Amateur Dramatic et l'Operatic Society, dans la salle du Meadhall.

Martin cherchait quelque chose et, régulièrement, je le surprenais en train de me regarder.

C'était encore un test, bien entendu. Cet endroit devait avoir un rapport avec Bethan Avery (je ne voyais pas du tout lequel, son décor impeccable et opulent paraissant aux antipodes de la situation de Bethan, qui avait grandi en banlieue avec sa grand-mère miséreuse). Apparemment, Martin, convaincu que j'étais Bethan (une folie inexplicable ; l'expert en graphologie se trompait, tout simplement), s'attendait à ce que je reconnaisse quelque chose dans ces lieux.

Eh bien, j'étais heureuse de constater que je n'avais jamais rien vu de tout cela, de toute ma vie. Je ne comprenais plus pourquoi j'avais accepté de venir et me sentais de plus en plus maussade en pensant à l'ampleur du désastre. La liste des choses que j'avais à faire pour stabiliser ma vie commençait à s'allonger de façon exponentielle. Il fallait que j'aille à la police avant qu'ils parlent de moi à l'école et me laissent à leur merci. Je me demandai si faire perdre du temps à la police était passible d'une peine quelconque. D'un autre côté, à part l'incident avec Greta, que je considérais maintenant avec une honte nouvelle (elle m'avait percée à jour, naturellement), je ne savais trop combien de temps je leur avais fait perdre. Mo Khan avait analysé les lettres, mais il était clair que cela ne lui avait pas pris des heures, et voilà tout.

C'étaient les lettres qui avaient causé tout cela, et c'était moi qui les avais écrites ; pas moyen de le nier, apparemment.

À moins que ce ne soit Martin qui les ait écrites et ait glissé la dernière dans ma poche.

Ou qu'il ait mis la main dessus après que quelqu'un d'autre les eut écrites.

Cette idée me glaça le sang.

J'avais vu les livres empilés dans son bureau, sur la vulnérabilité des jeunes filles de l'assistance. Si quelqu'un savait comment pénétrer le système et avoir accès à ces filles, c'était bien *lui*.

Mon cœur se mit à battre à tout rompre.

Pourquoi diable avais-je accepté de monter avec lui dans ce véhicule ?

La voiture ralentit et s'arrêta dans une petite impasse où se jouxtaient trois cottages.

Sur la gauche se trouvait une maison tout en bois et plâtre blanc, très joliment entretenue et restaurée, qui devait avoir été bâtie au dix-huitième siècle. Je sortis du Range Rover. Un vent froid ébouriffa mes cheveux comme je suivais Martin par le portail en bois pour entrer dans le petit jardin menant à la porte d'entrée.

Il frappa au heurtoir de cette porte, un seul coup net et autoritaire.

Je restai derrière lui, de plus en plus inquiète et mal à l'aise, et attendis. Une odeur de champs brûlés flottait dans l'air. Que pouvait attendre Martin de moi pour ne rien me dire de tout cela ? J'étais à sa merci, à lui aussi.

La situation était grave.

Au bout d'environ une minute, alors que le silence entre nous devenait insupportable, quelqu'un se déplaçant avec la prudence éloquente du grand âge approcha lentement derrière le verre ouvragé de la porte.

Martin haussa un sourcil vers moi juste avant que la porte ne s'ouvre sur une vieille dame minuscule avec un chignon parfaitement blanc sur le haut de la tête. Elle était un peu enrobée et avait une paire de lunettes en demi-lune de perchée en haut du front, comme si elle les avait juste repoussées au lieu de les enlever avant de retourner rapidement à la tâche qui l'absorbait. Ses mains étaient blanches de farine, et elle les frottait avec une serviette à thé.

– Bonjour ? fit-elle d'un ton interrogateur.

Comme par enchantement, l'expression de Martin venait de se muer en une perplexité amusée mêlée d'une pointe de gêne, mais je vis que ce n'était pas sincère. Il avait l'air d'un acteur prêt à jouer son rôle.

– Pardon de vous déranger, madame. Ma femme et moi cherchons Kettle Lane. Nous tournons en rond depuis un moment. Elle m'a suggéré de m'arrêter pour demander ma route à quelqu'un, et je dois dire que le village est assez désert…

Des étrangers perdus frappant aux portes devaient déranger pas mal de personnes âgées dans ce coin, mais pas ce joli petit oiseau avec son tablier bleu et ses doigts couverts de farine. Ses yeux vifs s'éclairèrent en nous regardant avec une curiosité sans peur.

– Oh ! ne vous en faites pas, beaucoup de gens se perdent, par ici. Il faut revenir en arrière et aller tout droit jusqu'à la grand-route, passer le Green à votre droite, puis tourner à gauche dans une petite rue très étroite. Ça ressemble à une allée privée, mais c'est là, Kettle Lane. Vous saurez que vous y êtes en voyant le cimetière qui est juste avant.

Son accent était subtil et raffiné comme du verre sculpté.

– Merci infiniment, dit Martin.

– Je vous en prie, dit-elle avec un grand sourire dévoilant des dents jaunes mais régulières. Si vous ne trouvez pas, demandez au bureau de poste. Il est juste à côté. On vous montrera où c'est.

Ils échangèrent des au revoir courtois, et la porte se referma, me laissant totalement déroutée mais soulagée. Je ne sais pas à quoi je m'attendais.

– Alors, dit Martin en me ramenant vers le Range Rover. Ça vous rappelle quelque chose ?

– Non, bien sûr que non. Je n'ai jamais vu cet endroit. Qui était cette dame ?

Il plissa les yeux, et un sourire légèrement cruel se dessina sur ses lèvres, même si la blague ne lui semblait pas si drôle que ça, quelle qu'elle soit.

– Eh bien, dit-il, si vous êtes vraiment Margot Lewis, cet endroit est la maison de votre enfance.

Par-dessus son épaule, il lança un regard vers le cottage.

– Et cette dame est votre mère.

Je ne me souviens pas vraiment de ce qui s'est passé ensuite. Je me sentis défaillir, et Martin me rattrapa pour m'aider à remonter dans la voiture, le visage frappé d'inquiétude.

– Je suis désolé, dit-il brusquement en refermant ma portière.

Je voyais bien que ma réaction l'affolait, qu'il avait l'impression d'être allé trop loin.

Il monta à côté de moi, et sa portière claqua, nous enfermant dans le silence de l'habitacle.

J'avais envie de dire quelque chose, mais n'y arrivais pas. De nier tout cela, de demander où diable nous étions et à quoi tout cela rimait. Mais ma bouche était scellée, et ma peau, engourdie.

Les doigts de Martin pianotèrent sur le volant.

– Je…

Je déglutis avec peine. Ma bouche était sèche.

– Qui était-ce ?

– Flora Bellamy.

Il ne se tourna pas vers moi, mais regarda en direction de la maison. Un rideau bougea derrière une des fenêtres.

– Sa fille, Margot Bellamy, a quitté la maison en 1997, à l'âge de seize ans. Elle s'est mise avec un garçon plus âgé qui l'a embarquée dans des choses pas très agréables. La gamine a eu des démêlés avec la justice. S'est pointée complètement défoncée à un repas de Noël et s'est fait mettre à la porte par son père, totalement furax, qui lui a dit de ne jamais revenir.

J'inspirai. Expirai.

– Elle n'est jamais revenue. La police est venue plusieurs fois, chercher des indices, faire des relevés, poser des questions. Puis, plus rien. Rien pendant des années. Le père, Bob, était un ancien militaire et un despote notoire ; il ne lui a jamais pardonné…

– Il dirigeait le comité de jardinage du village, dis-je doucement, cet élément me tombant dessus comme une étoile filante qui traverse la nuit noire.

Mais d'où cela venait-il ? Je le savais de manière absolue, malgré toute la force avec laquelle j'avais voulu l'occulter.

– C'est vrai ?

– Oui, dis-je avec certitude. Parce que c'était bon pour la discipline. Tout était *bon pour la discipline…*

Je m'interrompis.

Pourquoi était-ce tout ce dont je pouvais me souvenir ? Je ne revoyais même pas son visage. Ni celui de la femme dans le cottage. Elle m'avait paru être une inconnue totale.

Martin attendit sans rien dire.

– En tout cas, le simple nom de leur fille est devenu interdit dans leur maison, continua-t-il. Mais après la mort du père, il y a dix ans, Flora a contacté l'Armée du salut pour rechercher Margot. Elle était leur seule enfant.

Une espèce de honte brûlante monta en moi comme un voile de feu.

– Et l'Armée du salut l'a trouvée. Elle vivait à Londres. Ça n'a pas pris bien longtemps. Et pas été très fructueux. Margot a refusé le contact sans vouloir dire pourquoi.

Un silence se fit de nouveau. Malgré mon état de stupeur, je me rendis compte qu'il s'agissait là d'une question et que Martin attendait une réponse.

Tu sais, il me faisait lever à six heures tous les matins, sans exception. Il restait à côté de moi à me regarder me brosser les dents jusqu'à mes quatorze ans. Pour être sûr que ce soit bien fait, qu'il disait. Il restait planté à me regarder, les bras croisés. Quel père ferait une chose pareille ?

Un rire sortit soudain de ma bouche, un petit rire amer, dans lequel il y avait aussi une note claire et vive comme des éclats de verre.

– Que faut-il faire des femmes qui laissent leurs enfants être abusés ? demandai-je. Des femmes qui vivent dans la peur, qui n'osent pas quitter le navire ? Faut-il leur pardonner ? Sont-elles des lâches ? Des victimes d'un état mental précaire ? Tout absoudre dans ce grand gémissement du « Mais je l'aime… » ?

Je regardai par la fenêtre et secouai la tête.

– Si vous ne pouvez pas être forte pour vos enfants, si vous n'arrivez pas à vous ressaisir pour eux, alors, à quoi servez-vous ? Pourquoi même vivez-vous ? De quel secours pouvez-vous leur être ?

Je prononçai ces derniers mots d'une voix sourde ; du coin de l'œil, je vis que Martin bougeait légèrement sur son siège, l'air gêné.

– C'est très dur.

– C'est un point de vue forgé par l'expérience.

Il tapota doucement sur le volant pendant quelques instants, semblant réfléchir.

– L'expérience de qui, alors ? demanda-t-il doucement. Est-ce Margot ou Bethan qui parle en ce moment ?

Excellente question, sauf que j'avais du mal à envisager ce qu'elle signifiait, sans parler d'y répondre. Je ne suis pas Margot Bellamy. Je ne suis pas Margot.

Juste ciel, si je ne suis pas elle, alors qui suis-je ? Que se passe-t-il ? Comment tout cela est-il possible ?

Je fermai mes yeux. Ils étaient humides. Quelque chose arrivait. Une grande marée. Je le sentais dans mon cœur tremblant, dans mon ventre noué.

Peut-être que je ne sais pas qui je suis, mais il y a quelqu'un, quelqu'un dont je me souviens.

Je la revoyais en pensée, cigarette à la main, créant des formes dans l'air avec sa fumée comme elle parlait en gesticulant, l'air de convoquer les esprits du demi-monde. Ses cheveux courts décolorés pointaient en pics désordonnés, et une odeur de laque la suivait partout, tel un fantôme.

Et cet accent pointu, de verre taillé, imprégné d'indifférence et d'aristocratie, comme si elle était une grande duchesse en exil. Tous ceux que nous croisions dans ces squats et foyers d'accueil le remarquaient. En la connaissant un peu mieux, j'avais compris que ce n'était pas du chiqué, comme son pseudonyme.

– Angelique, murmurai-je.

– Quoi ?

– Je ne sais pas si cette maison était la mienne, dis-je en m'essuyant rageusement les yeux du revers de la main. Je crois que ça pourrait être celle d'Angelique.

22

– Bonjour, ma chérie. Tu as bien dormi ?

Katie s'éveille et cligne des yeux sous le flot de lumière qui descend des marches, une lumière encore basse, froide, d'un jaune encore pâle. Ce doit être l'aurore. Il a ouvert la porte et tient quelque chose avec ses deux mains.

– Oui, dit-elle avec appréhension, se demandant ce que signifie tout cela.

Puis elle sent ce qu'il apporte sur le plateau.

C'est *un petit-déjeuner.*

Il y a des saucisses, des haricots blancs, un toast et un œuf sur le plat légèrement brûlé sur les contours. Le tout à côté d'une tasse de thé chaud et sucré. Sa bouche s'emplit de salive, elle en bave presque.

– Vas-y, attaque, dit-il en lui tapotant gentiment la tête.

C'est ce qu'elle fait. Elle se jette d'abord sur la viande avec un appétit féroce (elle rêve depuis si longtemps de manger de la viande). Elle a un peu mal aux gencives en la mâchant, et la viande lui brûle un peu la bouche en passant, mais elle s'en moque.

– Quelle gourmande ! glousse son ravisseur tandis qu'elle engouffre les haricots réchauffés au micro-ondes avec le toast de pain blanc. Tu vas grossir, si tu continues comme ça.

Katie ne répond pas, trop occupée qu'elle est à dévorer le toast avant qu'on ne le lui retire.

– Ah ! soupire-t-il au bout d’un moment. Qu’est-ce que je vais faire de toi ?

Il lui presse le bras affectueusement.

Ses mains sont propres, mais ses manches et le bas de son pantalon sont maculés de traces de boue.

Il la voit regarder ses vêtements.

– Oui, j’ai remué un peu de terre dans le jardin pendant que tu dormais, espèce de petite paresseuse.

Elle réussit à lui adresser un petit sourire.

– Tu sais, quand on va déménager d’ici, il faudra avoir de meilleures manières à table si on va au restaurant.

Cela retient son attention, sans l’empêcher pour autant de plier l’œuf en deux pour le fourrer dans sa bouche et laisser le jaune chaud se répandre sur sa langue.

– Ah… Déménager ?

– Oui, oui, je le crains.

Il ne la regarde pas dans les yeux.

– Ils veulent transformer cet endroit en hôtel ou cité des congrès, ou je ne sais quoi. Apparemment, un expert vient demain. De toute façon, j’en avais assez de travailler ici. J’ai fait ça trop longtemps. C’était bien quand j’ai quitté l’armée, mais au bout d’un moment au même endroit, on en a marre.

Katie enregistre tout ce qu’il dit.

« Assez de travailler ici »… « Bien quand j’ai quitté l’armée »…

Pas une seule fois avant ce jour il n’avait parlé de lui ou de son passé d’une manière crédible. Il a fait un faux pas, oubliant ses anciens mensonges (ou peut-être y a-t-il simplement renoncé), comme cela ne manque jamais d’arriver aux menteurs. Précédemment, il a toujours prétendu être le propriétaire de cette maison et faire partie d’une sordide kabbale de ravisseurs de haut rang.

Quelque chose a changé en lui. Ou, plus exactement, quelque chose s'est passé. Si jeune qu'elle soit, Katie comprend que Chris ne change ou n'évolue pas de la même façon qu'une personne normale.

Il réagit maintenant à un stimulus extérieur dont elle ignore tout.

Quant à savoir s'il s'agit d'une bonne ou d'une mauvaise nouvelle pour elle…

– On pourrait aller à l'étranger, en Espagne, par exemple. Ou peut-être même plus loin, comme en Thaïlande ou quelque chose comme ça. Ça te plairait ? lui demande-t-il en souriant.

– Quand ça ? demande-t-elle.

Au moment où sort la question, elle se rend compte qu'elle va trop vite, qu'elle a l'air trop intéressée. Il la regarde en plissant les paupières.

– Parce que, ajoute-t-elle d'un ton aussi anodin que possible, je me demandais si ce serait avant Noël.

Elle se force à adopter un ton de jeune fille enthousiaste et en tartine sa voix.

– Il paraît qu'en Thaïlande, Noël est en plein milieu de l'été. Du coup, ils font des barbecues sur la plage. Ça paraît fou. J'ai toujours eu envie de voir ça.

Il rit encore, caresse les cheveux sales de Katie, puis frotte son pouce sur sa joue tandis qu'elle prend la tasse de thé pour y boire de longues gorgées avides.

– Je vais voir ce que je peux faire. Mais on va partir très bientôt. Est-ce que tu aimerais prendre un bain ?

Elle hoche la tête et accepte avec tout l'enthousiasme qu'est censée lui procurer cette idée. Katie adorerait prendre un vrai bain ; elle donnerait tout pour ça, même si, dans un coin de sa tête, elle se doute que tous les savons et toutes les éponges du monde ne parviendront plus à lui ôter l'impression d'être sale – à tout jamais.

Mais elle n'aime pas les bains que Chris lui donne, qu'il appelle « son moment préféré avec sa fille préférée ». Cette perspective l'horrifie.

Elle pose sa tasse – pas sur le plateau, à côté d'elle –, mais il s'empresse de la reprendre pour la remettre sur l'assiette en carton. Zut. Il n'oublie jamais la tasse, seul objet potentiellement coupant qui lui soit confié.

Elle se demande si les autres avant elle mettaient de l'espoir dans leur tasse. Comme Bethan Avery. Elle se demande si les autres filles avaient droit à des couteaux, des fourchettes, des assiettes, des bols et des verres, de petites libertés, si chacun de ces objets a été utilisé dans une tentative d'évasion et ensuite retiré à celle qui suivait, si bien que maintenant, Katie doit manger avec ses doigts dans des assiettes en carton.

Quand est-ce que Bethan était ici ? En 1998 ? Une éternité pour Katie, qui n'était même pas née à l'époque. Combien de filles sont passées dans cette cave entre Bethan et Katie, pendant toutes ces années ? Des filles qui ont essayé de s'enfuir ; des filles rusées et intrépides face à ce diable ; des filles qui simulaient, dissimulaient, pour se battre ; des filles qui avaient un plan ?

Que sont-elles devenues ?

Katie commence à le deviner.

Elle essaie de contrôler son tremblement alors qu'il reprend le plateau avec son assiette en carton et lui essuie les doigts avec la serviette qu'il a apportée.

– Tant que les magasins sont ouverts, je vais aller faire un tour pour t'acheter des habits pour le voyage, dit-il. De beaux habits. Et quand je rentrerai, je nous ferai couler un bain.

Il se lève, le plateau à la main.

– Alors, tiens-toi tranquille.

La porte se referme derrière lui et, après le cliquètement des clés dans le verrou, elle se retrouve seule.

Sans pouvoir se l'expliquer, Katie est raide de terreur.

Elle tente de se raisonner pour se calmer. Certes, c'est étrange qu'il ait apporté un petit-déjeuner. Certes, ce n'est pas le jour habituel pour le bain. Certes, sa disparition hier soir était bizarre, et sa réapparition ce matin, encore plus.

Tout cela est inhabituel. Elle cogite, cogite avant de réaliser que rien de ce qu'il vient de raconter n'est plausible. Il ne pourrait jamais l'emmener au-delà de Douvres sans se faire attraper, sans parler de la Thaïlande. Et il n'essaie plus de faire croire qu'il est propriétaire de cette maison parce que cela ne sert plus à rien.

Les seules choses importantes qu'elle doit retenir – les vérités indiscutables – sont que demain, vendredi, des experts immobiliers viennent ici et qu'ils ne doivent pas la trouver. Que Mme Lewis est passée à la télé en disant être à la recherche de Bethan Avery, que certains croient vivante, et si Bethan est vivante, alors, elle mènera la police à Chris, jusque dans cette cave.

Et que Chris a creusé dans le jardin.

Elle porte les mains à son visage, le souffle coupé. Elle vient de comprendre que ce qu'elle a dévoré à toute vitesse, ce qu'il a soigneusement préparé pour elle, était son dernier repas avant son exécution.

23

– Qui est Angelique ?

Je ne lui répondis pas immédiatement. En partie parce que je n'en avais pas envie, mais surtout parce que je n'étais pas totalement sûre de la réponse exacte.

– Margot, qui est Angelique ?

– Je ne…

Trop tard. Le souvenir s'était enfui.

Il y eut un long silence. Il soupira tandis que je regardais par la fenêtre de la voiture. Le ciel était d'un bleu froid et profond.

– Margot, vous vous y connaissez un peu, en psychologie ?

– Oui, j'ai lu des tas de tests dans *Marie-Claire*.

Je croisai les bras, essayant de jouer la provoc' alors que je me sentais épuisée, abattue, harcelée et complètement hébétée.

– Je tiens une rubrique courrier du cœur. Et j'ai été internée parce que j'étais un danger pour moi-même et pour les autres. Ça devrait vous suffire.

– Vous connaissez le TSPT ?

Je le regardai en fronçant les sourcils et en essuyant le reste de mes larmes.

– Un peu.

– Ce qui est intéressant, dans le trouble de stress post-traumatique, continua-t-il en jetant un œil vers la maison où le rideau avait de nouveau bougé, c'est qu'il s'agit d'une forme d'angoisse extrême. Des soldats ayant fait la guerre en souffrent. Des victimes d'attaque terroriste.

Il marqua une pause.

– Des victimes de vio…, d'agression.

– C'est bon, merci, j'ai saisi l'idée générale, dis-je sèchement. C'est quand on revit sans cesse l'événement dans sa tête.

Je me renfonçai dans mon siège, ne voulant plus lui mâcher le travail. Cette conversation ne m'intéressait pas. Pourquoi parlions-nous de ça ?

En mon for intérieur, pourtant, une petite voix raisonnable me disait que nous parlions de cela parce que c'était *moi* qui avais fait quelque chose de mal, pas lui.

Il essaie de t'aider, Margot.

Je ne voulais pas être aidée. Je ne voulais absolument pas qu'on m'aide.

– Eh bien, oui et non. La plupart des gens revivent le scénario. Mais parfois, d'après notre chère amie Greta, lorsque quelqu'un se trouve dans une situation traumatisante vraiment insupportable, surtout une personne jeune, sans autre moyen de s'en sortir, il garde la tête froide en coupant les liens avec ce qui lui arrive ; il se retire de la réalité et s'invente une nouvelle réalité, à lui. Parce que l'esprit ne peut tolérer autant de mauvaises nouvelles.

– Et après, qu'est-ce qui se passe ?

Il réfléchit quelques instants.

– Ça dépend. Parfois, les gens choisissent d'oublier qui ils sont et ce qui leur est arrivé. On appelle cela l'amnésie dissociative.

– C'est possible, ça ?

– Oui, c'est possible. Mais ça a toujours un prix. La personne sera toujours fracturée, un être en morceaux, sans continuum. Elle ne sera jamais dans la plénitude de son être.

– La plénitude est peut-être un peu surestimée. Nous sommes tous des personnes différentes à différents moments, tout un panel d'états de l'ego, répondis-je. Les philosophes grecs avaient raison : personne n'est vraiment soi-même – juste un reflet de son idéal platonique.

– Mon but n'est pas de discuter de philosophie grecque avec vous, Margot, dit-il sérieusement. Ce n'est pas le sujet.

Je soupirai.

– Bon, alors, que se passe-t-il, à part l'amnésie ?

– Les fugues, répondit-il. Il peut y avoir ce qu'on appelle des états de fugue. Quand on se réveille quelque part et que des heures, des jours, des semaines sont passés et qu'on ne sait pas où on était ou ce qu'on a fait.

Je ne répondis pas. J'étais plus troublée que je ne l'avais jamais été.

– Apparemment, cela arrive après la survenue d'un facteur déclenchant.

– Un facteur déclenchant.

– Oui. Des choses qui vous rappellent le traumatisme originel. Ce qui, dans votre cas, est très intéressant. Parce que Bethan écrit des lettres maintenant, chose qu'elle n'a pas faite avant, ou alors, si elle l'a fait, vous n'en avez jamais informé quiconque auparavant, autant que nous sachions. Et Bethan apparaît lors de vos états de fugue. Il semblerait que quelque chose l'ait fait remonter à la surface. Très loin en vous, dans la partie Bethan Avery, vous en savez bien plus sur ce qui est arrivé à Katie Browne que vous ne le croyez avec votre esprit conscient.

Je restai toujours muette.

– Et, reprit-il en se tournant vers moi, cherchant maintenant activement à intercepter mon regard, comme il se peut que la vie de cette fille dépende de ce que vous savez, j'aimerais que vous essayiez de travailler avec nous sur cette affaire.

J'acceptai de croiser son regard.

– C'est quoi, ce « nous » ? lançai-je avec une cruauté délibérée. Vous voulez que je travaille là-dessus parce que ça vous fera un bel article grassement rémunéré, Martin. Voilà ce que vous cherchez. C'est pour ça que vous êtes au taquet, depuis le début.

Un long et lourd silence s'installa entre nous.

Son visage était blême et fermé. Apparemment, je l'avais blessé.

– Margot, écoutez-moi. Je comprends que vous n'ayez pas envie de parler de ça. Je sais que vous êtes en fuite, que vous avez fui pendant toute votre vie d'adulte et que vous croyez au plus profond de vous-même que, si vous arrêtez, vous allez en mourir.

– Je…

– Fuir ce que vous avez vécu, condamner ces choses à l'oubli est le grand œuvre de votre vie. Vous avez tout sacrifié à cela. Vous avez fait des sacrifices considérables à tous les niveaux pour ne plus jamais être Bethan Avery. Et vous avez presque réussi.

Sa main la plus proche de moi bougea, puis s'immobilisa ; je compris qu'il voulait me toucher.

Je toisai cette main insolente.

– Seulement, ce but est impossible à atteindre, Margot. Vous ne pouvez pas échapper à celle que vous êtes vraiment…

La panique me submergea. Il ne comprenait rien.

Je ne savais pas du tout qui je pouvais être si je n'étais pas Margot.

Puis, sur les talons de la panique vint la fureur.

J'ouvris brusquement la portière de la voiture, à en faire crisser les charnières. Je l'entendis s'écrier derrière moi « Margot, Margot ! » tandis que je me ruais vers la porte du cottage.

Je frappai vivement à la porte et reculai d'un pas ; il y eut du mouvement derrière le rideau.

Cette fois, la vieille dame ne mit pas longtemps à venir ouvrir. Son air confiant avait disparu. Elle était pâle derrière ses rides et pinçait les lèvres, en faisant apparaître de nouvelles.

– Est-ce que vous me connaissez ? demandai-je brusquement.

Pas de réponse. Je me rendis compte qu'elle devait avoir entendu Martin m'appeler par mon prénom, ce qui avait dû réveiller quelque chose en elle, une chose sauvage et désespérée à laquelle je n'aurais jamais pensé en la voyant, la première fois.

– Je vous demande si vous me connaissez ! lui hurlai-je tandis que les larmes me montaient aux yeux. Est-ce que je suis votre fille ? Oui ou non ? OUI OU NON ?

Ses yeux s'écarquillèrent, sa bouche se pinça encore plus, mais se tordit, laissant apparaître une de ses dents jaunes en un rictus de peur, ou peut-être de souffrance. Elle était l'image parfaite de la douleur.

– Comment osez-vous ? Sortez de chez moi immédiatement avant que j'appelle la police, vous m'entendez ? Comment osez-vous ?

Soudain, Martin était là et me tenait. Il essaya de me tirer en arrière alors que je me débattais en hurlant comme un diable entre ses bras.

– Est-ce que je suis votre fille ? *Est-ce que je suis votre fille ?*

– NON ! cria-t-elle comme si ce mot contenait tout son être.

La porte s'ouvrit complètement, et je crus qu'elle allait se jeter sur moi dans sa rage.

– Je ne sais pas qui vous êtes ! Mais si je vous revois, je vous tuerai !

Le joli chignon blanc s'était défait, laissant des mèches voler autour de son visage furieux.

Mais elle m'avait déjà porté le coup final. Je me sentis soudain vide, inerte, exsangue.

– Je suis vraiment, vraiment désolé, lui dit Martin en m'entraînant vers la voiture comme une poupée de chiffon. Vraiment navré.

J'avais cessé de lui résister et le laissai m'installer dans le Range Rover. Un bruit blanc régnait maintenant dans ma tête. Son « NON ! » puissant, son rejet, avait écrasé tous les autres sons.

Elle ne quitta le seuil de sa maison que lorsque nous nous éloignâmes, et claqua sa porte derrière elle.

– Il faut qu'on parte d'ici avant que la police ne débarque. Ça compliquerait les choses, dit Martin en conduisant aussi vite que possible dans l'allée.

Dans la maison voisine du cottage, une femme probablement alertée par les cris accourut sur le seuil. D'une main autoritaire, elle renvoya à l'intérieur une flopée d'enfants qui voulaient la suivre et, dans le rétroviseur, je la vis courir vers la maison de Flora Bellamy (Flora qui est la mère de Margot, mais pas la mienne), le visage très inquiet. Elle s'arrêta à mi-chemin pour nous regarder partir avant de continuer vers la porte de sa voisine.

J'étais, au-delà des mots, honteuse et horrifiée de ma conduite.

– C'est impossible, dis-je en toute sincérité. Martin, c'est une erreur.

– Ça, c'est sûr, dit-il.

Ses yeux ne cessaient d'aller et venir vers le rétroviseur.

– Ça..., ça ne peut pas être vrai. Écoutez, je n'ai aucun souvenir de cette femme. Vous avez trouvé un mauvais...

– La Margot Bellamy qui vivait ici avait votre numéro de sécurité sociale, même date de naissance, mêmes écoles...

Il soupira, l'air de se raviser, puis parut se calmer.

– C'est la maison de Margot. Mais vous n'êtes *pas* Margot. C'est pour ça que vous ne vous souvenez pas de Flora.

Il se gara devant le bureau de poste. Je tremblais comme une feuille.

– Écoutez..., dit-il.

– Non, c'est vous qui m'écoutez. Est-ce que vous croyez sérieusement, ne serait-ce qu'un instant, que je garderais des infos, que je continuerais à faire semblant si je pensais que la vie de Katie Browne en dépend ?

– Je n'ai pas...

– Vous me prenez pour un monstre d'égoïsme au point de laisser une jeune fille se faire violer, torturer et assassiner juste pour que je puisse garder mon putain de boulot de merde ? C'est ça que vous croyez ? C'est ça, l'idée que vous avez de moi ?

– Non, je ne pense pas ça, mais...

– Je ne comprends rien à ce que vous racontez, Martin ! Rien ! Quand vous me parlez de Bethan Avery, rien ne me revient ! Strictement rien ! Pour moi, vous tenez des propos de fou ! Je jure devant Dieu que je n'ai aucun souvenir de...

– Je sais, dit-il brusquement en m'attrapant par les poignets. Écoutez. Je sais que vous pensez ne vous souvenir de rien. Vous avez passé des années à la bannir, et c'est devenu très efficace. Ce n'est pas ce que je vous demande.

Je le regardai, ahurie, sous la chaude étreinte de ses mains.

– Ce que je vous demande, c'est de faire acte de foi. De vous ouvrir à la possibilité que Bethan Avery est peut-être là, à la porte de votre conscience, et que tout ce qui vous est arrivé jusqu'ici se produit parce qu'elle frappe à la fenêtre et essaie désespérément de vous dire quelque chose. Quelque chose d'important.

J'inspirai à fond.

– Un acte de foi ?

– C'est ça. C'est tout ce que je vous demande.

Je me trouvai incapable de lui répondre sur le coup. Lorsque je le pus, je parlai d'une toute petite voix, comme si je l'entendais de très, très loin.

– D'accord.

Je me passai la langue sur les lèvres.

– J'ai de gros doutes. Mais si vous estimez que ça peut aider, je veux bien essayer.

Il me lâcha alors, lentement.

– Très bien, dit-il.

Nous marquâmes une pause. Le conflit était fini.

– Alors, fis-je. Comment procède-t-on ?

– Je ne sais pas.

Il ouvrit la portière et sortit son téléphone.

– Attendez-moi. Il faut que j'appelle Greta.

Il resta au téléphone un bon quart d'heure, pendant lequel je le regardai aller et venir devant le bureau de poste en écoutant plus qu'il ne parlait lui-même. De temps à autre, nos regards se croisaient à travers le pare-brise et il m'adressait un petit sourire. En même temps, deux pensées se bousculaient dans ma tête, tels deux chiens poursuivant chacun la queue de l'autre.

D'abord, tout cela était vraiment absurde et impossible. Je ne pouvais pas être Bethan Avery. Cependant, on venait de me prouver que je ne pouvais pas être Margot.

Alors, qui suis-je ? Qui suis-je ?

Et ensuite, même s'il n'était pas absurde ou impossible que je sois Bethan Avery, ou même si ça l'était tout en étant vrai malgré tout, comment allions-nous pouvoir retrouver Katie Browne ?

Je me sentais mal, l'angoisse me tenaillait à m'en donner la nausée. Au moment même où je ne pouvais plus le supporter et m'apprêtais à sortir du Range Rover pour aller voir Martin, il sauta dans la voiture et ferma sa portière derrière lui.

– Alors ? m'enquis-je.

– C'est compliqué. Il existe trois façons de vous traiter. Il y a la psychothérapie, qui prend des mois. Il y a l'hypnose…

J'écarquillai les yeux. Bien sûr.

– Mais avec un traumatisme tellement enfoui, on risque de produire de faux souvenirs plus que des vrais.

– Je ne comprends pas…

– Le passé est un pays que vous n'avez vraiment aucune envie de visiter, Margot.

Il se tourna vers moi.

– Les événements l'ont prouvé. Greta pense qu'il vous faudrait une hypnothérapie sous transe chimique. C'est une technique très spécifique, et à haut risque.

Je haussai les épaules.

– Si ça peut aider, ça m'est égal. Je le ferai.

– Ce n'est pas si simple, dit-il en démarrant la voiture. Ils doivent trouver quelqu'un avec l'expertise requise pour mener la procédure, puis convaincre cette personne que le jeu en vaut la chandelle, par rapport au risque potentiel qu'on vous fait courir.

– Un risque, pour moi ?

Il hocha la tête sans me regarder en s'engageant sur la route.

– Oui.

– Quel genre de risque ? Je veux dire, de quelle gravité cela peut-il être par rapport à ce qui nous préoccupe ?

Il secoua la tête.

– Je ne suis pas entré dans ces détails. C'est inutile avant que Greta ait trouvé quelqu'un qui soit prêt à nous aider. Elle a quelques noms en tête, dont deux qui sont à Cambridge ; alors, avec un peu de chance, on devrait bientôt avoir de ses nouvelles.

– Qu'est-ce qu'on fait en attendant ?

Nous étions sortis du village, et Martin conduisait maintenant vers le nord. Pour ma part, j'étais heureuse de laisser le panneau de Wastenley derrière moi.

Le silence fut si long que, pendant un moment, je crus qu'il avait oublié ma question. Puis, il répondit :

– Nous pourrions faire certaines choses en attendant. On pourrait trouver quelque chose d'utile.

– Comme quoi ?

– On pourrait chercher des déclencheurs.

Son regard vert et intense était posé sur moi.

– Ça ne peut pas faire de mal.

J'opinai du chef comme si je comprenais.

– Et par où commence-t-on ?

Il regarda de nouveau vers la route. Son sourire était timide mais sincère, empreint de camaraderie et, peut-être, d'autre chose.

– Par le meilleur endroit. Le début.

Le ciel bleu se couvrait un peu pendant que nous revenions vers Cambridge, mais la température s'était légèrement réchauffée.

– Il va neiger, dis-je à Martin tandis qu'il appuyait sur les boutons de l'autoradio pour essayer de trouver une station potable.

– Vous croyez ?

Il leva les yeux vers le ciel.

– Je vous parie cinq livres qu'il y aura de la neige ce soir.

– Ça marche.

La sonnerie de mon téléphone retentit brusquement. Une photo de Lily en costume d'Halloween (une sirène bleu turquoise avec des coquillages dans les cheveux) s'alluma sur mon écran.

Je déglutis et acceptai l'appel.

– Salut. Je suis surprise que tu veuilles encore me parler.

– Margot ! Je viens d'avoir ton message. Tu vas bien ?

Eh bien, non, je n'allais pas bien, mais je n'avais pas envie de raconter tout cela au téléphone.

– Ça va. Je suis avec Martin. On est sur le chemin de Cambridge.

– La police est venue. Elle pose de nouveau des questions sur Katie Browne…

– Je sais.

Elle resta interloquée. Comment pouvais-je le savoir ?

– Elle pense que c'est…

Mais Martin attira mon attention d'un geste avant de poser un doigt sur ses lèvres. Je compris tout de suite pourquoi : Lily allait en parler en salle des profs, et, bientôt, tout Cambridge serait au courant. Ce serait peut-être sans conséquence, mais mieux valait être prudent.

– Pardon, je voulais dire que je savais que la police était venue. Mais je ne savais pas qu'elle avait de nouvelles pistes pour cette pauvre Katie. Écoute, je n'ai presque plus de batterie. Je te rappelle en rentrant, d'accord ?

Il y eut un blanc. Elle avait senti que je mentais, j'en étais sûre, et cela la blessait. Peut-être pensait-elle que nous étions encore fâchées.

– Je voulais aussi te dire, ajoutai-je pour détendre l'atmosphère, que je m'excusais, pour l'autre soir.

Elle ne répondit pas tout de suite.

– Sauf que tu avais raison, dit-elle enfin. Tu as été agressée… La police a dit que…

– Je sais, je sais. Je veux juste m'excuser de m'être emportée comme ça. On s'entend bien, on aurait dû pouvoir en parler tranquillement, et, si ç'avait été le cas, eh bien, ce qui s'est passé hier ne serait peut-être pas arrivé.

Je me frottai un œil.

– Tu as toujours été une bonne amie, tu sais, et avant que…, enfin, avant que les choses ne bougent vraiment, je voulais que tu le saches.

– De quoi parles-tu, Margot ?

Sa voix était trop posée. Je l'avais alarmée.

– Je ne peux pas te le dire maintenant. Je te raconterai tout ça quand je serai rentrée.

– Tu as encore des ennuis ?

– Oui, c'est possible. Mais moins que d'autres. Il faut que je te laisse, Lily. Salut.

Je raccrochai.

– Vous reconnaissez cet endroit ?

– Non.

– Donc, vous pouviez faire des kilomètres pour aller jusqu'à Londres en prenant sur vous tous ces ennuis et ces dangers, mais vous n'avez jamais été tentée de visiter le quartier où ça s'est passé, alors que ce n'était qu'à dix minutes de plus en voiture ?

– Apparemment, non, dis-je froidement.

Il ouvrit la bouche, prêt à me réprimander, mais sembla se raviser. Quelque chose comme de la pitié traversa brièvement son regard.

– Quoi ? fis-je.

– Pardon, Margot. J'oublie tout le temps. Évidemment que vous n'êtes pas venue ici. Vous ne faites que fuir tout cela. Vous êtes la Reine Rouge de *De l'autre côté du miroir*. Vous êtes obligée de courir de toutes vos forces pour pouvoir rester au même endroit.

Ne sachant quoi répondre à cela, je ne dis rien.

Nous étions à l'ouest de Cambridge, plus à l'ouest que les somptueux jardins et pelouses de Barton, avec ses maisons de millionnaires. C'était une petite zone de logements sociaux isolée où l'on avait planté des rangées d'arbres bien régulières, une île déserte avant que les Fens ne reprennent leurs droits, étalant leur océan de vert et de gris sous le ciel plombé qui menaçait toujours de déverser sa neige précoce.

Sous la couverture nuageuse, le village semblait se pelotonner sur lui-même, comme frigorifié dans un manteau trop léger pour la saison. Il y avait un bâtiment en préfabriqué assez lugubre, un cabinet de médecin, une épicerie ouverte le soir dont la poubelle extérieure était remplie de bouteilles vides et d'emballages de paquets de chips. Les rues et allées serpentaient en des courbes étudiées mathématiquement, laissant l'impression que l'endroit était sorti de terre naturellement et non sous le calcul d'une flopée d'architectes.

Greta n'avait pas encore rappelé.

La plupart des bâtiments étaient des maisonnettes – des appartements déguisés en maisons de brique pâle, empilés sur de longues terrasses. Des numéros en laiton ornaient certaines portes en verre, mais beaucoup avaient été remplacés ou étaient tombés, ne laissant plus que l'ombre des chiffres à leur place.

– Alors, c'est celle-là, sa rue ?

Je recommençais à me sentir en colère. Après mon incapacité à reconnaître Flora Bellamy, je m'apprêtais à me montrer incapable de reconnaître une autre maison d'enfance présumée. Et tout cela arrivait parce que ce n'était *pas* la maison de mon enfance. Cette histoire de Bethan Avery était de la folie. Certes, le fait d'écrire ces lettres était mal et risquait de me coûter cher, même si je n'avais pas eu conscience de le faire. Et Martin tenait sûrement quelque chose quand il avait identifié mon aveuglement quant à mes origines. Mais là, nous perdions notre temps. Et surtout, je le vivais comme une humiliation.

Je me mordis la lèvre.

Je lui avais promis un « acte de foi ».

– Oui, dit-il en s'efforçant de prendre un ton neutre.

Il me désigna une maison à un angle, avec un jardin mal entretenu.

– Vous viviez ici.

– Ah oui ?

– Oui, confirma-t-il sans tiquer devant ma colère de plus en plus visible. C'est là.

J'avais promis.

– Vous voulez vous approcher ? demanda-t-il.

– Non.

– Margot…

– OK, on y va.

Je partis à grandes enjambées vers la maison, avec la démarche de celui qui s'apprête à balancer un cocktail

Molotov par la première fenêtre. Mais qu'est-ce qui me prenait, encore ? J'avais accepté de jouer le jeu, je…

– Ce n'est pas pour emmerder le monde, vous savez, dis-je.

– Je sais.

– Je…, j'ai peur, en fait.

– Je sais.

– Parce que, si c'est vrai, ça veut dire que tout ce que j'ai raconté aux gens sur moi, tout ce que je me suis dit à moi-même n'est que mensonge.

Je réfléchis à cela quelques instants.

– En fait, même si ce n'est pas vrai, le reste n'est que mensonge malgré tout, n'est-ce pas ?

Il ne répondit pas, mais attendit que je continue de parler tandis que nous montions sur le trottoir pour nous arrêter devant le maigre gazon.

– Je ne sais plus du tout qui je suis.

– Je sais.

– Ce n'est pas un état d'esprit qui aide à se détendre et à être positif.

– J'imagine bien.

Nous restâmes plantés là, côte à côte, comme des fantômes attendant je ne sais quoi. Rien ne bougeait dans la maison.

– Vous voulez essayer d'entrer ? demandai-je.

– Quoi ?

Il eut l'air très surpris.

– Pas par effraction. Je voulais dire, en frappant à la porte, pour demander à jeter un œil. Peut-être que ça m'aidera. Quitte à faire tout ça…

– On ne nous laissera pas entrer. J'y suis allé quand j'ai commencé mes recherches sur ce dossier, et je me suis fait envoyer sur les roses. Je crois que ce sont toujours les mêmes occupants.

Je fronçai les sourcils.

– Qui ça ?

– Les Gallagher. Ils ont dû me prendre pour un vampire. Un gros type pas commode, une femme rachitique pas plus commode, trois gamins pas commodes non plus – cela dit, les gamins doivent avoir quitté le bercail, maintenant. Ils ont emménagé là après que Peggy, la grand-mère de Bethany, a été tuée dans cette maison – enfin, agressée. Elle est morte à l'hôpital. On peut comprendre ces gens-là, remarquez. Ils ont été un peu harcelés, au début. Tout le monde voulait voir la maison du meurtre.

– Peggy, dis-je pour tester ce son dans ma bouche.

Aucune réponse intérieure.

– Venez, dit-il. On n'a qu'à marcher au bout de la rue, puis revenir sur nos pas. Au moins, on se dégourdira un peu les jambes.

J'acquiesçai. Nous marchâmes sans rien dire dans la rue tortueuse, n'entendant que le bruit des voitures sur la grande route voisine.

– Vous avez froid ? me demanda-t-il.

Je secouai la tête.

– Vous tremblez.

Il avait raison.

– Oh ! ça ne va pas me tuer.

Nous atteignîmes le carrefour et regardâmes tous deux autour de nous, d'un air abattu. Fatiguée, je posai mes fesses sur le panneau indicateur en bois planté là et croisai les jambes.

Lorsque je relevai les yeux, Martin avait une expression bizarre.

– Qu'est-ce qu'il y a ? demandai-je.

– Vous faites souvent ça ?

– Quoi ?

– Vous asseoir sur un panneau, comme ça ?

J'ouvris la bouche et la refermai. Parce que, non. C'est une chose que font les enfants quand ils traînent en rentrant de l'école.

– Quand avez-vous fait ça pour la dernière fois ? insista-t-il.

Je ne savais pas. Et je me retrouvai encore gênée, confuse. Je ne pouvais plus me fier à mes sensations ni à mes souvenirs.

Mais j'avais promis à cet homme un acte de foi.

J'essayai donc de me rappeler quand j'avais fait cela par le passé et me rendis compte que je n'y parvenais pas. À vrai dire, je me sentais même un peu ridicule, maintenant. À mon âge, c'est le genre de chose que l'on fait quand on rentre chez soi à pied, un peu ivre, et qu'on a besoin d'une petite pause.

Et puis, en restant assise là, je vis un homme au crâne dégarni dans une voiture bleu foncé sur la route principale, qui ralentissait pour me regarder. Je lui rendis un regard défiant et il accéléra immédiatement.

Le bord du panneau était humide et sûrement rongé par les insectes ; derrière le plastique, le bois devait se décomposer et risquait de salir mon pantalon. Si un gamin de l'école me voyait, il ne manquerait pas de se moquer de moi.

Et pourtant…

Pourtant…

Ça me paraissait *juste*.

– À quoi pensez-vous ?

Je pensais au fait que les Grecs de l'Antiquité croyaient que la folie était envoyée à quelqu'un par les dieux. Que la folie mène à la prophétie. Être sain d'esprit est simplement humain, dit Platon dans son *Phèdre*, mais être fou, c'est être touché par le divin.

Martin avait tort. Il aurait *dû* s'intéresser aux philosophes grecs.

Je vais arrêter de me remettre en question. Je vais laisser ma folie me guider.

– Je suis déjà venue ici, dis-je.

– Vous en êtes sûre ?

J'acquiesçai et me levai.

– Oui. Tout à fait sûre.

Soudain, le téléphone de Martin sonna.

24

Chris a du mal à respirer. Il a du mal à respirer et à réfléchir, et les larmes qui brouillent sa vue tandis qu'il roule sur la petite route de campagne vers The Grove l'empêchent de voir une camionnette qui arrive en face. L'accident est évité de justesse. Le jeune conducteur lance des coups de klaxon furieux, et son cou tatoué apparaît par la fenêtre, lui hurlant après. Ses mots sont emportés par le vent.

En toute autre occasion, Chris aurait fait demi-tour, l'aurait suivi en braillant lui aussi une bordée d'insultes et lui aurait collé au train jusqu'à ce qu'il s'arrête (« Personne n'a le droit de me parler sur ce ton, connard ! »), mais aujourd'hui, c'est comme si cela arrivait à quelqu'un d'autre, dans un pays étranger.

Et en plus, la fille est morte.

Où a-t-il déjà entendu ça ?

Peu importe, parce que de toute façon, la fille n'est pas morte, en dépit de tous ses efforts d'hier soir. Elle était encore bien vivante, sacré bon Dieu, et bel et bien debout – avec ses grands yeux noirs ; ses cheveux épais qu'il avait empoignés tant de fois, maintenant coupés au-dessus des épaules ; sa putain de bouche pulpeuse et insolente.

Assise là comme la petite fille qu'elle avait été, à parler à un type avec une veste en cuir. Comme si elle savait qu'il allait passer. Comme si elle *savait*…

Calme-toi un peu, mon vieux Chris. Si elle était là pour te piéger, l'endroit grouillerait de flicaille à l'heure qu'il est, non ? Elle leur aurait directement indiqué la cave des années plus tôt, et Katie, et tu serais dans une cellule à attendre d'aller en prison pour le restant de tes jours, nom de Dieu. Elle te les aurait envoyés dès ce matin.

Mais rien de tout ça n'est arrivé.

Elle était censée être morte. Je croyais qu'elle était morte. Bon Dieu, pourquoi n'est-elle pas morte ?

Non. Arrête de paniquer.

Il se masse le visage de ses mains tremblantes. À côté de lui, sur le siège passager, il y a le sac avec la nouvelle chemise de nuit de Katie. Pauvre Katie. Elle a été si gentille. Bien plus que cette salope d'insolente de Bethan Avery l'a jamais été.

Malgré tout, il y a toujours eu quelque chose de spécial avec Bethan. Peut-être parce que c'était la première.

Elle est revenue.

Il laisse basculer son crâne sur l'appuie-tête.

– Qu'est-ce qu'elle veut, putain ? hurle-t-il au toit de la voiture.

Chris n'a jamais oublié le premier jour où il a rencontré Bethan.

Il n'habitait pas dans la maison, à cette époque. Personne n'y habitait. On la gardait impeccable en attendant qu'un rejeton de la famille vienne la visiter. Une femme de Cherry Hinton venait y faire du ménage une fois par semaine avec sa fille ; elles parlaient une langue débile et incompréhensible d'Europe de l'Est. Parfois, dans leurs regards sournois et leur charabia, il percevait un signe de leur mépris pour lui.

À l'époque, il vivait au village, à une demi-heure à pied de la maison. Et pour marcher, il marchait, qu'il pleuve ou qu'il vente. Il parcourait les rues étroites bordées de maisons endormies et de quelques arbres, jusqu'à ce qu'il arrive à l'allée de gravier menant à The Grove. Les arbres s'arrêtaient là, et il entrait dans les Fens, plats, lugubres, gorgés d'eau de pluie. Des herbes inconnues poussaient dans les fossés de chaque côté de la chaussée surélevée, et, au-dessus de sa tête, il voyait souvent passer de grosses corneilles noires, ou la grande silhouette de quelques cygnes. Le vent soufflait fort ici, ne rencontrant aucun obstacle depuis la mer du Nord. Son souffle lui faisait l'effet d'un baiser glacial sur le visage.

La maison était en pleine zone de marais. Par le passé, la famille propriétaire de The Grove exploitait ces terres, mais plus maintenant. Aujourd'hui, leur patrimoine se réduisait à la maison, au jardin clos de murs et au cottage du gardien parmi les dépendances. L'ancien paysage de promenades avait cédé le champ aux sites industriels. La maison était vide la plupart du temps et ne préoccupait guère la famille. Relique d'un mode de vie disparu, elle existait à peine à leurs yeux.

Chris compatissait. Lui aussi faisait partie d'un monde disparu, où les hommes comme lui n'avaient pas de place.

Dans son sac à dos poussiéreux, il avait son déjeuner habituel : un sandwich de pain blanc au cheddar, une barre chocolatée et un sachet de chips aromatisées. C'était à peu de chose près ce qu'il mangeait tous les midis depuis quinze ans.

Le sac à dos contenait aussi deux lettres non ouvertes, calées dans le fond, à lire plus tard. L'une était une fine enveloppe de la police d'Avon et Bristol ; son petit format laissait déjà présager qu'il s'agissait de mauvaises nouvelles. Un nouveau refus, certainement.

L'autre était de format A4, en papier kraft, et épaisse de dix bons centimètres. Il avait légèrement tremblé en la rangeant dans le sac. C'était risqué de la sortir de la maison, même s'il avait de grandes chances de ne croiser personne de la journée. Cette enveloppe pouvait lui causer de gros, gros ennuis, si elle tombait en de mauvaises mains.

Il soupira en en sentant le poids dans son dos. Ce n'était peut-être pas joli, joli, mais tout homme avait besoin de ses petits plaisirs, non ? Chris n'avait pas accès à ce nouveau truc, Internet, et ce qu'il en avait entendu dire ne lui inspirait pas spécialement confiance ; mais il était de plus en plus difficile de trouver les magazines et lettres d'information de sa jeunesse, ce qui augmentait le risque qu'il prenait en cherchant à se les procurer. La plupart de ces magazines n'étaient plus publiés, ou alors ils mettaient en scène des filles étrangères de couleur au lieu des jolies Anglaises qu'il appréciait, quand il ne s'agissait pas de pétasses plus âgées faisant semblant d'être des petites filles. Rien de tout cela ne lui plaisait. Des roses anglaises, comme il disait, voilà ce qu'il voulait, à peine écloses. Après tout, il n'y était pour rien si c'était ce qu'il aimait.

– Allez, Bee, il faut qu'on aille à l'école. On le cherchera plus tard.

– Je sais, je sais, une minute !

Il était tellement perdu dans ses pensées, à rêver de ce qui pouvait se trouver dans cette enveloppe en kraft, à l'attendre, qu'il avait failli passer à côté de la réalité en chair et en os.

Deux jeunes filles étaient debout dans le fossé, au bord de la route ; il ne les avait pas vues avant de prendre le virage. L'une était petite, blonde et grassouillette, même si la façon dont sa jupe remontait sur son derrière généreux comme elle se penchait pour regarder quelque chose dans le fossé n'était pas sans intérêt. Si elle avait été seule, il l'aurait peut-être abordée pour entamer une discussion, s'arranger pour la toucher comme par accident à travers la serge grise, laisser ses mains se balader sur elle. Toute l'astuce était là : faire en sorte qu'elles ne sachent pas si le contact avait été accidentel ou non.

Et seule dans un lieu pareil, qu'aurait-elle pu faire, de toute façon ? Ou dire aux autres, après coup ?

Si elle n'avait pas été si près du village, en fonction de sa réaction, il aurait peut-être même tenté d'aller plus loin.

Sauf qu'elle n'était pas seule. Il y avait une autre fille, les bras croisés tristement sur son ventre, le visage dissimulé sous ses longs cheveux bruns. Elle était grande, mais pas trop, mince, mais pas trop, et sa posture voûtée dans une attitude de résignation au malheur (chose qu'il avait appris à reconnaître) lui plut instantanément.

Il sentit quelque chose commencer à palpiter en lui, avec urgence, et quand elle leva la tête et qu'il put voir ses yeux noirs mélancoliques, sa bouche charnue, il en eut le souffle coupé.

– Je peux vous aider ? demanda-t-il brusquement en leur adressant son sourire le plus désarmant, celui qu'il s'entraînait à faire chez lui, devant la glace, exactement pour ce genre d'occasion.

La brune, Bee, haussa les épaules sans rien dire, mais la petite blonde lui offrit un sourire radieux, plein d'une confiance malicieuse et repoussante. Il songea immédiatement que ç'aurait été une très mauvaise idée de la toucher et ravala son dégoût.

– Bee, elle a perdu son collier. Une petite croix en argent. On est rentrées à pied par ici hier soir. Il a dû se casser.

– Il était à ma mère, dit la brune, Bee.

Sa voix était grave et douce, pleine de charme. Elle posa sur lui ses yeux bruns.

– Vous ne l'auriez pas vu, par hasard, monsieur ?

– Non, non, dit-il précipitamment, essayant de contrôler l'emballement de son cœur et de son souffle.

Les lèvres de la fille étaient d'un rose parfait.

– Mais pourquoi pensez-vous qu'il serait dans ce fossé, votre collier ? Vous devriez plutôt regarder sur la route, non ?

– On a cru voir un martin-pêcheur, répondit la blonde. Mais nan, y en a pas.

Il ne la regarda même pas.

– Oui, fit Bee. Je voulais le faire voir à Nat. Elle n'en a jamais vu.

– Et vous dites qu'il était par là, c'est ça ?

Elles hochèrent la tête, quoique d'une manière un peu hésitante pour la brune. Le coin de ses yeux était légèrement plissé. Quel âge avait-elle ? Quatorze, quinze ans ? Il mourait d'envie de l'enlacer, de la cajoler, de la serrer contre lui. Il la dévorait du regard, essayant de trouver quelque chose à dire, quelque chose susceptible de la retenir.

– Une petite croix en argent, tu disais ?

– Viens, Bee ! lança soudain la blonde d'un ton étrangement vif et froid. On va être en retard à l'école. On reviendra plus tard.

Il lui jeta un regard agacé et comprit son erreur : la suspicion s'était clairement lue sur le visage de la jeune fille avant d'être vite dissimulée. Elle ne savait pas encore de quoi elle se méfiait (elle était encore un peu jeune pour ça), mais elle avait senti l'avidité de l'homme, son intérêt pour sa copine, et s'était rendu compte que tout cela n'était pas vraiment… normal.

Il se maudit intérieurement.

– Oui, répondit Bee, peu pressée de partir et n'ayant visiblement pas perçu l'inquiétude de son amie. Il faut qu'on y aille.

Ce serait une erreur que d'essayer de les retenir maintenant ; cela ne ferait qu'aggraver les choses.

– C'est vrai, ça, dit-il en prenant un ton sérieux d'adulte, du genre « Fini de jouer, au travail, maintenant ». Il ne faut pas être en retard à l'école, les filles. Mais qu'est-ce que je dois faire, si jamais je retrouve ce collier ?

Il sourit à l'objet de son désir, attendant le cadeau de son adresse ou d'un numéro de téléphone.

La blonde le fixa en plissant les yeux.

– Vous n'avez qu'à le laisser à notre école, à St-John. C'est au village.

Elle prit la brune par le bras, la tirant derrière elle en direction de la route, laissant l'homme seul dans le fossé.

– Laissez-le pour Bethan Avery, ajouta-t-elle en entraînant celle-ci. Viens, Bee. On est en retard.

Il les entendit chuchoter pendant qu'elles s'éloignaient, leurs voix portant plus qu'elles ne le pensaient dans l'atmosphère paisible des Fens.

– C'est bête, pour ta croix. Mais ce type est vraiment à gerber !

– Oh ! mais non, Nat. Il voulait juste être gentil.

Il chercha pendant des heures avant de trouver le collier, qui scintillait au bord de la route. Il était sur le point de baisser les bras. C'était un signe, se dit-il en faisant rouler la petite chaîne entre ses doigts et en caressant la fine croix d'argent. Un signe de bonne fortune : on exauçait enfin ses prières. Il serra le petit bijou, tout heureux. Il ne devait pas valoir plus de dix livres, maximum. Sa valeur était clairement sentimentale.

Il n'atteignit la maison que vers onze heures. Malcolm, le jardinier, rangeait déjà ses outils et lui adressa un grand signe, intrigué.

Chris lui rendit son salut en lui disant bonjour, mais ne s'arrêta pas pour discuter. Il parvenait à peine à respirer, le petit collier en argent au creux de sa main. Il se retira dans l'une des chambres du premier étage et, lorsqu'il fut certain que Malcolm était parti, il s'empressa de déboutonner son jean et se masturba frénétiquement. Les deux fois précédentes, dans le fossé, au bord de la route, n'avaient pas apaisé son désir ; au contraire, cela n'avait fait que l'enflammer. Il entendait encore la voix de la jeune fille : « Vous ne l'auriez pas vu, par hasard, monsieur ? » Cette douce prière, la façon dont le mot « monsieur » se transformait en « maître » dans son esprit, et ce fut fini en quelques secondes.

Plus tard, quand il tourna les pages de son magazine, étendu sur le tapis, toutes les filles sur les photos en noir et blanc avaient le visage de la jolie brune. Il accrocha le collier à la colonne de lit afin de pouvoir le regarder tout en ayant les mains libres. Le soleil couchant de l'après-midi darda ses rayons sur la croix d'argent, en faisant une étoile qui brillait sur le bois sombre et ancien.

Bethan Avery. Même son nom ressemblait à de la musique.

Après toutes ces années de solitude, ces tâtonnements furtifs, l'amour, enfin ! Il serait tout ce qu'elle voudrait qu'il soit. Mais comme elle était trop jeune pour savoir ce qu'elle voulait, il pourrait tout lui apprendre et la façonner comme il le voudrait. Il imagina lui rendre son collier à un moment donné de leur intimité, le passer autour de son cou dénudé tandis qu'elle relèverait son épaisse chevelure brune, et son sourire heureux, reconnaissant, qui resplendirait encore plus que l'argent.

Il ne se rendit pas à l'école. C'eût été de la folie. Au lieu de cela, il attendit, embusqué aux yeux de tous, sur des bancs de pub et à des arrêts de bus, assemblant lentement les éléments du trajet de Bethan jusqu'à chez elle, le visage dissimulé derrière un journal quand elle et son amie (qu'il surnommait la Teigne) rentraient en flânant, trop accaparées qu'elles étaient par leurs bavardages pour le remarquer.

La Teigne la quittait au coin de Church Road et, parfois, si elles n'avaient pas terminé leur discussion, elles restaient là pendant des heures, qu'il neige ou qu'il pleuve, moitié assises, moitié appuyées sur le panneau indicateur, riant de rien, leur capuche leur couvrant la tête. Cela lui plaisait et le rendait furieux à la fois, car si cela signifiait plus de temps passé avec elle, cela signifiait aussi qu'un autre homme pouvait la voir ici, en train de se trémousser dans sa petite jupe grise d'écolière, ses collants noirs et son blouson en nylon bon marché, montrant quelque mouvement de danse à la Teigne. Un rival boutonneux pouvait surgir à tout moment et la lui prendre. Quand elle serait à lui, il n'y aurait plus de telles exhibitions au coin des rues, voilà qui était certain.

Il ne possédait pas de voiture, à l'époque. Il avait appris à conduire à l'armée, même s'il n'en avait jamais eu besoin, mais il se dit qu'il était maintenant temps d'acheter un véhicule, sa filature devenant bientôt impossible s'il n'en possédait pas. Il n'y avait aucun endroit où s'asseoir et faire le guet sur le reste du trajet de Bethan sans que des rideaux s'écartent avec curiosité. Tout cela serait bien plus aisé avec une voiture, surtout maintenant que le mauvais temps arrivait et que rester planté dehors ne ferait qu'attirer l'attention. L'heure était venue de piocher dans ses économies. Il acheta donc une Ford Fiesta, vieille mais en bon état, à un homme taciturne en casquette de base-ball de Milton Road, qui lui fit comprendre par sous-entendus que le véhicule ne passerait pas le prochain contrôle technique. Chris pensa que sa belle couleur rouge devrait plaire à Bethan. De toute façon, la voiture était parfaite pour son plan.

Parce qu'un plan avait commencé à se former dans son esprit.

La neige tombait, et le vent devenait glacial. L'été indien des semaines précédentes, lorsqu'il avait rencontré Bethan, n'était plus qu'un lointain souvenir. Son envie d'elle grandissait dangereusement, devenant explosive. Il se rendait à Pispwich, à Newmarket, à Norwich pour ramasser de petites prostituées mal nourries qu'il essayait de prendre pour son élue en se disant que bientôt, très bientôt, il aurait l'original entre ses bras.

Le reste du temps, il travaillait dans l'espèce de cave située sous le grand salon. L'endroit était sale, plein de poussière et de vieilles toiles d'araignée. Ce n'était pas adapté à une jeune fille, mais il nettoya, prit les mesures pour y installer un lit, des W.-C., une isolation phonique. S'il était certain que Bethan viendrait à lui, elle aurait probablement une légère réticence au début, chose fréquente chez les filles, jusqu'à ce qu'elle comprenne la force de l'amour et du désir qu'elle avait éveillés en lui. Une fois qu'elle le saurait, comment pourrait-elle ne pas lui rendre la pareille ? Ce ne serait qu'une mesure temporaire, pour l'empêcher de rentrer chez elle à toutes jambes, se dit-il. Lorsqu'il aurait confiance en elle, il pourrait l'installer dans l'une des grandes chambres. Ou peut-être, vu son jeune âge et la proximité de la maison de ses parents, peut-être partiraient-ils ensemble vers le continent. Pour vivre sur la Costa del Sol, y tenir un bar, par exemple. Ils serviraient des voyous en cavale ayant fui l'Angleterre, qui ne risqueraient pas de les dénoncer.

Couché dans son lit, il imaginait des scénarios où il fréquentait ces hommes violents et dangereux portant chemises de soie et chevalières en or (il les défiait au poker, dissimulait leur contrebande aux policiers espagnols corrompus, les battait lors de joutes à l'arme à feu et devenait leur chef incontesté) avant de retrouver sa Bethan folle d'amour dans son lit, en larmes à l'idée qu'il ait failli se faire tuer. Vulnérable, tendre et totalement *sienne*.

Un tel amour valait sûrement la peine de prendre tous les risques.

25

Chris attendait. Il surveillait le poste de police, dévoré d'angoisse. Bethan et son homme s'étaient brusquement décidés à monter à toute vitesse dans leur voiture (un gros Range Rover, une voiture de prétentieux, d'après lui) et il les avait suivis jusqu'ici à une distance discrète, ce qui avait été compliqué étant donné la vitesse à laquelle le type avait conduit.

Ils s'étaient garés à l'arrière du commissariat, puis avaient fait le tour pour entrer par la grande porte de devant.

Chris avait fini par se garer sur le parking en face du poste ; il ignorait quel genre d'activité avait lieu dans les bureaux auxquels ce parking appartenait. Du droit, peut-être. Sa Mégane bleu foncé détonnait parmi les BMW et les Mercedes, et il s'attirait les regards en biais de ceux qui passaient par là. Se garer à Cambridge avait toujours été une vraie galère.

Eh bien, qu'on vienne l'embêter, maintenant ! Il avait une bombe lacrymogène d'import illégale dans sa boîte à gants, qu'il gardait là au cas où l'une des filles aurait besoin d'un petit encouragement supplémentaire pour monter à bord. Et il se sentait d'humeur à s'en servir. Après tout, on ne pouvait pas toujours entamer gentiment une relation avec sa dulcinée, et le monde était plein de fouineurs et d'enquiquineurs, qui voulaient tout le temps voir vos papiers, vous enregistrer çà et là ou vérifier votre casier judiciaire. C'était la mode, en ce moment. Voilà ce qu'on récoltait quand on voulait donner un petit coup de pouce à des gamines malchanceuses, dans la société d'aujourd'hui. Pas étonnant que ce pays parte à vau-l'eau. Parfois, il fallait savoir admirer sa favorite de loin avant de la laisser entrer dans votre vie. C'était souvent plus sûr, pour l'un comme pour l'autre.

De l'autre côté de la rue, des gens entraient et sortaient du poste de police, et des étudiants passaient en vélo, mais Bethan et le type qui l'accompagnait ne sortaient pas du bâtiment.

Oh ! Bethan. Qu'est-ce que je vais faire de toi ?

Si elle était en train de le dénoncer, il était sûrement plus en sécurité ici que chez lui, en tout cas. Inutile de se précipiter dans les bras de sa petite Katie, puisque la police risquait de commencer par là. Il avait déjà retiré ce qu'il lui restait d'économies quand il était allé acheter la chemise de nuit pour Katie ; la liasse était rangée dans la poche de sa veste. Il ne lui restait pas grand-chose après toutes ces années. Ces gonzesses avaient le don de mettre un homme sur la paille.

D'un autre côté, ce ne serait bon pour personne s'ils parvenaient à parler à Katie. Il devrait tout de suite aller en finir avec elle. S'il partait maintenant pour The Grove et réglait ça rapidement, il pourrait filer vers la côte ou la campagne d'Écosse, sans Katie ni personne pour le menacer.

Et maintenant celle-ci, son premier amour, celle qui lui avait brisé le cœur… À quoi jouait-elle ? Il avait regardé la vidéosurveillance de la maison ; personne n'était venu quand il était sorti, hier soir. Pas plus que lorsqu'il avait creusé un trou près des rhododendrons pour enterrer cette pauvre Katie. Katie adorait les rhododendrons. Enfin, il était sûr qu'elle les aimerait, s'il lui posait la question. Aucun signe de la police. Ni de qui que ce soit.

À quel petit jeu jouait donc Bethan ?

Il laissa son front tomber sur le volant, ignorant la pétasse en tailleur qui le fusillait du regard par sa fenêtre.

Voulait-elle le torturer ? Savait-elle qu'il la suivait et était-elle venue ici pour lui tendre un piège ? À l'intérieur, elle devait être en train de décrire une voiture ou un vélo volé, sachant qu'il était dehors, à la regarder en transpirant d'angoisse.

Petite maline.

Il s'était tellement trompé à son sujet. Il avait pourtant eu des indices, dès le début, laissant présager qu'il y aurait du grabuge au paradis, pendant la Phase Un. Mais les avait-il écoutés ? Avait-il été attentif ? Bon Dieu, non.

La Phase Un, comme il l'appelait dans le petit carnet noir qu'il gardait avec sa pile de magazines, commença le 15 décembre 1997. Il avait choisi cette date après avoir envisagé divers facteurs d'ordre pratique. Il serait agréable que tout soit en ordre et de passer Noël avec Bethan, par exemple, et de fêter le Nouvel An en sa compagnie.

Un nouveau départ pour une nouvelle année.

Dès le début, la chance lui avait souri : son coup de fil à l'Agence de l'immigration du pays avait vite payé, et le duo de ménagères d'Europe de l'Est n'avait pas tardé à être déchargé de son créneau hebdomadaire. Le vieux M. Broeder l'avait chargé de trouver des remplaçantes par l'intermédiaire de l'agent, M. Merrills, mais il fut aisé de se débarrasser de ce dernier, Noël approchant. Tout le monde savait que M. Broeder père, dans son repaire de Knightsbridge, ne s'intéressait qu'à son club et à sa collection d'antiquités, et que M. Broeder fils, son petit-neveu et ersatz d'héritier, encore étudiant, ne se souciait que de ce qui avait un turbo ou une jupe.

Chris était le seul maître réel de The Grove.

Et il n'y avait aucune raison pour présenter les choses autrement à Bethan une fois qu'elle serait ici.

Il avait acheté une nouvelle tenue qui le mettait mal à l'aise : un jean baggie, un sweat à capuche et une paire de chaussures ridiculement chères que sa mère aurait appelées chaussures de tennis. Apparemment, c'était le look cool à la mode. Ses épais cheveux blonds étaient coupés un peu long, dans le style en vogue pour les hommes, un peu comme ce type du groupe Oasis, avec les deux frères de Manchester qui juraient comme des charretiers. Inexplicablement, Bethan et la Teigne les adoraient, même si la Teigne avait déclaré haut et fort à Bethan qu'elle préférait Blur, ce qui était du pareil au même pour Chris. Il devait se rappeler de pardonner à Bethan ses goûts immatures et ses amis si mal choisis. Elle était bien jeune et n'avait pas de figure paternelle dans sa vie pour la corriger et la guider…, du moins, pas encore.

Il se gara dans la rue, un peu plus haut que la petite maison de brique où elle habitait. Il essaya de maîtriser les battements de son cœur. La bouche sèche, il sortit de la voiture et avança vers sa porte.

Tout était dans l'assurance. À cœur vaillant, rien d'impossible, etc. Des années plus tôt, avant que le dernier compagnon de sa mère, Derek, ne l'ait forcé à rejoindre l'armée (c'était ça ou le balancer aux flics), il avait été maître dans l'art de baratiner les personnes âgées sur le pas de leur porte pour entrer chez elles. Si Derek le Connard n'avait pas commencé à remarquer l'argent et la marchandise qui circulaient dans l'appartement, Chris s'en serait sorti impeccablement.

Les dalles menant à la porte étaient craquelées, irrégulières mais désherbées ; il y avait une jardinière de couleur vive à l'avant, mais sans fleurs, naturellement, leurs restes sans vie reposant déjà dans le compost. Apparemment, Peggy prenait soin de son jardin, à défaut de sa personne.

Il savait qu'il n'y avait pas de mère, vu l'émotion de Bethan face à la perte du collier. Il s'était cependant préparé à la présence d'un père tout en espérant que l'homme travaillerait à plein temps.

Mais sa surveillance avait révélé qu'il n'y avait en fin de compte qu'une vieille et grosse femme grotesque, toujours vêtue du même legging et d'une fois sur trois de ses larges tuniques. Celles-ci arboraient en grosses lettres les noms de destinations de vacances où elle n'était sûrement jamais allée, comme si, par la force de l'esprit, elle pouvait se persuader d'être à la Barbade, aux îles Fidji ou à San Diego.

Elle quittait rarement la maison, mais de temps en temps, il avait saisi dans ses jumelles l'image de la petite vieille se dandinant avec sa canne jusqu'au bureau de poste pour y prendre son allocation, ou jusqu'aux magasins pour y chercher ses cigarettes, si Bethan ne pouvait effectuer les courses à sa place.

Il sonna à la porte. Pas de réponse. Sa nervosité monta d'un cran. Il se décida à frapper, deux fois, fort.

– Une minute, une minute ! lança une voix cassée à l'intérieur.

Par le verre de la porte, il vit Peggy avancer vers lui et s'arrêter. Il entendait son souffle rauque à travers la porte. Quelle vieille truie répugnante !

La porte s'ouvrit sur la moitié du visage de la vieille femme.

– Bonjour… Peggy, c'est bien ça ?

– Oui.

De petits yeux vifs et soupçonneux le regardaient de sous de lourdes paupières.

– Qu'est-ce que je peux faire pour vous ?

– Je suis Alex Penycote. Des services sociaux de South Cambridgeshire.

– Oui ?

– C'est juste une petite visite en passant. Je peux entrer ?

– Bien sûr, entrez donc.

Elle recula. Son accent était différent, peut-être du Nord, vers Newcastle.

– Désolée, j'ai été un peu brusque. J'ai cru que vous veniez me vendre quelque chose. Ou essayer de me convertir. Entrez donc.

L'instant suivant, il avait un pied dans le sanctuaire et se faisait accompagner dans la petite maison bien rangée qui sentait bon les pommes de terre bouillies et le rôti de bœuf. Elle ne lui avait même pas demandé ses papiers.

Il était aux anges.

– C'est à propos de Melissa ?

La voix de la vieille dame était rauque, et son souffle, court. Il y avait là autre chose que de la fatigue, un problème plus grave.

– Pardon ? fit-il.

Elle se retourna en s'appuyant sur sa canne ; le soupçon était revenu dans ses yeux. Elle frappa au mur, sous la photo encadrée d'une superbe brune aux cheveux ondulés avec les mêmes yeux bruns que ceux de Bethan, photo qui avait de toute évidence été prise par un professionnel.

– La mère de Bee. Ma fille. Melissa. Vous l'avez retrouvée ?

– Oh ! pardon. Non. C'est juste une visite de suivi pour vérifier que tout va bien avec Bethan.

– Comment ça, un suivi pour Bethan ? demanda-t-elle en haussant le ton. Personne n'est venu depuis des années. Tout se passe bien ici. On se demande juste où est passée sa sacrée mère, c'est tout.

Elle inspira bruyamment en plissant les yeux.

– Est-ce qu'un salopard vous aurait appelé pour se mêler de ce qui le regarde pas ?

– Oh ! non, non, pas du tout. Simple visite de routine. Et comme elle quittera bientôt l'école où elle est, et notre dispositif d'accompagnement, nous voulions simplement prendre des dispositions pour la transition…

– Elle n'arrêtera pas l'école.

La colère de Peggy était redescendue aussi vite qu'elle était montée ; la vieille dame avançait de nouveau en direction de la cuisine.

– Elle continue. Elle est douée pour ça. Pas vrai, ma choute ?

– Qu'est-ce que tu dis, grand-mère ?

La cuisine était aussi étroite que le reste de la maison, mais lumineuse et propre. Une marmite bouillonnait joyeusement sur le feu, et le four émettait un doux ronronnement. Bethan était assise à la table en formica, au milieu de la pièce, entourée de livres.

Il eut le souffle coupé en la voyant. Ses cheveux bruns étaient relevés en une queue de cheval, le bouton du haut de son chemisier d'écolière était ouvert, la cravate, relâchée, dévoilant la blancheur de son cou. Et ces grands yeux sombres où l'on pouvait se perdre…

– Bonjour, Bethan, dit-il.

Il avait la gorge sèche. Souris-lui. Allez, souris.

– Bonjour, répondit-elle poliment, mais avec une certaine distance avant de se replonger dans ses livres.

– Ma choute, emporte donc tes affaires là-haut pour que…

Elle eut un geste impatient vers lui.

– Pardon, je ne me souviens plus de votre nom.

– Alex. Alex Penycote.

Il sourit un peu plus à Bethan, conscient que son expression devait plutôt ressembler à une grimace.

– Pour qu'Alex et moi puissions discuter.

– De moi.

Elle fixa Peggy. Il y avait dans ce regard quelque chose qui ne plut pas à Chris. Quelque chose de cynique, de mature, de plus vieux que son âge. Mais il y avait aussi de l'affection et de la compréhension. Un lien fort, autrement dit. Elles avaient porté le fardeau de l'absence de Melissa ensemble depuis de longues années.

Bethan n'était pas censée avoir de liens forts dans sa vie, liens qu'il lui faudrait rompre. Voilà qui allait compliquer les choses.

– Oui, on va parler de toi, continua Peggy avec un petit rire. Mais si tes oreilles chauffent trop, tu n'auras qu'à crier.

Bethan haussa les épaules et se leva.

– Ravie d'avoir fait votre connaissance, dit-elle à Chris sur le même ton distant que celui avec lequel elle l'avait accueilli.

Sur ce, elle disparut en emportant ses livres. Le bruit léger de ses pas résonna quelques instants dans l'escalier.

– Toujours pressés, ces jeunes, pas vrai ? Un petit thé ?

Chris eut l'impression qu'une bombe venait d'imploser entre ses deux oreilles, le laissant dans le silence sous le choc et l'humiliation.

Elle ne l'avait pas reconnu.

Il avait échafaudé toute une histoire pour expliquer leur rencontre, s'était préparé à la surprise qu'elle manifesterait, aux questions qui suivraient à propos du collier… Mais non, rien. Bethan l'avait à peine regardé. Comme s'il était un étranger.

– Une tasse de thé ? répéta Peggy sous ses paupières lourdes.

L'étincelle de soupçon était de retour.

– Oh oui, avec du lait et trois sucres, s'il vous plaît, répondit-il en souriant malgré sa déception cuisante, sa colère et la sensation d'avoir reçu un coup de poing dans le ventre.

Peggy s'affaira en traînant les pieds dans la cuisine. Elle éteignit le feu sous les pommes de terre, alluma la bouilloire, puis posa prudemment la tasse de thé devant lui d'une main tremblante en lui parlant de Melissa, qui était partie à Londres pour devenir mannequin et était revenue avec autre chose que ce qu'elle avait escompté. Elle avait laissé sa fille aux bons soins de sa mamie avant de reprendre le large pour Amsterdam et un nouveau vague contrat de mannequin (d'après Peggy, Melissa était une égoïste et un vrai panier percé), et Peggy avait eu bien du mal à prendre Bethan à cette période de sa vie. Mais la petite n'était pas difficile ; c'était vraiment une gentille fille. Chris opina du chef pendant tout ce récit. Il la laissait parler tout en essayant d'apaiser la tempête de chagrin qui faisait rage dans son cœur.

Cette fille l'avait obsédé, elle avait pris possession de lui corps et âme, au point d'être la première chose à laquelle il pensait en s'éveillant le matin et la dernière le soir, et maintenant, elle ne le reconnaissait même pas.

Il n'était rien pour elle.

Eh bien, ça allait changer.

Il laissa Peggy parler encore (le but de la manœuvre était bien d'amener Peggy à lui faire confiance, après tout, pas Bethan), mais il lui était très difficile de se montrer attentif et il dut se forcer pour rester poli et concentré tandis qu'elle avalait son thé et respirait de cette façon pénible et bruyante tout en se plaignant de l'échec des recherches concernant Melissa, comme si c'était la faute de Chris. Il n'éprouvait aucune compassion. Si Peggy n'avait pas voulu avoir une fille qui se barre en abandonnant son enfant, elle aurait dû l'élever correctement, un point, c'est tout.

De son côté, il parcourut les formulaires qu'il avait pris au bureau de poste et mis dans le classeur sous son bras, et déclara qu'il n'avait pas pris le bon en faisant en sorte que Peggy puisse seulement apercevoir une mise en page plus ou moins formelle. Naturellement, la vieille dame n'y prêta pas vraiment attention. Le pouvoir de l'autorité faisait décidément des merveilles.

Il se dit sincèrement désolé. Il devait remplir le bon formulaire et reviendrait leur parler à elles deux une autre fois, ainsi qu'en tête-à-tête avec Bethan à un moment donné. De toute façon, il voyait bien qu'il les retardait dans leur dîner. Pouvait-il avoir leur numéro de téléphone ? Il le nota sur son classeur comme elle le lui dictait, essayant de maîtriser sa jubilation. Puis, parce qu'il ne voulait pas partir sans avoir revu Bethan, même si elle lui avait affreusement manqué de respect, il demanda à utiliser les toilettes. Peggy l'invita à se rendre à l'étage.

Les marches recouvertes de moquette usée craquèrent sous ses pieds. Il y avait trois portes sur le palier du haut, comme Peggy le lui avait indiqué : une ouverte au fond, la salle de bain, une fermée sur sa droite, avec un petit panneau affichant PARTIE EN VRILLE... JE REVIENS TOUT DE SUITE !

Sur sa gauche, la porte était ouverte. Bethan Avery était couchée sur le ventre sur son lit rose, entre quatre murs couverts de posters de jeunes hommes au sourire éclatant, tel un public d'admirateurs.

Il sentit ses poumons se vider. Elle lisait un cahier ouvert devant elle, les jambes pliées et croisées aux chevilles, des écouteurs sur les oreilles retenant la masse sombre de ses cheveux. Elle ne l'avait pas vu, et il entendait un son ténu et distant, la musique qu'elle écoutait, se déverser sur ses tympans tandis qu'elle mordillait le bout d'un stylo. Soudain, comme si un sixième sens venait de l'avertir, elle releva les yeux.

– Oui ? fit-elle sur le ton de la question et sans sourire.

– Je… Pardon… Je cherchais les toilettes.

– Oh ! Juste là, devant vous, répondit-elle en désignant le bout du palier avec son stylo.

– Merci.

Il reçut un bref sourire qui s'évanouit sitôt qu'elle replongea la tête dans son cahier. Il était congédié.

Il referma la fine porte derrière lui en tremblant. S'aspergea le visage d'eau froide et s'essuya sur une petite serviette d'invité d'un rose tape-à-l'œil.

S'arrachant la peau des mains sur l'éponge rêche, il s'imagina aller dans la chambre de Bethan, lui bâillonner la bouche, la prendre par-derrière et lui donner une bonne leçon pendant que cette grosse vache attendait en bas, ne sachant rien de ce qui se passait en haut…

Non, non. Il était venu ici en mission. Le temps viendrait où il pourrait voir Bethan autant qu'il le voudrait. Ce serait idiot de tout gâcher maintenant. C'était un chasseur ; il était patient et rusé. Il repassa devant sa porte, fier de parvenir à ne pas lui lancer un regard de plus, percevant juste sa proximité torride et la petite musique qui s'échappait de ses écouteurs. Il réussit ensuite à adresser un sourire amical mais professionnel à Peggy, quelques mots d'au revoir, et il se retrouva dehors. Arrivé dans sa voiture, il vit qu'il tremblait – de terreur et de désir, de fureur et d'exaltation face à son succès.

Les dents serrées, il cafouilla en essayant de mettre la clé sur le contact. Il ne cessait de se repasser les images de Bethan. Il s'était trompé sur elle : elle n'était pas la gamine fragile et éplorée qu'il avait vue dans les Fens. Elle pouvait se montrer insolente, distante aussi, et aurait besoin d'être corrigée pour redevenir la fille dont il avait rêvé.

Pour qui se prenait-elle, à le traiter de cette manière ?

Il soupira. Après tout, ce n'était pas vraiment sa faute, songea-t-il, considérant la façon dont elle avait été élevée par cette truie en tunique, mais cela allait changer la manière dont il allait devoir se comporter avec elle. Il faudrait lui instiller la peur de Dieu. Il allait devoir la…

L'idée lui vint d'un seul coup. The Grove, la fille, et ce qu'il allait lui dire. En se passant le scénario dans sa tête, il se surprit à y croire lui-même.

Chris était un homme riche et puissant, membre d'un club qui s'échangeait les jeunes filles. Il l'avait enlevée et était censé la passer aux autres, mais il était tombé amoureux d'elle et comptait se la garder pour lui tout seul.

Mais ces autres hommes, ils étaient riches et puissants, eux aussi. Si un d'entre eux quittait le jeu, ils auraient tous des ennuis, et ils feraient tout ce qu'ils pourraient pour les punir, elle et lui, s'ils les attrapaient. Il lui dirait donc qu'elle ne pouvait pas le quitter, sinon les autres tueraient ceux qu'elle aimait : sa grand-mère et sa copine, la Teigne.

N'avaient-ils pas déjà fait la même chose à Melissa ?

Et voilà. Il lui dirait que ses acolytes avaient tué Melissa, la belle Melissa, qui était partie à Londres pour devenir mannequin, lui avait donné naissance et s'était évaporée pour ne plus jamais reparaître. Après tout, ni Bethan ni Peggy ne savaient vraiment ce que Melissa était devenue.

Oui, c'était une véritable kabbale : ils lui avaient ordonné – enfin, pas ordonné, car étant riche et puissant, personne n'avait d'ordres à lui donner –, ou plutôt, suggéré de prendre aussi la fille de Melissa. Il n'avait pas pu refuser, sans quoi ils l'auraient trahi, mais maintenant elle était là et, si elle ne collaborait pas pour se cacher, alors…

La honte devant l'accueil qu'il avait reçu s'effaça rapidement. Oui, c'était bien, ça. C'était la solution. Peut-être finirait-il par lui avouer la vérité, un jour, quand ils seraient tous deux loin d'ici, quand il serait sûr qu'elle savait qui tenait les rênes de sa vie.

Lorsque la voiture démarra, il se sentait beaucoup mieux. Il était déjà heureux, follement heureux, d'être venu. Tout se mettait en place.

Il n'eut pas Bethan pour Noël et ne passa pas non plus le jour de l'An avec elle. En arrivant à The Grove le vendredi après-midi suivant, le 19 décembre, il reconnut avec amertume le 4 x 4 rutilant dans l'allée, écrasant le gazon sous ses grosses roues, et la voix tonitruante de M. Broeder fils. Apparemment, la Phase Deux allait devoir attendre un peu.

M. Broeder fils (ou Caspar, comme il insistait pour qu'on l'appelle), allait rester ici en week-end prolongé, avec deux rupins de son genre et une petite bourgeoise blonde arrogante et froide appelée Julietta, que Chris détesta immédiatement. Il jeta aux ordures leurs bouteilles de champagne et de cognac vides, leurs plateaux de nourriture à emporter, les écouta brailler et discuter dans la maison pendant qu'il s'occupait du terrain, leur gros radiocassette saturant l'air hivernal d'un bruit infernal dont ils semblaient ne jamais se lasser. Ils appelaient ça du dubstep. Visiblement, c'était M. Broeder fils lui-même qui avait composé ça, inspiré par des bruits de couvercles de poubelle. Que foutaient-ils donc à l'université, pour faire des trucs pareils ?

Lorsque le 24 décembre arriva et qu'ils dégagèrent enfin, il était trop tard pour entreprendre la Phase Deux. Noël passa, puis le Nouvel An, et Chris s'indigna de l'injustice de son sort. Il savait que les travailleurs sociaux étaient en vacances à cette période de l'année. Il eut beau cogiter, il ne trouva aucune raison valable de contacter les Avery, et suivre Bethan aurait été trop risqué.

Ce fut la plus longue période sans la voir depuis le jour où il l'avait rencontrée, et cette absence le minait profondément. Dès le lundi matin suivant, il appellerait au numéro laissé par Peggy.

Au tout début, il ne savait pas vraiment ce qu'il comptait faire, à part essayer de se rapprocher d'elle et attendre qu'une occasion se présente. Il s'était presque forgé la conviction qu'elle viendrait à lui de son plein gré (ce qui était un peu ambitieux et pas très réaliste), mais il n'était alors pas question de la forcer à monter dans sa voiture ou de faire usage de la violence, du moins dans un endroit où il pourrait être vu. Il faudrait procéder par la ruse.

Mais ce Noël froid et solitaire l'avait endurci, transformant ses rêves en plans d'attaque, et plus il s'approchait de leur concrétisation, plus il devait se rendre à la triste évidence du danger dans lequel ces plans allaient l'entraîner, lui et Bethan. Lui, surtout. Si injuste que ce soit, ce n'était pas elle qui risquait d'aller en prison.

D'un autre côté, personne d'autre que M. Broeder père ne connaissait l'existence de la cave secrète, et bonne chance à qui voudrait lui faire cracher le morceau. Lorsque le tollé général se déclencherait, ce qui arriverait sûrement, il faudrait que la police puisse fouiller la maison sans risquer de trouver la cachette.

À condition que cela aille jusque-là. Il avait un plan pour ça aussi, maintenant qu'il y pensait.

Il installa tout le matériau isolant qu'il avait acheté et alla s'en procurer davantage au cas où, bousculé par une foule de consommateurs frénétiques, faisant des kilomètres de route pour ne pas éveiller de soupçons. Il fit la queue patiemment au Marks & Spencer de St-Albans avec ses soutiens-gorge et ses culottes en dentelle, sa chemise de nuit en coton dans son panier. Il observa les autres femmes dans la file d'attente autour de lui. Aucune n'arrivait à la cheville de sa protégée, songea-t-il avec satisfaction. Le bonheur l'envahit, menaçant d'exploser. Il avait quelqu'un *à lui*.

Il acheta des plats cuisinés, des briques de soupe et des pots de yaourt. Il hésita à acheter des jeux, des livres ou du chocolat, avant de se dire qu'elle devrait les mériter d'abord. Cette idée le fit sourire.

Lors de sa dernière tournée au magasin de bricolage de Stevenage où il acheta de l'isolant phonique et de la corde, il ajouta un marteau arrache-clou dans son chariot.

Dans sa voiture, revenu au temps présent, Chris essaya de détendre ses épaules crispées en tirant ses bras d'avant en arrière.

Personne n'était encore sorti du poste de police.

Bon. Encore dix minutes.

Si rien ne se passait, si elle ne sortait pas de là, il filerait vers The Grove.

Vers Katie.

26

Fatiguée, je posai mon menton sur ma main. La neige tombait derrière la haute fenêtre à barreaux, la première neige de l'hiver, tourbillonnant en gros flocons diaphanes. Il devait neiger depuis un moment, car le sol était déjà tout blanc. Je ne m'en étais pas rendu compte, ayant passé les deux dernières heures assise sur une chaise en plastique, à me faire cuisiner comme je ne sais quel criminel.

J'imagine que, techniquement, j'étais une sorte de criminelle.

Martin se leva et proposa d'aller me chercher un café ; j'acquiesçai d'un hochement de tête. Le policier assis en face nous jeta un regard désagréable.

Avec nous également – et enfin – se trouvait le fameux commissaire de police judiciaire O'Neill, qui dirigeait l'enquête, quoiqu'en ce moment il fût hautement (c'est le bon mot : l'homme devait faire presque deux mètres) silencieux, appuyé contre le comptoir, à me regarder avec une curiosité pas franchement hostile, mais loin d'être bienveillante sous son front plissé. L'image de moi que je voyais dans son regard ne méritait guère mieux. Quelle égoïste abrutie, capable de désigner un violeur et assassin de jeunes filles, irait faire usage de ruses pitoyables comme des lettres et des états de fugue pour attirer l'attention sur elle en premier lieu ?

Je me tortillai sur ma chaise. Je n'avais pas de réponse à cela. Je n'avais aucune réponse à offrir, jusqu'à ce que quelqu'un finisse par me poser la bonne question.

J'avais été sidérée par la quantité de personnel mobilisé. Diverses personnes, des officiers de police pour la plupart, étaient venues à différents moments de la journée, voulant parler à O'Neill sur tel aspect du dossier, l'entraînant hors de la pièce pour quelque conversation confidentielle. À un moment, je vis passer la policière qui était venue chez moi. Je lui souris. Elle ne me rendit pas mon sourire.

C'est Greta qui était maintenant assise à côté d'O'Neill. Et en ce qui la concernait…, bref, autant m'abstenir de commentaires.

– Ta conduite me sidère, Martin. Jouer ainsi avec une femme vulnérable !

Sa peau était striée de rouge et de blanc. Elle était visiblement très, très en colère.

– Je ne suis pas vulnérable ! lançai-je.

Elle me jeta un regard, que je soutins durement.

– Je ne suis pas vulnérable. Je ne sais pas si tout ça est vrai ou non. Je ne m'en souviens absolument pas. Mais si ma mémoire peut me jouer des tours, il n'y a en revanche aucun problème au niveau de mon intelligence. Ou de ma volonté.

– Margot.

Elle soupira sans pouvoir s'en empêcher.

– Hier soir encore, vous étiez en plein délire…

– Délire ? répétai-je sèchement. Merci bien.

Elle rougit et ses lèvres se pincèrent.

– Je voulais juste dire que…

– Je sais parfaitement ce que vous vouliez dire. Ce que moi, je veux vous dire, c'est que, si tout cela est vrai, nous devons aller au bout des choses. Et si ce n'est pas vrai, c'est un autre problème, à régler plus tard.

Je tendis les bras devant moi.

– Alors, si c'est vrai, que suggérez-vous ? L'hypnose ?

Elle resta muette, l'air de ne savoir que dire.

C'étaient ses premiers instants de silence depuis son arrivée. À mon avis, elle n'avait pas repris son souffle avant maintenant, ayant foncé jusqu'ici en taxi depuis Londres en redoutant une forme d'abus pendant tout le trajet. Ou en redoutant autre chose. Son petit carré roux habituellement impeccable était un peu désordonné, et son langage du jour, s'il soulignait particulièrement l'irresponsabilité de Martin, avait frôlé l'emploi de mots très intéressants pour me décrire : insaisissable, troublée. Sans pouvoir le prouver, il me semblait aussi qu'elle avait été à un cheveu de me taxer de manipulatrice quinze minutes plus tôt, mais qu'elle s'était reprise juste à temps.

J'étais déçue, autant que je me sentais maintenant d'humeur à me braquer pour de bon avec elle.

Aussi absurde que cela puisse paraître en un tel moment, une petite voix me chuchotait que la chose que Greta redoutait pouvait être l'attention que Martin portait à la folle à l'amnésie sélective que j'étais. En la voyant crier, gesticuler et balancer son sac sur le bureau, je ne pus m'empêcher de me dire, à son regard glacial et à la façon dont elle parlait en regardant au-dessus de ma tête, comme si j'étais une sorte de légume à peine doué de parole, que j'avais atteint en une semaine ce qu'elle n'avait pu réaliser en des mois de déjeuners de travail avec Martin et d'échanges de mails contenant probablement un peu de drague.

En outre, je voyais bien que Greta était le genre de personne qui se considérait avant tout comme une grande professionnelle, parce qu'elle manquait du discernement lui permettant de distinguer ses désirs et ses préjugés du diktat de l'autorité.

En conséquence de quoi, ses rancunes la portaient vers les décrets semi-divins de la loi, et j'étais convaincue qu'elle pourrait aller très loin pour faire jouer sa propre vision de la justice.

Pour toutes ces raisons, Greta était extrêmement dangereuse ; je devais donc me montrer prudente.

Je regardai Martin quand il posa le café devant moi : ses yeux fatigués, les petites rides aux coins de sa bouche.

Oh ! Martin. Sois prudent, toi aussi.

– Il faut qu'on commence les tests ADN, dit-il, pas pour la première fois.

Le commissaire leva la tête comme si une sonnerie venait de retentir.

– Tester par rapport à quoi ? demanda-t-il.

– Au sang sur la chemise de nuit, répondit Martin. Je sais qu'on en a prélevé un échantillon, autrefois.

– Au pire, ça ne peut pas faire de mal, hasardai-je, même si personne ne voulait croiser mon regard. Mais je parie que ça va prendre un certain temps, non ?

O'Neill estima qu'il n'avait pas à commenter ma remarque.

– On va le faire. Mais si Martin a raison, c'est *maintenant* que Katie Browne est en danger.

Il décroisa les bras, les recroisa. Il me faisait l'impression d'une immense forteresse impénétrable, dont rien ne franchirait les portes avant qu'il l'ait décidé.

– Je ne prétends pas tout comprendre à cette histoire d'amnésie sélective. J'ai toujours cru que le problème, avec les mauvais souvenirs, c'est qu'on n'arrive pas à s'en débarrasser, pas qu'on puisse les oublier totalement, dit-il.

J'ouvris la bouche pour essayer de répondre.

– On ne peut jamais les oublier totalement ! aboya Martin avant moi.

Il y avait une brusquerie dans sa voix qui ressemblait à de la protection à mon endroit. Miracle.

– Tout le problème est là, expliqua-t-il. Vous vivez dans la terreur de vous en rappeler. Vous devez donc lutter sans relâche pour qu'ils demeurent enfouis.

Il tourna la tête vers Greta.

– C'est bien cela ?

– Martin, il y a de nombreux facteurs qui…

– Peut-être, la coupa Martin, dont la colère montait. Et peut-être que Margot n'a rien à voir dans tout ça. Mais comme elle ne cesse d'essayer de vous le dire, cette question-là sera à traiter plus tard. Ce que je veux savoir, c'est : que fait-on maintenant ?

– Pourquoi pas l'hypnose ? proposai-je. Ça, on peut le faire tout de suite. On voit tout le temps ça dans les films et à la télé…

Greta échangea un regard avec O'Neill.

– Quoi ? fit Martin.

– Plusieurs choses, dit Greta. D'abord, l'utilisation de l'hypnose dans ce genre de cas est… controversée. Et potentiellement dangereuse, dans le cadre de la thérapie de Margot…

– Mais on ne fait pas ça dans le cadre de ma thérapie ! explosai-je. On le fait pour trouver un criminel et sauver une jeune fille disparue.

– Deuxièmement, poursuivit-elle comme si je n'avais rien dit, il faudrait un spécialiste : un psychiatre, pas un psychologue. Il y a des contraintes médicales.

– Oui, c'est ce qu'a dit Martin, répondis-je. Une chance qu'on soit à Cambridge, parce qu'apparemment, on a l'homme de la situation sous la main.

– Et vous devrez subir un état semi-hypnotique induit

par injection d'opiacés ou de barbituriques, plutôt qu'une hypnose simple.

J'en restai sans voix.

– Par injection ?

– Je ne comprends pas, dit Martin.

Greta repoussa une mèche de cheveux derrière son oreille.

– Le risque de création de faux souvenirs est trop élevé avec l'hypnose normale. Il vous faudra quelque chose comme du penthotal ou un type de benzodiazépine, ce qui n'élimine pas le risque de faux souvenirs ou d'affabulation, mais le réduit tout de même. Et je le répète, même si personne ne veut l'entendre, mais une telle procédure comporte de graves risques psychologiques pour Margot. Si elle est vraiment Bethan Avery, elle va revivre toutes les émotions provoquées par le traumatisme initial. Et si elle n'est pas Bethan…, tout cela sera valable également, car je n'ai aucun doute sur le fait qu'un traumatisme est présent, mais peut-être pas celui que nous cherchons.

– Vous êtes partante malgré tout, Margot, pas vrai ? demanda Martin.

Je ne répondis pas. Je ne parvenais pas à ouvrir la bouche.

– Margot ?

L'expression de Martin avait changé. Quelque chose n'allait pas. Je tremblais. Je tremblais si fort que le sol lui-même vibrait sous ma chaise, et j'étais stupéfaite qu'ils ne s'en rendent pas compte.

– Je ne…, je croyais qu'il s'agissait de comprimés à prendre.

Greta me regarda comme si je parlais une langue incompréhensible.

– Et alors, qu'est-ce que ça change ? lança-t-elle sèchement.

– Je…, je ne supporte pas les piqûres.

Je me sentais glacée d'horreur.

– Je déteste les aiguilles. C'est un vrai problème dans tous les hôpitaux quand on doit me soigner. Je ne peux pas.

Martin cligna des paupières, l'air ébahi.

– Mais, c'est… Margot, vous m'avez dit que, quand vous viviez dans la rue, vous étiez accro à l'héroïne en injection.

Je ne voyais absolument pas quoi lui répondre. Il n'y avait plus rien en moi, à part une stupeur muette, la confusion totale, mais soudain… quelque chose m'apparut clairement.

– Sauf que… ce n'était pas vrai, n'est-ce pas ? demanda-t-il.

Et je compris enfin.

J'avais essayé de m'exécuter, de faire cet acte de foi, mais au fond, j'avais résisté. Je n'avais pas cru. Certes, mon passé était un méli-mélo d'expériences douteuses, souvent mal mémorisées et aussi mal comprises, mais c'était le cas d'un certain nombre de gens, me semblait-il.

La femme de Wastenley ce matin pouvait être ou ne pas être ma mère, et quelle importance cela avait-il, finalement, après tant d'années passées sans elle ? M'avait-elle reniée parce qu'elle était en colère contre moi, à apparaître si brusquement, à lui hurler après comme une folle, parce qu'elle avait été une victime de plus de cette rage insondable qui ne cessait de rôder dans les eaux noires de mon subconscient, une émotion qui ne me fait aucun bien, mais que je ne peux pas contrôler ?

Ou bien ne me connaissait-elle pas, tout simplement ?

J'étais sûre de ne pas la connaître. Mais ce n'était pas exact. Je me rappelais…, je me rappelais des choses *sur* elle. Plus précisément, je savais des choses sur son mari.

Je me rappelai m'être assise sur un panneau indicateur ce matin, mais pour autant, s'agissait-il bien de ce panneau-là, dans cette rue-là ? Avais-je voulu faire plaisir à Martin, si bien que mon esprit avide de reconnaissance avait cherché ce petit détail ? Après tout, je savais déjà que Bethan Avery avait vécu ici ; il eût été logique qu'elle connaisse bien ce panneau.

Sauf que Martin ne m'avait jamais demandé de m'asseoir dessus.

J'avais appris à ne pas poser de questions, à vivre dans l'instant présent, et je l'avais fait toute ma vie.

Je pense que cela avait bien fonctionné. J'avais dupé tout le monde, mais apparemment, je m'étais surtout dupée moi-même. Ma vie n'était pas une mosaïque de souvenirs flous, elle avait été inventée de toutes pièces. Tout n'y était que mensonges, des mensonges auxquels je m'accrochais même s'ils me faisaient du mal, s'ils me coûtaient ma paix d'esprit et auraient pu me coûter mon poste à l'école, hier soir, par exemple.

Rien qu'un tissu de mensonges.

Et la seule chose pour les remplacer était une horreur inimaginable.

Je fonçai vers la porte sans pouvoir m'en empêcher.

Martin me retrouva dehors, sur les marches du bâtiment, d'où je regardais tomber la neige. Sans rien dire, il vint se poster à mon côté et regarda la neige avec moi pendant un petit moment.

Je lui en fus reconnaissante, autant que je pouvais l'être dans mon état. J'avais envie qu'il passe un bras autour de moi tout en sachant qu'il ne le ferait pas, car si son geste avait été mal accueilli, cela aurait pu avoir des conséquences très fâcheuses pour moi en cet instant précis.

Peut-être fallait-il que ce soit moi qui passe mon bras autour de lui ?

– Margot…, à propos de…

– J'ai une idée.

Il attendit sans répondre.

– Il me faut des cigarettes, dis-je.

– Je ne savais pas que vous fumiez.

– Je ne fume pas. Enfin, plus. J'ai arrêté.

Je sentis qu'il s'apprêtait à lancer une objection.

– Faites-moi confiance, dis-je. Comme moi, je vous ai fait confiance. Venez avec moi, le temps que j'en fume une.

Nous traversâmes la rue pour nous rendre au petit magasin d'en face et fîmes patiemment la queue pendant qu'un homme ergotait avec l'employé au sujet de la carte à gratter qu'il voulait.

Bon sang, un paquet de Silk Cut valait presque dix livres, maintenant. J'avais dû arrêter il y a deux ans environ, et le paquet en coûtait cinq.

J'achetai également un briquet Bic en plastique rose, que le garçon derrière le comptoir eut l'obligeance de tester une ou deux fois pour vérifier qu'il fonctionnait.

Martin observa tout cela avec un air d'indulgence amusée.

– À quoi ça rime ? demanda-t-il comme nous rentrions sous la neige par Parker's Piece.

Il ne faisait pas encore nuit, mais le jour déclinait.

Je n'avais pas oublié que le temps pressait. Loin de là.

– Ça rime avec drogue. Et mémoire, répondis-je. Asseyez-vous sur le banc avec moi.

Nous prîmes place sur le banc devant la caserne, avec sa nouvelle devanture étincelante. Derrière les panneaux de verre, les énormes véhicules d'intervention semblaient dormir.

Je retirai le plastique du paquet, m'efforçant de me souvenir de ce geste que j'avais dû effectuer des milliers de fois dans ma vie.

– Est-ce que j'interromps quelque chose, si je pose des questions ?

– Non, dis-je. Ça ne changera rien. Ça se passe au-delà des mots.

J'ouvris le haut du paquet d'un coup de pouce et contemplai les filtres serrés les uns contre les autres pendant un long moment. Cette vue m'emplit alternativement d'envie, de mépris, de résignation, et même de rien du tout, comme quelque chose que je faisais sans réfléchir.

– Vous avez raison, repris-je. Dès que vous l'avez dit, j'ai su que je n'aurais jamais pu être accro à l'héroïne. L'idée d'approcher une aiguille de ma peau me donne la chair de poule. Et l'idée de perdre le contrôle me terrifie. Je n'y avais jamais pensé avant, parce que, bien sûr, je n'avais jamais eu à y penser de cette manière. Je pourrais me rappeler comment faire, mais je n'en avais pas envie. C'était juste un fait, un fait que je supposais être vrai. Si j'avais été vraiment accro, j'aurais dépassé ça. Mais non. Et je n'ai jamais eu le moindre résidu de désir. Ça, par contre…

J'agitai le paquet de cigarettes devant lui.

– Le tenir, le regarder, sentir cette odeur végétale, presque… masculine d'herbe, un peu amère et très riche en même temps. Là, j'ai des résidus de désir.

Je portai les cigarettes à mon nez et les humai.

Il m'écoutait sans rien dire.

– Notre esprit est futé, dis-je en regardant le paquet. Mais nos sens…, nos sens ont une mémoire, eux aussi, et ils sont plus durs à duper.

Je sortis une cigarette du paquet et la mis entre mes lèvres. Elles se refermèrent sur le filtre, prenant immédiatement la bonne forme, comme si elles avaient attendu de faire cela pendant des années.

J'avais raison. Je le savais.

Je pris le briquet, l'allumai, inhalai.

Le goût était horrible. Mais ça passait. Je m'y attendais. C'était comme un bonjour de la part de quelqu'un qui ne vous avait pas reconnue, mais n'allait pas tarder à le faire et serait alors fou de joie.

L'odeur de brûlé était comme un petit cœur qui me réchauffait. Je soufflai la fumée devant moi.

Le regard intense de Martin suivit le petit nuage.

– Je sais tout ce qu'on peut savoir sur la façon de s'injecter de l'héroïne, dis-je. Je sais comment écraser les comprimés. Comment préparer le mélange, comment faire passer la solution dans du coton pour que les morceaux ne se coincent pas dans l'aiguille. Je sais tout ce qu'il y a à savoir sur ce sujet, parce que j'ai regardé Angelique le faire.

J'inhalai de nouveau cette douce chaleur au goût de brûlé. C'était encore dégoûtant. Mais je n'avais pas envie d'arrêter.

– Le père d'Angelique… Enfin, ce n'était pas du viol, la façon dont elle le racontait, mais il y avait une composante sexuelle, enfin, pas exactement.

Je secouai une main comme pour m'aider à trouver les bons mots, et cela parut fonctionner.

– Il y avait une composante de *contrôle*. Il la forçait à se lever à six heures tous les matins, et l'inspection commençait. Je veux dire par là qu'il la regardait prendre sa douche, se brosser les dents et s'habiller jusqu'à ce qu'elle ait environ quinze ans. Elle tenait un journal, qui devait être soumis à son père toutes les semaines et obtenir son approbation. Elle n'avait pas le droit d'avoir des amis qu'il n'ait pas choisis lui-même, et aucun ne convenait jamais. Ils étaient tous sales ou sournois, ou ignorants, ou rebelles. En gros, comme il n'avait aucune chance de les contrôler, il préférait les écarter. Et Angelique a supporté ça jusqu'à ses quinze ans. Puis elle a rencontré un garçon sur le chemin en rentrant de l'école, qui lui a proposé de monter dans sa voiture. Quelques jours plus tard, elle s'enfuyait avec lui à Londres. Où je l'ai rencontrée.

J'eus un petit rire sans joie.

– On dirait que tout le monde fait ça une fois dans sa vie, non ? Je l'ai fait, la mère de Bethan – ma mère – l'a fait, et Angelique aussi. Elle s'est barrée à la capitale.

La braise de la cigarette brillait entre l'index et le majeur de ma main droite, comme si elle avait toujours été là.

– J'aimerais pouvoir dire qu'elle vécut heureuse après ça. Mais, hélas, je suis à peu près sûre du contraire.

Je laissai mon front basculer sur ma main.

– Je suis sûre du contraire, même.

Il attendit. La neige avait cessé de tomber depuis un petit moment, mais venait de reprendre.

Je poussai un soupir.

– D'une certaine manière, je suis devenue Angelique, dis-je.

Les mots restèrent suspendus dans l'air, en un petit nuage de folie.

– Je ne sais pas quelles parties de moi je lui ai volées, comme l'héroïne, ni lesquelles sont vraiment moi, comme les cigarettes.

– Ça va bien se passer, dit-il en posant une main sur mon bras tremblant.

Je regardai autour de moi. Le soleil s'était couché et le flot de passants se réduisait maintenant à quelques individus isolés. Les réverbères avaient commencé à s'allumer dans la pénombre.

Je passai une main dans mes cheveux et en retirai un peu de neige. Mais je n'en sentais pas le froid.

– Vous avez raison, repris-je. Tout est dans les déclencheurs. Mon esprit ne se souvient pas, mais mes sens perçoivent la voie à emprunter, si je veux bien les laisser faire. Il faut que je me confronte à davantage de déclencheurs. Mais d'abord, on doit retrouver l'équipe et faire cette analyse d'ADN. Et la séance d'hypnose. Vite.

– Vous êtes gelée, dit-il au bout d'un moment. Allez, il faut rentrer. On ne va pas rester là toute la nuit.

– Encore une minute.

– Dans ce cas, je vais chercher votre manteau. Il est à côté, dans la voiture.

J'acquiesçai. Ces petits détails me passaient au-dessus de la tête, comme dans un rêve.

Je regardai Martin marcher jusqu'au Range Rover, ses pieds s'enfonçant dans la neige. Il s'écarta pour laisser passer un homme qui avançait sur le trottoir.

La cigarette s'était consumée presque jusqu'au filtre. Je la jetai par terre et l'enfouis sous la neige du bout du pied.

Quelque chose heurta alors ma tête. Je sentis ma conscience vaciller, et le dos de Martin qui s'éloignait disparut dans un brouillard gris. Telle une pierre dans l'eau, je m'enfonçai dans le néant.

Ce fut totalement indolore.

27

Quelque chose vibrait contre ma tête. Mon menton était posé sur ma poitrine et j'avais mal au dos, mais surtout au cou. La vibration était rapide et sourde, tel le ronronnement d'un moteur. À travers mes paupières mi-closes, je voyais les mèches de mes cheveux me tombant devant le visage. J'avais le cerveau embrumé par la douleur, et chaque muscle de mon visage me faisait souffrir en bougeant.

Je me souvins que j'étais en danger.

Je refermai vite les yeux.

J'étais allongée dans une voiture en marche, coincée dans l'espace entre les sièges avant et arrière. Mes épaules étaient contre la portière, ma tête repliée contre ma poitrine. J'avais les mains liées dans le dos, pleines de fourmis. L'intérieur de la voiture sentait le moisi, et les sièges en étaient effectivement tout tachés.

Je commençai à remuer prudemment mes poignets sous mes liens en prenant garde de ne pas signaler que j'étais éveillée.

Le long de mon flanc, il y avait un mur de skaï : l'arrière du siège du conducteur. Je sentais l'air chaud me parvenir par l'espace en dessous. Je regardai tout ce que je pouvais sans bouger ma tête ni aucune partie de mon corps. Mes membres étaient inertes, dans la même position bizarre que celle où ils étaient tombés quand on m'avait balancée ici, mais je les sentais pleins de tension et j'avais peur que quelqu'un me touche accidentellement, risquant de déclencher en moi un mouvement réflexe qui me trahirait.

Il existe un certain état d'esprit où l'on cesse de se poser des questions sur la vie, un état où tout ce que l'on sait faire, c'est exister, une minute de plus, avec pour seuls guides le monde physique et les messages de votre vieux cerveau reptilien. J'étais dans cet état, dans lequel une seconde en suivait une et précédait la suivante, et je ne pensais à rien, ne voyais rien d'autre que le mur de skaï noir, n'entendais que le grondement du moteur et le vent qui sifflait derrière la portière.

Je luttai pour demeurer immobile et détendue tout en éprouvant le petit nœud serré qui entravait mes poignets, tandis qu'on m'emmenait pour la dernière fois au centre du labyrinthe.

Mon cou me faisait mal. Je n'en pouvais plus, il fallait que je bouge. Celui qui conduisait allait s'en rendre compte, il saurait que j'avais repris connaissance. En matière de torture, c'était un procédé subtil, scrupuleusement exécuté.

– Toujours cette putain de neige, grommela le conducteur.

Je me figeai, mais il y avait quelque chose de distrait et de détendu dans son intonation, comme s'il avait l'habitude de parler tout seul. Il avait une voix douce et grave qui me surprit. Mes mains durent tressaillir.

La blessure à mon épaule me faisait abominablement souffrir.

Nous roulions très vite, et il neigeait. La nuit était tombée, mais il n'y avait pas de lumière de réverbères autour de nous. Il fallait que je me sauve. À l'instant où je pensai le mot « me sauver », un désir furieux, ardent et douloureux s'alluma brusquement en moi. De prison en prison, de cave en foyer, de bureau en chambre d'hôpital – des drogues au sexe, au mariage, au boulot – un cycle infini de fuites, tel un rat dans un labyrinthe de laboratoire, ou le vol d'une pie de l'herbe aux buissons à des rails rouillés.

Une chasse au gibier de vingt ans, poursuivi par des chiens à la fois réels et imaginaires.

Des chiens…

… et la pie.

Elle se posa de nouveau dans ma tête. Je la vis reprendre son vol, sa queue se détachant sur le ciel d'Angleterre. Il avait plu. La pluie m'était tombée sur le visage, par petites gouttes, fraîches et revigorantes après…, après quoi ? La pluie. La pluie avait toujours été là.

Ma peau se souvenait de la pluie, même si mon esprit avait oublié à quoi la relier.

Revenant à la voiture, je sentis le conducteur bouger sur son siège.

Comme en réponse à ma prière, le nœud sur lequel je tirais prudemment se détacha sous l'effort de mes ongles. Le lien se desserra et tomba d'un de mes poignets.

Avoir des ongles longs est toujours un atout pour une femme. Qu'on ne vienne pas me dire le contraire.

Maintenant, il fallait choisir.

Je pouvais essayer de maîtriser le conducteur, peu importe qui il était (allons, ne fais pas l'idiote, tu sais très bien de qui il s'agit : c'est le ravisseur de Bethan – ton ravisseur –, celui qui détient Katie), ou d'attirer l'attention des passants. Sauf que l'homme conduisait très vite, était sûrement armé, et le ciel sombre que je voyais par la vitre quand j'osais lever les yeux, et qui ne me montrait que quelques étoiles, ne m'inspirait pas confiance. Depuis que j'avais repris connaissance, je n'étais même pas sûre que nous avions croisé un autre véhicule.

La troisième possibilité était la fuite, ce qui comportait d'autres problèmes.

Il n'y a qu'une seule façon de sortir d'une voiture : par la portière. Je focalisai toute mon attention sur la surface contre laquelle j'étais appuyée. Il faudrait ouvrir la portière et sauter. À l'angle où je me trouvais, j'avais quatre-vingt-dix pour cent de chances d'atterrir la tête la première, puis mon corps ferait la culbute derrière. Je risquais fort de me briser le cou, si la voiture roulait vite.

Cette terrible possibilité était cependant la seule envisageable.

Très, très lentement, je commençai à écarter mes mains sous moi pour les ramener le long de mon corps. À travers la porte dans mon dos, je sentais la vibration glaciale du vent chargé de flocons et la neige fondue giclant sous les roues. Une mèche de cheveux me chatouillait doucement la joue.

J'entendis le tic-tac du clignotant, et le bruit du moteur descendit de plusieurs octaves. Il allait prendre un virage. Je me tendis imperceptiblement tandis qu'une voix me chuchotait à l'oreille : Vas-y, c'est maintenant qu'il faut le faire.

Et c'est maintenant que j'allais le faire.

Pas de mouvements brusques.

Ma main droite remonta le long de mon corps.

La voiture ralentit pour tourner.

Voilà, le moment était venu. C'était maintenant ou jamais.

Je me redressai brusquement sur le ventre et attrapai la poignée de la portière. Je ne l'avais pas encore actionnée qu'un beuglement furieux s'éleva devant moi :

– Oh ! putain ! Non !

Sa voix était paralysante de rage, et une terreur animale s'empara de moi, comme si mes sens se rappelaient soudain ce son. Tout plutôt que de rester dans cette voiture avec lui. *Tout.*

La poignée s'abaissa, il y eut un grincement métallique, et je m'élançai en dépit des protestations de mon instinct.

Mes jambes me propulsèrent tandis que le vent glacial me fouettait déjà le visage par l'ouverture de la portière. La neige était épaisse et filait autour de moi à une vitesse hallucinante, qui allait croissant. Il venait d'accélérer.

Je sautai.

Il y eut un long moment de vol où tout fut suspendu, comme si le monde lui-même ne pouvait plus tourner sur son axe. Il n'y avait ni son ni sensation, que du blanc, et le destin qui me tenait entre ses mains.

Les roues rugirent à quelques centimètres de ma tête. J'attendis la mort ou la mutilation en atterrissant dans la neige, qui amortit ma chute.

En redressant ma tête contusionnée, dont un côté me semblait transpercé par mille aiguilles, je vis que, plus loin, les phares de la voiture changeaient de direction.

Je me levai en titubant. À quelques centaines de mètres de moi, la voiture se rapprochait maintenant de plus en plus.

Des arbres couverts de neige bordaient la route. Une petite zone boisée, véritable oasis en terre de marécage, s'étendait sous le ciel sans soleil. Je m'y précipitai comme si j'avais une meute de loups à mes trousses.

Il ne neigeait plus, mais cela ne m'aidait pas beaucoup.

J'avais l'impression d'avoir couru des kilomètres entre les arbres noirs dressés comme des lances sur un tapis blanc, puis je descendis tant bien que mal dans l'étroit conduit du fossé bordant une petite route, car je savais que sur le terrain plat des Fens, je serais visible de loin, même de nuit, et que la neige allait imprimer la trace de mes pas. J'étais trempée jusqu'aux os mais brûlante. La neige qui s'était collée à moi fondait à travers mes vêtements et les imprégnait.

Je fis une pause. J'avais l'impression d'avoir du verre pilé dans les poumons, qui me coupait un peu plus à chaque respiration. La route près du fossé donnait sur un carrefour, au sens propre comme au figuré.

Au-dessus de moi, le noir d'encre cédait un peu de terrain aux lumières des étoiles. Le clair de lune pouvait se faire un peu plus clair. Je tendis l'oreille, mais je n'entendais que le vent soufflant sur les Fens.

Sauf s'il avait une torche électrique, il avait dû perdre ma trace, me dis-je.

Je m'accroupis dans le petit filet d'eau du fossé, les pieds totalement engourdis. Une autre route de campagne, bordée de haies vives, partait de la gauche vers la droite, où elle était rejointe par un chemin de terre qui partait en diagonale vers les champs sur ma gauche. Un petit pont de bois avec des rambardes traversait l'eau devant moi.

J'avais déjà vu ce pont quelque part… Mais où ?

Un piquet avec des panneaux se dressait juste devant le pont, projetant une ombre nette maintenant que la lune avait repris ses droits. J'enfonçai les mains dans mes poches trempées et m'en approchai.

Le clair de lune déclina comme j'arrivais au pied du piquet, puis sa lueur revint, m'indiquant que Cambridge était à six kilomètres par la gauche, Comberton, à trois et demi par la droite. Il y avait également un petit écriteau signalant un genre d'itinéraire de promenade.

Des kilomètres de neige s'étendaient devant moi, rejoignant le ciel nuageux en une ligne bien nette où le noir jouxtait le blanc avec une précision mathématique.

Je contemplai le piquet. Ne disait-on pas que les suicidés étaient enterrés à des croisements de routes ? Afin que leur fantôme ne puisse pas retrouver le chemin de la maison ?

Chaque bourrasque m'envoyait des frissons glacés à travers tout le corps. Je ne sentais plus mes pieds, maintenant que j'avais arrêté de courir. Je regardai derrière moi. Il n'y avait rien.

Sur ma gauche, par contre, par-delà le pont, il y avait une grande maison entourée de murs. Je clignai des yeux et retins mon souffle. Une lumière était allumée à l'une des fenêtres du rez-de-chaussée. Derrière ses grandes grilles en fer forgé, la maison semblait être immense. Des tours de cheminées de style jacobéen se détachaient sur le ciel éclairé par la lune.

Une maison. Merci, Seigneur, merci, enfin un peu de civilisation ! Elle devait être habitée par une famille bourgeoise légèrement décalée, ou être la résidence secondaire d'un riche courtier ou d'un entrepreneur, à moins qu'il ne s'agisse d'une de ces petites écoles privées dont Cambridge regorge, pleine d'enseignants stressés et d'étudiants étrangers ayant tous le même sac à dos.

En tout cas, il y aurait forcément quelqu'un avec un téléphone. Même si quelque chose dans cet endroit, avec ses avant-toits à la Escher et ses grilles gothiques, me mettait un peu mal à l'aise.

Sinon, je pouvais aussi me coucher à ce carrefour et attendre de mourir de froid. Suicide ou pas, mon fantôme retrouverait sûrement le chemin de la maison. Il avait été très tenace, ces derniers temps.

Je commençai à claquer des dents. La maison et moi nous regardions. Sans savoir pourquoi, l'idée de franchir ces grilles et de m'approcher de la vieille porte blanche en haut des marches m'emplissait d'une vague frayeur. Quoiqu'il n'y eût peut-être rien d'étrange à ce que je devienne un tantinet paranoïaque depuis quelque temps.

La route était couverte d'une épaisse couche de neige. Il me faudrait des heures pour rejoindre Cambridge à pied dans ces conditions, si je ne mourais pas de froid avant ou si mon poursuivant ne me rattrapait pas d'ici là.

Pendant ce temps-là, où qu'elle soit, il pouvait arriver n'importe quoi à Katie.

Je calai mes mains gelées sous mes aisselles et secouai la tête en espérant en chasser mes peurs irrationnelles. L'air froid de la nuit me mordait l'épaule tandis que je traînais les pieds sur le manteau de neige en direction des grilles fermées.

Au moins étais-je à l'abri du vent.

Des murs de brique sombre se dressaient au-dessus de moi. La lumière jaune s'échappant de la fenêtre n'arrivait toujours pas à me rassurer. Je me grattai la tête, qui me picotait, sans cesser de claquer des dents.

Je gravis les marches de grès, laissant derrière moi la trace mouillée de mes pas.

Il y avait une vieille sonnette en bronze dont le boîtier commençait à souffrir de l'âge. Maintenant que j'étais plus près, je commençais à comprendre ce qui m'avait fait tiquer. Une atmosphère de négligence régnait partout : des mauvaises herbes poussant dans ce qui avait dû autrefois être une allée soignée, en passant par les huisseries de fenêtres fendillées au mastic ravagé, dont l'état de délabrement m'était apparu clairement dès l'instant où j'avais franchi les grilles, déclenchant l'allumage d'un projecteur de lumière blanche. J'avais vu, sur une chaîne rutilante accrochée aux grilles, un cadenas tout neuf déverrouillé, comme s'il avait été ouvert à la hâte.

Si le confort et l'esthétique n'étaient pas le premier souci des occupants, une caméra de vidéosurveillance récente était installée en haut d'un mur, dirigée vers les grilles, et j'en repérai une seconde montée sur le flanc de la maison mitoyen au mur d'enceinte de la propriété. De petites lumières rouges y clignotaient au rythme d'un battement de cœur. Peut-être que quelqu'un m'observait, en cet instant.

J'appuyai sur la sonnette.

Le son fort et pur d'un carillon retentit par deux fois dans la maison, amplifié électroniquement, comme si les gens qui vivaient ici avaient l'habitude d'être trop loin pour entendre une sonnerie ordinaire.

Je tendis l'oreille en la plaquant contre la porte, guettant un signe de vie à l'intérieur. Le contact avec ma joue me piquait. Je me l'étais bien éraflée en tombant de la voiture.

Aucune réaction.

De longs instants passèrent.

J'essayai une nouvelle fois en laissant mon doigt enfoncé sur le bouton pour faire sonner le carillon encore et encore. C'était une situation d'urgence, après tout. Je ne devais pas être intimidée par ces gens et leur grande maison.

Je pressai de nouveau mon oreille contre le bois de la porte en me retenant de pleurer.

Cette fois, il y eut un bruit.

Je ne suis pas sûre que je l'aurais entendu dans des circonstances normales : s'il avait fait jour, avec le bruissement des arbres, le chant des oiseaux, le bruit des voitures et des avions. C'était un bruit infime, une espèce de *clang-clang-clang* irrégulier, comme si quelqu'un frappait sur un objet métallique. Le son provenait des profondeurs de la maison et ressemblait presque plus à une vibration qu'à un bruit.

Peut-être cela venait-il des tuyaux.

L'oreille contre la porte, je sonnai de nouveau.

Toujours aucun bruit ni signe de mouvement dans la maison, mais le petit bruit recommença immédiatement, et son rythme s'accélérait dans une sorte d'urgence ou de désespoir : *CLANG-CLANG-CLANG-CLANG-CLANG…*

Une idée terrible me vint soudain à l'esprit.

Si elle était juste, je n'avais pas une minute à perdre.

Je fis le tour de la maison, cherchant une porte ou une fenêtre ouverte, espoir dérisoire, mais il fallait au moins que je vérifie. La plupart des fenêtres étaient occultées par des rideaux ; sous leurs rebords se trouvaient de vieux câbles pourris, restes d'un ancien système d'alarme. Le nouveau système était centralisé dans un boîtier rouge clignotant à l'arrière du bâtiment, certainement assorti à des capteurs et relié aux caméras pour protéger la maison et le terrain.

J'essayai de déterminer une sorte de plan. Je réfléchissais mal, mes idées partaient dans tous les sens. Peut-être que l'alarme n'était pas branchée. Peut-être qu'il n'y avait que le boîtier clignotant, histoire de faire peur aux voleurs. J'allais devoir marcher jusqu'à Comberton avec mes pieds gelés.

Non, c'était impossible. Il fallait que j'entre. *Tout de suite.*

Je passai de fenêtre en fenêtre, toutes obstinément fermées et occultées par du tissu damassé ou un épais coton. Les grandes fenêtres de l'avant et des côtés étaient en verre épais à motifs de diamants ; je ne pourrais jamais les casser, et continuai donc mon petit tour en faisant crisser la neige sous mes pieds. Je tombai alors sur une fenêtre plus petite, puis une autre, mais toutes étaient occultées par du filet ou du polyester bon marché, et je ne voyais aucune lumière derrière. Ce devait être le quartier des domestiques.

Je levai les yeux sur le mur de brique. Il y avait quelques autres ouvertures en haut, à différents niveaux, mais elles étaient également dans le noir et surtout inaccessibles. Cette partie de la maison dépassait légèrement du reste ; ce devait être une extension ultérieure à la construction d'origine. Et apparemment, il n'y avait personne, là non plus.

Du moins, pas encore.

Mes mains ressemblaient maintenant à deux petits crabes bleus, et mon cou et mon épaule blessée souffraient affreusement du froid. Il fallait que je casse la vitre d'une des petites fenêtres de l'arrière, mais comment ?

Le cadenas et la chaîne des grilles !

Je courais vers les grilles quand les projecteurs de sécurité s'allumèrent avec un petit clic en provenance d'un endroit sur le mur, me mettant en pleine lumière. Ce n'était qu'un capteur de mouvement, mais je faillis hurler de peur. La chaîne et le cadenas étincelants glissèrent bruyamment sur le vieux fer forgé rouillé.

Soudain, quelque chose bougea dans l'obscurité derrière les grilles. Je me figeai, en pleine lumière dans l'allée, essayant de distinguer une voiture qui approcherait. Je ne vis rien. Ce qui ne signifiait pas qu'il n'y avait rien.

Je repartis en courant vers la fenêtre et y projetai la lourde chaîne. Le verre se fracassa en mille morceaux dans un bruit musical, comme s'il avait attendu cette occasion pour chanter.

Je me tendis, attendant le hurlement d'une alarme. Il ne vint pas. Peut-être s'agissait-il d'une alarme silencieuse, à moins que le dispositif visible ne fût là qu'à titre dissuasif.

Je songeai aussi qu'il avait peut-être été désactivé. La personne qui vivait ici ne voulait peut-être pas que des inconnus ou la police débarquent chaque fois qu'un gamin essayait d'entrer par effraction.

Ce qui impliquait que l'homme devait avoir quelque chose à sa disposition pour régler lui-même ce genre de problème.

Pas le temps de se préoccuper de ça maintenant.

Je tirai la manche de mon gilet bleu sur mes doigts engourdis et pressai la masse de tissu trempé sur les bords de verre cassé pour pouvoir passer. Les morceaux tombèrent à terre avec fracas. Je n'avais pas d'autres choix si je voulais ne pas me couper dans la manœuvre.

Il y avait un lit dans la petite chambre où j'atterris, ainsi qu'une commode à tiroirs surmontée d'un miroir bon marché. Une valise entrouverte était posée sur le matelas. Elle était remplie de divers vêtements masculins, sur lesquels reposait une boîte à chaussures mal fermée.

Dans cette boîte, il y avait des papiers, un passeport, deux permis de conduire, un au nom de Tim Henry, résidant à Barton, et un autre à celui de Christopher Meeks, habitant dans le village ; il y avait également une pièce d'identité au nom de Chris Henry, chauffeur pour les services sociaux de North Cambridgeshire, expirée depuis dix-huit mois. Toutes ces pièces comportaient la photo du même homme, aux cheveux blonds grisonnants. Des vêtements étaient jetés dans tous les sens, comme si l'homme avait été interrompu pendant qu'il faisait sa valise.

Je m'assis sur le lit et enfouis mes mains dans le couvre-lit d'un autre temps. Il était froid, mais au moins il était sec.

Je secouai la neige fondue de mes cheveux. En passant la main sur ma joue, je vis qu'un de mes doigts était noir de sang. Je me regardai dans le miroir et vis une série de fines éraflures sur mon visage.

Je vis ensuite une petite croix en argent terni au bout d'une chaîne accrochée à un coin du miroir.

Je ne sais pourquoi, en dépit du danger et de l'urgence, ce détail retint toute mon attention. Mes yeux ne cessaient de revenir vers ce petit bijou de pacotille, comme fascinés…

Comment cet homme m'avait-il trouvée ? Mais oui, ce que j'avais pu être bête ! En discutant avec la police sur le fait d'exposer Bethan Avery lors de mon appel public, c'est moi-même que j'avais exposée.

Mais plus rien de tout cela n'importait. Je devais trouver l'origine de ce bruit, apaiser le terrible soupçon qui avait germé en moi. Il fallait que je trouve un téléphone sans perdre une minute de plus.

J'ouvris la porte et me retrouvai dans un couloir tapissé de boiseries et au sol couvert de tapis ; au bout de ce couloir s'ouvrait un grand espace carrelé aux murs de plâtre. J'attendis quelques instants et tendis l'oreille en retenant mon souffle. Ce couloir devait donner sur la cuisine. Peut-être y aurait-il un téléphone là-bas, et quelque chose qui pourrait me servir d'arme. J'avançai à pas de loup sur le tapis.

Je n'entendais rien, à part les petits craquements d'une grande maison ancienne, sinistre et négligée, croulant sous la poussière. Le bruit de percussion avait cessé.

J'avançai dans la cuisine. La seule chose témoignant d'une utilisation récente était un vieux four à microondes plein de taches de nourriture. Je franchis ensuite des portes qui donnaient, sous la lueur de la lune passant par un puits de lumière, sur un escalier aux marches en marbre et à la rampe en acier. Toujours pas de téléphone en vue. Je réprimai un petit sentiment de panique.

Les doubles portes devant moi étaient closes, mais je savais que je me dirigeais vers l'avant de la maison, vers la pièce avec les grandes fenêtres près de l'allée, là où j'avais entendu le bruit des coups.

C'est de là que provenait la lumière qui m'avait attirée vers la maison. Elle soulignait le dessous des doubles portes d'un fin rayon doré.

Je les ouvris brusquement.

J'ignore ce que cela me fit, alors que tant d'autres choses jusqu'ici n'avaient pas provoqué de réaction en moi, mais les rideaux de damas bleu, le carrelage noir et blanc avec son lourd et épais tapis bleu, ce canapé en velours – ce putain de canapé en velours ! –, tout cela m'emplit soudain d'une terreur et d'une rage si fortes que j'eus envie d'y mettre le feu.

Je savais, avec l'évidence frappante de la vérité, que j'avais beaucoup, beaucoup souffert sur ce canapé.

Je me souvenais de cette pièce.

Plus précisément, je me souvenais de ce qui s'était passé la dernière fois que je m'y trouvais.

28

C'était en début de soirée, j'étais sortie de la cave. Cette cave avait toujours été là, comme elle l'était encore. Je crois qu'à ce stade, j'étais tellement abîmée, si dissociée comme aurait dit Martin, que j'aurais eu le plus grand mal à me rappeler qui j'étais ; que j'avais un jour eu une mère, Melissa ; que ma meilleure amie s'appelait Natalie.

Mais il y avait certaines choses que je n'avais pas oubliées.

C'était l'hiver, j'avais affreusement, profondément froid, et je ne cessais de penser que j'allais mourir. Mais je n'étais pas morte. J'étais restée en vie parce que ma grand-mère était gravement blessée, à l'hôpital. Il fallait que je la revoie. Elle allait mal ; elle était en danger.

Je n'avais pas été autorisée à sortir bien longtemps, et j'étais si faible que je tenais à peine debout. J'étais blessée ; j'avais mal dans la poitrine, et une de mes côtes devait être cassée. J'avais fait quelque chose qui l'avait mis en colère, sans pouvoir me rappeler quoi.

En tout cas, je n'étais pas debout. J'étais assise, sur ce canapé en velours.

Il disait s'appeler Alex, mais j'étais sûre qu'il mentait. Il était maigre, d'âge moyen (du moins est-ce ce que je pensais, quoique vu à travers le prisme de mon jeune âge, il ne devait guère avoir plus de trente, trente-deux ans), il avait de fins cheveux blonds et ne se lavait pas souvent.

Cette odeur aigre de sueur et de moisi me revient plus clairement que les traits de son visage. Je ne me souviens pas très bien de son visage. Je détestais le regarder et ne le faisais donc pas souvent. C'est par sa voix que je captais les signaux relatifs à ma survie. Il parlait bas, de façon presque obséquieuse, mais pouvait passer en un clin d'œil à un beuglement furieux et tonitruant, souvent accompagné de coups de poing rageurs.

Il disait m'avoir sauvée des hommes qui avaient tué ma mère et qui me recherchaient, ainsi que ma grand-mère. Il me disait qu'il était riche et puissant, et que cette maison était à lui. Je ne savais pas si je devais le croire sur ce point, mais je croyais par contre que ma grand-mère était en danger et qu'il savait ce qui était arrivé à Melissa.

Je croyais qu'il connaissait mes professeurs, et que certains d'entre eux savaient que j'étais ici, dont Mlle Costas. Qu'il connaissait les services sociaux (sinon comment aurait-il su tout cela sur moi ?), qu'il connaissait des policiers et que c'était pour cela que personne ne me recherchait.

Il disait que j'aurais dû lui être reconnaissante de me sauver de la sorte, ainsi que ma grand-mère, et que je devrais lui manifester ma gratitude.

Lorsqu'il me parlait, c'était comme s'il me prenait pour une autre fille, une fille appelée Bethan et qu'il préférait, ce qui n'avait pas dû être bon pour elle. Cette autre fille était sa petite amie et elle l'aimait ; ils étaient heureux ensemble, même si c'était difficile à dire étant donné qu'elle ne parlait pas beaucoup.

Quand ils étaient ensemble, je m'effaçais purement et simplement dans un recoin de moi-même, et je leur tournais le dos à tous deux.

La dernière fois que je suis venue dans cette pièce, il a été très gentil avec moi, bizarrement gentil, même. Il était désolé de s'être fâché, même si j'avais manigancé d'essayer de m'enfuir, ingrate que j'étais, après tout ce qu'il avait fait pour moi, tout ce qu'il continuait de faire pour me protéger. Il allait se rattraper. Il semblait avoir pleuré, et ses mains tremblaient en me touchant sur ce maudit canapé en velours. Cette fois, je ne me suis pas effacée en moi. Je suis restée, parce que je me suis rendu compte que quelque chose avait changé et que ce changement était mauvais signe.

Il m'avait acheté une chemise de nuit blanche en dentelle synthétique bon marché et il a voulu que je la mette. Il m'a regardée essayer de la passer par ma tête tant bien que mal malgré ma côte cassée, comme si je faisais un strip-tease rien que pour lui. Puis, il m'a demandé de m'allonger sur le canapé.

– Voilà, ma beauté. Maintenant, ferme les yeux.

C'est ce que j'ai fait, même si mon instinct m'ordonnait de les garder ouverts. Ils sont restés fermés pendant qu'il m'embrassait, embrassait mes paupières avant de s'écarter.

Il y a eu un petit bruit venant du sac d'où était sortie la chemise de nuit.

Je n'ai pas pu résister, même s'il risquait de se mettre en rage. Mes yeux se sont ouverts.

Il tenait un gros marteau à deux mains et s'apprêtait à me l'abattre sur le crâne.

Quelque chose qui dormait au fond de moi sur le canapé s'est alors subitement réveillé, une chose qui semblait avoir été là depuis le début, malgré le froid, malgré ce fou et mon impression d'être cassée en mille morceaux, rien de tout cela n'ayant plus aucun lien avec le reste.

Cette chose dans mon corps était bien plus réveillée que moi. Elle savait qu'il était inutile de perdre une énergie précieuse en essayant de me défendre contre le gros marteau avec mes petits bras, ou de tenter de plaider pour ma vie contre ses yeux bleus mouillés, ses lèvres tremblantes.

Je savais que je vivais les derniers instants de ma vie et m'élançai vers le haut, oubliant la douleur de mes côtes, pour enfoncer mes doigts dans ses yeux.

Il y eut un juron de douleur et de surprise, suivi d'un autre cri alors qu'il lâchait le marteau brandi qui retomba sur sa tête, la griffe de l'outil lui accrochant l'oreille dans sa chute, ce qui le laissa étourdi quelques secondes.

C'est ainsi que, soudain, le marteau, sali de vieilles taches de sang séché, se retrouva entre mes mains.

Je le frappai sur le côté de la tête. Il poussa un hurlement.

Vous vous demandez peut-être pourquoi je n'ai pas continué et ne l'ai pas tué avec ce marteau, et je me pose aussi la question. Mais je crois que j'ai été plus sage que je ne l'imagine. Il était simplement étourdi et cherchait déjà à reprendre le marteau tandis que j'étais bloquée sous lui, et l'effet de surprise étant passé, la question du plus fort ne se posait évidemment plus.

Avec tout ce qu'il me restait de force, j'ai glissé de côté sous lui. Pendant qu'il essayait de m'empêcher de le frapper à nouveau, il a perdu l'équilibre et est tombé du canapé sur l'épais tapis bleu.

J'ai bondi sur mes pieds, ignorant mes douleurs, saturée d'adrénaline, prête à détaler.

Il m'a attrapée par la cheville en tirant d'un coup sec. Je suis tombée, et mon visage a heurté durement le carrelage noir et blanc, juste après le tapis. Une douleur atroce m'a explosé dans le nez ; j'ai senti quelque chose se casser sous la peau de mon visage, et le sang a giclé par terre. Le marteau m'est tombé des mains et a glissé au loin avant de s'immobiliser contre un mur dans un petit rebond.

De mon pied libre, j'ai tapé, poussé en arrière.

Il a hurlé de nouveau et a lâché ma cheville. Je me suis précipitée à quatre pattes vers le marteau, sentant à peine le sang qui coulait de mon nez et de ma bouche à la lèvre fendue.

Redresse-toi, redresse-toi, vite !

J'avais de nouveau le marteau dans ma main. Toutes les épées des anciens rois n'auraient pu égaler sa splendeur à mes yeux. Je tournai les talons et ouvris la porte donnant sur l'entrée.

L'instant d'après, il était à mes trousses.

Je n'avais pas le temps d'essayer d'ouvrir la porte d'entrée et courus vers l'arrière de la maison, par un labyrinthe de passages ; le hall avec l'escalier en marbre, le couloir, la cuisine glauque pendant que lui, le monstre au centre, grognant, saignant et beuglant des insultes, me talonnait à une seconde d'écart, si proche que je sentais son haleine chaude et fétide sur mon cou. Je me retournai en hurlant avec le marteau brandi devant moi et il recula, mais juste un instant.

Il va m'attraper. Il va m'attraper et il va me tuer.

Je déboulai dans la cuisine et vis les couteaux.

Non, il ne va pas me tuer.

Je m'emparai du couteau juste au moment où ses bras se refermaient sur ma taille. Je lui donnai un coup de couteau dans la main et tendis le bras pour le frapper à la cuisse, au ventre, à n'importe quel endroit où je puisse l'atteindre malgré l'angle malaisé, tandis qu'il hurlait des obscénités. Touché, il me lâcha.

J'avais abandonné le marteau et gardé le couteau ; la porte de la cuisine était devant moi, fermée par un simple loquet.

Je l'ouvris et me retrouvai dehors.

Mes pieds nus coururent sur l'herbe humide du soir. Le vent dont j'avais rêvé en pleurant caressait mon corps, mais je n'avais pas le temps de le savourer.

J'ai couru.

J'ai couru comme jamais de ma vie je n'avais couru. Le champ me paraissait interminable. Mes jambes avaient beau se démener dans l'herbe trempée, les arbres semblaient toujours aussi lointains ; j'avais même l'impression qu'ils reculaient à mesure que j'en approchais.

J'ai couru dans le silence total, avec pour seule compagnie mon souffle rauque et le murmure de l'herbe. Puis j'ai entendu un cri furieux, un cri de rage indistinct qui montait en puissance.

Il se rapprochait de moi.

Je n'aurais jamais cru que je pourrais courir aussi vite. Je me trompais. Je savais que, si je me retournais, je le verrais en train de courir dans le champ derrière moi, ma mort affichée sur son visage.

Mais je ne me suis pas retournée. Il ne faut jamais se retourner.

Puis les arbres m'ont accueillie. Le sol boueux était parcouru de racines dangereuses, qui me déstabilisaient et me faisaient mal aux pieds. Mon sort en était jeté. Désespérée, je levai les yeux vers l'enchevêtrement de branches. Le vent projetait des gouttes froides sur mon visage ; il pleuvait.

Quelque chose surgit des broussailles. Quelque chose qui contrastait vivement avec la grisaille ambiante du crépuscule. Quelque chose de noir et blanc. Qui s'éleva dans les airs, sans faire de bruit. Dans la clarté totale de ma terreur, je vis ce que c'était. Une pie. Un détail insignifiant. Je trébuchai sur une racine. Je tendis les mains pour amortir ma chute, l'une tenant toujours le couteau.

Elles ne rencontrèrent rien.

La berge de la rivière descendait en pente aiguë, dissimulée à la vue par les arbres et les broussailles qui bordaient le cours d'eau. Je roulai le long de sa pente dans une chute adoucie par la végétation. Alex se maintint en équilibre sur le bord de la berge, vociférant comme un diable et y cherchant vainement une prise, tandis que je m'élançais à corps perdu dans les eaux froides et agitées.

Et, d'un seul coup, je sortis de là, comme si j'avais été évincée physiquement de ma propre mémoire.

J'étais à nouveau Margot et j'étais plantée sur le tapis bleu, en face de ce putain de canapé en velours avec son tissu taché, ses décennies supplémentaires de poussière et de désolation.

Katie.

Je savais où était Katie Browne.

Je soulevai un coin du lourd tapis.

Une trappe était encastrée dans le carrelage. Cela ressemblait à ce que j'avais vu dans d'innombrables films ou pièces de théâtre. Les bords étaient en métal noir vissé à un cadre en bois. Un épais anneau noir reposait à plat dans un creux prévu à cet effet.

Je le pris et tirai fort. Au début, je crus que la porte était simplement lourde, puis je vis la serrure juste sous l'anneau, faite pour recevoir une grosse clé à l'ancienne.

Je lâchai un juron.

Dessous, le *bang-bang-bang* reprit.

– Katie ? criai-je en tombant à genoux. Katie, c'est toi qui es là ?

Il y eut un silence. Puis, très étouffé mais audible, et teinté d'incrédulité :

– Madame Lewis ?

– Oh mon Dieu !

Aussi étrange et inapproprié que cela puisse paraître, j'eus envie de rire de joie.

– Mon Dieu, Katie, tu es vivante ! Katie, où range-t-il la clé ?

– La clé ?

– La trappe est verrouillée. Sais-tu où il range la clé ? criai-je dans le joint entre la trappe et le sol.

Sa réponse fut inaudible.

– Je ne t'entends pas !

– Je ne sais pas… Je ne sais pas !

– Écoute, ce n'est pas grave, Katie. Je vais appeler la police et on va te sortir de là, d'accord ? Je te le promets. Ne bouge pas.

– D'accord, entendis-je vaguement.

Je me redressai et me frottai la nuque. Le téléphone. Bon Dieu, il serait sûrement dans l'entrée.

L'entrée… Où était-ce, déjà ? Il y avait une porte dans le mur près du canapé en velours ; je l'ouvris.

Bingo.

Le combiné était vieux et crasseux, mais une tonalité s'en échappa quand je le portai à mon oreille.

Je composai le 999 en jetant un coup d'œil vers la porte d'entrée.

Elle était entrebâillée. Très légèrement.

Mon ventre se noua. Dans toute cette excitation, je n'avais entendu personne entrer.

– Voulez-vous la police, une ambulance ou les pompiers ? fit une voix au bout du fil.

Quelque chose de très froid se pressa soudain contre ma nuque. On m'enleva le téléphone des mains, sans que j'oppose de résistance.

– Mets tes mains en l'air, dit-il.

Je les levai, lentement. Le papier peint de l'entrée était rose foncé, à motifs de fleurs de lys, légèrement taché.

– Retourne-toi, dit-il.

Il avait toujours la même voix.

Je me retournai, les mains en l'air, et il était là, dans une parka d'un bleu sale, ses cheveux blonds tirant maintenant sur le gris, très courts et dégarnis en haut du crâne.

Ses yeux bleus mouillés croisèrent les miens au-dessus du canon du pistolet qu'il tenait.

– Oh ! Bethan, dit-il. Tu as vraiment été très, *très* vilaine.

29

– Avance, dit-il en me poussant vers l'autre pièce du bout de son arme.

Je fus tentée, follement tentée de lui dire d'aller au diable, qu'il n'avait qu'à me tirer dessus maintenant, si telle était son intention finale, car il était hors de question que je fasse quoi que ce soit pour plaire à ce misérable salopard qu'il était ; plus rien, plus jamais.

Seulement, je n'étais pas toute seule ; Katie était là, elle aussi.

Et il fallait que je l'aide à sortir d'ici.

Je le laissai me guider et le regardai ouvrir la trappe, son pistolet toujours braqué sur moi.

Je me rappelai autre chose : avant, je ne le regardais jamais ; je n'osais pas ou n'en avais pas envie. Mais maintenant, je le regardais franchement.

Je le fixai longuement, droit dans les yeux.

– Descends, ordonna-t-il.

Les mains en l'air, je le précédai dans les marches menant au monde souterrain, dans ce petit couloir poussiéreux, jusqu'à la porte au fond. Le carrelage noir et blanc allait jusque-là, noir et blanc comme les pies, et maculé par endroits de petites taches marron dont je compris qu'il s'agissait de vieux sang séché.

Combien d'entre elles étaient mon propre sang ?

Ma mâchoire se serra.

Je me rappelai le bureau de Martin, et je revis son mur couvert de photos et de notes se dresser devant moi telle une falaise rocheuse devant un bateau à la dérive.

Toutes ces filles…

Je sentais toujours le cercle froid du canon de l'arme sur ma nuque. Il me tendit quelque chose. À côté de mon coude, je le vis brandir la clé de la porte.

Il respirait fort. À un certain niveau, il prenait du plaisir.

– Grouille-toi. Je n'ai pas toute la journée devant moi.

Je retins ma langue et pris la clé désagréablement chaude dans sa main moite. Je la tournai lentement dans la serrure.

– Je ne comprends pas, dit-il d'une voix pleine de rage contenue et d'apitoiement de soi-même. Pourquoi es-tu revenue ici ? Pour l'argent ? C'est ça que tu cherches ?

À l'intérieur, Katie Browne était recroquevillée dans l'angle le plus reculé. Elle portait une chemise de nuit rose très sale, et son visage était crasseux et contusionné. On y lisait horreur et impuissance.

Je lui coulai un long regard aussi rassurant que possible. La partie n'est pas encore finie.

Elle pinça ses lèvres gonflées.

– Ne t'amuse pas à m'ignorer, gronda-t-il.

Je sentis dans sa voix que sa colère montait. Une rage enfantine qui ne supportait pas le moindre instant de frustration, le moindre soupçon de désapprobation.

– Pourquoi es-tu revenue ?

Je me tournai pour le regarder en face.

– C'est vous qui m'avez conduite ici, espèce de pourriture, quand vous m'avez balancée dans votre voiture, répondis-je. Alors, c'est à *vous* de me dire ce que je fais ici.

Il tressaillit. Son souffle s'accéléra et, à la vitesse de l'éclair, il me gifla, assez fort pour me faire siffler les oreilles.

Mais je n'avais plus peur, parce que sa colère n'était rien en regard de la mienne. Le souvenir de cette pièce souterraine avec sa mousse moisie, la puanteur de la terreur faisait rugir le sang à mes oreilles au rythme effréné des battements de mon cœur.

Avec cette colère, je me sentais capable d'accomplir de grandes et terribles choses.

– Ne t'avise pas de faire l'insolente avec moi, petite salope ! gronda-t-il.

Ses yeux brillaient de folie et, pendant une seconde, il baissa la garde et son arme.

– On aurait pu être un couple idéal, mais tu as tout gâché !

Je laissai ma langue passer sur ma lèvre fendue. J'y perçus un goût de sel et de métal, comme si j'en avais un morceau entre les dents.

Je déglutis.

– Oh non ! Vous n'avez rien d'un homme, à mes yeux.

Et là, dans le monde souterrain, stimulée par le goût du sang, je passai soudain à l'attaque.

Le cadenas et la chaîne sortirent de ma poche en un éclair. Je lui en fouettai le visage de toutes mes forces, tel un nunchaku s'abattant sur sa chair et ses yeux. Le sang gicla, m'éclaboussant, et il poussa un cri stupéfait, mais j'étais comme possédée. Je venais de me rendre compte que tout ce qui nous empêche de nous agresser les uns les autres n'est pas la force physique, mais la force de la volonté, et, à présent, la moindre parcelle de mes forces était mobilisée contre lui pour le fouetter encore et encore avec ma chaîne, dont les bords tranchants du cadenas le coupaient tandis qu'il hurlait en se débattant avec son pistolet. Le coup partit, mais il tenait l'arme trop près et elle dévia sur le côté. Le bruit de la détonation était aussi lointain et insignifiant à mes oreilles qu'un grondement d'orage, et je ne voyais que lui, à travers un voile de fragments écarlates bougeant à toute vitesse.

Comment avait-il pu me toucher ? Comment avait-il pu toucher ces filles ? Je vais le tuer ! Je vais le *tuer*…

Il me poussait en arrière, se servant de son arme comme d'une matraque, mais il était aveuglé par son sang et je ne me souciais aucunement de ma sécurité. Il était malgré tout plus fort que moi, plein d'une terrible force brute, comme un taureau enragé, et me repoussait peu à peu. Il allait bientôt me renverser.

– Katie ! hurlai-je. Sauve-toi !

Il n'y eut aucun bruit derrière moi, mais je ne me retournai pas pour la regarder. Je ne voyais que lui ; il emplissait tout mon champ de vision. Il leva rapidement une main pour s'essuyer le visage, dont l'œil gauche était gonflé et déformé, presque fermé ; du sang coulait de derrière la paupière.

Soudain, il lâcha le pistolet et ses deux mains m'empoignèrent le cou. Il serrait si fort que j'entendis mes cartilages craquer sous ses doigts.

J'attrapai le pistolet et en fracassai la crosse sur sa tempe, de toutes mes forces.

Il poussa un petit cri et tomba lentement à genoux. Puis, dans un grognement d'animal blessé, il bascula en avant. Sa face heurta le sol de la cave dans un bruit mouillé et écœurant.

C'est alors que je me ressaisis.

Je tenais le pistolet braqué au-dessus de sa tête et je me rendis compte que j'étais sur le point de lui faire sauter la cervelle.

Je me figeai, comme si le temps s'arrêtait ; la poussière elle-même semblait avoir cessé de voler sous la lueur blafarde de l'ampoule au plafond. Mon nunchaku improvisé gisait à mes pieds, avec une mèche de cheveux clairs souillée de son sang.

Je baissai le pistolet et vis que je tremblais. Je tremblais même si fort que j'avais l'impression que le sol tremblait lui aussi sous mes pieds. Mes mains étaient couvertes de sang.

– Oh ! fis-je d'une voix étranglée. Oh !

Je venais de découvrir ce que mon ennemi avait découvert il y a de nombreuses années.

Il y a une tueuse en moi.

– Oh ! dis-je encore en portant à ma bouche mes mains souillées et tremblantes. Oh !…

À mes pieds, il respirait bruyamment, avec difficulté.

La force qui m'avait envahie était en train de me quitter. Sa tâche accomplie, elle fuyait pour retourner se cacher dans le tréfonds de mon inconscient, me laissant là, totalement seule et livrée à moi-même.

Sauf que non, je n'étais pas seule. Katie était avec moi.

Juste ciel, je devais lui avoir flanqué une trouille bleue.

Il fallait qu'on sorte d'ici. Il fallait que je téléphone. Il fallait que je dise à des gens ce qui venait de se passer.

Mon Dieu, qu'est-ce que j'allais pouvoir dire ?

– Tout va bien, Katie, haletai-je sans quitter des yeux l'homme à terre.

Je ramassai la chaîne et commençai à la nouer autour de ses poignets inertes ; à moitié mort ou pas, il était hors de question que je lui tourne le dos un seul instant.

– C'est fini, maintenant. On rentre à la maison.

J'entendis un petit bruit étouffé derrière moi.

– Katie ?

Je me retournai.

Oh non ! Oh non, non, non !…

Le coup de feu avait finalement trouvé sa cible.

Katie était allongée sur le dos, le ventre perforé par un trou rouge qui trempait sa fine chemise de nuit. Elle avait les yeux fixes, grands ouverts, et un petit filet rouge coula au coin de sa bouche quand elle toussa une nouvelle fois, puis une autre, avant de s'immobiliser.

30

Après des semaines de thérapie, je crois me souvenir de la première partie de l'histoire.

Je ne fais pas semblant. Je ne me souviens réellement pas de tout, et les choses dont je me souviens, eh bien, elles sont étranges et un peu tordues, comme de vieilles photos mal conservées. Certaines comportent des taches qui ont sombré dans le néant. D'autres se sont déformées pour prendre des formes bizarres, comme exposées à une flamme. À d'autres endroits, elles sont d'une netteté éclatante, aussi vives que le jour où elles ont été prises, mais sans contexte, comme des morceaux de puzzle isolés, incapables de restituer l'histoire dans sa globalité.

Je marche dans un couloir d'hôpital, cherchant les toilettes. Je suis très troublée, très effrayée. Une personne que j'aime est en danger et, d'après les regards, les voix qui chuchotent trop bas, les gentillesses excessives, j'ai bien peur que cette personne ne soit sur le point de mourir.

Et ils me diront qu'elle est tombée. Qu'elle a glissé sur le verglas et qu'elle s'est cogné la tête.

Mais elle est vraiment dans un sale état. Sa tête est une énorme masse de bandages, ses paupières sont gonflées et lui écrasent les yeux ; et elle est couchée dans une position qu'elle ne prend jamais pour dormir, ses lèvres fermées sur un tube en plastique qui a l'air plus vivant qu'elle. Même sa tignasse de cheveux gris est invisible.

Elle se trouve dans une unité spéciale, une chambre à part du service, dans une espèce de boîte en verre. Tout sent mauvais ; c'est cette odeur d'hôpital, et toute ma vie, après, cette odeur me rendra folle, comme un animal sauvage pris dans un piège.

À côté d'elle, un appareil posé sur un chariot émet des bips au rythme de son cœur. Ce bruit et celui de sa respiration lente et pénible sont les seuls signes de vie perceptibles.

Ils m'ont appelée pour que je quitte l'école. C'est mon premier jour de reprise, j'en suis sûre, et je me sens bizarre dans cet uniforme raccommodé. J'ai l'impression de devoir l'user à nouveau. Je crois que je devais être là depuis à peine une heure quand le directeur est venu me chercher, avant que… Ah oui, je me souviens : avant que Mlle Costas ne me conduise ici.

Mes lourdes chaussures d'école font un bruit qui résonne sur le linoléum. Je suis comme un ballon gonflé à bloc, prêt à exploser de peur.

– Ah ! tu es là !

Je regarde autour de moi et, à une dizaine de mètres derrière moi, je vois ce travailleur social, Alan ou Alex, je ne sais plus. Il me fait son sourire d'abruti en agitant la main et il accélère dans le couloir pour venir à ma rencontre, courant presque.

À l'inverse, je me sens continuer à avancer, essayant de faire comme si je ne l'avais pas entendu alors qu'il est évident que je l'ai regardé ; j'ai conscience que c'est une façon extrêmement impolie de traiter un adulte, surtout quelqu'un qui a un certain pouvoir sur moi.

Mais je n'ai vraiment aucune envie de lui parler, surtout pas maintenant. Il me fiche la chair de poule. N'ayant pas le courage de le provoquer davantage, je m'arrête et j'attends qu'il me rattrape. Il a toujours ce sourire.

– Tu es là, dit-il en s'arrêtant devant moi.

Son regard scrute rapidement le couloir avant de se poser sur moi.

– Le bureau vient de m'appeler. Je te cherchais partout.

Puisque je suis là où tu t'attendais à me trouver, je n'ai rien à te répondre. Mes yeux se baissent vers mes horribles chaussures bon marché. Je sens son attention me chauffer le haut du crâne.

– Quelle terrible nouvelle ! dit-il en se frottant les mains. C'était une dame tellement gentille.

Je lui lance un regard outré sans pouvoir m'en empêcher.

– C'*est* une dame gentille, rectifie-t-il. Pardon. Je veux dire, elle était gentille, les fois où je l'ai rencontrée.

Je détourne les yeux. Ils se remplissent à nouveau de larmes, trop vite pour que je puisse le contrôler. Il pose une main lourde et maladroite sur mon épaule pour essayer de me réconforter tandis que j'essuie mes larmes avec fureur, ne voulant pas craquer devant lui.

Il me presse l'épaule une dernière fois.

– Désolé de parler de ça, dit-il en baissant la voix, mais nous devons prendre des dispositions tant que ta grand-mère n'est pas en état de s'occuper de toi.

– Je reste ici, avec grand-mère, dis-je en refoulant mes larmes. Je ne veux pas aller ailleurs.

– Très bien, dit-il au bout de quelques secondes. Tu peux rester ici. Du moins, pour ce soir. Mais viens.

Il me prend le bras et me guide en avant.

J'hésite, campée sur place, et je sens sa contrariété lorsque je lui résiste.

– Pour aller où ?

Le sourire est de retour.

– Il faut que tu ailles chercher des affaires pour pouvoir rester ici, puis on reviendra, je te le promets.

J'ai un brusque sentiment que quelque chose ne va pas. Un sentiment de peur assez puissant pour que je le perçoive malgré ma tristesse. Je ne veux aller nulle part avec lui.

– Il faut le dire à mademoiselle Costas d'abord, dis-je d'une voix tremblante. Et aux infirmières.

– June est déjà au courant, répond-il en scrutant de nouveau les deux côtés du couloir. Ça ne prendra que quelques minutes. Tu veux être revenue quand ta grand-mère se réveillera, non ?

Je suis bloquée par le doute et l'indécision. Je n'ai pas envie de partir avec lui, mais je ne vois pas de moyen de refuser sans que ce soit affreusement impoli ou sans passer pour une folle. Il n'a rien fait de mal, après tout. Et je me rappelle que grand-mère dit tout le temps : « Ne te mets jamais les services sociaux à dos, ma choute. Fais attention à ce que tu leur dis. Ils pourraient te séparer de moi en un claquement de doigts. »

Il a beau sourire un peu trop, ce type m'a l'air du genre rancunier. Il a le pouvoir de m'enlever à grand-mère pour me mettre en foyer. Je ne veux pas le contrarier.

Et puis, il sait que Mlle Costas s'appelle June. Ils ont dû discuter. Je suis bête. Je ne veux pas avoir l'air bête devant Mlle Costas, qui est ma prof préférée.

Je décide d'oublier ma méfiance (sa façon de surveiller sans cesse le couloir, son dernier geste ressemblant à une caresse sur mon épaule, le fait qu'il se tienne trop près de moi) et j'acquiesce.

– Bien, voilà qui est raisonnable. Viens.

Sur le siège avant de sa petite voiture rouge, alors que nous roulons vers le village, je fouille dans la poche de mon manteau et me rends brusquement compte que j'ai laissé les clés de la maison dans mon cartable. Il est sous la chaise à côté du lit de grand-mère à Addenbrooke.

– Je n'ai pas mes clés, dis-je. Je les ai laissées à l'hôpital.

Il ne me répond pas, ne me regarde pas. Je me dis qu'il ne doit pas m'avoir entendue tout en sachant, au fond, que ce n'est pas le cas.

Au fond, je sais déjà tout.

Je ne me souviens pas davantage du trajet en voiture.

Dieu merci, je me souviens encore moins de ce qui est arrivé ensuite.

31

Mes aventures avec les hôpitaux ne sont pas terminées. Peut-être ne le seront-elles jamais. L'espoir fait vivre, dit Martin. C'est ce que j'essaie de faire.

Une fois encore, je marche dans un couloir d'hôpital et je cherche quelqu'un.

Sauf que cette fois, je sais exactement où je vais.

– Coucou, dis-je en frappant à la porte. Je peux entrer ?

– Oh ! bonjour. Oui, bien sûr.

Katie Browne est couchée dans son lit médical, vêtue d'une chemise de nuit vert pâle. Elle pose l'iPad qu'elle tenait. Aux petits bruits qui s'en échappent, j'imagine qu'elle regardait encore *Hunger Games*.

Il y a quelque temps, je lui ai prêté mon iPad et lui ai dit d'acheter les livres et les films qu'elle voulait sur mon compte. Martin était sceptique, mais jusqu'ici il a toujours fallu l'encourager pour qu'elle dépense le moindre sou.

Cela implique cependant que je peux voir ce qu'elle lit et regarde – ce qu'elle consomme –, et sa consommation va vers des amazones de fantasy, des femmes guerrières sachant manier l'épée, l'arc et le pistolet laser, des protectrices des faibles, championnes de la justice. Parce que j'ai accès à ces livres et à ces films sur mon téléphone, j'ai commencé à m'y intéresser, moi aussi.

C'est étonnamment thérapeutique et touchant. Sans qu'elle ait à parler, cela me permet de voir quel est le monde de ses rêves, et j'en retire beaucoup d'espoir pour son rétablissement.

Ainsi que pour le mien, par extension.

Par la fenêtre de sa chambre, je vois les tours et les allées encombrées d'Addenbrooke.

– La vue est chouette…

Je m'assois sur la chaise près de son lit. Le petit meuble de chevet est plein de cartes de vœux colorées.

– Tu sais ce que je vais dire, n'est-ce pas ?

– Euh, non, répond-elle.

Son sourire décline et elle se tourne, comme si des rideaux venaient de se refermer sur son âme. Cela fait presque trois mois maintenant, mais Katie n'est pas encore prête à parler de la cave ou de ce qui lui est arrivé, à la grande frustration de l'équipe soignante qui l'accompagne. Je serais mal placée pour lui en vouloir.

Mais quand elle sera prête, je serai là.

– J'allais te souhaiter un bon anniversaire.

– Quoi ? Ah oui !

Son soulagement est palpable.

– Mais vous avez un jour de retard.

– Je sais, désolée. Hier, j'avais rendez-vous avec les avocats.

– Vous avez vu les avocats ?

Ses yeux s'écarquillent.

– Je croyais que…

– Non, pas pour ça. Là, c'était pour mon divorce.

Ses yeux sombres sont inquiets. Elle ne sait pas quoi dire au sujet de mon divorce. Malgré tout ce qu'elle a traversé, elle n'est encore qu'une enfant.

– C'est bon, lui dis-je. C'est fait.

Le rendez-vous avait eu lieu à Londres, où travaille Stephen, mon avocat et nouvel homme indispensable, dans un bureau chic près de Gray's Inn. L'après-midi était déjà bien avancé lorsque je suis arrivée, le ventre noué, la gorge sèche ; on m'a conduite dans une salle de réunion ultramoderne et désigné un fauteuil avec un grand dossier.

Eddy était déjà là. Sa présence m'a fait un choc physique, et je me suis sentie prise de vertige.

L'assistante de Stephen, Tanya, s'est dirigée vers le buffet. Derrière elle, on voyait Londres dans un brouillard laiteux, encadré par des baies vitrées allant du sol au plafond. La cathédrale Saint-Paul pointait au loin, minuscule, tel un sucrier fantaisie. J'avais presque envie d'en soulever le couvercle pour jeter un œil à l'intérieur.

– Quelqu'un veut un thé ? Du café ? proposa-t-elle d'une voix de flûte.

Je secouai la tête. Eddy pareillement.

– Pas pour moi, merci, dit-il.

Eddy n'avait pas changé, et changé en même temps. Il était impeccable, comme toujours, mais sa chemise blanche parfaitement coupée et sa petite veste noire lui donnaient l'air de quelqu'un jouant un rôle, peut-être celui d'un gangster ou d'un méchant dans James Bond, et ses boutons de manchette étincelants paraissaient vulgaires, surtout dans le cadre de notre entrevue et de son propos. On aurait dit qu'il avait perdu la capacité d'habiter ses propres vêtements. Il évoquait une version générique de lui-même, fabriquée avec des matériaux au rabais.

Ou alors, c'était moi qui avais changé et qui le voyais avec des yeux différents.

Allez savoir.

– Penelope, vous avez pu discuter de notre accord avec votre client ? demanda Stephen.

L'avocate d'Eddy était une femme, une tigresse aux cheveux blond cendré avec un regard d'acier, portant un tailleur-jupe gris anthracite et des talons aiguilles d'une hauteur vertigineuse. Je pensai immédiatement que c'était la personne qui lui avait conseillé de revenir avec moi pour pouvoir hypothéquer ma maison et se servir du procédé pour défendre sa part du capital de Sensitall.

Considération qui me mit dans les meilleures dispositions envers elle, comme vous pouvez l'imaginer.

– Tout à fait, répondit-elle sèchement.

– Des questions ?

– Non, tout est clair.

Elle regarda Eddy, qui faisait semblant d'être fasciné par la surface parfaitement polie de la table.

Stephen ouvrit un dossier et sortit des exemplaires de ses documents.

– Très bien. Dans ce cas, allons-y.

L'accord en question était bien moins effrayant pour moi qu'il n'aurait pu l'être, et ce, pour une raison simple : Eddy avait reçu trente mille livres pour des révélations à mon sujet, qui avaient été publiées dans un tabloïde national. Dans un retournement de situation presque hilarant, il était désormais question de savoir si j'avais le droit de toucher une part de cet argent en tant que partie de notre actif commun.

Cet acte de haute trahison me laissait encore pantoise. Il avait raconté à un journaliste véreux tout ce que je lui avais confié dans l'intimité de notre chambre à coucher, lorsque nous nous promenions main dans la main sur Grandchester Grind ou dans les Fens ; toutes ces choses profondes et secrètes, qui étaient en fait des mensonges sans que je le sache, des histoires racontées par la Reine Rouge sous le coup de la terreur et du désespoir, dans sa fuite perpétuelle. Des histoires de drogue, de dépression, les lointains mirages de mon passé imaginaire.

Cela dit, ni lui ni moi n'avions envie de débattre là-dessus aujourd'hui. En ce qui me concernait, du moins, j'avais d'autres priorités. En conséquence de quoi j'allais garder ma maison, Eddy, son appartement, et nous n'aurions plus de comptes à nous rendre.

Stephen poussa devant lui la liasse de papiers.

– Monsieur Lewis ? À vous de commencer.

Eddy signa rapidement les documents d'un air méprisant, comme si tout cela n'était pas digne de lui, avant de les faire glisser vers moi.

Une grande croix était tracée à côté du nom Margot Lewis, signalant l'endroit où je devais signer. Mon stylo s'arrêta au-dessus de l'emplacement. Finalement, qui est Margot Lewis ? Peut-elle légalement signer ces documents ? Existe-t-elle seulement de manière réelle dans ce monde ?

Allez, quand le vin est tiré, il faut le boire. Mon stylo gratta fermement le papier.

Après, tout était réglé.

Je m'attardai avec Stephen sur les marches de son bureau tandis qu'il arrangeait son écharpe en cachemire.

– C'était horrible, commentai-je.

– Oui, mais heureusement, c'est terminé, maintenant.

Il ajusta son manteau pour se protéger du froid. Un peu plus loin, Londres était en pleine heure de pointe, mais ici, dans le parc médiéval du Middle Temple, tout était étrangement calme et serein.

– De toute façon, vous ne vous attendiez pas à une réconciliation ?

– Absolument pas.

– Je vous accompagne jusqu'à la gare ?

– Merci, Stephen, c'est très gentil, mais je vais retrouver quelqu'un au Delaunay.

– Je vais au moins vous aider à trouver un taxi, alors.

– Non, merci, vraiment. Je préfère marcher. Et je n'ai pas vu de journalistes, même si je n'ai pas inspecté tous les buissons du coin et que ma conclusion est peut-être un peu hâtive.

J'éclatai de rire, mais il ne se laissa pas duper par ma petite diversion.

– Il ne faut pas plaisanter avec ça. Les choses vont encore empirer avant de s'améliorer, madame Lewis, dit-il de son ton grave d'homme de loi. L'arrestation n'est qu'un avant-goût. Le procès sera une véritable épreuve.

Il m'accompagna jusqu'à High Holborn et me laissa sur un au revoir chaleureux près de Chancery Lane avant d'être englouti par les mouvements de la foule descendant dans le métro. Je resserrai mon manteau et sortis de la marée humaine pour me glisser, le temps de m'orienter, près du kiosque qui vendait l'*Evening Standard*. L'air sentait les gaz d'échappement et le houblon. Il faisait déjà presque nuit et je sentais le froid de la barrière de l'entrée du métro dans mon dos. Je sortis mon téléphone de ma poche pour envoyer un message.

Quelque chose, une voix familière, me fit relever les yeux.

Eddy était à quelques mètres de là, parlant au téléphone, le front plissé.

– Je ne vois pas de quoi tu parles, disait-il en tirant sur son col, comme il le faisait souvent quand il était nerveux. Je n'ai jamais promis de…

Il se tourna et me vit. Sa bouche se pinça. Je le vis hésiter. Quoi faire ? Lui tourner le dos ? Faire comme si je ne l'avais pas vue ?

Finalement, à mon grand étonnement, il ne fit ni l'un ni l'autre.

– Écoute, je te rappelle, d'accord ?

Il raccrocha, rangea le téléphone dans sa poche et avança vers moi d'un air nonchalant, comme si cette rencontre fortuite ne lui faisait aucun effet.

– C'est drôle de te trouver ici.

– Oui, répondis-je. J'ai des trucs à faire en ville.

– Ouaip, moi aussi, dit-il en claquant la langue.

Il se planta à côté de moi, et nous restâmes là, à regarder le flot ininterrompu des passants, abrités par le petit décrochement du kiosque.

Nous aurions pu être des espions se retrouvant là pour s'échanger des informations.

– Tu sais, dit-il au bout de quelques instants, la mâchoire crispée, la moitié des trucs qu'ils ont publiés dans ce journal ne venait pas de moi. Je ne sais pas où ils ont dégoté ça.

Je soupirai. En ce qui me concernait, le sujet était clos. Une partie de l'accord que nous avions signé comprenait son engagement à ne plus jamais vendre la moindre information sur moi à n'importe quel média, ce qui revenait un peu à fermer la porte de l'écurie une fois que le cheval est parti, à mon sens, mais Stephen avait insisté sur ce point.

– Peu importe, maintenant, lui dis-je.

Ce qui était vrai.

– Je sais que je n'ai pas vraiment été le mari idéal, murmura-t-il, mais je suis sincèrement désolé que ça se soit terminé de cette manière.

– Oui. Moi aussi.

J'avais froid aux mains et les enfouis dans mes poches. Sur la route, les taxis s'adressaient des coups de klaxon hargneux à la moindre contrariété. Eddy avait les joues rosies par le froid.

– Puisqu'on est là, je peux te poser une question ? demanda-t-il.

– Bien sûr. Vas-y.

– Tu ne savais vraiment pas que tu étais cette Bethan Avery ?

Je tournai la tête pour le regarder dans les yeux.

– Tu plaisantes, j'espère ?

Il haussa les épaules. Non, il ne plaisantait pas.

– Non, répondis-je froidement. Non, je ne le savais pas.

Ce fut son tour de soupirer.

– J'imagine que ça explique certaines choses.

– Comme quoi ?

– Comme la raison de l'échec de notre mariage.

Il ouvrit les paumes, comme si l'argument était irréfutable.

– Je veux dire, si tu ne savais même pas qui tu étais, comment voulais-tu que *moi*, je le sache ?

Je me redressai. Il était temps que je parte.

– Quelle importance ? L'important, c'est que toi, tu as toujours su qui *tu* étais. Tu savais qui tu étais, ce que tu voulais, et tu me l'as bien fait savoir

– Mais…

J'avais envie de lui dire que notre mariage avait été un échec parce qu'il m'avait quittée pour une autre femme, parce qu'il était cupide et égoïste, mais je me contentai de resserrer mon écharpe autour de mon cou.

– Eddy, je suis désolée, mais je dois y aller.

Je lui tendis une main.

– À plus tard, sûrement.

Il voulut ajouter quelque chose, me sembla-t-il, mais parut se raviser. Nous nous serrâmes la main comme des collègues et, quelques instants plus tard, la marée humaine des usagers du métro l'avait englouti dans les profondeurs de Central Line, me laissant seule.

Martin m'attendait devant le Delaunay en frottant ses mains gantées l'une contre l'autre.

– Alors, qu'est-ce que ça a donné ? demanda-t-il.

– Eddy, soupirai-je.

Mon ancienne colère, ce monstre chthonien furieux et incontrôlable, a beau s'être maintenant calmée, je ressens toujours une amère déception quand je pense à Eddy. Cela dit, je n'étais guère surprise. Et je gérais la situation mieux que Martin, semblait-il.

– Vous ne pourrez pas empêcher ce fumier de vendre encore ses salades, dit-il. Il lui suffit de faire ça anonymement, et, à moins qu'on le prenne la main dans le sac, vous ne pourrez rien faire.

Il frappa d'un poing dans sa paume dans un geste rageur.

– Vous comprenez ?

Je hochai la tête. Oui, je comprenais.

– Bon, et sinon, ça va ? s'enquit-il.

– Oui, ça va bien.

Je le pensais vraiment.

– Vous êtes prête à fêter votre divorce ?

Je levai les yeux vers les fenêtres illuminées du restaurant et me mordis la lèvre. Ça sentait bon. Et l'endroit avait l'air agréable.

– Oui, oui…

J'étais fatiguée et moyennement disposée à me rendre dans un lieu public immédiatement, mais je ne voyais pas comment le lui dire sans le blesser.

– Oh ! vous n'êtes pas sûre, pas vrai ?

J'hésitai, honteuse à l'idée que mes sentiments se lisent aussi clairement. Après tout, ce rendez-vous qu'il avait prévu pour moi était censé me faire plaisir.

– Vous savez…, commença-t-il.

Il me prit alors une main qu'il glissa dans sa poche avec un pétillement chaleureux dans les yeux.

– On peut aussi tout à fait fêter ce divorce à la maison, sans descendre en gamme. Possibilité que nous devrions sérieusement envisager.

– Mais je…

– Non, non. Ne dites rien. Vous êtes épuisée, ça se voit. On va se prendre des plats à emporter et se faire ça à la maison, avec du champagne.

Je lui offris un grand sourire, heureuse et soulagée qu'il ait compris.

– Oui, répondis-je. Faisons plutôt comme ça.

Je pris le bras qu'il me tendait, et nous nous mîmes en route pour Little Wilbraham et sa petite maison dans les Fens.

– Comment dois-je t'appeler, maintenant ? me demanda-t-il la première fois où il me ramena chez lui.

Sa voix était sourde et ensommeillée. Je me tournai dans ses bras. Je croyais qu'il dormait. De mon côté, j'ai encore beaucoup de mal à dormir. Ça reviendra.

– Comment tu dois m'appeler ?

J'évitais cette question depuis deux semaines, à ce moment-là. Je disais à tout le monde – aux journalistes, à la police, à tous ceux qui m'adressaient leurs meilleures pensées… et aux parents des autres filles assassinées – que j'étais trop exténuée pour y réfléchir. Parce que, oui, je les avais rencontrés, eux aussi. Je ne cesse d'attendre le jour où ils m'attaqueront sur le sujet qui nous réunit : si Bethan, la première des victimes, était allée à la police au lieu de se réfugier dans une amnésie de dix-sept années, de nombreuses vies auraient été épargnées.

Mais aucun d'eux ne passe à l'attaque.

Au lieu de cela, ils me plaignent.

Ce qui est encore pire.

– Ben oui, bécasse, dit gentiment Martin. Il te faut un nom.

– Je n'arrive pas à me décider, répondis-je. Je ne veux pas être Bethan Avery, la folle qui a été kidnappée et séquestrée dans une cave, puis qui a tout oublié pendant presque vingt ans. Et je ne suis pas sûre d'avoir encore le droit de m'appeler légalement Margot Lewis.

– De toute façon, je ne vois pas pourquoi tu t'appellerais encore Lewis.

Ce qui était tout à fait exact.

Je finis par être renvoyée de mon école quand les révélations d'Eddy parurent dans la presse.

Cela devait arriver, naturellement. Le monde est différent, de nos jours ; du moins, c'est ce qu'on veut nous faire croire. Entre l'amnésie dissociative, l'usurpation d'identité, les états de fugue et le fait d'avoir presque arraché l'œil d'un pédophile, ma carte de visite était un peu marquée.

Pour rendre justice à St-Hilda, je dois dire que je n'ai pas exactement été virée. On m'a mise en disponibilité le temps que « tout rentre dans l'ordre », comme a dit le directeur, mais nous savions tous deux pertinemment que je ne reviendrais jamais. J'ai eu de la chance que personne ne porte plainte contre moi, et, à ce moment-là, il n'était pas gagné que cela ne se produise pas plus tard.

Lily m'invita à prendre quelques verres au bar en terrasse du Varsity Hotel pour m'aider à avaler la pilule, mais ce fut un tel bazar pour que la sécurité se débarrasse des journalistes que je fus incapable de me détendre pendant les deux premières heures.

Cela dit, une fois qu'ils furent partis, je me délectai de la magnifique vue sur Cambridge qu'on a là-bas du haut du toit, avec ses tours anciennes et ses murs couverts de lierre, les îlots de verdure des jardins, la rivière avec ses rangées de saules.

Et ils ont de sacrés cocktails.

– Qu'est-ce que tu vas faire ? me demanda-t-elle.

– De longues années de thérapie, répondis-je en descendant mon verre de martini blanc. Enfin, c'est ce qu'on me dit.

Elle lutta contre la gêne que lui inspirait cette idée et arbora un visage vaillant. Je l'adore pour ça.

– Non, je veux dire, qu'est-ce que tu vas *faire* ? Pour vivre ?

Je posai mon verre vide sur la table et levai les yeux pour essayer de saisir le regard du serveur.

– À chaque jour suffit sa peine.

– Jésus, Marie, Joseph…

– Oh ! je ne compte pas sur eux.

Elle prit un air de bigote outrée en faisant le signe de croix, et j'éclatai de rire pour la première fois depuis bien longtemps.

– Il y a une troisième possibilité, murmura Martin dans mes cheveux.

– Oui ?

– Tu pourrais prendre un nouveau nom. Ça se fait, dans ce genre de situation.

Je restai coite. J'avais déjà envisagé cette solution.

– Un nouveau nom…

Je me détendis dans ses bras sans formuler ce qui m'était d'abord venu à l'esprit : cela me donnerait l'impression d'une nouvelle fuite.

– Quel nom ?

– Ce que tu veux. Jane Smith. Princesse Douces-fesses. Courgette…

– Courgette !? fis-je en lui tapant la main.

– Davinia la Désespérée, la femme la plus recherchée de toute l'Est-Anglie…

– Arrête donc tes…

– Keith Bloggs. *La Fiancée du capitaine*. Poire Belle-Hélène. La Dame aux…

Je ris en me lovant contre sa poitrine.

– Il n'y a pas de limites, je crois.

– Ça ne tiendrait peut-être pas sur une carte de visite, mais oui, pourquoi pas ?

Je poussai un soupir heureux.

Depuis lors, quand nous sommes tous les deux, il m'appelle Mme de Limites.

Peut-être poussée par mon humeur maussade, Katie essaie de se redresser pour s'asseoir dans son lit. Je la vois grimacer. Elle vient de subir sa troisième et, j'espère, dernière opération.

– Comment s'est passé ton anniversaire ?

– Bien, dit-elle.

Elle baisse les yeux vers le lit.

– Je suis désolée, pour votre divorce.

– Merci.

– Est-ce que… ça va ?

Ses yeux sont sur le qui-vive, comme ils le seront probablement toujours, désormais, mais j'y vois aussi une étincelle de gentillesse.

– Oui. C'est un branleur ; alors, c'est mieux que je ne sois plus mariée avec lui.

Elle acquiesce, soulagée. C'est également son opinion.

Notre relation est des plus étranges. Margot, ou plus exactement Mme Lewis, était sa professeure, une figure d'autorité. Bethan est sa sœur d'armes, la seule personne au monde à savoir ce qu'elle a vécu et à avoir, comme elle, survécu à cette cave. Mais Bethan est brisée et souvent absente. Si jeune qu'elle soit, Katie est plus forte psychologiquement que Bethan l'a jamais été. Dans ce sens, c'est elle qui me guide, et non l'inverse.

Et en me guidant, elle se guide elle-même.

– C'est ignoble, ce qu'il vous a fait. Raconter tout ça dans les journaux…

Je hausse les épaules.

– Tu sais, ça ne le rend pas moins con pour autant, mais d'une certaine manière, je suis contente.

Elle me regarde vivement, les sourcils froncés.

– C'était épuisant de ne faire confiance à personne, de vivre dans le mensonge, dans la peur constante d'être découverte. Et ça me donnait des excuses. Des prétextes pour ne pas me pencher sur les raisons pour lesquelles je n'avais pas une vie normale, cohérente, pourquoi je ne gardais jamais le contact longtemps avec quelqu'un. J'ai toujours su que j'avais un gros, gros problème, mais je n'ai jamais voulu me demander sérieusement pourquoi.

Je soupire.

– Comme ça, je suis obligée de me confronter à celle que j'étais. À ce que j'ai fait à la vraie Margot.

Elle tique.

– Parce qu'il y avait une vraie Margot ? Je ne comprends pas. Je croyais que c'était un nom que vous aviez inventé.

– Non, dis-je. Je ne l'ai pas inventé.

Mon psychiatre est un trentenaire bien propre sur lui qui s'appelle Yufeng. C'est à lui que j'ai été adressée une fois que Katie et moi avons été sorties de The Grove en ambulance, et c'est lui le médecin que Greta essayait de joindre lors de cette dernière folle journée où je suis redevenue Bethan Avery.

J'ai l'impression qu'il fait autorité à l'hôpital, que c'est un crack dont la réputation s'étend à l'international, et que je suis une vraie opportunité pour lui. Très gentiment, après que je lui ai été adressée, il m'a demandé si je ne préférais pas plutôt avoir affaire à une femme, et je lui ai dit non, que cela me convenait si cela lui allait aussi. Nous nous entendons bien. Il m'arrive de le faire rire de temps en temps, malgré lui, ce qui me met très à l'aise.

Nous nous embarquons ensemble dans le parcours des transes induites chimiquement et de la psychothérapie que mon état requiert. Il enregistre ces séances, et nous les écoutons ensemble ; j'entends ma voix avec l'acoustique de l'enregistrement digital et ne la reconnais pas. C'est la voix de Bethan Avery.

J'ai bien fait de le choisir malgré le fait qu'il soit un homme, car il s'est avéré être un guide fiable et inébranlable au milieu de toutes les turbulences de la thérapie.

Je lui ai dit que je n'avais pas spécialement envie de me rappeler tout ce qui s'était passé autrefois avec Christopher Meeks, à moins que cela puisse fournir une aide substantielle à l'enquête de police.

– Vous en êtes sûre ? m'a demandé Yufeng en joignant les mains devant lui, l'air très concentré. Pourquoi ça ?

– Je me suis toujours moins intéressée à Christopher Meeks que lui ne s'est intéressé à moi et je ne vois pas de raisons pour que cela change. De toute façon, il va se prendre le maximum, non ? Je veux dire, si on retrouve les autres filles enterrées dans le jardin. Il ne sortira jamais de prison, n'est-ce pas ?

– C'est très probable, en effet, répondit Yufeng.

Je lui adressai un petit sourire.

– Bon, eh bien, voilà.

– Vous ne voulez pas savoir pourquoi il faisait ces choses-là ? Vous n'êtes pas curieuse ?

Je plissai les yeux, et je le sentis presque battre en

retraite, comme s'il venait de faire un pas psychique en arrière. L'ombre de ma vieille colère planait sur moi.

Mais cela ne dura qu'un instant. Puis elle disparut, comme des nuages passant brièvement devant le soleil.

– Yufeng, dis-je. Je sais déjà tout ce que j'ai à savoir sur lui. Ce que je veux savoir maintenant, c'est comment je suis devenue Margot.

Il y a des choses dont je ne me souviens pas encore, mais je dois garder l'espoir. Je me rappelle maintenant ma fuite de The Grove, mais très peu d'autres éléments me sont revenus spontanément ou même sous hypnose, et l'on m'a dit de m'attendre à ce que cela ne revienne peut-être jamais.

On a trouvé la preuve que j'avais essayé de passer un appel en PCV à la maison de ma grand-mère ; les nouveaux occupants (j'étais partie depuis deux mois à ce moment-là) m'auraient dit qu'elle était morte. Je ne me souviens pas de cela.

Il y a aussi eu un voyage en car jusqu'à la gare de Londres Victoria. Je ne sais pas comment j'ai eu les vêtements et l'argent nécessaire. Je ne me rappelle pas non plus avoir perdu la chemise de nuit.

Mais par miracle, il existe une trace attestant que ces événements se sont produits.

C'est un enregistrement de vidéosurveillance de quarante secondes qui a été conservé par hasard, car il est lié à un autre dossier.

Il montre la gare routière de Victoria Station, dans des images saccadées en noir et blanc.

Sur le film de piètre qualité, on voit une jeune fille avec une démarche raide et un peu bancale. Peut-être a-t-elle eu des crampes dans le car ou se remet-elle après un affrontement quelconque ; en tout cas, elle semble blessée. Elle porte un blouson à capuche sombre et sale, et un pantalon trop large pour elle. Malgré le froid de ce soir de mars, elle n'a aux pieds que des tongs bon marché. Pas de sac. Elle traverse les allées avec les autres passagers pour rejoindre le hall où est fixée la caméra, dans un ralenti saccadé, et mon cœur s'emballe en la voyant peu à peu se rapprocher.

Le petit groupe de piétons ralentit tandis que ceux qui ont des valises montent sur le trottoir. À l'arrière, la fille, qui a regardé attentivement tout autour d'elle, lève la tête et repère la caméra.

Je retiens mon souffle. Je vois ses yeux noirs, son expression hagarde. Son nez a beau être gonflé et tordu, et sa lèvre inférieure, noire à cause d'une coupure, je vois Bethan Avery. Et pour la première fois, je me vois aussi en elle.

Lors de ma dernière soirée avec Angelique, dis-je à Yufeng dans ma transe chimique, nous sommes quelque part dans Canary Wharf, du côté des ruines du quartier des docks. Angelique cherche un de ses ex, qui lui doit de l'argent. Nous le trouvons, et il se produit un genre d'échange sous les piliers du métro aérien de South Quay ; elle reste très floue sur les détails de cet arrangement, mais il implique qu'elle s'en aille et me laisse seule pendant au moins deux heures. Je dois me cacher sur un banc, où je serai dissimulée de la rue par un échafaudage. À son retour, elle est encore très floue sur ce qu'elle a fait et elle a ce regard vide que je lui vois de plus en plus souvent.

Je suis furieuse et effrayée, parce que nous allons certainement arriver après l'heure du couvre-feu, ce qui signifie que mon lit sera donné à quelqu'un d'autre pour la nuit. Cette idée m'emplit d'un grand effroi. Et si je ne le retrouvais jamais, et si je restais coincée dehors éternellement avec Angelique, dans son Londres plein de junkies et de squats, de faveurs non expliquées et de marques d'aiguilles sur la peau ? C'est un danger très réel, car étant donné que je ne possède pas de papiers d'identité, les sœurs ne peuvent pas me diriger vers les services sociaux, comme elles le font habituellement quand on reste plus de dix jours. Il est fort possible que leur patience envers moi s'épuise, surtout si je laisse régulièrement mon lit vacant.

Mais je ne peux pas leur dire que je suis Bethan Avery. Pas maintenant, ni jamais.

Il faut qu'on rentre avant le couvre-feu, et Angelique nous met en retard.

Autre problème : la station de métro est fermée en raison de travaux. Nous allons devoir marcher jusqu'à l'arrêt de Canary Wharf. Le froid de la nuit nous tombe dessus et nous n'avons pas de manteaux.

Nous passons devant une maison abandonnée aux fenêtres fermées par des planches quand je la sens ralentir.

– Grouille, lui dis-je.

– Attends, on peut s'arrêter trente secondes.

Ses yeux s'arrêtent sur la maison.

– Non ! On va perdre nos lits si on ne se dépêche pas.

– Allez, Amy.

C'est ainsi qu'elle m'appelle. C'est le faux nom que j'ai donné au foyer.

– Non, dis-je sèchement.

Elle ne répond pas et avance en direction du bâtiment à moitié barricadé.

Je ne peux pas la laisser seule dans de telles conditions.

Oh ! et puis, merde.

Je la suis.

Nous entrons dans la maison. Elle pue l'urine et le moisi, mais au moins, elle est vide. À l'instar d'Angelique, dont les bras sont légèrement écartés le long de son corps, ses doigts remuant doucement, comme si elle nageait dans l'air fétide de cette vieille baraque, je n'aime pas ça.

– Angelique, dis-je. Tu ne peux pas attendre qu'on soit rentrées à Flicks ?

Question purement rhétorique, et je perçois déjà la défaite dans ma voix au moment où je la pose. Elle ne peut pas attendre parce qu'elle ne peut pas attendre.

J'essaie une autre tactique en la voyant se laisser glisser sur le sol crasseux :

– Il n'est pas question que je passe la nuit ici.

Je me rends compte que l'argument n'a pas plus d'effet sur elle.

– Juste un peu. Ça caille trop. Juste un peu pour la route.

Je pousse un soupir.

– C'est ça…

Je la regarde sortir son kit : une trousse Hello Kitty. Elle doit avoir six briquets là-dedans, dont un seul fonctionne de temps en temps. Une fois qu'elle s'est fait son shoot, elle m'en propose sans enthousiasme.

– Non. Certainement pas.

À la place, j'allume une de ses cigarettes et m'assois en fulminant tandis que ses yeux se révulsent et qu'elle émet un petit bruit de toussotement. Puis elle tousse encore, plus fort. Elle glisse sur le flanc telle une poupée de cire en train de fondre et je soupire en me disant que je ne pourrai jamais la ramener à Flicks dans cet état.

Il me faut un petit moment, le temps de finir ma cigarette, pour me rendre compte qu'elle ne respire plus.

L'ambulance met une éternité à arriver. J'ai appelé de la cabine qui se trouve deux rues plus loin. J'ai donné des indications sur l'emplacement de la maison qui m'ont paru très claires, mais il leur faut encore une dizaine de minutes avant que j'entende quelqu'un s'écrier qu'il l'a trouvée à l'intérieur.

Je reste au coin de la rue, au milieu des autres déchets, à regarder. Je serre tellement fort le petit sac Hello Kitty d'Angelique que j'en ai mal aux doigts.

Quand j'ai compris qu'elle était morte, il y a eu un moment bizarre où j'ai arrêté de l'insulter et de lui ordonner de respirer. Mon émotion consciente était un genre de colère, mais, à ma grande surprise, j'ai éclaté en sanglots et pleuré à chaudes larmes sans plus pouvoir m'arrêter. Je me trouve alors un moment incapable de me maîtriser, même si, dans un coin de ma tête, j'entends une voix semblable à la sienne qui me crie « LÈVE-TOI, CASSE-TOI, LES FLICS VONT ARRIVER, PAUVRE IDIOTE ! » et je sais que c'est vrai, mais je n'arrive pas à bouger.

La cabine téléphonique empeste l'urine et est pleine de cartes de prostituées. J'essuie mes yeux bouffis avec un bout de tissu que je trouve dans son sac. Il est maculé de petites taches de son sang.

Je remets le tissu dans le sac et, au fond, je vois les ultimes reliefs de la vie d'Angelique. Un paquet neuf de trois préservatifs, où il n'en reste que deux. Un demi-paquet de pastilles à la menthe. Un petit flacon d'Ysatis. Un rouleau de billets de banque, peut-être une centaine de livres. J'en suis stupéfaite. Jamais de ma vie je n'ai eu autant d'argent entre les mains.

Au fond du sac, il y a également quelques cartes : des entrées dans un club, des bons pour des repas gratuits dans des associations caritatives. Une autre, très abîmée, retient mon attention. Je la tourne sous la lumière des réverbères tandis que le hurlement des ambulances s'approche et s'arrête, et l'examine à la lueur rouge et bleue des gyrophares qui clignotent.

C'est une carte d'étudiant de West Hyrett School, un établissement dont je n'ai jamais entendu parler, mais qui se trouve apparemment dans l'Essex et souhaite « encourager l'excellence ». Elle comporte une photo de quelqu'un que je mets une ou deux secondes à identifier : une brune studieuse avec d'épaisses lunettes et un rouge à lèvres rose vif. C'est Angelique, bien sûr, dans sa vie d'avant. Ses cheveux sont ternes, mais ses grands yeux et sa belle peau ressortent avec éclat. Je ne reconnais pas le nom sous la photo. Elle sourit, de ce sourire en coin, mystérieux, qui m'est familier. Je sens les larmes monter à nouveau à mes yeux.

Mais je me rappelle où je suis. Je remets la carte dans la trousse, que je jette dans le sac à main avant de le balancer sur mon épaule. Les ambulanciers ne sont pas sortis de la maison, mais la police est arrivée. Il est temps que j'y aille. Tête baissée, je me dirige vers les lumières scintillantes de London Bridge et vers un endroit où passer la nuit.

Elle n'avait pas une tête à s'appeler Margot.

– Vous avez pris son nom.

Katie croise les mains sur son bandage en se laissant aller contre le dossier de son lit.

– Oui. Je l'ai volé. Je lui ai volé sa vie.

– Volé ?

Katie réfléchit.

– On dirait, je ne sais pas… On dirait que vous vous sentez coupable.

– Non, dis-je. Pas coupable. Elle n'en avait plus besoin. Moi, si. Mais quand même.

Je soupire.

– Il n'était pas à moi.

Katie reste muette.

Elle réfléchit à cela ; comme Martin ; comme moi.

Je la quitte après un petit baiser.

En rentrant à la maison, j'ai à peine suspendu mon manteau que la sonnerie de la porte retentit derrière moi.

C'est Susannah ou, plus formellement, l'inspectrice de police Watson, qui était venue chez moi quand les lettres avaient été authentifiées.

– Salut, Margot.

Elle me sourit. Je les ai beaucoup vus, elle et Eamonn (son chef), pendant le procès, et nous avons tous bien sympathisé, mais cela remonte à deux mois déjà.

– Bonjour, dis-je, surprise. Entrez donc. Je vais faire chauffer de l'eau pour le thé.

Elle secoue la tête.

– Non, merci, je ne peux pas aujourd'hui. Je ne fais que passer, mais il y a un truc que je tenais à vous montrer, et je me suis dit, autant le faire tout de suite.

Elle brandit un petit paquet marron qu'elle vient de sortir de son sac.

Je le regarde avec curiosité et un soupçon de réticence.

– Prenez-le, dit-elle gentiment. Soyez tranquille, il n'y a rien de méchant. Il fallait qu'on vous le rende.

Une fois Susannah partie et la porte refermée, j'ouvre le paquet en tremblant légèrement.

À l'intérieur, il y a un sac en papier scellé d'un autocollant marqué des mots PIÈCE À CONVICTION, de chiffres et de mon nom. Je romps le scellé et secoue le sac au-dessus de ma paume pour en récupérer le contenu.

La petite croix en argent terni me regarde du creux de ma main.

Je connais l'histoire de ce collier, désormais. Elle a été révélée dans les aveux de Christopher Meeks. J'égrène les maillons de la petite chaîne en réfléchissant.

Au bout d'un moment, je passe le collier autour de mon cou.

Demain, je l'emporterai chez le bijoutier pour le faire nettoyer.

Mais pour l'instant, il est bien comme ça.

– Alors, je viens chez toi, ce soir ? demande-t-il.

Je reste silencieuse et cogite, le téléphone pressé contre mon oreille.

– Margot ?

– Écoute, Martin, est-ce que je peux plutôt venir chez toi ?

– Ah ? Oui, bien sûr. Il y a un problème ?

De ma main libre, je joue avec la croix en faisant tourner le pendentif entre mes doigts.

– Non. Mais j'ai un truc à faire, et il se peut que je rentre tard.

– C'est ce dont tu me parlais la semaine dernière ? s'enquit-il.

– Oui.

– Tu veux que je vienne avec toi ?

Je réfléchis quelques instants. C'est extrêmement tentant.

– Non, finis-je par dire. Merci. Il faut que je fasse ça seule.

– Si tu en es sûre…

Je me mords la lèvre.

– Oui. J'en suis sûre.

Il est tard lorsque j'atteins ma destination – presque dix-neuf heures – et le soleil s'est couché. J'ai encore quelques doutes sur le bien-fondé de ma démarche, mais je retrouve le chemin de la petite route et frappe bientôt au heurtoir de la porte.

Lorsque Flora Bellamy ouvre et me voit, son visage se fige tel un masque de fer.

Je tends les mains, paumes ouvertes devant elle.

– Tout va bien. Je comprendrais si vous ne vouliez pas me parler et, si vous préférez, je peux m'en aller.

Elle attend sans rien dire que j'annonce la couleur, mais je vois ses mains se serrer sur l'encadrement de la porte.

Je réalise qu'il n'y a pas d'autres manières de procéder :

– Je m'appelle Bethan Avery, dis-je. Et je connaissais votre fille.

Remerciements

Il est toujours assez angoissant d'écrire des remerciements. Aucun livre ni aucun écrivain ne se fait tout seul. Si j'oublie quelqu'un ci-dessous, je m'en excuse par avance.

J'aimerais d'abord remercier toute l'équipe de Michael Joseph, en particulier mon éditeur Emad Akhtar (et ses formidables suggestions pour mon texte), mon attachée de presse Ellie Hughes et ma relectrice Shauna Bartlett. Je souhaite également remercier Claire Wachtel et Hannah Wood de HarperCollins, et Sally Wofford-Girand de l'Union Literary in the US, pour avoir cru en moi.

Rien de tout cela n'aurait été possible sans mon agent Judith Murray et sa foi inébranlable, ses encouragements et ses conseils avisés ; un grand merci à elle et à toute l'équipe de Greene and Heaton.

Je ne peux pas continuer sans évoquer les amis de mon époque en librairie, en particulier Jon Atkin, Lesley Baker, Trish Beswick, Sam Hobbs, Marie Kervin, Nick Lewis, Julian Rafot et le reste de la bande de Manchester. Merci, les amis !

J'ai une énorme dette envers le groupe d'écriture T Party de Londres et envers les personnes suivantes, véritable vivier de rire et d'amitié : Jack Calverlay, Peter Colley, Gary Couzens, Sarah Ellender, David Gullen, Caroline Hooton, Julia Knight, Martin Owton, Sumit Paul-Choudhury, Tom Pollock, Rosanne Rabinowitz, Gaie Sebold, Allyson Shaw et Sara Jayne Townsend, ainsi que Raymond Dickey, Chuck Dreyer, Gordon Fraser, Lucia Graves et Luke Thomas. Mes pensées vont aussi au souvenir de Mark McCann et Denni Schnapp, qui nous manquent beaucoup.

Un merci très spécial à KD Grace pour ses encouragements constants, les heures passées à parler d'écriture, les merveil-

leux Noëls anglo-américains, et pour ne pas avoir paniqué la fois où j'ai failli nous noyer en rentrant d'Avebury – la faute au fantôme, n'est-ce pas ?
Tout mon amour également à l'incroyable Melanie Garrett pour sa délicieuse cuisine, ses critiques judicieuses, ses grandes idées et ses cocktails géants. Elle m'a appris qu'en littérature comme dans la vie, tous les problèmes peuvent être abordés. Le prochain café à Cobham est pour moi.
Je suis aussi hautement reconnaissante à Iain Banks, un ami généreux et un correspondant de grande valeur qui, en tout lieu et à toute heure, m'a montré la voie pour devenir un vrai écrivain.
Enfin, je ne serais rien sans mes amis et ma famille. À Julie Revell, qui ne lit jamais rien de ce que j'écris ; à mes frères John et Joseph, ma sœur Jacqueline et à leurs familles ; et enfin, à mes parents George et Helen Callaghan, qui ont souffert avec moi : merci ! Nous avons fini par en voir la fin.

Retiens ton souffle

Holly Seddon

Cela fait quinze ans qu'Amy est dans le coma, couchée sur un lit d'hôpital. Adolescente, elle a été kidnappée avant d'être retrouvée presque morte. Depuis, en dépit de ce que croient les médecins, Amy est consciente. Mais elle est prisonnière dans son propre corps, victime du locked in syndrom. Alex, une journaliste en mal de crédibilité, décide d'enquêter sur cette affaire jamais élucidée. Elle réalise qu'elle a vécu dans la même ville qu'Amy, écouté les mêmes musiques, fréquenté les mêmes personnes… Que s'est-il passé quinze ans plus tôt ? Tout pousse à croire que la jeune fille entretenait une relation, mais avec qui ? Et pourquoi ses proches sont-ils murés, depuis, dans un silence presque coupable ? Alors qu'Alex s'immerge dans le passé d'Amy, elle risque de devenir, à son tour, une victime…

Paranoïaque et envoûtant :
un thriller best-seller dans le monde entier.

city-editions.com